Liala

UNA NOTTE
A CASTELGUELFO

Sonzogno

Tutte le opere di Liala sono pubblicate da Sonzogno

Questo romanzo è opera della fantasia. Nomi, personaggi, luoghi, avvenimenti sono il prodotto dell'immaginazione dell'autore e, se reali, sono utilizzati in modo fittizio. Ogni riferimento a fatti e persone viventi o scomparse è del tutto casuale.

www.sonzognoeditori.it

Seconda edizione Tascabili Sonzogno: febbraio 2011

ISBN 978-88-454-1141

Progetto grafico e art direction
Hangar Design Group

UNA NOTTE A CASTELGUELFO

«E non è necessario, signorina Kroon, che per fare ginnastica lei si esibisca a quel modo...»

Dura e fredda, la voce della direttrice risuonava ancora nella palestra quando già Coralla Kroon tentava di far rientrare ciò che la blusa aderente della sua uniforme rivelava.

«Stia diritta!» gridò la direttrice.

La ragazza allora ribatté:

«Se sto diritta mi esibisco...»

La direttrice guardò il vecchio insegnante di ginnastica: un distinto signore, forse ufficiale in pensione, che impartiva lezioni nell'elegante e signorile collegio milanese.

Ma l'uomo stava quieto, le braccia lungo il corpo, in un vago atteggiamento di attenti che forse gli era abituale, che forse altro non diceva che indifferenza o stanchezza. E guardava lontano, quell'uomo. E lo sguardo era stanco. Come la sua volontà.

Perciò la direttrice, che assisteva sempre alle lezioni delle *grandi*, scattò:

«Ha sentito, professore?»

L'altro allargò le braccia e lasciò ricadere le mani lungo la cucitura dei calzoni.

Allora la direttrice gridò:

«Venga da me, signorina Kroon, a lezione finita. E non si faccia attendere...»

Se ne andò, diritta diritta e, magra come era, parve una lucertolina essiccata tra le pagine di un grosso dizionario.

Allora Coralla Kroon diede una spallata, fece dietro front e senza ricevere ordini ruppe la riga. Si guardò attorno, andò a buttarsi sul materassino para-colpi posto a lato della pedana di salto. Seduta che fu, Coralla puntò i gomiti sui ginocchi, si prese la testa fra le mani. E mormorò, senza dolore:

«Un altro collegio in vista! Vedrete che dovrò andarmene anche da questo!»

Il professore andò a guardare fuori da una finestra affacciata sull'antico giardino, e le fanciulle furono tutte attorno a Coralla.

La ragazza era seduta sul materassino in un atteggiamento che poteva sembrare di accasciamento. Ma tutte sapevano che Coralla Kroon non era né accasciata né spaventata. Coralla Kroon era ben diversa da tutte, perché era cresciuta in palcoscenico. E per quel fatto la giovanetta destava tra le compagne ammirazione, curiosità, timore.

Erano tutte ragazze dai quattordici ai sedici anni. Alcune erano esili, altre avevano troppa roba da una parte e nulla dall'altra. Era facile capire che le esili si sarebbero arrotondate e che le altre avrebbero avuto da natura la possibilità di distribuire meglio la loro formosità. Ma Coralla Kroon, sedicenne appena, era fatta meravigliosamente bene, anche se il suo corpo aveva, soprattutto per l'età della fanciulla, qualche esuberanza eccessiva. Comunque, la vita era stretta e i fianchi agili, proporzionata la caviglia e obliqua la coscia. E il viso, dai tratti un poco marcati e decisi, era pallido, gli occhi castagno dorati, i capelli biondo scuro e ondosi. La bocca era grande, i denti forti, perfetti e di un candore stupendo. Era una bellezza forte, Coralla Kroon, fatta anche di vivacità, di salute, di ansia di vivere, di scioltezza congenita. Quello era il quarto collegio che cambiava: dagli altri tre era stata scacciata per schiettezze che erano state definite ribellioni. E prima di iniziare il pellegrinaggio nei collegi lei era stata sempre in palcoscenico. Prima perché i genitori eran guitti che andavano qua e là con magre compagnie portando la loro bambina dentro un paniere, come un gattino. Poi perché, morti i genitori, il fratello Leto, che aveva dodici anni più di lei, s'era lanciato in compagnie di rivista con il ruolo di comico. Con l'andare degli anni Leto Kroon s'era vivamente affermato e aveva, per prima cosa, via via che il danaro fluiva, tolto Coralla dal palcoscenico e destinata ai collegi. Coralla non aveva mai conosciuto il pubblico, non aveva mai partecipato a spettacolo alcuno: ma quel vivere dietro il palcoscenico, quell'ascoltare di tra le quinte, quel giudicare attraverso scenari di cartapesta e lustrini d'ogni colore, le avevano dato una mentalità sbrigliata che, unita a una schiettezza senza limite, la rendeva temibile.

Il primo collegio era stato modesto e diretto da tranquille suore. Vi si era fermata pochi mesi e l'avevano mandata via perché aveva detto che non se la sentiva di stare in ginocchio, ché temeva di farsi venire i dolori reumatici. Dal secondo collegio l'avevano cacciata pie signore alle quali aveva dichiarato che lei voleva lavarsi nuda e non chiusa nel camicione corazza. Dal terzo se ne era andata per aver preso a schiaffi una bertuccia che criticava tutte, insegnanti e allieve, e dal quarto era prevedibile se ne sarebbe andata per quella rispostaccia alla direttrice. E per la prima volta a Coralla Kroon spiaceva lasciare un collegio: anzitutto perché quello era il migliore della città, poi perché Leto, il fratello, era partito per l'America e lei uscendo di collegio non avrebbe trovato alcuno a riceverla. Danaro ne aveva. Ma comunque Coralla si rendeva conto di non poter restare sola a Milano in un albergo. Ma d'un tratto si ricordò che Leto le aveva detto di aver acquistato un appartamento in prossimità di via dei Giardini. Leto aveva mobiliato quell'appartamento, ma non vi era mai andato ad abitare perché subito era giunta la proposta per l'America e la proposta era sì allettante che scartarla sarebbe stato un errore grave.

Coralla Kroon sollevò la faccia, guardò le amiche, disse forte:

«Se quell'attaccapanni animato mi caccia via sono contenta! Ho una casa a Milano! Vi abiterò da signora!»

E le compagne, attonite, piegarono il volto verso Coralla

Kroon. Indossavano tutte una maglia bianca aderente e una gonna nera a pieghe: e tutte avevano sotto la ampia gonna calzoncini neri, un poco buffi ché arrivavano sopra il ginocchio ed erano trattenuti appunto sopra il ginocchio da un elastico che correndo dentro la stoffa rendeva quei calzoni a sbuffo e ineleganti. Ma tutte sapevano che Coralla aveva dato ai calzoni un gran taglio di forbici così che a lei arrivavano appena appena alla coscia. In verità Coralla aveva raccorciato così l'indumento perché la serrava troppo e anche perché l'elastico le lasciava un livido nella carne. Ma le compagne, senza malignità ma con una specie di ammirazione, dicevano tra loro:

«È abituata in teatro. Là le ballerine non portano i calzoncini con l'elastico e tanto lunghi da arrivare al ginocchio.»

Sul materassino, la testa fra le mani, le mani sotto l'onda dei capelli, Coralla brontolò:

«Che colpa ne ho io se quando mi dicono di stare su l'attenti debbo forzatamente fare "petto in fuori"? Quando sarò piallata come *quella là,* quando anche di me si dovrà dire che neppure si sa se io arrivi o se io me ne vada, allora nessuna posizione di attenti mi farà sporgere ciò che ho...»

Risero tutte, contente, con un gorgoglio di fontanelle. Coralla le divertiva perché era la sola che fosse maleducata. Ragazze di famiglie assai fini, si trovavano per la prima volta a contatto con una fanciulla come Coralla Kroon. Poche delle giovani collegiali avevano veduto riviste teatrali, ma quelle poche narravano appunto le meraviglie stuzzicanti di questi spettacoli. Una aveva detto:

«Io l'ho visto lavorare il fratello di Coralla Kroon. Un bel giovane, con un frac color violetto. Un bel giovane simpatico, attorniato da donnine seminude e da attrici con abiti da fiaba. Figuratevi che la primadonna, quando andai io alla rivista, aveva un abito tutto di perle. Da una lunga spaccatura sul fianco si vedeva il corpo nudo... Bionda quella primadonna, elegantissima, vivacissima: con brillanti, ne ha di stupendi...»

Coralla Kroon. E quel suo fratello con un frac viola e una primadonna che aveva brillanti tali da far inquietare anche una delle più aristocratiche e ricche dame della nobiltà milanese...

Galoppavano le menti giovani attorno a Coralla Kroon. Forse nessuna delle ragazze amava Coralla, ma quella creatura decisa, tra loro abituate alla cortese ubbidienza, rappresentava qualche cosa di affascinante e comunque di piacevolissimo.

Si distolse di dove era il mite insegnante di ginnastica e disse:

«Credo che nessuno abbia voglia di riprendere la lezione. Anche l'ora sta per finire... Buon giorno, signorine.»

Un coro lo salutò. Poi tutte domandarono a Coralla:

«Che farai, ora?»

E l'altra, con una spallata:

«Andrò dall'attaccapanni...»

Stirò le braccia, sbadigliò, si sollevò con un balzo leggero. Fece un cenno di saluto con la mano, se ne andò. In gruppo le compagne restarono a vederla allontanare. E come Coralla Kroon fu scomparsa, la più esile tra le ragazze mormorò, spaventata:

«Penso a un film... Dove c'era una direttrice perfida che buttava in una cella oscura una allieva un poco indisciplinata...»

Ma Coralla era già nella direzione, in piedi, davanti alla direttrice seduta. Fra la donna e la fanciulla c'era la tavola.

«Io pretendo» attaccò subito la direttrice «che lei si comporti seriamente. Che lei non faccia conoscere alle sue compagne certi atteggiamenti teatrali e sguaiati che non si addicono né alla serietà del collegio né alla rispettabilità delle famiglie alle quali appartengono le sue compagne.»

«Io non porto atteggiamenti teatrali qui, perché io non sono mai stata un'attrice...»

«Stia zitta!» gridò subito inviperita la direttrice. «Stia zitta! E sappia che qui lei è stata accolta per bontà del consiglio. Si dovette radunare il consiglio per sapere se era il caso di accogliere qui Coralla Kroon...»

«Non ho la peste, io. Perché non mi si doveva accogliere?»

«Le ho detto di tacere!» gridò ancora la donna battendo

la palma sulla tavola. E riprese: «La sorella di un comico da rivista qui non era mai entrata...»

«E neppure mio fratello ha la peste...» scattò Coralla. «Comunque non hanno la peste i danari che mio fratello ha versato. Lo so che ha versato una intera annualità. E le sue principesse che stanno qui non pagano con altrettanta facilità... In definitiva, s'è radunato il consiglio per sapere se si doveva prendere sì o no la sorella del comico Leto Kroon, però i quattrini di Leto Kroon li hanno presi e subito. E so pure che mio fratello ha lasciato alla direzione una forte somma di danaro per qualunque eventualità e dietro loro richiesta. Evidentemente s'è pensato che la sorella del comico potesse mettersi sotto il braccio il collegio e portarselo via. Perciò s'è voluto danaro in garanzia... Bella roba, trattarci come gente senza onore, senza dignità, senza morale... Non veniamo dalla galera, sa! Veniamo da un lavoro che è onesto come il suo. Tutti i lavori sono onesti quando lasciano la coscienza pulita. E mio fratello e io abbiamo la coscienza pulita. Come la sua, signora direttrice, e forse anche più....»

Vide la direttrice balzare in piedi, abbandonare il suo posto, avvicinarsi a lei. Capì che *la* donna era pronta a darle uno schiaffo e prevenne l'atto afferrandole il polso: «No, sa! Gli schiaffi alle allieve dei collegi li danno ancora le direttrici dei films americani. A me, schiaffi, lei non ne dà, perché prima che lei me ne abbia dato uno, io piego lei come un fazzoletto da naso. Mi mandi via! Telegrafi a mio fratello.»

«... quel pagliaccio!» ansimò la direttrice battuta dalle sue stesse armi. «Quel pagliaccio!»

«Ma stia zitta e rispetti mio fratello! Ché mio fratello vale più di lei! Ha conosciuto la miseria e non ha avuto altro pensiero che quello di allevarmi senza farmi mancare nulla. Doveva cantare, ballare, recitare, non aveva danaro per mangiare a sufficienza e riusciva a tenermi vicino a lui e a trattarmi come una cosa preziosa... Pagliaccio a mio fratello! Lo ridica! Provi! Lo ridica...»

Non lo ripeté. Svincolò il polso, ansimò:

«Domani ci sarà il consiglio, per lei. Intanto so già che lei dovrà andarsene.»

«Con gioia me ne andrò. Lei prepari il danaro che mio fratello ha depositato, telegrafi a mio fratello avvisandolo del mio allontanamento dal collegio e gli domandi se posso andare ad abitare nella sua casa.»

«Suo fratello ha una casa?» domandò la direttrice, beffarda e incredula.

«Sissignora... I pagliacci riescono anche ad avere una casa! E si sbrighi a radunare la Corte: ho voglia di andarmene.»

Le voltò le spalle e uscì. Salì nella camera e trovò le sue compagne, sedute qua e là, in sua attesa.

«Me ne vado!» ella annunciò. «E quando tornerà mio fratello lo manderò qui a domandare a questa gallina imbalsamata perché osi chiamarlo pagliaccio...»

Si buttò sul letto, lieta di poter fare ciò che era severamente proibito, cioè sdraiarsi vestite sul letto durante il giorno.

E attorno al letto, rondinelle curiose, furono tutte le fanciulle con il petto bianco e la gonnellina nera.

«Voleva darmi anche uno schiaffo...» riattaccò Coralla.

E una compagna:

«Proprio come in un film...»

«Ma con me i films non si fanno!» disse Coralla Kroon mettendosi a sedere sul letto, tirando al petto le ginocchia, insudiciando la coltre con le sue scarpette da ginnastica. «Con me certe cose non possono accadere. Perché io schiaffi non ne voglio da nessuno. Soltanto da mio fratello accetterei uno schiaffo: ma lui non me ne ha mai dati e non me ne darà mai.»

«Ti vuole tanto bene tuo fratello?» chiese una ragazza alta e magra.

«Tanto!» ella mormorò sorridendo.

«E tu?»

«E io... Non ho che lui al mondo. Tu puoi ben capire che voglio a lui tutto il mio bene: quello che vorrei a mamma e a babbo se li avessi ancora...»

La ragazza tese una mano pallida e sottile, tolse via dalla

faccia di Coralla Kroon una gran banda di capelli ondosi, lucidi, vibranti.

«Non piangi, vero?» chiese la creatura delicata.

«No, perché dovrei piangere?»

«Ti spiace andare via dal collegio?»

«Per nulla. Mi spiace lasciare voi, ché siete sempre state gentili con me. Ma pazienza!»

La direttrice apparve come una nuvola nera su un lembo di cielo popolato da liete rondini.

«Che succede, qui?» ella gridò.

Tutte volarono via: restò sul letto, le suole delle scarpine a contatto della coltre, Coralla Kroon.

«Che fa lei in quell'atteggiamento volgare e con le scarpe sulla coltre?» investì subito la direttrice.

«Mi riposo dalla lite avuta dianzi con lei, signora direttrice.»

Le altre fanciulle erano presso i loro armadietti: rapide mutavano veste, ma tutti gli sguardi erano a Coralla Kroon. Tra la fila degli eleganti armadietti e i lettini c'era una corsia larga, lucida, rossa. L'ombra lunga della direttrice si proiettava sul rosso lucido e pareva una macchia senza sagoma.

«Scenda dal letto e ripulisca.»

Coralla Kroon scese, passò la mano sulla coltre, ma vi restò l'impronta delle suole.

«Non si può ripulire» ella disse calma. «Metta a conto del signor Leto Kroon anche la lavatura della coperta. Tanto, mille lire più mille lire meno, non rovineranno mio fratello.»

Se ne andò al suo armadietto, tranquilla sfilò dal capo il maglioncino e rimase con la camicia a larghe spalline. La scollatura era castissima, ma il seno prorompeva. E la direttrice scattò:

«Si rivesta, in fretta!»

«Per rivestirmi devo prima svestirmi, le pare?»

Lasciò cadere la gonnellina e allora la direttrice vide i calzoncini brevissimi.

Ebbe uno scatto, si trattenne, sibilò:

«Una vergogna... Avrebbe contaminato il collegio... Che non si sappia...»

«Che cosa non si deve sapere?» domandò beffarda Coralla Kroon. «Non si deve sapere che per fare ginnastica porto calzoncini corti? Che hanno di indecente... Su, guardi, dica...» Le si piantò davanti: la camicia di cotone gonfia sul seno, i calzoncini brevissimi.

«Nuda... È nuda...» ansimò disperata la direttrice.

«Ma non mi faccia ridere, per favore! E mi lasci in pace ché devo cambiarmi...»

L'armadietto era così fatto che aprendo il battente si formava dietro di esso un vano nel quale le fanciulle potevano spogliarsi e rivestirsi come se fossero protette da un paravento. Nel vano disparve Coralla Kroon e di lei per alcun tempo non si videro che i piedini chiusi nelle scarpette di tela. Poi di piedi se ne vide uno solo. Evidentemente la ragazza aveva preso posto sullo sgabello e mutava calze e scarpe. Il battente dell'armadio tornò al suo posto, Coralla Kroon riapparve e aveva la solita uniforme da collegio turchina con il baveretto bianco. Si guardò attorno, sospirò:

«Oh, Dio! È ancora lì...»

Livida, la direttrice era in attesa. E come la fanciulla fu vicina a lei, disse:

«Questo è il testo del telegramma inviato a suo fratello. Ascolti:

"Signorina Coralla Kroon dimessa dal collegio - ci autorizzi a mandarla nella sua casa. Segue lettera. La Direzione".»

Piegò il foglio, aggiunse:

«Volevamo scrivere *scacciata* al posto di quel *dimessa:* non lo abbiamo fatto perché non è nostra intenzione dare dispiaceri a chi è lontano. Ora ci dica esattamente dove è la casa di suo fratello...»

Ricordava, Coralla Kroon, che Leto aveva acquistato un appartamento nelle vicinanze di via dei Giardini. Non conosceva il numero ma conosceva il legale di Leto Kroon. E consigliò la direttrice di mettersi in comunicazione con detto legale. Poi aggiunse:

«Deve essere uno dei più importanti avvocati di Milano e quando mio fratello lavora in questa città non manca mai agli spettacoli perché dice che Leto Kroon e l'unico comico fine, elegante e corretto. Questo volevo farle sapere perché lei, signora direttrice, sappia distinguere tra comico e comico. Comunque, le manderò qualche biglietto d'invito. Per una poltronissima. Almeno vedrà come sono fatte le donne!»

L'altra mutava colore: livida a tratti, a tratti di fiamma. Finalmente tentò di parlare, non poté: volse le spalle e uscì. E subito dagli armadietti scapparono risatelle, sbruffi e anche qualche parola poco ossequente.

E poi tutte, abiti turchini e baveretti bianchi, furono intorno a Coralla Kroon. E tutte la guardavano e parevano sbalordite constatando che la fanciulla non era contenta.

«Perché non ridi?» le chiese la fanciulla delicata.

«Penso a mio fratello... Un'altra noia che gli do! E penso anche a un'altra cosa...»

Buttò indietro la banda ondosa che le ricadeva sempre su una guancia, soggiunse:

«Pensò che sarà sempre difficile per me andare avanti. Chi sa perché la gente mi considera diversa dalle altre ragazze per bene! Se una di voi, facendo ginnastica, avesse messo un poco in fuori il petto, sarebbe stata elogiata ché questa è la posizione esatta di attenti. Ma se io sporgo il petto, ecco qualcuno che mi ritiene pronta a esibirmi... In verità, qualche volta io penso che ci sia una ingiustizia nel mondo... Due pesi e due misure. Mah!»

Tuttavia scrollò indietro i capelli, piantò le mani su i fianchi, all'altezza della vita: e serrò forte, così che la vita agile e stretta si rivelò, mentre l'anforata linea del suo corpo appariva anche sotto l'abito un poco grosso per le pieghe della gonna.

Ma la sera a cena Coralla Kroon non parlò. Si coricò senza rivolgere parole alle compagne, e come fu sotto le coltri se le tirò fino agli occhi. Allora le lacrime cominciarono a colare. Lisce scivolavano per la morbida guancia: pure e accorate le lacrime si perdevano tra guanciale e lenzuolo. E il cuore non ne aveva sollievo, ma sempre più si gonfiava.

Si rivedeva piccina piccina, in giro per tutte le piccole città di provincia. Confusamente ricordava anche quei tremendi viaggi chiusa nel panierino. Più chiaramente ricordava le attese nei camerini freddi e disadorni e saturi di odori che dovevano essere profumi o di profumi che riuscivano a essere soltanto cattivi odori. Rivedeva mamma e babbo, truccati, sudati, stanchi, che rientravano nel camerino e subito cominciavano a parlare di danaro, di cibo, di camere mobiliate. E poi la morte dei genitori a breve distanza l'uno dall'altro, uccisi dallo stesso male in due differenti città e sepolti in due differenti città. Poi Leto che seguiva la strada dei genitori, ma con aspirazioni più ardite. E la tenerezza del fratello che si dedicava a Coralla come se Coralla fosse il gran premio lasciatogli dai genitori. E alla fine, il balzo in alto del fratello, la sua affermazione, un paio di films ben riusciti e la grande scrittura per l'America e il grande desiderio di Leto di poter fare della diletta Coralla una autentica, seria, brava, istruita signorina.

A una a una, indimenticate e indimenticabili, le tornarono alla memoria le esultanti parole di lui:

«Guadagno bene, guadagno molto, Coralla. Ti metto in uno dei più belli fra i collegi. Non dovrai venire mai più in palcoscenico, non dovrai passare più giornate malinconiche nei collegi umili dove possono giudicare male la sorella d'un comico di rivista. Vedrai: un collegio principesco, dove sarai capita, dove nessuno ti rinfaccerà mai di essere vissuta tra le quinte e i fondali...»

Tra le lacrime, Coralla Kroon sorrise con tristezza. Ah, come era stata trattata nel principesco collegio, quale prevenzione, quale ingiustizia...

Sottile sottile venne su dal cuore una voce: era quella d'un dubbio lieve, d'un rimorso latente, di una incertezza dolorosa. E la voce diceva:

"Non sei tu, forse, Coralla, troppa usa alla vita del palcoscenico così che non sai controllarti, non sai essere educata, da far così dimenticare le tue origini e la tua vita?"

Una stretta al cuore e un'altra voce più dolce e soave:

"Ma che cosa è alla fine la mia vita di palcoscenico? Che male ho visto, io, tra quelle creature coperte di lustrini e poco vestite? Nessuna là osò mai misurare uno schiaffo all'altra: e qui, dove speravo essere una piccola principessa, gli schiaffi sarebbero volati... Nessuno là ebbe scortesie per me: e qui, da chi dovevo avere comprensione, ebbi solo allusioni antipatiche e parole ingiuste... E allora? Chi devo ascoltare? Dove è il mio errore? Qui mi si dice che mi esibisco... Nel teatro, quando stavo diritta e rivelavo la mia giovinezza, mi si diceva che così si doveva stare ché, camminando eretti, i polmoni diventano più ampi e il respirare più facile..."

S'addormentò sul suo pianto, sulle sue incertezze, sulle stanche ribellioni, sui vaghi rimorsi. Pensieri quieti le furono attorno nel sogno e tra i pensieri quieti uno più dolce degli altri: una casa, niente valige, odore di mobili e nessun lustrino.

Così venne il nuovo giorno, così giunse l'ora in cui dall'America arrivò la risposta di Leto Kroon.

Leto Kroon telegrafava alla sorella e le diceva:

"Recati dal nostro legale occupa la nostra casa sii serena, scrivo".

La direttrice le consegnò il danaro che era depositato nella cassaforte del collegio. Coralla Kroon salutò rapidamente le compagne, stringendo a loro la mano. Ma alla ragazza magra tese le braccia.

«Come ti chiami?» le domandò.

E l'altra, ridendo:

«Smemorata! Mi chiamo Amelì Della Valle...»

Con un sorriso Coralla domandò ancora:

«Contessa, vero?»

«Sì...»

«Sei stata tanto buona con me. Non so se ci rivedremo: comunque, grazie...»

E l'abbracciò. La piccola ebbe due lacrimone, pronte e sincere. Tentò di afferrare ancora la mano di Coralla, ma questa fuggì. C'era un tassì che l'attendeva e la fanciulla diede l'indirizzo del legale. Nel tassì aveva la sua valigiona. Ve la lasciò e disse all'autista: .

«Attenda... io entro qui... Non vada via...»

Salì dal legale: aveva l'abito turchino, il baveretto bianco, il cappello tondo. Era una collegiale e si vedeva e il cortese avvocato le disse:

«Ho un telegramma qui dall'America. Che le è capitato, signorina?»

«Nulla. Ho litigato con la direttrice perché ha detto che mio fratello è un pagliaccio...»

«Oh, perbacco, quella balorda non sa che Leto Kroon è il nostro comico più intelligente e più...»

«Le volevo dare uno schiaffo» interruppe Coralla Kroon «ma ho preferito promettterglielo soltanto. Ora mi dia le chiavi, ché voglio andare nella mia casa.»

L'avvocato le diede le chiavi, una carezza, molti consigli. Coralla Kroon si occupò solo delle chiavi: erano piccine piccine e lucide e non pareva proprio che dovessero aprire le porte di un moderno ed elegante appartamento. Le ultime parole del legale furono:

«Telefoni, qualunque cosa le occorra...»

E Coralla, scartando l'ascensore, scese a salti la scala di marmo. Non aveva che sedici anni, usciva dal collegio, fuori c'era sole ed ella era davvero una scolara in vacanza. Una scolara che andava a passare le vacanze in una bella casa di città.

Il tassì giunse davanti a un portale moderno, lucido di cristalli. La portinaia, avvisata dal legale di Leto Kroon, attendeva la fanciulla, Coralla pagò l'autista, la custode si prese la valigia e insieme, le due donne e la valigia, salirono al terzo piano. Il palazzo era nuovissimo, moderno nel modo più completo e odorava di vernici e stucco.

Un poco meravigliata, ma totalmente felice, Coralla Kroon consegnò le chiavi alla custode e questa aprì una porta avvertendo:

«C'è anche l'ingresso di servizio... Poi vedrà...»

Buio, nella grande anticamera e il solito odore di casa nuova. Persiane calate e una mezza luce tranquilla che permetteva tuttavia di vedere la polvere che era sui mobili. I mobili erano tutti a posto ed erano moderni ed eleganti. Mancavano ninnoli, mancavano quadri, le pareti erano nude.

«Ecco» spiegò la portinaia. «Questa è l'anticamera, qui c'è

un salotto, qui la stanza da pranzo e questa, vede, è la cucina. C'è un terrazzo sul quale è affacciata la cucina e sul quale si apre anche la porta di servizio. Poi c'è uno studio, poi due camere da letto e due bagni, vede? La stanza di bagno padronale ha un magnifico balcone. Gli altri condomini...»

«Che cosa?» interruppe Coralla.

«Gli altri proprietari di appartamenti hanno fatto una specie di giardinetto pensile sul balcone della stanza di bagno. Il signor Kroon non ha fatto nulla perché è partito. Ma se lei vorrà avere il suo giardinetto, me lo dica: mio marito è giardiniere e lavora presso uno dei più importanti floricoltori di Milano...»

«Va bene, grazie» disse Coralla.

Guardava tutto e le pareva impossibile che Leto avesse avuto tanto danaro da poter comperare e la casa e tutti quei mobili così moderni ed eleganti. Ma poi pensò ai milioni che Leto aveva incassato solo per i films e allora volle subito bene a tutto ciò che era attorno perché era certa, oramai, che valeva la pena di voler bene a ciò che poteva considerare suo.

«Resterà sola, qui?» domandò la portinaia.

«Sì» lei ripose sincera. «Mi hanno cacciata via dal collegio e allora devo proprio stare qui, sola, in attesa che venga mio fratello e mi trovi un altro collegio, dal quale mi manderanno poi ancora via perché se dà una spallata la contessina Della Valle non importa nulla ma se la dà Coralla Kroon sorella d'un comico, la cosa è grave... Si figuri che la direttrice ha chiamato pagliaccio mio fratello.»

«Caro!» esclamò la donna tutta vispa. «Così caro. Appena ci conobbe ci diede biglietti per poltrone... Noi in poltrona, si figuri! E le risate... E che teatro! Lo chiamavano per nome, lo sa? Esce lui e tutti: "Leto! Leto! Leto!" Altro che pagliaccio! È un grande uomo suo fratello...»

«Se sia grande non lo so» rispose senza sorridere Coralla Kroon «ma so che è un galantuomo. E che gli devo tutto.»

La portinaia, seguendo un proprio pensiero:

«Mi dica... Come vivrà, qui?»

«Ah, non so! Bisogna che mi orienti...»
«Prenderà una cameriera?»
«Eh, no!»
«Vuole che venga io su ad aiutarla?»
«Grazie.»
«E per mangiare come farà?»
«Mi arrangerò...»
«Vuole che glielo porti io il mangiare?»
«Se può...»
«Posso, certo. Purché si accontenti. Siamo in due: mio marito e io. Ciò che si fa per noi si fa anche per lei: si tratta di aumentare la dose.»
«Grazie infinite! E... e prenda... Un acconto.»
Le consegnò, rapida, una banconota, la portinaia scansò la mano e disse:
«Ma non c'è bisogno, che diamine!»
«Mi piace fare così, anche per smentire la storia che gli artisti e quelli che stanno loro attorno facciano sempre debiti.»
La portinaia intascò il danaro mormorando:
«Suo fratello è stato subito generoso...»
E poi:
«Ha visto come si fa a sollevare le persiane? Così, guardi...»
Schiacciò un bottoncino incastrato nella parete, vi tenne il dito premendo, piano piano la persiana cominciò a salire. «E per farla scendere, schiacci quest'altro bottoncino...»
Aggiunse ancora:
«Io vado. Qualunque cosa le occorra ricordi che in cucina c'è il citofono... Il telefono che la mette subito in comunicazione con la portineria. Basta sollevare il microfono. E chiuda bene la porta, sempre...»
«Grazie.»
Restò sola: percorse il corridoio, lentamente. Sentiva risuonare i suoi passi sul piantito di marmo grigio, nero e rosso, arabeschi asimmetrici ed estrosi. Di stanza in stanza, ella vide dipanarsi un piccolo mondo nuovo, odoroso di pulito, vivido di modernità, elegantissimo. Il salotto le piac-

que e la fece sorridere: gran tappeto chiaro, quasi dorato: un divano enorme, profondo, di seta grossa, a grandi cerchi color d'oro. Poltrone nella stessa stoffa del divano: e poi, in un angolo, un divano semicircolare, di raso verde, con due poltroncine verdi, che parevano valve di conchiglia: e un tavolino di opalina verde davanti al divano e fra le due poltrone. Sorrise guardando quell'angolo, Coralla, e le parve che là ci fosse un poco di mare.

La stanza da pranzo aveva mobili chiarissimi e cristalli neri. E la tavola era ovale. Lo studio aveva poltrone di pelle rossa e i mobili erano di palissandro assai cupo. La camera da letto, quella che aveva un letto molto ampio, era un poco stravagante e forse più adatta a una donna che a un uomo perché il letto era trapunto di raso bianco come le rivestiture delle seggiole e delle poltrone. E l'altra camera, che era in fondo all'appartamento e aveva una minuscola stanza di bagno, era da collegiale. Un letto di legno chiaro, un armadio a specchio con il suo cassettoncino assortito: due seggiole, una piccola scrivania, un'enorme poltrona. E la poltrona era la sola cosa che desse un tono mondano alla camera, ché era di raso viola, ampia, larga, fonda, accogliente e aveva davanti un tavolinetto rettangolare nello stesso legno dei mobili, ma coperto da una lastra di cristallo viola.

"Io alloggerò qui" si disse Coralla Kroon. "Io userò della cucina e di questa camera. Tutto il resto rimarrà chiuso ed entrerò solo per dare aria e per ripulire..."

Uscì da quella camera, vide un uscio. Lo aprì e si accorse che c'era una stanza guardaroba, con due grandi armadi bianchi. Aprì gli armadi e restò immota. C'erano abiti di Leto. Quelli che forse al giovane non sarebbero serviti laggiù. Al vedere quegli abiti, Coralla sentì il cuore palpitare; e le parve, subitamente, di non essere più sola. C'era qualche cosa di Leto, in quella casa: e lei poteva oramai essere certa che quella casa era sua e che poteva vivervi tranquilla.

Poi andò nella cucina e constatò che non vi era neppure un tegame. C'era una grande e moderna macchina a gas, ma neppure una pentola anche piccolina. Nello stanzino accanto alla cucina c'era il lavello e c'era un moderno frigorifero. Nel lavello c'erano tracce di calce e il frigorifero era desolatamente asciutto, vuoto, quasi caldo internamente. Allora Coralla Kroon andò nella sala da pranzo. C'era un ricco servizio per champagne. Neppure un bicchiere per l'acqua o il vino. Corse ad aprire gli armadi del guardaroba e si accorse che c'erano quattro lenzuola, quattro federe, quattro asciugamani e neppure una tovaglia. Sorrise e pensò che Leto non aveva avuto tempo per le cose alle quali solitamente pensa una donna.

"Comprerò due piatti e due tegami e un bicchiere..." si disse.

Però, nel mobile-bar, scoprì, intatte, bottiglie di liquori raffinati. Dal Napoléon classico al whisky con i due animali domestici, uno bianco e uno nero. C'erano aperitivi di classe, c'erano, coricate, due bottiglie di champagne autentico. In una scatola di porcellana luccicavano cioccolatini: e in un cassetto del mobile-bar si adagiavano lunghe sigarette straniere.

«Il superfluo c'è» rise Coralla. «Al necessario penserò io.»

Trascinò la valigiona nella sua cameretta, l'aprì, cominciò a togliere la sua roba. Abiti di collegio, una veste di casa, un cappotto pesante. Ed era aprile e per uscire Coralla Kroon aveva soltanto abitucci che in fretta in fretta, prima che ella entrasse nel collegio, le aveva confezionato la sarta della compagnia di rivista. Glieli aveva confezionati, quegli abitini, pensando che forse nel collegio le sarebbe stato permesso, qualche volta di vestire senza uniforme. Invece gli abitini erano rimasti nella valigia. Ed erano acciaccati e parevano cencetti.

Non si allarmò, Coralla Kroon. Si tolse l'abito turchino, infilò uno di quei vestiti: quello a quadretti bianchi e rossi, con le maniche corte e una piccolissima scollatura. Era il meno rincincignato e le stava bene ché era semplice, di buona stoffa e fatto discretamente.

Così vestita andò nella stanza di bagno. L'aprì e uscì sul gran terrazzo. Vide subito, a due finestre di distanza un altro terrazzo, tutto in fiore. Indubbiamente era il terrazzo dell'altro proprietario di appartamento: il palazzo aveva due appartamenti a ogni piano. Ed era palese che in quello attiguo alla casa dei Kroon c'erano persone ordinate e di buon gusto ché il terrazzo aveva tanti fiori e tutti belli. "Chi sa perché" pensò la ragazza "hanno dato una terrazza alla stanza di bagno e non al salotto..."

Si diede della stupida. Le stanze di bagno, il guardaroba, la camera della domestica erano affacciate su un giardino-cortile dov'erano anche allineate le autorimesse. E le altre stanze erano affacciate sulla strada e una sola stanza, il salotto, aveva un balcone. D'altra parte, quella stanza di bagno pareva un salotto ché aveva i servizi divisi e quella parte affacciata sul terrazzo non aveva che la vasca, una vasca affondata in una nicchia e azzurra come una piccola grotta marina.

Coralla Kroon, sul terrazzo, voltò le spalle all'esterno, guardò la stanza di bagno. Mosaico e argento alle pareti, quella nicchia che accoglieva la vasca, un pavimento di marmo azzurro e grigio, un tavolino di cristallo azzurro, una poltroncina di raso azzurro. Poteva sembrare un salottino se si voleva ignorare che nella grotta laggiù c'era una vasca per il bagno.

"Bello! Bello!" pensò commossa e felice. "Non ho mai veduto nulla di più bello. Neppure nelle riviste..."

E trasalì udendo abbaiare rabbiosamente un cane. Si volse al terrazzo fiorito e vide il muso elegante di un fox-terrier inglese. Testolina finissima, focata da un lato, nera dall'altro: e una scriminatura bianca. E il corpo sottile, candido, liscio, e occhi attenti, lucidi. Il cane stava in piedi, appoggiando le zampe anteriori al bordo di un vaso di garofani rosa: di tra i garofani, il musetto sporgeva, per vedere al di là delle sbarre chi mai fosse l'estranea apparsa là su quel terrazzo che solitamente era deserto.

«Bello!» disse piano Coralla. «Non mi conosci, è vero? Ma come sei bello...»

Per nulla commosso, il cane riprese ad abbaiare: e le orecchie, che cadevano perfettamente piegate, si levarono un poco là dove si piegavano. Poi, il mozzicone di coda che il cane aveva cominciò a muoversi e nello stesso tempo l'animale guardò verso l'interno. Una voce calda, giovane e bella, giunse a Coralla Kroon:

«Che c'è, Toi?»

Il cane abbaiò più forte guardando Coralla. E la bella voce maschia, chiara e pacata risuonò: «Vieni, su, piantala!»

Il cane ringhiò verso Coralla. La guardò, parve dirle: "Devo ubbidire... Ma bada, ci rivedremo..."

Mise le zampine a terra, si scrollò, entrò e subito qualcuno chiuse i vetri. Solo allora giunse a Coralla un buon odore di Colonia e di sigarette. E le parve che l'aria fosse tutta fatta di quel buon profumo: sigarette e acqua di Colonia.

Restò immota a guardare quel terrazzo che distava sì poco da lei. Poi entrò. Salì un rombare di motore dal cortile-giardino. Poi tutto fu silenzio.

Repentinamente, qualche cosa pesò nel cuore di Coralla ed ella sentì la gola serrarsi.

Si guardò attorno.

Era l'ora del tramonto. E lei era sola, terribilmente sola in una grande, modernissima ed elegante casa di città. "Ohimè!" pensò spaventata. "Mi viene la malinconia..."

Corse nel salotto, uscì sul balcone. Sotto di lei c'erano alberi e tra i due filari correvano automobili e camminavano persone. L'elegante strada era frequentatissima: ma nessuna persona era affacciata alle finestre o ai balconi.

Era aprile. Il mese andava verso il maggio con una dolcezza immensa, così che tutte le foglie erano già su i rami e nei giardini c'erano i fiori e nell'aria c'era la più insinuante primavera.

"Forse io ho fame..." si disse Coralla.

E si ritrasse, ben decisa a chiamare la portinaia ché la provvedesse di qualche cosa. Ma poi non osò. Aprì la scatola dei cioccolatini, ne prese alcuni, andò a mettersi in una poltrona. Con le unghie rosee ma prive di ogni cura e di ogni laccatura, cominciò a svolgere la stagnola di un cioccolatino: e repentinamente Coralla Kroon si accorse che le era difficile trovare il punto da sollevare per poter scartocciare il dolce. Gli occhi erano velati e per quel velo era difficile a lei vedere dove la stagnola era possibile da sollevare. Lasciò scendere le lacrime: mangiò. Smise di mangiare quando non capì più se i cioccolatini erano salati o se le lacrime avevano sapore di cioccolata. Raccolse le stagnole, le portò nella cucina. Fu allora che udì il trillo discreto del citofono che la metteva in comunicazione con la portineria.

«Signorina... Lo vuole il minestrone con un poco di carne ai ferri?»

Disse di sì.

Sulla tavola di marmo mise una coppa di champagne.

E le parve che fosse davvero troppo poco per considerare apparecchiata quella tavola. Allora citofonò alla portinaia e le disse:

«Lo sa che qui non ho né piatti né posate?»

Una risata cordiale e poi:

«Le porto io tutto.»

Venne su, la portinaia, con un canestro. E dentro c'era tutto: una piccola tovaglia di cotone rosso e bianco, a scacchi; un tovagliolo rosso e bianco, due piatti, una piattina, le posate, un bicchiere. Un pentolino conteneva il minestrone alla milanese: un tegame conservava calda una bistecca ai ferri sulla quale si scaldava una foglia d'insalata.

«Va tutto bene?» chiese la portinaia.

«Benissimo.»

«La foglia d'insalata l'ho messa per eleganza...»

«Grazie.»

«Vino ne beve, signorina?»

«No, no, non ne ho mai bevuto.»

«Non le piace?»

Coralla non rispose. Eluse la domanda dicendo:

«Mi piace la minestra calda...»

La portinaia lasciò tutto sulla tavola, disse, andandosene:

«C'è anche la frutta. Non è bella, ma...»

Coralla mangiò due cucchiai di minestrone. Assaggiò la bistecca. Poi prese la mela e andò a mangiarla guardando dai vetri. Allora ricordò che forse il vino le piaceva, ma s'era abituata a non berne perché quando aveva cominciato a mangiare come gli adulti aveva sentito mamma e babbo parlare del vino come di cosa preziosa alla quale i poveri guitti dovevano rinunciare. E con l'andare del tempo, Coralla non aveva mai più pensato al vino. Neppure in collegio, dove un bicchiere di vino chiaro era compreso nella retta. Tante cose erano oramai alle spalle di Coralla e tuttavia lei le ricordava. Tutto il passato era lontano eppure ella lo sentiva incalzare dietro di lei e le pareva che volgendosi avrebbe rivisto i lunghi giorni trascorsi in albergucci o in camere mobiliate, le lunghe serate passate nei brutti camerini e poi le giornate negli alberghi che andavano facendosi migliori e nei palcoscenici che erano diventati oramai palcoscenici di città. Era stata povera e lo ricordava. Ma aveva tanta ansia di non sentire più alle spalle quell'incalzare di ricordi colmi di malinconia. Non si vergognava del suo passato ché in esso nulla vi era di disonesto: ma voleva andare avanti, a qualunque costo. Perdere la memoria delle ore brutte, camminare verso un sereno così fulgido da rendere invisibile tutto ciò che era stato negli anni trascorsi. Andare avanti... Ma come?

Leto Kroon, più volte, aveva detto alla sorella di desiderare per lei una vita quieta, dove ci fosse una casa, un marito e almeno un bambino. Più e più volte il giovane aveva detto, quasi con voce di sogno: "Una vita vera, per te, Coralla. Una casa, un marito, un bambino, la tranquillità assoluta con un galantuomo serio... Alla dote penso io. Tu pensa a studiare, a farti una cultura, a renderti degna di vivere in un mondo onesto, buono, riposante..."

Dava morsi alla mela, Coralla, e mangiava guardando nel cortile-giardino. Oramai c'era una stella nel cielo e di tra le persiane filtrava la luce delle lampade accese nel bel palazzo dove anche Coralla abitava.

C'era già una stella. E Coralla la vide. La vide mentre portava alla bocca la mela rosicchiata torno torno: e la mano ricadde e poi si aprì e l'avanzo di mela fu sul pavimento. Gli occhi fissi a quella stella chiara e palpitante, Coralla sentì la sua immensa solitudine. Sola. L'unica persona cara che lei aveva al mondo era lontana, e nella casa che odorava di nuovo e di vernice non c'era un sospiro di creatura. Ampia la casa, quasi ignota l'ubicazione di essa: non amici i mobili, non vicine le cose. Tutto le era estraneo anche se tutto ciò che era attorno a lei apparteneva a Leto. Nessun rumore saliva dal cortile e la magnolia che faceva pompa di sé nel centro dell'unica e tonda aiola pareva diventare gigantesca in quella mezza luce che sostava nell'aria in attesa della notte.

Un mobile scricchiolò alle spalle di Coralla: e lei si volse di scatto mentre il cuore le balzava in gola. Paura. Nelle pensioncine, negli albergucci, nelle camere mobiliate, non aveva mai avuto paura ché al di là delle pareti o delle porte di comunicazione sentiva sempre il fiato degli altri. E nei collegi, non era mai stata sola. Per la prima volta ella era sola, in una casa vasta e per la prima volta aveva paura. Si buttò nel corridoio, accese tutte le luci. Con il coraggio che le veniva appunto dalla sua paura, percorse tutte le stanze, aprendo armadi, chinandosi a guardare sotto i letti e i divani. Illuminò tutta la casa, calò tutte le persiane: alla fine, ansante, andò nella stanza di bagno e aprì anche la piccola stanza dov'erano i servizi. Tutto lucido, tutto nuovo, tutto silenzioso. Il cuore si placò un poco: ma un tremito leggero le rimase nelle mani.

E allora uscì sul grande terrazzo dov'era stata dianzi e dove l'aveva raggiunta una voce maschile che richiamava Toi. E Toi era là e subito abbaiò. Fu così contenta di avere un essere vivente non discosto che subito rinfrancata sorrise e disse forte:

«Toi! Non avere paura... Abito qui, non sono una ladra. Non abbaiare, Toi, o ti richiameranno e io resterò sola.»

Allora una figura alta e diritta apparve sul terrazzo uscendo da quella stanza di bagno che doveva essere fiabesca quanto quella di casa Kroon. Coralla guardò l'alta figura e nella luce che veniva dall'interno e si proiettava anche sui fiori ella vide che l'uomo indossava una divisa: divisa scura, bottoni d'oro, *occhio di bue* sulle maniche. Tre galloni. Tenente di vascello. Non ne sapeva molto di gradi, Coralla, soprattutto dei gradi della Marina. Ma aveva sentito parlare in teatro, una sera che erano a Livorno, di un amico della *soubrette*. Un amico che era tenente di vascello ed era appunto con una divisa così: come quella che ella vedeva a circa sei metri dal suo terrazzo.

Disse il giovane, mentre la sua sigaretta accesa metteva un punto mobile nella notte:

«Toi non è abituato a vedere gente sul terrazzo: perciò abbaia. Scusi...»

«Oh, non importa, ha ragione lui...»

E si protese, la fanciulla, verso il giovane, ignoto ufficiale, quasi attirata da quella parvenza umana che la toglieva dalla sua immensa solitudine.

Ma la bella figura maschile, scura nel riverbero della luce e chiara là dove la luce si frangeva su i galloni, si mosse. La voce calda e profonda pronunciò poche parole:

«Buona sera e ancora scusi per la mancanza di galanteria di Toi.»

Il bel terrazzo fiorito ebbe luce per alcun tempo: poi piano piano una persiana si abbassò e la luce venne proiettata a strisce or luminose or buie. Poi qualcuno all'interno fece accostare le listelle: e sul terrazzo non ci fu più che l'ombra delle pianticelle sulle quali i fiori mettevano, a tratti, spennellate chiare.

Coralla Kroon si ritrasse. Rientrò nella sua casa. E subito l'immensa angoscia dianzi provata le pesò nell'anima. Sola. Attorniata da un silenzio profondo che a tratti pareva animarsi per uno scricchiolìo rapido e repentino che tuttavia si taceva subito.

Sola.

Andò a prendere la biancheria per il lettino e si chiuse nella sua camera, perlomeno, in quella che lei aveva eletto a sua camera. Preparò il letto, indugiando in quel lavoro come a chiedere tempo al tempo, come a voler ingannare le ore lente, come a voler tardare l'ora in cui sarebbe stata tra quelle lenzuola e inevitabilmente il peso di quella nuova situazione le avrebbe portato malinconia.

Come ebbe preparato il letto, andò nella stanza di bagno, quella piccola e semplice anche se modernissima che doveva servire appunto per l'ospite che fosse stato collocato in quella cameretta. Lenta, cauta, insolitamente attenta, Coralla

Kroon preparò il bagno, si immerse nell'acqua calda, socchiuse gli occhi. E poi sorrise. Le era passata davanti agli occhi l'imagine della direttrice. Di colei che contava arcigna i minuti di immersione delle sue ospiti. Parve a Coralla di aver già vinto una battaglia: non era che una battaglia con la vasca di bagno ma a lei pareva una vittoria sulla vita.

Riemerse, si avvolse in un lenzuolo rosa, di spugna. Infilò una camicia da notte, una di quelle che usava nel collegio, si coricò. E come fu tra i lenzuoli sentì che quella camicia le dava noia. Massiccia, con maniche lunghe, con baveretto chiuso al collo... Un tormento.

E forse per quel tormento il sonno non venne. Allora si levò, fece scorrere uno sportello, trovò alcuni romanzi. Romanzi importanti, con firme colossali, troppo difficili per lei. Cominciò a sfogliare le pagine. E d'un tratto, su una pagina, vide risplendere tre galloni, *l'occhio di bue*, il grado dorato di un tenente di vascello.

Il libro le cadde di mano, si posò sul risvolto del lenzuolo. Il capo della fanciulla si arrovesciò contro la testata del letto. Un pensiero sottile e caro le entrò nelle vene: le diede calore. Aleggiò attorno a lei il desiderio di un bacio. Sorrise. Tutto si fece straordinariamente dolce attorno a lei e anche amico. Poi le sembrò che Toi abbaiasse. Un abbaiare lontano, senza ira, senza diffidenza. Un abbaiare che veniva da fiori altissimi, inverosimili, come lei non ne aveva mai veduti.

Era un sogno. E quel sogno continuò, come continuò ad ardere la lampada rosea che una donnina di porcellana bianca sosteneva alta come una face.

E dormì a lungo, a lungo. E quando si destò era giorno alto. E subito sentì una gran fame. Fame giovanile e sana che la fece correre al citofono per un colloquio breve con la portinaia:

«Ho tanta fame... Ha già citofonato, lei? Ma io dormivo. Grazie, sono abituata a mangiare pane, niente biscotti. Pane, latte e caffè. Se il caffè sarà migliore di quello che ci passava il collegio, le sarò molto grata...»

E la portinaia salì con un litro di latte, una cuccuma di

caffè, un pane fresco, zucchero. Poi disse: «Le lascio un poco di zucchero, un poco di caffè, così che se vorrà fare merenda non avrà bisogno di chiamarmi... Per colazione le darò...»

Disse ciò che avrebbe preparato, sorrise, mise al fuoco la pentola che aveva portato e conteneva il latte.

«Vuole che prepari io tutto?»

«Oh, no!» rispose Coralla. «So fare da me...»

Guardò la cucina a gas, guardò il liquido bianco, poi quietamente domandò:

«E un ufficiale di Marina, vero, quel signore che abita a questo piano? Quel giovane che ha un cagnolino bianco o quasi.»

«Oh, sì! È il figlio dei marchesi Luis. Si chiama, il figlio, Lauro Luis, ed è qui in licenza. Bel giovane! Ricco. Gentile. Figlio unico, si dice che sposerà una contessina della migliore società milanese. Sa, queste grandi famiglie combinano sempre i matrimoni in famiglia. La nobiltà vuole la nobiltà, la ricchezza vuole la ricchezza.»

«Oh, buon Dio!» ribatté Coralla Kroon un poco irridente. «Non credo abbiano poi un'enorme ricchezza se hanno solo un appartamento, questi marchesi Luis. I marchesi li immagino tutti nei castelli... o quantomeno nei palazzi antichi...»

«Eh, signorina, che se ne farebbero di un castello a Milano? Sono furbi a starsene in un appartamento. Meno servitù, meno tasse, meno grane... E poi l'appartamento è assai bello. Dieci locali! Per due persone, ché il marchese Lauro passa a Milano quindici o venti giorni l'anno e non di più. E, come si dice? È imbarcato su una nave da guerra...»

Coralla Kroon vide che il latte si levava a bollire: lo tolse dalla fiamma. Mise a scaldare la cuccuma del caffè. E la custode avvertì:

«Io devo scendere. Se ha bisogno...»

«Grazie.»

Fu sola e sulla tavola da cucina che aveva il piano di marmo candido mise la scodella che la custode le aveva portato. Versò il latte, aggiunse il caffè, lo zucchero, spezzò il pane croccante. Rimescolò. La fame era sparita. E gli occhi guardavano la finestra. Nulla si vedeva all'esterno ché la finestra aveva nella cucina vetri marezzati. Ma Coralla sapeva che se avesse spalancato avrebbe veduto quel terrazzo in fiore e forse Toi pronto ad abbaiare.

Bevve il latte di malavoglia. Rigovernò tutto in cucina. Aveva un abito di cotone a quadretti bianchi e turchini: lo destinò ad abito da lavoro. E cominciò a ripulire le stanze e i mobili. Intenta nel lavoro, lieta di vedere tante cose nuove e belle, ella dimenticò il terrazzo in fiore. Ma quando tutto fu a posto, lucido e riordinato, quando la casa ebbe acquistato la dolcezza di tutte le case dove mani feminee e devote sanno dare un'impronta di cura e di ordine, lei sentì che Toi abbaiava, abbaiava forte, insistente e noioso. Era nella sala da pranzo, Coralla, e le finestre di questa stanza erano affacciate sulla strada. Ma ella captò ugualmente quel richiamo e subito uscì dalla sala e corse nella stanza di bagno. Neppure per un istante ricordò di avere un fazzolettone in capo, con le cocche sulla nuca. Neppure per un istante pensò al suo abito di cotone e alle sue maniche rimboccate. Ella fu là, sul suo terrazzo disadorno: e subito Toi abbaiò con ira e subito il piccolo animale mise le zampine anteriori su un vaso per meglio protendersi verso il terrazzo di Coralla.

«Buon giorno, Toi» sussurrò.

Per un istante, forse stupefatto di essere chiamato per nome da quella sconosciuta, il cane dimenò il suo pezzetto di coda. Ma subito si pentì e, come d'uso tra i fox-terrier a pelo corto, l'animale rizzò i peli lungo la colonna vertebrale. Non abbaiò più, ma ringhiò decisamente.

«Ma si può sapere che razza di nevrastenico stai diventando?» chiese una voce dall'interno.

E Coralla Kroon restò immota. Perché quella voce che veniva dalla stanza affacciata sul terrazzo era la più calda e armoniosa voce del mondo.

Il cane ringhiò, raspò la terra di quel vaso dove si appoggiava:

«Bene!» rise la voce interna. «Bene! Devasta il giardino di mamma e ne buscherai quante ne potrai portare... Giù, Toi! Smettila!»

Ma il cane s'inferocì e allora un volto a metà insaponato e a metà rasato si sporse. Canottiera, calzoni di un pigiama grigio argenteo, babbucce a pantofola di camoscio azzurro. Braccia forti e levigate, dorso ampio e possente, larghe spalle abbronzate. E una mano sicura, forte, bruna, che afferrò Toi per la pelle del collo e lo trascinò dentro. Ma poi il volto riapparve, un bel sorriso gareggiò in candore con la spuma del sapone. Magnifici occhi scuri risero e una ciocca di capelli tra il biondo e il castagno cadde giù, su una fronte alta e fiera e sgombra di pensieri.

Il sorriso era per Coralla Kroon. Ma su quel sorriso combaciarono i battenti della porta-finestra. E Coralla restò immota a guardare il terrazzo fiorito. Poi vide una cameriera in grembiale bianco affacciarsi al piano sottostante: la cameriera aveva un abito a quadretti bianchi e azzurri, aveva una crestina invece del fazzolettone con le cocche, aveva un grembiale candido. Ed era indubbiamente più corretta nella sua tenuta di quanto lo fosse Coralla Kroon. Notò quella cameriera, la fanciulla. Si ritrasse umiliata, si guardò nello specchio. E con malinconia pensò: "Mi avrà creduta non la cameriera ma la sguattera di casa Kroon."

Quasi dovesse far ricredere il giovane si lavò, si riordinò, infilò l'abito del collegio. Blusa con bavero candido, gonna a pieghe. Non aveva calze di nylon e non volendo mettere quelle di cotone abolì le calze e infilò le scarpe quasi prive di tacco e scollate. Così vestita avrebbe dimostrato quattordici anni se l'opulenza freschissima del suo busto non avesse rivelato la giovinezza pur estrema che già la fanciulla aveva affrontato. Pensò a ciò che poteva fare per tornare sul terrazzo. Vide che al piano sottostante avevano portato sul terrazzo due o tre poltroncine di velluto azzurro forse per esporle all'aria o per spazzolarle. Imitò i condomini del piano sottostante, andò a prendere a una a una le seggiole della sala da pranzo. E stava collocando l'ultima quando udì aprire la porta-finestra e subito le arrivò la folata conosciuta di un profumo oramai noto e caro. Acqua di Colonia, sigarette, anche sapone fine.

E poi apparve lui, intento ad accendersi una sigaretta.

Indossava un abito grigio, molto chiaro. E nell'abito borghese egli pareva ancora più alto e anche più largo di spalle.

Cercò con lo sguardo un punto per buttare il cerino. Si chinò, lo mise in un vaso dove fiorivano gerani a cascata: gerani appena appena rosati, contornati ai petali d'un filo scuro: come se un ricamo sottile, di seta nera, concludesse i petali delicati. Lei lo seguì in quella manovra e il giovane, sollevandosi, vide la ragazza, strizzò un occhio e disse:

«Se mia madre vedesse che piglio per portacenere questo vaso di gerani da lei creduti rarissimi, cadrebbe perlomeno il palazzo... O quantomeno telegraferebbe al ministero della Marina implorando di sospendere la mia licenza.»

Coralla Kroon non conosceva timidezza: non era sfacciata né petulante né invadente. Ma era cresciuta in palcoscenico dove la timidezza non è ammessa, dove il parafrasare è materia sconosciuta.

Così che domandò subito:

«Ha ancora molti giorni di licenza?»

«Tre. E lei?»

«Io ho una licenza illimitata perché mi hanno cacciato dal collegio...»

«So» egli rise.

Poi sottovoce:

«Esce?»

Subito lei rispose:

«Sì...»

«La raggiungerò. Non è ammesso cianciare da un terrazzo all'altro. Ci metterebbero in castigo... A rivederci.»

Si ritrasse. E Coralla, sentendo che il cuore le batteva forte, rientrò a sua volta e si guardò nello specchio.

Confusamente, fugacemente, ma con calma assoluta ella si rese conto che l'unico abito adatto era quello che indossava. Abito da collegio, reso mondano per quella mancanza di calze.

Prese il cappello tondo, che aveva un elastico a cordoncino. Non mise il cappello ma lo tenne sospeso a un dito appunto per quell'elastico. Aprì la porta, fu sul ballatoio ampio, silenzioso, elegante. Di fronte all'uscio della sua casa ve ne era un altro, di noce lucida: sorrise. Sapeva che quell'uscio si sarebbe aperto per lasciar passare lui... Non chiamò l'ascensore: attaccò la scala di marmo a balaustrata di ottone. Saltando come un capriolo in libertà, cominciò a scendere. La portinaia la guardò tra stupita e sorridente. L'atrio era assai signorile, assai elegante ed estremamente moderno, tutto a marmo, cristalli e ottone. La custode uscì dalla sua gabbia di bei cristalli forbiti, domandò sottovoce:

«Ma dove va?»

«A comperarmi un paio di calze. Non voglio mettere quelle di cotone del collegio e così mi pare d'essere una zingara... Lei sa quanto costano le calze di nylon?»

La custode, con un poco di sussiego, spiegò:

«Dipende, se le vuole assai velate, parecchio. Se le vuole senza cucitura saranno ancora più care. Se vuole il tipo comune, buono, elegante e duraturo, vada là, dove c'è scritto "Elite" e avrà calze ottime a buon prezzo. Le consiglio di prenderne due paia uguali: le calze si sposano.»

«Come?»

«Se un paio rimane vedovo, potrà sempre prendere una calza dal paio buono, cioè rimaritarle o, meglio, farne ancora un paio.»

In quel momento Coralla vide uno dei due lucidi ascensori partire in salita. Si affrettò a congedarsi dalla custode e fu nella strada e subito capì che non era estremamente facile camminare tra quella folla e quei veicoli. Poi si accorse che gli uomini la guardavano. Che molti si voltavano.

"Devo avere proprio la faccia d'una scappata da collegio" ella si disse ridendo.

Ma poi sentì un passo dietro di lei e ancor prima di vedere Lauro Luis ne sentì il leggerissimo profumo. Era un profumo che somigliava a un incanto e perciò le fece battere nuovamente il cuore.

«Ora io mi affianco a lei e tra poco sarò arrestato perché mi crederanno un rapitore di minorenni...»

Ella volse la faccia verso la figura virile che le si era affiancata ma per vedere il volto di colui che le stava di lato Coralla Kroon dovette sollevare di molto il viso ché, se pur alta di statura, non riusciva a giungere che alla spalla dell'uomo.

E allora per quell'atto, il giovane chinò il capo a guardarla e repentinamente negli occhi di lui passò una espressione dolce e divertita insieme, simile un poco a quella del buon gigante che si piega a cianciare con il bamboccetto che somiglia a un balocco.

«Come è alto!» disse Coralla.

«Soltanto un metro e ottantacinque centimetri. Ho un collega che sfiora il cielo: sempre che si tratti di un cielo alto due metri. Come si chiama, lei?»

«Kroon.»

«Questo lo so da ieri, da quando mia madre, che ha intravisto lei sul terrazzo, ha comunicato che era giunta la sorella del comico Kroon. Io volevo sapere il suo nome di battesimo.»

«Coralla.»

«Ma no!»

«Come no? Sì!»

«Coralla! Ma non è un nome!»

«Eppure le assicuro che è il mio. Non le piace?»

«Si figuri se a un ufficiale di Marina non deve piacere il nome Coralla! Coralla, femmina del corallo: dove alloggia il corallo? In fondo al mare e, sebbene si creda che stia a grandi profondità, posso assicurarle che non è così. Sott'acqua sì, ma non profondissimo... E non tornerà più in collegio?»

«Dipende...» lei sorrise.

«Da chi e da che cosa?»

«Dipende dal collegio. Ne troverò un altro dove poter andare? Da tre mi hanno cacciata via: dal quarto mi sono fatta cacciare io. Dopo questi precedenti, sa lei dirmi se ne troverò un altro?»

«Se i collegi non si saranno passati la parola, lo troverà. Ma dica, dove vuole andare?»

«A comperare calze di nylon. Non ne ho. Vede che ho le gambe nude?»

«Vedo e non mi piace affatto vedere gambe nude in città...»

«Non piace neppure a me; ma non potevo infilarmi le

calzacce del collegio. Così vado a cercare quelle di nylon. La portinaia mi ha detto di andare al negozio "Elite", ma ora chi sa dove sarà. Non ho seguito la rotta indicatami dalla portinaia.»

«Usa termini marinari!» sorrise il giovane. «Come mai?»

«Sa, credo non occorra essere parente di un marinaio per usare il vocabolo "rotta"...»

Gli camminava a lato, con quell'abito a pieghe, con quel cappello appeso per l'elastico a un dito. Il seno giovane e saldo e prepotente si rivelava nell'andare della giovane che camminava splendidamente eretta, sicura, agile, con passo elastico che pareva sempre il preludio d'un passo di danza. E gli uomini si volgevano e le donne sogguardavano, caute, senza capire se quella era una bimbetta innocua o una femmina pericolosa.

«Dobbiamo andare insieme a comperare le calze?» domandò l'uomo.

E la ragazza, un poco beffarda:

«No, grazie, me le compero io. Non dimentichi che sono cresciuta in palcoscenico e che so il valore d'un paio di calze per chi le accetta. Ho danaro.»

«Ma io non intendevo corromperla con un paio di calze. Né con un brillante» protestò lui, sincero. «Io mi offrivo di accompagnarla a fare il suo acquisto.»

«Che poi avrebbe pagato lei...»

«Senta, può anche darsi che per quel senso di cavalleria che ci viene inculcato fin da quando s'è bambini e si nasce da famiglia seria e fine, per quel senso di cavalleria, le dicevo, avrei anche osato chiederle di pagare io le sue calzine. Tuttavia vorrei dirle subito che non uso conquistare le donne con un paio di calze: e tantomeno le bambine.»

Camminavano per via Manzoni. E la ragazza, apparentemente indifferente alle parole del giovane, sbirciava le vetrine. Ma d'un tratto, rivelandosi ben vigile e attenta, disse chiaro:

«Sa, ho pensato che lei, sapendomi sorella di un comico di rivista, mi abbinasse a certe attricette appunto della rivista.»

«Prima di tutto devo dirle che suo fratello io lo ammiro

molto e che quando lavora lui non c'è ufficiale che non lo vada ad applaudire. Poi voglio dirle che non ho l'abitudine di giudicare una ragazza per il *si dice* altrui. Finora ho sempre giudicato da me e non ho mai sbagliato. Guardi! C'è un negozio dove si vendono calze, qui. Vuole entrare? Io frattanto andrò a comperarmi le sigarette... Mi attenda qui.»

Ella entrò. Lui se ne andò. La ritrovò poco dopo con un sacchettino di carta in mano, tenuto dalla stessa mano che reggeva l'elastico del cappello.

«Trovate le calze?»

«Altroché!» lei rispose.

«E che cosa vorrebbe fare, ora?»

«Andare in giro.»

«A piedi? Buon Dio, che noia. Mi aspetterebbe qui? Volo a casa, prendo la vettura e torno da lei.»

Coralla accettò d'attendere: e rimase davanti la vetrina del negozio. Cappello appeso a un dito, sacchetto delle calze tenuto vicino al cappello: viso tranquillo ma un poco duro: e con occhi attenti. Occhi belli e limpidi, con qualche balenìo temporalesco e dove tuttavia era facile vedere un'ansia infinita di osservare, di apprendere, di giudicare. Donne le passarono davanti e la sbirciarono tra sorprese e perplesse, indubbiamente incerte sul giudizio da esprimere su quella ragazza dal seno ardito e dall'abito innocente. Uomini le passarono davanti e la guardarono e alcuni rallentarono il passo e altri si volsero e altri ancora, dopo essersi voltati, tornarono indietro e le passarono ancora davanti.

Ed ella osservava le manovre sciocche e inutili e pensava a Leto, al suo buon fratello che soleva dirle:

"Attenta agli uomini, Coralla. Noi siamo una massa di mascalzoni pronti ad acciuffare le ragazze. Poiché pretendo che tu sia una ragazza per bene, se un uomo t'annoiasse prima tiragli una pedata in uno stinco e quando lo avrai azzoppato vieni da me che gli sfonderò almeno un occhio."

A quei pensieri Coralla lasciò nascere involontariamente un sorriso sulle sue labbra. E allora un uomo si sporse dall'ampio finestrino d'una macchina fuori classe e la guardò. La macchina era color sangue di bue, aveva una capotta nera, aveva un muso da locomotiva ultimo modello e scivolava su l'asfalto con un fruscìo di seta. Un autista vestito di scuro, con un berretto a visiera e con un sussiego che lo rivelava al servizio d'un personaggio importante, guidava impettito e corretto. E Coralla Kroon seguì con lo sguardo quella magnifica vettura, anche perché il signore che era a bordo di essa s'era girato e guardava dall'ovale del finestrino posteriore.

Quell'uomo che la guardava aveva capelli grigi, folti, lisci: aveva occhi chiarissimi e volto roseo. Doveva essere grassoccio e comunque rivelava di essere "qualcuno". Seguendo con lo sguardo quell'enorme e magnifica vettura, Coralla la vide fare dietro-front. Sorrise pensando che la macchina tornava indubbiamente perché il padrone di essa voleva rivedere lei, Coralla. Ma nello stesso istante si fermò la vettura guidata da Lauro Luis. Il vispo fox-terrier gli stava di lato. E il giovane disse alla ragazza mentre lei saliva:

«Mia madre mi ha affidato Toi. Quando ha saputo che uscivo in macchina ha pensato bene di darmi questa specie di guardiano. Buono, Toi. Si tratta della signorina alla quale hai già rivelato il tuo caratteraccio.»

Ma Toi pareva tutto assorto a guardare la strada: e allorché la fanciulla gli passò una mano sulla schiena egli si volse a lei, la fissò, brontolò senza convinzione, riprese a guardare la strada. La ragazza s'era posta a lato del giovane, e doveva stargli abbastanza vicina ché Toi aveva voluto tenersi la parte del finestrino. Ma la vettura, moderna, aveva spazio per tre sul sedile così che fra Coralla e Lauro c'era ancora un poco di spazio. Come furono lontani dal centro cittadino, il giovane disse sorridendo:

«Peccato che Toi sia piccolino. Fosse un cane lupo, per dare posto a lui, dovrebbe lei venire più vicina a me.»

«Perché?» ella rispose subito. «Sarebbe molto più comodo mandare il cane sul sedile posteriore o mandare me. Non mi pare si debba guidare bene avendo addossata una persona.»

Corso Sempione. E l'inizio dell'autostrada.

«Una corsa lungo l'autostrada, Coralla?»

«Volentieri.»
«Vorrebbe arrivare fino a Como?»
«Non ho alcuno che m'attende a casa. Se lei può dire altrettanto...»
«Eh, no! Non posso dire altrettanto! Mia madre, quando sono in licenza, conta i minuti che le rubo. E lei non può capire, Coralla...»
Si fermò, pagò il pedaggio per l'autostrada, rimise in moto, ma tacque. Fu Coralla che gli disse:
«Continui. Che cosa non posso capire? Mi parlava della sua signora mamma.»
«Ah! Dicevo che lei non può capire come diventi assurda mia madre quando sono a casa. Se navigo, scrive, telegrafa: quando sono fermo in una qualunque città telefona. Ma non si occupa dei miei affari personali né della mia vita: mi sa ufficiale di Marina e come tale mi accetta . Quando sono a casa tutto muta. Se rientro tardi mi rimprovera dicendo che dimentico casa e famiglia; se resto fuori fino alle ore piccole mi attacca dichiarando che mi sciupo con donnacce; se vado a teatro vuole accompagnarmi, se...»
Fermò la vettura in uno spiazzo. L'autostrada era bella e abbastanza quieta: e le foglie vivide delle piante tremolavano appena per una brezza leggera che non toccava il suolo ma restava in alto a mettere brividi per i rami.
«Se mia madre sapesse che sono in macchina con lei, cadrebbe il mondo.»
«Perché? Sua madre la pensa come la mia cara direttrice? Crede cioè che io abbia la peste?»
«Che c'entra la peste!» egli rise. «Mia madre ha più paura di lei come donna che di lei come donna ammalata di male contagioso.»
«Perché sono la sorella di Leto Kroon?»
«E perché lei è sorella di Leto Kroon e soprattutto perché lei è una bella ragazza. Perciò mia madre ha già sentito il dovere di mettermi in guardia.»
Con voce rattristata ella domandò:
«Che le ha detto?»
«Le solite cose.»

«Me le ridica queste solite cose. Così saprò ciò che le mamme possono dire di me ai loro figlioli.»

«Mi ha detto che era giunta la sorella di Kroon: che la sorella giovanissima era sola nel grande appartamento di Leto Kroon, che il mondo era davvero cambiato se poteva accadere che una ragazzina scappata di collegio alloggiasse tutta sola in un appartamento di un grande palazzo e vivesse tutta sola in una grande e pericolosa città come Milano. Ha anche aggiunto, mia madre:

"Per carità, per carità, non ti venga in mente, Lauro, di attaccare con quella ragazza... Guai a te..."»

E Coralla Kroon, sommessa:

«E lei, tenente, che ha detto?»

«Io ho detto che avevo appena appena intravista una fanciulla sul terrazzo, ma che non intendevo affatto di attaccare discorso con questa fanciulla...»

Tacque e subito riprese:

«So bene di essere stato scortese dicendole tutto questo, Coralla. Ma le mie parole servono a metterla in guardia. Se vedrà sul terrazzo Toi non lo chiami. Rischierebbe di vedere mia madre o qualcuno della servitù acciuffare per il collo Toi e scaraventarlo dentro.»

«Capisco. Non devo contaminare neppure Toi, io.»

Il giovane la guardò. E un magnifico sorriso gli illuminò il volto. Egli aveva i capelli lisci, foltissimi, che rivelavano una cura attenta, ma che non avevano ombra di brillantina. Egli aveva ridenti occhi dorati. I tratti erano un poco forti, ma la bocca grande, splendida e splendente, metteva una nota dolce in quel viso dove la virilità aveva un'impronta decisa e quasi solenne.

«Non si amareggi, Coralla. Non ne vale la pena. Penso che tutte le mamme di un unico figlio siano un poco come la mia. Quando sono lontano, mi pensa ufficiale e nulla più. Quando sono vicino mi sente figlio e null'altro. Perciò mi affligge. Lei immagini, Coralla, che mi ha già scelto anche la moglie.»

«E lei potrà amare la donna che sua madre avrà scelto?»

Egli aveva un bel viso abbronzato e liscio. Egli aveva cigli lunghi e, ricurvi. Egli era un bel ragazzo dalle spalle forti e dalle lunghe, agili gambe: e Coralla pensò che non aveva mai veduto un uomo più bello proprio nel momento in cui il giovane le diceva:

«Non mi sono mai domandato se amerò la donna che mia madre sceglierà per me: ma so che mia madre non sbaglierà. Mia madre sbaglia ora soffocandomi di premure e di rimbrotti. Ma quando si tratterà di darmi moglie non sbaglierà. E io accetterò perché noi ufficiali di Marina dobbiamo essere molto cauti scegliendo la moglie. Troppe volte dobbiamo essere lontani da casa, troppe volte dobbiamo mettere tra la nostra donna e noi miglia e miglia di mare. E allora bisogna che una persona molto saggia e assennata e soprattutto votata a noi scelga per noi. Perché noi potremmo essere attratti dai sensi, da una vampata improvvisa, da qualche cosa che potrebbe sembrarci amore e si rivelerebbe, troppo tardi, soltanto passione. Un ufficiale di Marina deve avere una moglie speciale, fatta su misura, costruita in modo che, l'ufficiale assente, la moglie non gli dia pensieri. E allora eccomi a dirle, cara, che io, quando dovrò sposarmi, accetterò la donna che mia madre avrà scelto.»

«Lei conosce la donna che sua madre ha già scelto?»

«La conoscevo. Ma ora deve essere cresciuta e forse, vedendola, non la riconoscerei. La vidi che aveva dieci anni, poi la vidi che ne aveva quattordici: oggi deve averne sedici, sedici e mezzo. E allora non la riconoscerei perché dai quattordici anni ai sedici c'è sempre un grande mutamento nelle fanciulle.»

«È lontana la sua futura moglie?»

«Ma no! È a Milano.»

E subito, distratto:

«Non le dà noia se fumo, vero?»

«Non mi dà noia.»

«Lei fuma?»

«Ma no! Sono nata sotto i cartelli con scritto: "Vietato fumare": perciò me ne è passata la voglia ancor prima d'avere il desiderio di una sigaretta.»

«Non capisco» egli mormorò. «Perché dice di essere nata sotto i cartelli con il "Vietato fumare"?»

«Perché in palcoscenico quei cartelli si vedono dappertutto.»

«Ah!» sorrise il giovane. «Avevo dimenticato che lei conosce bene i palcoscenici...»

«Ci sono nata o quasi in teatro. E ho un confuso ricordo di quando mia madre mi collocava dentro un grande paniere per trasportarmi da una cittadina a un paesaccio. I miei primi viaggi li ho compiuti come li compiono i gatti... Un cestino. Un coperchio che si solleva a tratti, una mano che penetra a dare una carezza, a offrire un sorso di latte. E poi giù il coperchio e il sonno che sopravviene chiamato dal *trum-trum* monotono di un treno accelerato.»

Gli occhi di Lauro Luis si fecero, repentinamente, dolcissimi. Da ridenti che erano, divennero dolci, umani, carezzevoli. Una mano di lui si levò, si fermò sul capo di Coralla. E buona era la sua voce quando egli disse:

«Povera cara! Non è stata facile la sua infanzia...»

«Forse no. Ma io non me ne sono accorta. Credevo che tutti vivessero così: in un panierino con il coperchio abbassato quando si era in treno, in un panierino con il coperchio alzato quando si era in teatro, in un panierino con un velo disteso sopra quando si era nelle camere mobiliate. E quando ebbi una tavoletta di cioccolata, ricordo bene, mi guardai attorno fieramente. Mi pareva di essere la sola bambina del mondo padrona d'una tavoletta di cioccolata. Mamma e babbo non mi fecero sentire mai la nostra miseria. E Leto, appena poté farlo, mi diede tutto ciò che poteva occorrermi. Ha visto! M'ha dato anche dei collegi dove non mi hanno sempre voluta!»

La mano del giovane, scivolando dal capo, s'era fermata sulla salda e tonda spalla di Coralla Kroon. E la fanciulla si sentiva circondata da quel braccio, trattenuta da quella mano e ne provava una dolcezza così grande, così grande che se le avessero offerto il mondo in cambio di quel braccio, lei avrebbe rifiutato il mondo e avrebbe chiesto di avere ancora, magari per pochi minuti, quel braccio attorno alle sue spalle.

«Qualche volta» egli mormorò «nei collegi si è un poco prevenuti...»

«Ma con me non era il caso di esserlo!» ella disse con voce chiara e ferma. «Perché io mi presentavo da ragazza docile. Poi mi facevano andare in furia perché cominciavano le allusioni e solo che lasciassi cadere la penna mi attaccavano e dicevano che ero rumorosa e distratta perché, si sa, non può essere diversamente chi è cresciuto in palcoscenico. Ma alla fine che cosa è il palcoscenico? Un pezzetto di mondo dove alla luce dei riflettori molte persone cercano di mandar avanti la loro esistenza. Non è un ritrovo di delinquenti il palcoscenico...»

«Lo so, cara!» egli esclamò subito. «Lo so meglio di lei. Ma lo faccia capire a certa gente!»

E aggiunse:

«A mia madre, per esempio! Per lei il palcoscenico è sinonimo di malavita. Ha qualche attenuante per la lirica e qualche esitazione per la prosa. Ma la rivista... Per carità! Non ammette, mia madre, che le ragazze della rivista abbiano un cuore. Di quelle ragazze mia madre vede le gambe: null'altro. E naturalmente le gambe non hanno né cuore né cervello.»

«Sapesse» mormorò Coralla Kroon. «Sapesse quanto cuore e quanto cervello dimostrano talvolta quelle ragazze che ballano seminude. Non voglio difendere alcuno, sa. Ma posso dirle che tante signore simili a sua madre potrebbero imparare a essere buone e a ragionare vivendo con quelle ragazze. Non tutte, s'intende. Ma molte e molte hanno tali doti morali da poterne vendere a certe dame boriose...»

Il giovane volle cambiare argomento e domandò:

«E lei farà del teatro, Coralla?»

«Non credo. Ma forse cambierò parere se il mio prossimo continuerà a giudicarmi male solo perché conosco il palcoscenico e sono la sorella di Leto Kroon. Qualche volta uno nasce con l'idea di fare il sarto. Poi un giorno gli restano alcuni aghi infilati nel risvolto della giacca e con quegli aghi se ne va a casa. Subito trova qualcuno che dice: "Però, si porta via gli aghi... Oggi un ago, domani un paio di forbici, dopodomani un taglio d'abito... Si comincia così a diventare ladri..." E quel tale che sperava di diventare un buon sarto comincia a sentire che lo credono ladro. Capisce che di lui nessuno più si fida, sente attorno a lui la malafede, la maldicenza, quasi la paura. E allora che fa? Manda tutto all'inferno e diventa ladro: dal momento che tale lo credono, ebbene, lo credano per qualche cosa! E così con ogni probabilità sarà la mia sorte: diffidenza, inimicizia, sorrisetti ironici. All'inferno. Diventerò *soubrette* così se qualche dama vorrà aver paura per i suoi figli o per il marito, là, abbia paura a ragione.»

E il giovane, scrollandola:

«Ma che ragionamenti mi fa, ora, bimba? Non si vergogna? Parla come una donna esperta, parla come se ne sapesse chi sa quante. E ha un viso di angiolo! Angiolo arrabbiato, s'intende, ma sempre viso di chi non sa compiere il male.»

Lei si serrò nelle spalle: compì quell'atto lievemente, leggermente, quasi elegantemente: e poi mormorò:

«Ho già ingoiato tanti rospi da averne abbastanza. Anche lei non m'ha dato consolazioni.»

«Io? E che le ho fatto, Coralla?»

«E non m'ha parlato finora dei pregiudizi di sua madre? E non mi ha finora fatto intendere che sua madre vedendo me si farebbe di lato come s'usa fare quando arriva un'automobile che schizza fango? Ah, buon Dio, come siete tutti stupidi!»

E si pentì subito della sua uscita. Ma il giovane le disse senza sorridere e guardando lontano:

«Così è, Coralla. Tutti stupidi. Un mondo fatto di pregiudizi, di malintesi, di prevenzioni. E il retaggio dei pregiudizi, dei malintesi, delle prevenzioni è uno solo: l'errore.»

Poi voltò il capo a guardare dal finestrino posteriore la strada:

«Ma quell'imbecille sta ancora là?» sibilò irritato.

«Chi?» domandò la ragazza, attonita.

«Quella magnifica macchina rossa. S'è fermata pochi istanti dopo di noi. E ancora è là. C'è un signore anziano che legge il giornale e c'è un autista che sta fermo come quelli che sono al volante delle automobili di latta.»

Coralla Kroon si volse nell'istante in cui il signore anziano, dai capelli grigi, folti e lisci, sollevava lo sguardo. Ella non poteva vedere bene l'uomo ché per il riverberare del cristallo sovrastante il cruscotto la visuale non era nitida: ma comunque poteva riconoscere nell'uomo colui che l'aveva tanto guardata allorché ella era ferma presso la vetrina in attesa di Lauro Luis.

«Quella macchina non è in avaria» osservò il giovane. «Ché in tal caso l'autista non se ne starebbe là incollato al suo sedile.»

Disse Coralla Kroon:

«Probabilmente il signore vuol leggere senza subire scosse. A lei, tenente, che importa se stanno fermi?»

Egli corrugò la fronte e disse:

«Non me ne importa nulla, si sa. Ma quando non capisco una cosa o perlomeno non so spiegarmela, mi irrito.»

«Non ci pensi!» lei rise. «Può anche darsi che quel vecchione si sia innamorato di me.»

E il giovane, quasi con ansia:

«Quando?»

«Ah, non lo so!» esclamò Coralla. «Sono supposizioni...»

«Non dica sciocchezze!» scattò il giovane ufficiale. «Non le stanno bene. Lei mi irrita quando fa la donna vissuta. Lei mi piace quando è bambina.»

«Che io le piaccia o no può servire a poco» ella mormorò con malinconia. «Perché fra noi tutto è inutile: anche la simpatia.»

Egli teneva attorno alle spalle di Coralla Kroon il braccio. Ed ella sentì che quel braccio fremeva così come fremeva la voce di lui. «Perché mi vuole eliminare dalla sua vita, Coralla? Le pare giusto? Lei non vuole accettare neppure la mia simpatia.»

«Non mi ha capita. Volevo dire: se le sono antipatica, non importa nulla ché l'antipatia la distoglierebbe da me. Se le sono simpatica, non importa nulla ché la sua simpatia la collocherebbe male, lei, collocandola su di me. Vede quindi...»

«Vedo che è bella, Coralla. E così amareggiata da tutto che mi fa pena. Sono un uomo e giovane, Coralla. E vorrei ammettere che una simpatia bella sia già nata in me per lei. Una simpatia colma di rispetto e di tenerezza, Coralla: l'accetti!»

«Lei può ben immaginare con quale cuore io la accetto! Ma sa pure che io sono già preparata a perdere la sua simpatia... Comunque, la ringrazio. Mi pare di essere meno sola.»

L'attirò, il giovane, e la baciò nei capelli. E sentì che i capelli di lei erano freschi, puliti, giovani. Li guardò, sorrise, osservò:

«Hai visto, Coralla, che abbiamo su per giù gli stessi colori?»

Ma la giovane, invece di rispondere, domandò:

«Perché mi dà del tu?»

«Non vuoi?»

Ella pensò un poco e poi rispose:

«Ma sì! È faticoso il lei. E il voi odora molto di teatro anche se a me piace ed è bello. Diamoci del tu. Sempre che mamma non senta.» E rise. E poi aggiunse:

«Ci diamo del tu. E fra pochi giorni te ne andrai e di Coralla non avrai più memoria.»

Piano, pensoso, colmo il viso di malinconia, egli disse:

«Forse tu sbagli, Coralla. Penso che ti porterò nel mio ricordo. Non so dirti se ti amo, perché sarebbe stupido un amore nato in un istante. Ma so dirti che pensando di partire provo una grande amarezza. Tutto si riassume in poche parole, cara: mi spiace andarmene. Sai tu perché?»

Lei piegò il capo e lo posò sulla spalla del giovane. E allora lui si chinò, avvicinò la bocca alla bocca di lei. Ma subito si trattenne. C'era quella vettura ferma alle spalle e gli dava noia e non voleva che il signore dai capelli grigi vedesse quel primo bacio d'amore. Lo disse a Coralla:

«Quell'imbecille... Volevo darti un bacio e non oso. Per te, Coralla. Non mi piace avere testimoni per il primo bacio che ti darò.»

«Il primo bacio che avrò» ella disse piano. «Lo credi, vero?»

«Lo credo, cara. E non lo credo perché lo dici tu: ma perché lo vedo io. T'ho detto dianzi che sei un angiolo arrabbiato. E gli angioli non si lasciano baciare da tutti. Non è così?»

Con il capo lei affermò. Irritato il giovane si volse ancora a guardare la vettura. E poi, repentinamente sfrenò, lanciò la sua macchina. Ma l'altra, più potente, gli fu subito nella scia. Lo superò, lo lasciò andare, lo raggiunse ancora, ancora lo superò. E poi si mise nella scia decisamente, e insieme giunsero alla fine dell'autostrada.

«Vuoi scendere a Como?» egli domandò.

«S'è fatto tardi. Torniamo indietro...»

Toi dormiva raggomitolato come un gatto. E Coralla Kroon teneva sulla schiena del cane la sua palma aperta.

Il giovane uscì da uno svincolo autostradale, rientrò in autostrada dopo aver pagato il pedaggio e la vettura fuori classe lo imitò e a sua volta riprese la strada per Milano.

A un tratto Lauro Luis frenò con tale improvviso impeto che fu miracolo se la grande vettura non gli andò a sbattere contro. Senza dire parola alcuna il giovane balzò a terra, si avvicinò alla vettura che s'era fermata, aprì la portiera, mise il capo nell'interno, apostrofò senz'altro l'elegante e anziano signore:

«Scusi» egli disse. «Ha motivi speciali, lei, per seguire la mia rotta? Le parlo da marinaio, signore. Sono il tenente di vascello Lauro Luis: e poiché navigando non sono solito avere nella mia scia altre imbarcazioni, sento il bisogno di domandarle se andando sulla terra si usa così: si usa cioè seguire la mia macchina.»

Con un sorriso che rivelò magnifici denti indubbiamente riveduti e corretti da un odontoiatra di grande valore, l'anziano uomo rispose:

«Sono il commendatore Bruno Pace. E poiché inganno il tempo in attesa di partire in volo per gli Stati Uniti, ho dato ordine al mio autista di camminare lontano dalla città. In ufficio mi annoierebbe il telefono, nella mia casa mi annoierebbero amici e parenti. In città troverei chi mi ruberebbe gli ultimi minuti di tranquillità: perciò eccomi qui, a godermi il sole d'una giornata felice. Per non stancare il mio cervello ho detto al mio autista di seguire la sua macchina. Gli innamorati vanno a passeggio in un modo simpatico. Si fermano, corrono, rallentano... Lei mi ha offerto, tenente, senza volerlo, una passeggiata molto simpatica e riposante. La ringrazio. Buon giorno.»

Lauro Luis serrò i denti: le sue mascelle si contrassero. Socchiuse i cigli, di tra i cigli fissò l'uomo beffardo e tranquillo che a sua volta lo guardava ridendo dagli occhi azzurri. Disse:

«Meglio così, commendatore. Mi piace sempre ricredermi soprattutto nei riguardi di un uomo non più giovane. Avevo per qualche tempo pensato che le piacesse la signorina che ho a bordo. Bene! Le ridò la mia stima. Un uomo intelligente, infatti, deve rendersi conto di poter essere nonno d'una ragazza come quella. E perciò non deve perdere tempo nel seguirla!»

Gli occhi azzurri risero ancor più.

Il giovane fece un mezzo inchino, si ritrasse, chiuse la portiera.

Tornò al suo posto di guida e a Coralla che lo guardava senza dire cosa alcuna, spiegò:

«Gli ho detto che se mi segue perché gli piaci tu fa male, ché lui potrebbe essere tuo nonno. Ha negato, ha detto che deve partire in volo per l'America e andando in macchina s'è disteso i nervi. Naturalmente non ho creduto a una parola. Può darsi che debba decollare per l'America, ma è certo che ha voluto seguire te. Comunque, m'è rimasta la voglia di pigliarlo a schiaffi.»

Guardò la ragazza. Disse piano:

«Non ho diritti su di te, lo so. Ma guardati da certa gente. Questi commendatori con vetture fuori classe rappresentano sempre un pericolo per le fanciulle.»

«Non per me. Ne ho visti molti dietro i tutù delle *soubrettes*. Li conosco. Non mi piacciono.»

Andava piano la vettura di Luis: andava piano la vettura di Pace. Inesorabile quella vettura seguiva il cammino dell'altra.

Disse il giovane:
«Nessuno nella tua vita, Coralla?»
«Ho sedici anni» lei rispose quieta.
«Lo so. Ma a sedici anni si può già avere un palpito nel cuore.»
«Niente palpiti...» E poi:
«Ma penso che ti amerò tanto, Lauro.»
E lui scattò:
«M'hanno dato un nome così stupido che mi irrita quando lo sento pronunciare da una donna. Puoi inventarne un altro? Ho sempre detto a me stesso:
"Il giorno in cui amerò, dirò alla mia donna di cambiarmi nome..." Cambialo tu, Coralla! Perché io ti amo!»
Fermò e la serrò forte tra le braccia. E poi la baciò sulla bocca, godendo nel sentire, sotto le sue, labbra inesperte e dolci. Poi, distogliendosi dal bacio si volse: il commendatore teneva dispiegato il giornale: non si vedevano che le sue mani e il giornale.
«Coralla! Cara, cara bambina...»
Serrò le mani sul volante: guardò diritto avanti a sé. E poi le domandò:
«Hai pensato al nome che mi darai?»
«No. È bello il tuo. La mia mamma si chiamava Laura: mi è caro chiamare te Lauro.»
La vettura andava, l'altra la seguiva. Furono a Milano e il giovane s'avviò verso una strada qualunque prossima alla casa dove egli abitava. Là, egli pregò:
«Non hai che pochi metri da percorrere, Coralla. Sono desolato di non poterti accompagnare fino alla nostra casa. Stai attenta ad attraversare e stai attenta, soprattutto, a quell'imbecille.»
Lei scese. Lauro Luis se ne andò: e la macchina del commendatore Pace si affiancò a Coralla.
Ma la ragazza si incamminò. In breve fu alla casa, entrò. E la vettura rossa e nera si fermò davanti al gran portale.
Ne scese il commendatore in persona: andò dalla custode, le passò una banconota che sbalordì la donna, domandò: «Chi è la signorina che è entrata dianzi?»

La donna lo guardò perplessa. Gli occhi azzurri, intelligenti e attenti, la fissavano. Parve a lei che non ci fosse nulla di male nel rivelare il nome della fanciulla. Perciò ella disse:

«È la signorina Coralla Kroon. Sorella del famoso Leto Kroon.»

«Abita qui la signorina?»

«Sì...»

L'altro ringraziò e uscì...

E allora alla portinaia caddero addosso tutti gli scrupoli.

Senza esitare salì nella casa di Coralla: suonò. La fanciulla, che era appena rientrata, domandò, stando dietro l'uscio, chi ci fosse.

«Io signorina. La custode...»

Coralla Kroon aprì. Guardò la donna e la vide allarmata.

"Oh, mio Dio!" pensò la fanciulla. "Viene a dirmi che la madre di Lauro già sa della nostra gita... Eccomi già diventata lo scandalo del palazzo..."

Invece la custode disse:

«È venuto un signore elegante a chiedermi di lei...»

Coralla Kroon era troppo esperta di quelle vicende, troppe volte ne aveva sentito parlare dietro le quinte per non capire subito che il signore elegante non poteva essere che quel tale dal quale erano stati seguiti e per l'autostrada e per le vie milanesi. Sorrise indifferente, serrò un poco le spalle, disse:

«Il solito cretino che si incendia per la ragazzina. Si spegnerà. Vorrebbe sapere se può conquistarmi?»

«No, no, signorina!» esclamò la portinaia. «Mi ha semplicemente domandato il suo nome.»

«Be'!» disse Coralla. «S'è accontentato di poco. E quando ha saputo il mio nome...»

«Nulla. Ha ringraziato e se ne è andato.»

«Un'altra volta, non lo dica il mio nome. Non è necessario.»

«Lo so e le chiedo scusa. Ma mi è uscito non so come: anzi, ho anche aggiunto che lei è sorella del grande Leto Kroon.»

Coralla ebbe un atto di contrarietà irritata dalla loquela che la donna rivelava. Ma quel "grande" posto là a indicare l'arte del fratello la quietò. Dimenticò tutto, ogni risentimento cadde, restò quel vocabolo piantato là a indicare che Leto non era un comico qualunque. Ancora una volta serrò un poco le spalle e placata sorrise:

«Non conta ciò che lei ha detto. Solo la prego di non lasciar passare quell'individuo se mai gli venisse per la testa di volermi conoscere da presso.»

La custode rassicurò la ragazza e se ne andò.

Sola, nella grande casa, Coralla Kroon attese che il tempo passasse. E passava lento forse perché ella stava immota dietro i vetri d'una finestra che guardava verso un terrazzo fiorito. Su quel terrazzo un vivacissimo cane correva allegramente scuotendo a tratti una palla: poi il cane abbandonava la palla, vi faceva attorno una galoppata, la riacciuffava. E nel guardare quel terrazzo Coralla ripensava alle ultime parole che Lauro Luis le aveva detto prima di lasciarla:

«Attenta quando attraversi le strade. E attenta soprattutto a quell'imbecille...»

Parole banali, comuni, che ognuno avrebbe potuto dire. Ma che nel cuore di Coralla dicevano l'attenzione di un uomo e forse una lieve, latente, naturale gelosia di maschio.

Nasceva un sogno nel cuore di Coralla Kroon: ed ella se lo sentiva nascere dentro, quel sogno, con lo stesso timore che avrebbe provato per un sintomo di malattia grave. Sentiva che le era di gioia ripensare a Lauro Luis e di quella sua gioia aveva tanta paura. Lauro Luis non poteva essere destinato a lei. Avviato a una carriera che glielo avrebbe sempre portato lontano, già destinato a una donna della sua società e del suo rango, Lauro Luis doveva restare per Coralla Kroon un sogno costretto a svanire, allorché gli occhi si fossero riaperti per il quotidiano risveglio.

Si distolse dalla finestra.

Vagò per la casa che le pareva sempre più vasta. Tentò di leggere qualcuno dei libri che aveva portato a casa dal collegio. Si sentì estremamente ignorante e infinitamente sola. Pensò a Leto. Doveva scrivergli. Doveva parlargli di tutto ciò che avveniva attorno a lei. Si mise alla scrivania, tolse dall'astuccio di scuola la penna stilografica. Sentì, nella penna, il leggero odore, al quale mai si abituava, degli oggetti usati nelle scuole e tenuti a lungo nelle aule scolastiche.

Arricciò il naso, rapido nella mente le passò un ricordo della direttrice: l'ultima, la più aspra e disumana. Altrettanto rapida quella imagine sparì e restò in lei, unicamente, l'amarezza delle piccole angherie subite. E sotto l'impulso amaro di quei soprusi, Coralla Kroon cominciò a scrivere:

"Mio caro Leto, mi rendo conto di averti dato una noia grande e forse un dispiacere. Ma non ne ho colpa, Leto. Ti spiego come avvenne quest'ultima stupida e umiliante faccenda nel collegio. Si faceva ginnastica e il nostro insegnante aveva dato la posizione di attenti. Logico quindi che mi mettessi diritta, petto in fuori, pancia in dentro, tacchi uniti e punte aperte. Indubbiamente la posizione metteva tutte noi ragazze con il petto in fuori: siamo donne giovani e, santo cielo, lo sai anche tu che cosa si scorge se mettiamo il petto in fuori. Ma ciò che esibivano le altre non era scandaloso. Perché le altre sono figlioline nate e cresciute in casa, con genitori ricchi, con mille cose a loro vantaggio. Ciò che esibivo io, invece, era scandaloso, perché io sono cresciuta in palcoscenico e sono, Dio ci salvi!, sorella d'un comico di rivista. Così, la direttrice attaccò dicendo che non era necessaria la mia esibizione, che io non dimenticavo mai di essere cresciuta in palcoscenico. E finì con l'insultare anche te, Leto. E allora straripai anch'io. Qualche volta non si può sopportare di essere trattate come gente malfamata solo perché invece di passare le serate in comodi divani di comodissimi e lussuosi salotti s'è passata la vita dentro un canestro in un malcomodo camerino. Qualche volta sentirsi rimproverare come colpa ciò che non fu altro che sacrificio, disagio e sofferenza, provoca una reazione. E la mia reazione fu violenta. Non strozzai la direttrice perché non volevo farti fratello di una assassina, ma l'intenzione l'ebbi... E ora, senza aver ammazzato nessuno sono qui, in questa tua casa bella, elegante, comoda, alla quale mi affeziono a poco a poco, alla quale dono le mie cure. E per tenere bene la tua bella casa richiamo alla memoria tutto ciò che, seduta dentro il mio paniere, io vedevo fare dalla mamma allorché riordinava la nostra povera camera mobiliata. Quante camere mobiliate sono nella mia mente! E come le vedo tutte trasformarsi sotto le mani di mamma! Lei lavava, lucidava, riordinava, spostava mobili, dava alla miseria una parvenza di benessere. Ricordo come mamma si chinava a guardare sotto i mobili per toglierVi la polvere. Ricordo come lei saliva sui davanzali per pulire i vetri. Ricordo che una volta per soli tre giorni ci si doveva fermare in un borgo e babbo disse a mamma di non affannarsi a pulire, che per tre giorni di sosta non valeva la pena di faticare e lasciare il pulito agli altri. E mamma ribatté che tre giorni di sudicio non avrebbe mai potuto sopportarli. E strofinò, lucidò, lavò, come sempre. E qui, nella tua casa bella, io seguo l'esempio della mamma. Che bella casa hai tu, Leto! E quanto è bello il terrazzo antistante la meravigliosa stanza di bagno! Peccato che non ci siano fiori sul terrazzo. Se lo concederai ne farò un piccolo giardino. Così che il terrazzo della tua casa sia almeno bello quanto il terrazzo dei nobilissimi nostri vicini di casa: i marchesi Luis. La famiglia dei marchesi Luis non è composta di molte persone. Tre. Padre, madre, figlio. Il figlio è tenente di vascello. Dimenticavo: c'è anche un cagnolino nella famiglia Luis. Un ringhioso fox-terrier. Appunto il cane, vedendomi sul terrazzo, abbaiò tanto da far accorrere il tenente. Si scambiò qualche parola a causa del cane. E poi il tenente mi domandò se uscivo ché in tal caso sarebbe uscito anche lui. Infatti per la strada me lo trovai a lato. Io andavo a comperare un paio di calze. Mentre acquistavo le calze, l'ufficiale andò a prendere la sua macchina e mi invitò a fare una gita. Accettai. E lungo la strada che si percorreva Lauro Luis mi corteggiò un poco facendomi tuttavia sapere, all'istante, che egli era già destinato a una nobilissima fanciulla scelta dalla di lui madre. Naturalmente mi disse questa cosa per togliermi ogni eventuale illusione. Come se fossi tanto stupida da illudermi e credere che la marchesa Luis, fierissima e superba com'è, potesse solo pensare di avere per nuora una sorella di comico di rivista... Ma comunque era bello stare accanto a Lauro Luis. È gentile, fine, corretto. Perse la pazienza allorché si accorse che ci seguiva un tipo di miliardario che stava in una grande vettura fuori classe. La vettura era guidata da un rigido autista e l'autista ubbidiva certamente a ordini precisi. Ordini che mettevano appunto la magnifica automobile nella nostra scia. Quando Lauro Luis, annoiato ed esasperato, scese dalla vettura e andò a domandare a quel signore perché mai corresse quando noi si correva e fermasse dietro di noi quando ci si fermava, quel signore rispose che lo faceva per ingannare il tempo. Doveva prendere l'aeroplano per decollare alla volta dell'America e non voleva restare a Milano. Perciò attendeva l'ora della sua partenza seguendo una giovane coppia che lo interessava. Poi, un poco distante dalla casa, Lauro Luis mi fece scendere dalla vettura perché temeva d'andare a dar di naso contro sua madre. E io me ne tornai a piedi nella tua casa, anzi, nella nostra casa. Ero da poco giunta allorché la portinaia venne a dirmi, preoccupata, che un signore anziano sceso da una splendida automobile era entrato nella portineria per sapere come io mi chiamassi. E la portinaia lo disse aggiungendo che la fanciulla dianzi entrata nella casa era sorella di Leto Kroon. Proibii alla custode di dare ancora indicazioni del genere, le ordinai di non rivelare mai più il mio nome e penso che ubbidirà, perché è una brava donna. Mi porta lei i cibi. Non costano molto, sono cibi sani e la donna è pulita. Ora è buio, Leto. Tra poco dormirò. Sono quasi certa che nel sonno verrà un sogno e che il sogno si chiamerà Lauro Luis. Ma tu non avere paura. Lo sai che il nostro ambiente mi ha aperto bene gli occhi. Non mi fido di Lauro Luis in carne e ossa, non mi fido anche se ti giuro che è correttissimo. Ma di Lauro Luis fatto di sogno mi fido. E sarò contenta se verrà a salutarmi nel sogno... Leto caro! Quanto desiderio ho di rivederti! Se il viaggio non costasse tanto ti direi di chiamarmi vicino a te. Ma ti farei spendere centinaia di biglietti da mille e non voglio. Già fai tanto per me e io non ti rendo nulla. Non ti do neppure la soddisfazione di essere una buona collegiale. Sarò una buona, piccola massaia che sorveglierà la tua casa e la renderà lucida lucida. Non ti stancare, Leto. E scrivi. E dimmi quanti successi hai e quanto piaci. Non ti dico di mandarmi giornali perché anche leticando con il dizionario italiano-inglese e viceversa non saprei cavarmela. Ma se vorrai tradurmi ciò che si dice di te, io sarò felice perché sono certa fin da ora che di te tutti diranno un grande bene. E le ragazze? Hanno successo? E Vivina Guilbert è sempre bella? È fedele al suo cavaliere del lavoro fabbricante di formaggi? Penso che i brillanti regalati dal Gran Formaggio a Vivina siano ammirati anche costì. Comunque, saluta la tua bella *soubrette* per me. A te, Leto, un abbraccio forte forte dalla tua Coralla. A proposito: pensa che il tenente Luis non voleva credere che Coralla fosse il mio nome. Poi si fece persuaso e mi disse che gli piaceva molto: perché il corallo si trova nel mare e il mare è tanto caro agli ufficiali di Marina. Buona notte, Leto!"

Buona notte, Leto. E firmò. Poi scrisse l'indirizzo sulla busta, chiuse la lettera dentro la busta.

Si levò: accese le luci del lampadario, spense la lampada da tavola. Trasalì udendo gracchiare il citofono che metteva in comunicazione con la casa del custode. Accorse e udì la portinaia che domandava:

«Ma è guasto il suo telefono, signorina? Qualcuno ha chiamato qui dicendo che non riesce ad avere la comunicazione con casa Kroon. Veda se per caso non è infilata la spina. Mi pare che l'apparecchio telefonico sia stato lasciato nella camera del signor Kroon. Comunque, ogni stanza ha una presa...»

Coralla ringraziò, si tolse dal citofono. Corse nella camera di Leto. L'apparecchio telefonico, del quale Coralla non s'era mai occupata, era posato su uno dei ripiani inferiori della tavola da notte. Distrattamente, ripulendo il cristallo, Coralla aveva spostato l'apparecchio, ma non aveva mai notato che la spina non era infilata nella sua presa. Rapidamente Coralla infilò la spina nella presa di corrente affiorante nella parete. Poi sedette sul letto e attese. Il cuore le batteva forte: un tremito leggero le rendeva irrequiete le mani. E la mente sognava una voce già cara e già nota: e il giovanissimo cuore già si diceva le parole che tra poco avrebbe udito:

«Sono Lauro... E voglio dirti di dormire serena, Coralla mia...»

Ebbe un sì vivo sobbalzo allorché il campanello dell'apparecchio telefonico squillò, che ancor prima di sollevare il microfono ella dovette portarsi una mano al cuore. Per la prima volta nella sua vita aveva sentito che il cuore poteva dolere come se fosse pronto a spezzarsi.

Sollevò il microfono, lo portò all'orecchio. Ma subito corrugò la fronte. Non era Lauro. Non era un caro augurio per una notte serena e felice. Era una voce calma, seria, grave. Una voce straordinariamente chiara che pareva venire dalla camera attigua e diceva:

«Sono il commendatore Pace, quell'ingombrante uomo che oggi seguiva la macchina dove era lei, signorina. Non pensi che io voglia corteggiarla. Non mi piacciono le ragazzine e ho, oltre tutto, una simpaticissima, intelligente e ancor bella moglie. Non mi piacciono le ragazzine. Però se vedo in loro qualche cosa che colpisce il mio buon gusto di produttore cinematografico, allora telefono alle ragazzine, appunto come faccio ora. Mi ascolti. Io sono un industriale ma sono anche un appassionato del cinematografo. Una delle maggiori case cinematografiche americane mi ha accolto come socio. Pare impossibile, vero, che laggiù possano accettare un italiano come socio in faccende cinematografiche? Eppure è così. E io dovevo partire oggi per l'America: ma ho rinunciato perché spero di partire con lei. Venga. So che suo fratello è laggiù. Vedrà lui e farà un provino con noi. Non le dico di decidere questa notte perché le ragazzine come lei la notte debbono dormire. Ci pensi domani. Ci pensi anche dopodomani. Le do quanti giorni vuole. Io attendo. Vuole il mio numero telefonico?»

Smarrita, affascinata e terrorizzata, Coralla Kroon invece di rispondere scosse il capo e neppure per un istante pensò che quel suo atto non poteva venire captato. Al suo silenzio, l'uomo rimediò con un:

«Telefonerò io. Va bene?»

E lei rispose:

«Va bene.»

Poi mise il microfono sul suo sostegno e restò immota, gli occhi fissi all'apparecchio.

Non credeva a quanto aveva udito. Non riusciva a spiegarsi le parole dell'uomo che s'era presentato con il nome di commendatore Pace.

Si trasse un poco più su, nel letto. Si rannicchiò guardando fissamente quel microfono dal quale erano sbocciate le allettanti parole. Da tutte le cose attorno a lei saliva un gran silenzio. E da quel silenzio nasceva per Coralla Kroon la favola bella della fanciulla che rapida ascende al firmamento della gloria e ammirata da tutto il mondo s'avvia verso il meraviglioso sogno che può finalmente mutarsi in realtà. Cinematografo. Celebrità. Ricchezza. Onori. E la possibilità di essere ricevuta nella casa dei marchesi Luis e di essere accolta dalla superba marchesa quale nuora. Immagini di artiste giunte ai più alti gradi incitavano il pensiero della fanciulla e la disponevano alle galoppate felici della fantasia. Figure di donne innalzate al firmamento cinematografico le sfilarono nella mente. Si sentì avvampare, impallidire, diventare madida e poi tutta fredda. Balzò a terra. Incrociò le braccia sul petto serrando con le mani gli omeri. Parve voler ritrovare e la sua forza e il suo coraggio e anche il suo corpo. Spense la luce. Andò alla finestra, sollevò piano piano la persiana. La camera di Leto era affacciata sulla strada, ma dall'altezza dove era posta, il panorama era abbastanza ampio. Cielo lontanissimo, alberi, qualche cupola.

"Andrò? Permetterà Leto che io parta? Che cosa risponderò a quest'uomo se ancora telefonerà, se egli avrà detto il vero?"

Ma attraverso la sua agitazione e la sua leggera incredulità, le giungeva la dolcezza della speranza. Ed era straordinariamente bello sperare, ed era tutto simile a un malioso sogno che s'avviava a diventare realtà.

Si tolse dalla finestra, riabbassò la persiana. Prese l'apparecchio telefonico, si avviò. E allora un campanello squillò per la casa e lei si fermò, esterrefatta e istintivamente guardò l'apparecchio telefonico che teneva tra le mani. Faticò a rendersi conto di ciò che avveniva: ma finalmente capì che qualcuno chiamava ancora al telefono, che il campanello-spia, fino allora rimasto muto forse perché lasciato troppo tempo inoperoso, aveva ripreso a funzionare e avvertiva che qualcuno chiamava, chiamava e che lei doveva rispondere. Rapida entrò nella sua cameretta, rapida infilò la spina alla presa e sollevò il microfono. S'attendeva la voce del commendatore Pace e invece fu la voce del sogno.

«Buona notte, Coralla. Sogni felici, cara...»

E nulla più. Sommessa era stata la voce, cauto il dire, trattenuta la frase. Ma era pur sempre la voce di lui, del tenente di vascello che da un punto qualunque della casa dei marchesi Luis la salutava.

«Buona notte, Coralla. Sogni felici, cara...»

Cara... Con quella voce così calda che restava tale anche se trattenuta, anche se dominata dal timore di farsi udire, anche se non libera di espandersi come forse all'uomo sarebbe piaciuto.

Coralla Kroon lasciò l'apparecchio telefonico sulla sua tavola da notte. Andò nella stanza di bagno a prepararsi per la notte, tornò nella sua cameretta, pregò brevemente, poi si coricò. Tenne accesa la mite lampada posta a lato. Supina, immota, gli occhi aperti e fissi in alto, un sorriso leggero sulla bocca, lei restò con i suoi pensieri. E ogni misura si smarriva con il passare di quei pensieri. Vaga, imprecisa ma pur viva la figura del commendatore Pace le si delineava accanto: e con quell'uomo Coralla si vedeva salire su un grande aereo. Il jumbo scavalcava monti e piane e fiumi e mari. E finalmente atterrava in un aeroporto immenso. E l'America, come Coralla Kroon l'immaginava andava subito incontro alla ragazza. Fotografi, fragore, folla. Insegne luminose, risate, bisbigli. E poi il teatro di posa. Una volta, in una rivista della compagnia di Leto Kroon avevano riprodotto e caricaturato un teatro di posa; e Coralla Kroon lo immaginava così il teatro dove ella sarebbe andata. Lo immaginava come quello che aveva veduto nella rivista. E poi riflettori, e poi il film e poi la celebrità immediata. I pensieri passavano in lei, rotti e trascinati da quella specie di angoscia che oramai era in lei e altro non era che un desiderio immenso di riuscire. Per andare con Lauro Luis. Per entrare nella casa dei marchesi Luis. Per un istante si inquietò con se stessa per non aver voluto il numero telefonico del commendatore Pace. Se l'avesse avuto, quel numero, lo avrebbe subito composto per avere la conferma di quanto l'uomo le aveva detto, per avere la certezza di essere sveglia e di non avere sognato. Sfilavano i pensieri, si spezzavano allorché un dubbio affiorava e una incertezza si frapponeva alla gioia. Le parve anche di aver già tutto concluso, ma nello stesso tempo sentì una minaccia oscura gravarle nell'anima come se occulti pericoli fossero per operare su la sua esistenza impedendole di portare a compimento quanto doveva innalzarla alla più bella celebrità.

E finalmente, tra pensieri, speranze, paure, Coralla Kroon chiuse le grandi palpebre e i cigli folti restarono immoti a disegnare al sommo delle gote due semicerchi foschi. Ma nella notte più volte si destò e altrettante volte si riaddormentò. Soltanto all'alba scese su la fanciulla una pace totale. E fu nel pieno sonno che il campanello del telefono squillò. Faticò un poco a trovare il microfono, faticò a capire. E nei primi istanti udì le parole in confuso, d'attimo in attimo più deboli ché il sonno la riafferrava. Ma d'un tratto ci fu qualche cosa che la scosse totalmente, totalmente la svegliò. Era la voce straordinariamente calma e chiara del commendatore Pace che diceva:

«Ho pensato di scrivere io a suo fratello, signorina. Lei non saprebbe spiegarsi bene. Non scriva lei. Faccio io. Laggiù sono conosciuto. Suo fratello potrà chiedere mie informazioni. Scrivo, lo prego di mandarmi la risposta per lettera. Così, vedendo la calligrafia di suo fratello, non avrà più dubbi. Sono quasi certo che Leto Kroon mi dirà di sì. E noi due voleremo laggiù, signorina! Mi spiace per il bel giovane che era con lei in macchina ieri, ma... O metterà ostacoli il bel giovane?»

Finalmente Coralla poté dire:

«Scriva laggiù, a mio fratello. Deciderà lui. Egli solo può

dire sì o no: egli solo può ordinarmi di restare qui o concedermi di partire.»

«Bene!» esclamò l'uomo. «Questo mi piace. Buon giorno, signorina. Non la invito a colazione perché penso che sarà invitata da lui... Comunque tenga un'ora per me, quando vorrà. Dovrò pure parlarle.»

E la comunicazione fu tolta. Coralla scese dal letto, andò a sollevare la persiana. Sole. Azzurro nel cielo.

Percorse la casa infilandosi la vestaglia. Raggiunse la stanza di bagno, quella che aveva il grande terrazzo. Sollevò la persiana e, serrandosi attorno alla vita la vestaglia, uscì all'aperto. Guardò verso il terrazzo di Lauro Luis. E restò immota.

Già perfettamente vestita con un abito chiaro, chiuso da un bavero a punta di lino candido, stava sul terrazzo un'alta, distinta, severa dama. Deferente, un domestico in giubba turchina a bottoni d'oro spostava vasi e districava ramoscelli. La signora dava ordini, sottovoce, calma, chinando appena appena il capo che aveva adorno di capelli biondo scuri, impalliditi qua e là da alcuni fili bianchi. Toi si lanciò contro il parapetto e ringhiò a Coralla. Ma subito si chetò. Mise le zampine anteriori sul bordo d'una cassetta fiorita, dimenò il pezzetto di coda che possedeva.

Forse sperò che la fanciulla lo salutasse. Ma Coralla non aprì bocca e allora, sdegnato, il cagnolino ringhiò. Fu quel ringhiare che fece sollevare il volto alla dama: che guardò dove il cane guardava.

Subito la bocca della signora ebbe una espressione dura, sprezzante, ostile. Lo sguardo indagatore guardò la giovanile figuretta immota nel mezzo del gran terrazzo. E lo sguardo notò l'arruffio dei capelli, l'incauto modo di trattenere la vestaglia, l'ineducato abbigliamento. E tutto sentì Coralla Kroon, come se quello sguardo avesse avuto voce e parole.

"Chi sei tu" dicevano quegli occhi freddi "chi sei tu, cialtronella, che ti mostri su un terrazzo di casa signorile a tarda mattina e non ti fai scrupolo di presentarti con i capelli pieni della tua agitazione notturna e la vestaglietta da pochi soldi male chiusa sul petto e i piedi nudi dentro babbucce volgari? Chi sei tu, che osi presentarti come neppure osa la popolana che abita nelle case misere e il mattino indugia sul ballatoio? Togliti di là, figlia di guitti, di gente senza patria e senza onore! Togliti di là ché togli dignità alla casa e rendi equivoco il palazzo..."

Coralla Kroon sentì tutte le parole taciute dalla donna. E tutte le parole sentì penetrarle nel sangue, a una a una, lamine sottili e crudeli che ferivano, laceravano, spezzavano e non facevano scaturire sangue. Ma l'orgoglio di Coralla tacque. Ci fu soltanto dolore. Immenso. E poi il cagnolino, tendendosi così da poter sporgere un poco il musino, uggiolò di gioia guardando Coralla, invitandola alla parola, a un atto amico. Istintivamente, Coralla si avvicinò alla balaustrata, sorrise al cane. E questi uggiolò ancor più, con l'inequivocabile maniera del cane che riconosce un amico e vuole fargli complimenti.

Fu così gradita a Coralla l'innocente festosità del piccolo animale, che le fitte di dolore, la paura, l'inquietudine cessarono d'un tratto, come per una tregua felice. E portata una mano alla bocca la fanciulla scoccò un bacio e disse piano:

«Buon giorno, Toi!»

E aveva appena pronunciato le parole innocenti e tuttavia pericolose che la dama ebbe un fremito, visibile, come se l'avessero scudisciata. E all'istante disse al domestico:

«Porta via Toi. Subito.»

Agguantato rudemente, il cane ringhiò forte. Poi non si udì più. La signora, alta la testa e diritto il corpo, guardò un istante Coralla: poi decisamente voltò le spalle.

Coralla esitò, incerta. Le spiaceva andarsene ché sentiva di dare eccessiva soddisfazione alla superba donna. E le spiaceva stare là ché oramai, lo capiva, indugiare ancora sul terrazzo voleva dire usare una tattica sbagliata.

Si mosse chiuse bene la vestaglia sul petto. E poi, a passi brevi e lenti, rientrò nella sua casa. E subito, ancor prossima alla porta-finestra, Coralla Kroon udì che la donna diceva a qualcuno:

«Posso voltarmi? Se ne è andata quella persona così poco

corretta? Un giorno la vedremo sul terrazzo in camicia da notte, un altro in costume di bagno e un altro ancora con un due pezzi assai ridotto... Non avrei mai pensato di dover subire una vicinanza simile.»

Coralla Kroon si appoggiò con una spalla allo stipite. Serrò i pugni, le palpebre, i denti. Sentì prepotente il desiderio di balzare sul terrazzo, di sporgersi, di urlare qualche cosa di grosso, di grave, di volgare a quella donna superba e crudele. Ma due cari occhi padroni oramai del suo cuore la fermarono. E una voce, altrettanto cara e padrona oramai dell'anima sua, le sussurrò:

"Non ti muovere. Non mordere, non ti ribellare, Coralla. Acciufferebbero anche te come hanno fatto con Toi... Ti farebbero scaraventare chissà dove! Ferma, Coralla!"

E allora dal cuore della ragazza salì un vocabolo che lei non aveva mai usato, che forse aveva udito, che forse aveva letto. E fu serrandosi il viso tra le mani che la giovanetta balbettò:

«Orrore...»

E i suoi occhi si aprirono, rimasero fermi e dilatati, immobili come se fossero di cristallo, duri e tuttavia penosi a vedersi, ché quegli occhi giovani e belli vedevano qualche cosa che fa orrore.

Quando Coralla Kroon si avviò, sentì che le gambe le tremavano così da farla barcollare.

Sentì la chiamata del citofono, andò ad ascoltare la voce della custode.

«Che cosa vuole per colazione, signorina?»

Esitò. Poi rispose:

«Quello che c'è. Non ho ancora bevuto il latte. Mi sono alzata da poco.»

«Oh, che dormigliona! Sono le undici...»

Coralla Kroon tremò. Alle undici s'era presentata arruffata di sonno sul terrazzo. Alle undici con il volto di chi ha dormito a lungo e male, lei aveva osato presentarsi in vestaglia...

Disse piano alla custode:

«Può venire un momento, per favore?»

«Subito...»

Corse ad aprire. E come la donna apparve le disse, affannata:

«Ho dormito male questa notte e poi all'alba è venuto il sonno fondo. Non ho guardato l'ora quando mi sono alzata ma così, senza pensare a troppe cose, sono andata a prendere aria sul terrazzo. C'era il cagnolino, Toi... Era là, presso la sua padrona. Osai salutare il cane e lo agguantarono e lo portarono via. E poi, quando rientrai ed ero sulla soglia della porta-finestra, udii che la marchesa diceva gravi, tristi, cattive cose nei miei riguardi... Pare che per essermi presentata così, come lei mi vede, sul terrazzo, io abbia dato scandalo... Ma è possibile... Sono indecente, forse?»

«Ma no!» disse la custode preoccupata. «Non è indecente. È che, qui, nessuna signora esce in vestaglia sul terrazzo. O se indossa una vestaglia non è così... È qualche cosa di molto elegante che copre come un abito da casa.»

«Ma che diavolo ha questa misera vestaglia? Mi dica... Anche se era un poco aperta sul petto, veda, ho la camicia sotto e quale camicia! Pare una corazza!»

La portinaia guardò, tra sorridente e compassionevole Coralla.

«A buon conto, non vada più sul terrazzo prima di essere vestita di tutto punto. Poi non chiami il cane. Forse è un poco nobile anche lui e allora non vorranno che si perda con chi non è nobile. Che ci vuole fare, signorina? Bisogna avere un poco di pazienza... E beva il latte. O non avrà più appetito per l'ora di colazione. Scendo. E le porto poi un bellissimo osso buco con il risotto. Va?»

«Va. Grazie.»

Ancora sola. Con quelle male parole che le si arroventavano nel cervello. Con il torturante pensiero di ciò che la marchesa Luis avrebbe rifischiato al figliolo.

Coralla Kroon tornò nella sua cameretta, cominciò a sfare il letto. Le roventi parole erano dentro di lei. E dopo alcuni attimi le divennero intollerabili. Puntò i gomiti su un mobile, chiuse con le dita le palpebre. Una immensa pietà di se stessa la toccò come una carezza buona. L'amarezza atroce si dileguò, l'aspro nodo che la serrava alla gola si disciolse, i cigli si inumidirono. Una silenziosa implorazione le venne su dal cuore.

«Oh, Signore! Ma non c'è dunque modo di far capire a certa gente che non sono una bestiaccia sporca? Che faccio di male? Quali torti ho, alla fine? Ma per tutta la vita avrò direttrici carogne pronte a scacciarmi e marchese superbe pronte a calpestarmi? Ah, be', che poi perdo la pazienza...»

Ecco. Si ritrovava perché ritrovava la sua ribellione. Non piangeva. L'umidore di lacrime s'era fermato sui cigli. Riordinò la camera, spolverò dappertutto, mise in ordine. Fece il bagno. Ebbe fame. E metteva a fuoco il latte allorché la portinaia giunse a portare l'osso buco con il risotto.

«Bisognerà che lei mi svegli tutte le mattine» disse Coralla ridendo. «Non so ancora se funziona l'unica sveglia che c'è in casa. Comunque, senza complimenti, il mattino lei citofoni. Va bene?»

La custode se ne andò. E Coralla mangiò scacciando i pensieri cattivi, chiamando a raduno solo quelli buoni. Ma d'un tratto ecco il tormento riaffiorare. Il commendatore Pace non aveva telefonato. Ma allora? Tutto svanito? Niente più Hollywood? Niente più celebrità, gloria, amore? Tremò di sgomento. Ma continuò a mangiare. Era sana, forte, tutta viva. La giovanile fame aveva i suoi diritti.

Riordinò la tavola, scattò felice udendo trillare un campanello. Ma subito capì che non era il telefono. Era quello della porta di servizio. Vi si recò, aprì. Un fattorino le porse una grande scatola. Confusamente Coralla pensò alla mancia. Ma nello stesso tempo chiuse la porta preoccupata come era di sapere ciò che poteva contenere quella scatola che si rivelava sotto la carta.

Andò nella sua camera, svolse il pacco, apparve una magnifica scatola di metallo dorato. Vi era un biglietto: con il nome del commendatore Pace e tutti i di lui titoli: da cavaliere del lavoro a grand'ufficiale. Vi erano anche numeri telefonici e poche parole con scrittura rapida, adagiata, larga, sottile: "Due cioccolatini alla mia futura collaboratrice".

Prese posto in una poltrona, la grande scatola aperta sulle ginocchia. Non erano soltanto cioccolatini: c'erano fondenti e squisitezze dalle quali saliva un profumo straordinariamente allettante. Scelse qualche cosa di roseo e fragrante: lo mise, intero, in bocca. Si scioglieva il fondente e profumo di rosa emanava da esso. Diffusa per il volto, Coralla Kroon aveva una letizia di bambina: ma a contrasto, gli occhi erano distratti, lontani, come se quella delizia le venisse da uno spettacolo meraviglioso e tuttavia preoccupante, che a lei sola era dato di vedere.

Restò immota. Poi, repentinamente, afferrò la scatola, si levò, mise la scatola su una tavola e andò verso la stanza di bagno. Uscì sul terrazzo. Guardò là dove aveva per la prima volta veduto Lauro Luis. Nessuno. Neppure Toi. E Coralla voleva vedere Lauro e chiedergli che cosa doveva fare e sapere da lui se poteva affidarsi a quel commendatore Pace o...

Il campanello del telefono risuonò nella casa e Coralla accorse. Una voce sommessa e rapida:

«Esco... Raggiungimi...»

Il cuore le fu in gola, poi nelle tempie, poi nelle vene. In un sospiro di gioia e d'amore rispose:

«Sì...»

E posò il microfono. E le parve che fosse avvenuto un miracolo ché mentre lei desiderava di vedere Lauro Luis egli l'aveva chiamata e le aveva detto:

«Esco. Raggiungimi...»

Ma dove mai poteva raggiungerlo? Si affidò a quella buona stella che vedeva splendere per lei: indossò l'abito turchino, infilò le lunghe calze di nylon. E restò incantata, a guardarsi le gambe. Da quando s'erano fatte così slanciate e belle? Da quando avevano assunto una linea così elegante che ricordava quella delle più belle gambe viste in teatro?

Si piantò davanti allo specchio, vide che malgrado le scarpette senza tacco la linea delle gambe non perdeva nulla. Soltanto la gonna a pieghe era troppo lunga. E la ragazza arrotolò sotto la blusa la gonna alla vita, così che la gonna stessa risalì e le gambe furono ancor più belle.

Poi uscì di casa, scese. Passò rapida nell'andito elegante. Fu nella strada. Si guardò attorno. Non vide né Lauro Luis né la di lui macchina: ma istintivamente lei si avviò. Contro il nylon delle calze scivolava la gonna ampia. Ella aveva il suo abito che ricordava l'uniforme del collegio e la gente si volgeva a guardare quello splendore di ragazza sana e senza trucco che si portava attorno una freschissima bellezza che neppure un abito da collegio riusciva a mitigare.

Udì, dietro di lei, un leggero colpo di sirena. Si volse. Un sorriso candido in un volto abbronzato la salutò. Una mano bella e virile a un tempo spinse la portiera in fuori: una voce cara, ridente e calda incitò:

«Su, bella.»

E lei salì.

Il giovane indossava l'abito civile ed era elegantissimo: e nell'automobile c'era quel profumo di uomo raffinato e pulito che aveva raggiunto Coralla Kroon quando, senza conoscere il giovane, già l'aveva sentito parlare e vivere.

«Buon giorno, cara. E grazie di essere venuta.»

«Io pensavo a te quando udii lo squillo del telefono.»

«Che pensavi di me, Coralla?»

Fugacemente lei si disse:

"Pare che la sua voce sia più buona, oggi. O, se non più buona, più dolce..."

Si convinse subito di essere nell'errore, di sbagliare ché la voce era quella di sempre. E rispose:

«Dovevo chiederti un consiglio.»

«Mi credi in condizione di darne, cara?»

E ancora lei sentì che la voce di Lauro Luis era più dolce. Il cuore le tremò di gioia e tuttavia a quella gioia ella non si volle abbandonare.

«Sono certa che potrai darmi un consiglio. Anche perché tu sai che non ho a chi chiederne, qui... La sola persona che potrebbe aiutarmi è lontana.»

«Ora infiliamo una strada fuori città, Coralla: poi ci fermiamo e parliamo...»

Il giovane, dopo una corsa, fermò. Passò un braccio attorno alle spalle di Coralla, la strinse un poco a sé. E poi la allontanò per guardarle il viso.

«Quanto sei giovane, Coralla! E quanto bella!»

Si allontanò da lei, mormorò, scontento:

«T'ho pensata fino alle tre del mattino. Alle tre o presso a poco mi sono addormentato e ho cominciato a sognarti. Ti pare giusto disturbare così un disgraziato che deve riprendere servizio e deve presentarsi in piena efficienza?»

Scherzose erano le parole, dolce, quasi addolorata la voce. E Coralla piegò il capo e lo posò sull'omero saldo e sicuro di lui. Istintivamente il giovane si volse, guardò, disse con un sorriso senza gioia:

«Vediamo se c'è quel tipo di ieri...»

E Coralla Kroon sollevando il capo:

«È di lui che debbo parlarti.»

E quietamente narrò tutto ciò che era avvenuto e della richiesta del commendatore Pace. Come ebbe finito guardò il giovane e chiese:

«Ora scriverà a mio fratello. E se Leto mi dicesse di accettare, dovrò partire con questo signore?»

Lauro Luis tacque. Con una mano teneva il volante, l'altra mano, che reggeva tra due dita la sigaretta, era puntata sul bordo dell'ampio finestrino. Il fumo saliva diritto diritto, chiamato dalla brezza alta: per quella brezza che aspirava il fumo, la punta della sigaretta a tratti aveva un guizzo.

«Che pensi, tu? Debbo andarmene se Leto approva?»

«Io non posso dire nulla, perché nulla posso fare per te. Qualunque sia la decisione altrui io dovrò accettarla.»

«Ma se tu potessi decidere, se tu potessi agire per me che mi diresti di fare?»

E il giovane, dolcemente, ma senza guardarla:

«Se io potessi decidere ti direi:

"Rimani, Coralla, perché ti voglio bene."

Ti direi:

"Rimani, Coralla, perché ti amo e non ho pace da quando ti ho conosciuta..." E mi pare di averti sempre conosciuta...»

Allora Coralla Kroon capì di non essersi ingannata quando aveva sentito una dolcezza nuova nella voce di Lauro Luis. E il cuore, quel suo giovanissimo cuore che fino a un giorno prima non conosceva palpiti d'amore, le palpitò dentro, vivo e gonfio, colmo di gioia.

«Tu mi vuoi bene... Tu mi ami...»

«E non avrei mai voluto dirtelo, Coralla. Ma sono giovane e non può un giovane tacere se amore nasce in lui... Ora tu sai, Coralla. Ma dimentica.»

«Perché?» lei chiese ingenuamente. «Perché devo dimenticare?»

«E che te ne faresti del mio amore? Sei poco più d'una bambina e non vorrò mai fare di te, quasi bambina, un'amante. E moglie...»

Lasciò ricadere la mano che aveva sollevato, aggiunse, stringendo il volante:

«Dianzi m'hai pregato di darti un consiglio: io t'ho domandato a mia volta se mi credevi in condizione di poter fare da consigliere. Ora aggiungo che sono un uomo capace di accettare e ubbidire. Non di reagire. Ero giovanetto quando mi mandarono all'accademia: e là si deve sempre dire "signorsì". Cresciuto che fui venni imbarcato: e a bordo c'è sempre un superiore al quale devi dire "signorsì". A casa dissi sempre sì perché avrei dovuto sconvolgere le mie abitudini, ribellandomi. Oggi sono un uomo che ha già segnata la sua vita: altri l'hanno segnata e io la percorro. So che per arrivare al grado di ammiraglio dovrò seguire una data strada, so che per avere pace in famiglia ed essere considerato un giovane con la testa a posto dovrò ammogliarmi con chi altri hanno stabilito. Se mi concedo il lusso di amarti devo anche stare attento a non rivelarlo, questo lusso. O sarebbero brutte storie nella mia casa. Oramai tutto deve andare come è stabilito: la fidanzata è pronta. Cadrebbe il cielo se non seguissi la rotta stabilita.»

Buttò il mozzicone della sigaretta. Si chinò a scrutare il volto di Coralla. Gli occhi di lei, ombrati dai cigli, risplendevano come i laghi di monte nel crepuscolo.

«Coralla!»

Ella gli cinse il collo, si aggrappò a lui. E l'uomo sentì che a lui si aggrappava la bimba che moriva e la donna che nasceva, e per quello slancio il suo cuore si strinse in un'angoscia fonda che somigliava al rimorso. Sentì fra le braccia il corpo giovane, delicato e forte a un tempo, destinato all'ammirazione maschile, portato a suscitare fantasie ambigue. Disse con voce tremante:

«Il consiglio che ti do, Coralla, è uno solo: guardati dagli uomini. Tu sei destinata a piacere. Diffida. Difenditi. Noi siamo tutti pronti ad afferrare la bellezza che ci passa accanto. Bisogna essere molto forti per poter tirare via e lasciare che altri acciuffino la bellezza che noi pure avremo veduto. Io ti lascio passare, Coralla: ma bada a te. Non sempre possiamo essere galantuomini. Io stesso se non avessi imparato tanto presto a dire "signorsì" e a caricarmi le spalle di responsabilità, non ti lascerei andare. Guardati, cara... Anche perché...»

E tacque. Fu la ragazza che pregò:

«Continua...»

«Anche perché potrebbe accadere di incontrare più avanti l'uomo che potrebbe veramente darti un posto nel mondo e renderti felice. Cerca di giungere a quest'uomo senza esperienze. Ti do un esempio, Coralla. Io non sono innamorato della donna che vogliono darmi. Ma è una dolce, fragile creatura già votata a me. I suoi primi sogni sono stati per me, le sue immagini del futuro incorniciano me. E in coscienza io sento di non poter tradire questa fiducia. Una bambina, diventando giovanetta e aprendo gli occhi alle prime speranze, avrà dedicato a me la primavera dei suoi sentimenti. È bello tutto ciò e non si può tradire. Lascia quindi che io ti ami e ti rispetti, Coralla, lascia che io vada per la mia strada e ti aiuti a seguire la tua. Non ti posso sposare. Ti potrei acciuffare. E farei tanto male a te. Vogliamoci bene così e cerchiamo di non soffrire inutilmente.»

Sorrise aggiungendo:

«E mi par d'essere diventato un predicatore che di quaresima consiglia il digiuno.»

Lei taceva assorta. Gli occhi non splendevano più come laghetti di monte al crepuscolo: si erano spenti e guardavano lontano. Egli le passò una mano sulla fronte quasi a compiere l'atto buono di toglierle via i pensieri dolorosi e fastidiosi.

«Quanto bene, nato così, d'un tratto! Quanto amore! Ed è

il primo, sai. Le altre donne furono femmine. Nulla più. Tu trovi un cuore puro.»

Un furgoncino carico di garofani rossi li superò ad andatura moderata. Istintivamente Lauro Luis fece risuonare la sirena. Il giovane guidatore del furgoncino si volse, fermò. E Lauro Luis scese di vettura, andò presso la piccola macchina, domandò:

«Non ne vendete di garofani?»

«Non potrei, ma...»

Lauro Luis gli mise tra le mani una banconota, il giovane del furgoncino sollevò un fascio di garofani, li consegnò a Luis, riprese la sua corsa. E Lauro Luis, tornando alla sua macchina, mise in grembo a Coralla i garofani. Erano gonfi, pomposi e carnosi: ed erano rossi, appena spruzzati di bianco all'estremità dei petali irregolari.

«Guardali!» mormorò il giovane. «Pare che sulla vampata di una passione sia caduta una fiorita di neve...»

Lei raccolse tra le braccia i fiori, li sollevò all'altezza del viso, vi immerse una guancia.

«Sono i primi fiori che mi vengono regalati» mormorò. «Te ne sono grata...»

«Oh, Coralla!»

Nel profumo dei fiori si baciarono: ma erano poveri baci nei quali c'era già tutta la malinconia delle cose alle quali si deve rinunciare. Ma quasi a consolarsi e a consolare, il giovane disse:

«Ho chiesto una proroga. Se me la concederanno farò in modo di avere una giornata tutta per me e te la dedicherò, Coralla. Una gita, lontano, una colazione fuori, in un luogo nuovo per te e per me. Sarà piccola cosa, lo so bene. Ma sarà un ricordo nostro. Vuoi, Coralla?»

Con il capo, a occhi chiusi, immersa la guancia nei fiori lei assentì. E il giovane riprese la via del ritorno.

Un poco distante da casa egli fece scendere Coralla e proseguì. A piedi la fanciulla continuò il suo cammino. Aveva i garofani sulle braccia, il volto pallido, la testa libera. E i folti capelli cadevano attorno al viso dove ingenuità e femminilità si fondevano in una grazia sola.

Forse ella affrettò di molto il passo: forse Lauro Luis si attardò a sistemare la vettura. Si trovarono insieme davanti alla porta dell'ascensore.

«Cara...» egli sussurrò. «Se mi sarà appena possibile ti darò la buona notte...»

Coralla sorrise invece di rispondere: e sorridendo così un poco trasognata, uscì dall'ascensore. In quell'istante si aprì la porta dell'appartamento di Lauro Luis. Tenuta aperta dal cameriere, la porta lasciò intravedere l'estrema signorilità d'una vasta anticamera. E nel rettangolo della porta si inquadrò la madre di Lauro.

Immota, ella guardò la coppia.

Rapido il giovane le andò incontro chiedendo:

«Tu stai per uscire, vero? Devo accompagnarti?»

Coralla scivolò verso il proprio ingresso e mentre infilava la chiave nella toppa udì la marchesa dire al figlio:

«Ma tu hai dimenticato che oggi la tua fidanzata esce di collegio per poche ore... La contessa Della Valle ha già mandato la sua macchina. E tu sei ancora in abito grigio.»

«Mi sbrigo, mamma.»

Coralla chiuse la porta. E dura, aspra, ostile le giunse la voce della marchesa Luis:

«Quella maleducata! Neppure sa che non si sbattono le porte sul viso di chi sta all'esterno...» Coralla Kroon si appoggiò alla parete. Qualche garofano le scivolò dalle braccia, cadde...

Non pensava allo sguardo ostile della marchesa, non pensava alle dure parole di lei, non pensava ad altro che a un nome: "contessa Della Valle...".

E subito, dopo quel titolo nobiliare e quel nome, un'altra parte della frase si aggiunse:

«La tua fidanzata esce di collegio...»

Collegio. Contessa Della Valle...

Non riusciva a spiegarsi bene, Coralla, perché quelle parole le battessero nel cervello come sassate. Non riusciva a dirsi perché la sua mente si fosse fermata a quelle parole mentre altre, ben più dure e cattive, aleggiavano ancora nell'aria.

Collegio. Della Valle.

Fu come se un velo si diradasse, come se una grande e pesante nube svanisse. E nella improvvisa chiaria, ecco apparire il volto fine, gentile e dolce di Amelì. Amelì non bella, ma fatta di grazia e dolcezza. Amelì... Sottile ed elegante: la sola che avesse dimostrato anche un poco di tenerezza per quella Coralla Kroon sorella d'un comico.

Amelì, contessina Della Valle...

A fatica Coralla si distolse di dove era, si avviò alla sua camera. Cercò un vaso, ne trovò uno di cristallo sfaccettato, lo fece a metà pieno d'acqua, vi immerse i garofani. E riudì le parole di Lauro: "Pare che sulla vampata di una passione sia caduta una fiorita di neve..."

Era così. Perché a tormentare la bellezza di quell'amore fresco, giovane, bello, s'aggiungeva un nome altisonante e un viso dolce.

Fu quasi contenta udendo trillare il campanello del telefono. Sapeva bene che non poteva essere Lauro ma era pur sempre qualcuno che la distoglieva dalla sua solitudine e dalla sua profonda amarezza. Sollevò il microfono e subito udì la voce del commendatore Pace.

«Là! Ho chiamato tante volte. Tutto silenzio costì. Ho telegrafato a suo fratello. Gli ho scritto. Spero di potergli anche telefonare. Lei è sempre pronta a partire?»

E all'uomo che le parlava di là dal filo rispose:

«Dica a mio fratello che voglio partire...»

«Mi autorizza? Posso davvero dire che vuole assolutamente raggiungerlo?»

«Sì...»

Una esitazione da parte dell'uomo. E poi, chiara, precisa, risuonò la sua voce:

«Bisognerà che ci si veda. Le ho già detto che non mi nutro di bambine. Non deve temere cosa alcuna, via! Mi riceva. O meglio ancora, mando a prenderla con la macchina e viene da me. Che preferisce?»

Senza pensare Coralla rispose:

«Venga qui.»

«Quando? subito?»

«Subito.»

L'altro rispose:

«Grazie.»

Andò a guardarsi in uno specchio. Si pettinò, si spazzolò, tentò un sorriso. Poi si mise dietro i vetri a guardare il terrazzo in fiore sul quale Toi giocava con la palla.

Restò là, immota, incantata e triste a guardare il cane, mentre i pensieri andavano oltre oceano o sostavano in un collegio o si fermavano dove un piccolo e finissimo viso di giovanetta sorrideva mite.

E andò, calma, a staccare il citofono quando la portinaia la chiamò per chiederle:

«Può salire il commendatore Pace?»

Rispose:

«Sì: lo attendo.»

Aprì la porta, sentì che l'ascensore saliva. Attese. Chi sa quale mancia aveva dato il commendatore alla portinaia per ottenere d'essere accompagnato su con l'ascensore. Ossequente, la donna aprì, lo lasciò passare, mormorò:

«Faccia chiamare, verrò su io quando lei se ne andrà...»

Coralla Kroon teneva la porta aperta: e il commendatore Pace si fermò, cappello in mano, a guardarsi attorno.

«Bella casa» disse. «Moderna ma solida.»

S'aprì di fronte, oltre il gran ballatoio, la porta di casa Luis. E un cameriere in giacca turchina a bottoni d'oro uscì tenendo al guinzaglio Toi.

Una sbirciata da parte del cameriere per la coppia ferma sulla soglia. E poi il furioso abbaiare di Toi che vedeva dappertutto estranei e nemici da assalire.

«Non ho mai potuto sopportare i cani piccoli» disse il commendatore Pace entrando. «Ho sempre avuto alani, lupi pastori. Ne ho, in villa, due pastori...»

Coralla Kroon aveva chiuso la porta ed erano fermi nell'anticamera.

Disinvolto e sicuro l'uomo buttò il cappello su una mensola di cristallo. Si strofinò le mani sorridendo, avvertì:

«Lo sa che non m'ha teso la mano?»

Lei gli affidò la mano ed egli la trattenne.

«Che c'è? Paura di questo vecchio affarista? Trema!»

«No. Niente paura di lei.»

«E di chi allora? Di quel botolo che ringhiava dianzi?»

«Ma no! Non ho paura dei cani; siano botoli, siano enormi.»

L'altro non parlò. Guardò la sala dove erano giunti, sorrise, disse immediatamente:

«Mancano molte cose: ma il poco che c'è è buono. Scelto bene. Ha pensato a tutto suo fratello?»

«Sì.»

«Un ragazzo intelligente.»

Prese posto in una poltrona senza attendere l'invito, mise la mano sul bracciolo di una poltroncina, la trascinò vicino a sé, disse festosamente:

«Qui, bimba! Si parla meglio seduti.»

Ed ella sedette accanto a lui.

«Dunque» egli attaccò.

Tolse il finissimo fazzoletto dal taschino, se lo passò sulle labbra, lo rimise a posto. Attorno all'uomo aleggiava un buon odore che faceva pensare subito all'eleganza, agli agi, alle comodità, alla ricchezza solida. E la sicurezza dell'uomo era così travolgente che a poco a poco Coralla si sentì, a sua volta, sicura. Pareva che Pace fosse sempre stato là, in quella sala. Aveva trovato una posizione comodissima nella poltrona, guardava tutto con i suoi occhi penetranti e chiari, aveva un sorrisetto tra beffardo e benevolo sulle labbra e il mento, perfettamente rasato e roseo, gli pendeva un poco, solo un poco verso il nodo della cravatta.

«Dunque» riprese. «Le ho detto che sono consocio d'una delle più importanti case cinematografiche americane. Laggiù mancano le ingenue, perlomeno, non mancano, ma dopo un film perdono la doratura, come certe statuette da poco prezzo, certi idoletti che nelle vetrine risplendono e solo che si osi di tenerli tra le dita vi lasciano la polvere d'oro su i polpastrelli. Lei, se non sbaglio, non dovrebbe deludere tanto presto. Perché non è l'ingenua ochetta, la bambina cresciuta in fretta, la giovanettina dall'apparenza mite e stupida. Lei è donna e tuttavia rivela la sua estrema giovinezza. Si vede che ha sedici anni o poco più. Sbaglio?»

«No: ha ragione.»

«Perciò, io penso, lei durerà a lungo, sarà cioè, per lungo tempo, l'ingenua vivida, simpatica, allettante. Non ci farà lo scherzo di aver l'aria di non sapere di dove vengono i figli nel primo film e di pretendere abiti scollati e trucco da ammaliatrice nel secondo film. Lei deve essere anche equilibrata... È così?»

«Non lo so...»

«Male! Bisogna sempre sapere tutto di noi. Il buono e il cattivo. Per conto mio lei ha ora solo un difetto: quello di essere tanto innamorata del giovane ufficiale di Marina. Bisognerà eliminarlo, quel difetto, cara. Perché io conosco bene le fisime dei marchesi Luis...»

«Conosce i marchesi Luis?» domandò sommessa Coralla Kroon.

«Non personalmente. Ma di nome e di fama. Io posso sapere tutto, ragazza bella. Perciò le dico di non perdere tempo con il giovanotto. Con quell'arpia di madre egli dovrà dire "signorsì" tutte le volte che la marchesa pretenderà il "signorsì". Andrà a finire che prima di coricarsi con la giovane moglie il giovanotto domanderà a mammina: "Posso?" Il mio consiglio, quindi, Coralla bella, è di mettere una grossa pietra su questo amore. Come si usava fare quando si seppellivano i morti nelle chiese. Si calava la bara e sopra si metteva una pietra. E tutti camminavano su la pietra sepolcrale. Era un modo molto intelligente di far capire che i morti così non davano davvero fastidio. Non rubavano neppure spazio ai vivi. Ora vede invece i cimiteri. Che spazio si pigliano! Ma che le sto dicendo? Siamo finiti male, Coralla! Torniamo a noi...»

Lei si passò una mano sulla fronte.

«Male? Male alla testa?» domandò l'uomo senza curiosità e senza interesse.

«No. Ma lei dice tante cose che non capisco.»

«Lo credo, povera figliola! Io non dimentico mai di essere industriale e affarista. Logico che non possa seguirmi. Mia moglie, che è una bella donna molto intelligente dice che se le mie idee fossero quadri, per capirle bisognerebbe qualche volta mettersi a testa in giù e a gambe in su. Comunque, anche se non le capiscono gli altri, poco male. Le capisco io le mie idee. E questo è ciò che rende. Milioni rendono le mie idee. E milioni ci saranno per lei se farà l'ingenua lassù. A corredo stiamo malissimo, vero?»

«Ho un corredo da collegio.»

«Bene. Lo tenga. Servirà. Farà colpo. E gli indumenti eleganti li avrà poi. Per la partenza le consiglio un abitino semplice, così che possa arrivare già attrezzata per la pubblicità. Mi pare di vedere quei giornali pettegoli impiastricciati di chiacchiere benevole.

"Il commendatore Pace si porta dall'Italia una giovanissima attrice..." Concludiamo, Coralla. Appena ricevo conferma da Leto Kroon, si parte. Un volo.»

«Ma io avrò paura.»

«La paura non è che un riguardo verso noi stessi. E non mi pare necessario avere poi troppi riguardi per il proprio io.»

Si levò, avvertì:

«E per cortesia, non si faccia scrupolo per chiedere danaro. I miei numeri telefonici li ha: li usi se ne avrà bisogno.»

Si avviarono. Lungo il corridoio egli girò il capo a guardare la ragazza, poi di scatto, levò una mano, la tese verso i suoi capelli.

«Si scopra maggiormente il profilo, Coralla. Così... Lei ha un bel viso ma lineamenti marcati: se li tiene racchiusi nella nicchia dei capelli tutto parrà più grande. Ma imparerà. E, mi scusi, quanti chili pesa?»

Glielo disse e l'uomo ribatté:

«Bastano. Non dovrà aumentare di più. Ancora, e non mi mandi al diavolo. È sana, vero? I denti sono splendidi, suoi, si capisce. Nessuno in avaria?»

Lo fissava, esterrefatta. Le pareva d'essere una cavalla al mercato. E l'occhio freddo, indagatore e soppesante dell'uomo le dava quasi un senso di dolore. Sapeva che molte volte uomini anzianotti corteggiano volentieri le ragazzine. Ma non aveva mai supposto in un uomo tanta freddezza, tanto calcolo, soprattutto tanta indifferenza. E quasi avesse letto nella mente di lei, l'uomo, astuto e acuto, disse chiaro:

«Non le spiaccia se la tratto come una bestia. Pensi che nel caso suo è meglio così. Sarebbe peggio se le facessi la corte. Peggio per lei ché si sciuperebbe l'avvenire e peggio per me ché dimostrerei di essere rimbambito. I giovani ai giovani e questa è stata la massima che m'ha sempre fatto rispettare. A rivederci, cara.»

Coralla aprì la porta: l'uomo uscì. E l'ascensore si fermò e ne uscì la madre di Lauro Luis. Con uno sguardo che agghiacciò Coralla ella fissò il gruppo composto dai due: il vecchio e la giovane che si stringevano la mano sulla soglia. Rigida, sprezzante, a testa alta, la dama suonò alla porta della sua casa, entrò, sparì, e chi aveva aperto non si fece scrupolo a ribattere l'uscio contro i battenti.

«Accidenti!» rise il commendatore Pace. «Quella ha mangiato il manico d'una lucidatrice! Ha visto che roba? Ci ha guardato come se fossimo cose sporche...»

E Coralla Kroon, assorta e triste:

«... e tra poco, colei che ha mangiato il manico della lucidatrice elettrica, dirà che la giovane sorella di Leto Kroon già riceve signori...»

«Signori anziani!» rise Pace. «Signori pericolosi! Dia una scrollata di spalle, cara! E speriamo possa partire il più presto possibile. Qui diventerebbe penicillina. Gente che sa di muffa.»

Disse con malinconia la giovanetta:

«Quella signora altera è la marchesa Luis, la mamma del giovane ufficiale...»

«... che ama lei! Bisogna proprio salpare, Coralla. O finisce male per lei, qui. A rivederci, bimba.»

Se ne andò, tranquillo, con quel sorriso fresco, freddo e arguto sulle labbra, con quel suo sguardo che vedeva tutto, captava tutto e tutto, di colpo e infallibilmente, giudicava.

Coralla rientrò nella sua casa. Non ebbe notizia alcuna di Lauro, ma lo immaginò accanto ad Amelì. Aveva ragione il commendatore Pace. Doveva partire presto. Già troppe cose penose e ingrate si accumulavano sulle sue spalle, già troppe contrarietà pesavano su quell'innocente e puro amore che l'aveva afferrata e che aveva la giovane, incantata e splendente bellezza del primo amore.

Tardi, quando già era coricata, squillò il campanello del telefono. E la voce chiara di Lauro Luis le giunse:

«Sono a teatro, Coralla. Con la famiglia e telefono durante un intervallo. Che mai è accaduto oggi? Sdegno fondo della marchesa Luis la quale a tavola trovò modo di rivelare il suo risentimento per aver veduta la giovane coinquilina Coralla Kroon con un vecchio signore. Coralla Kroon sull'uscio si congedava da colui che probabilmente è il protettore. Male parole, Coralla, che mi hanno stretto il cuore. Bisogna che tu impari a fingere, Coralla...»

Parlava rapidamente, con voce chiara e tranquilla. Ma era evidente che voleva dire tutto ciò che gli stava a cuore e che non aveva molto tempo.

«Non accompagnare mai alcuno alla porta, Coralla. E se puoi evita di ricevere uomini. Chi era quell'anziano ed elegantissimo signore il quale aveva anche lasciato un'automobile da fiaba alla porta? Si trattava di colui che veniva nella nostra scia? Di colui che...»

Lei troncò e disse piano:

«È il commendatore Pace, con il quale partirò in volo per Hollywood non appena mio fratello me ne darà il permesso.»

Un'esitazione di là dal filo. E poi, mutata e subitamente stanca, la voce maschile:

«Tutto deciso, Coralla?»

«Tutto.»

Silenzio. E Coralla si appressò il microfono all'orecchio, ve lo premette contro, come se da esso potesse giungerle qualche cosa di vivo e tangibile, qualche cosa che fosse un poco di Lauro Luis. Chiuse le palpebre, piegato il capo, pallido il viso, una piega di dolore che contraeva le labbra, la giovanissima creatura restò in attesa. E la voce malinconica le giunse:

«Tutto deciso, dunque. Te ne andrai così lontana, Coralla, che mi parrà di aver baciato un sogno. Né io posso dirti di restare ché io non posso offrirti cosa alcuna.»

Immota e commossa lei chiese:

«Lo avrai quel giorno tutto per noi? Un giorno con te. Era quasi una promessa.»

«Lo avrò. A qualunque costo, cara. Buona notte, Coralla.»

E posò il microfono anche lei, mentre tutte le parole taciute le aleggiavano attorno, come fantasmi paurosi che volessero assalirla. Tutte le parole taciute, che erano anche un tormento:

"Che resterei a fare, qui? Già sono bollata per la tua famiglia, già si guarda a me come a una cosa impura, già si pensano di me le storie più scandalose. Qualunque cosa io faccia, comunque mi comporti, non agirò che a mio danno, perché Coralla Kroon è una ragazza giovane e sola, che riceve uomini anziani, che è sorella di un comico di teatro, che è cresciuta nei teatri, tra le nudità delle ballerine. Bollata Coralla Kroon anche se ella ha avuto solo un bacio d'amore, anche se ella ha nel cuore un puro e grande amore. Nulla da fare. Il male è attorno a me e io devo andarmene. Anche perché c'è già una creatura nella vita di colui che amo e questa creatura si chiama Amelì. La sola compagna che mi abbia abbracciato, la sola che abbia avuto un poco di affetto per me. Se guardo nella mia strada, vedo persone indifferenti che mi passano accanto. Babbo e mamma non ci sono più, Leto lavora, mi aiuta e mi vuole bene. Leto è mio fratello. È tutto della mia famiglia. Ma per quella strada che ho percorso e che percorrerò, non c'è un volto amico. Indifferenza di ballerine, noia di artisti e attori, desiderio di togliersi dai piedi la piccola Coralla Kroon tra tutti coloro che incontravo. Non davo noia ad alcuno e tutti mi scansavano perché non servivo a nulla e talvolta impicciavo il passaggio. E poi i collegi e l'ostilità palese di tutte le compagne. E poi il più elegante collegio e soltanto curiosità attorno a me. Se un piccolo bene ci fu, venne da lei: da Amelì Della Valle. Sottile, fine e mite, lei fu la sola che mi fece intendere di non aver unicamente curiosità e disprezzo. Me ne stavo andando quando mi tese le braccia. E quello fu il solo abbraccio d'amica che io ebbi nella mia esistenza. Anche per questo bisogna andarsene. Anche per questa cosa gentile, dolce e delicata che sì chiama Amelì. Se ella sapesse, diventerebbe come la madre di Lauro: piegherebbe le labbra a disprezzo, mi raggelerebbe con lo sguardo, direbbe di me che do scandalo e si vergognerebbe di avermi avuta, un giorno, compagna di collegio. Via! Via! Anche per non far male ad Amelì. Anche per non far troppo male a Coralla..."

Spense la luce e si disse:

"Povera Coralla... Tutto il tuo coraggio è crollato. Sapevi battagliare tanto bene nei collegi. Eccoti vinta..."

E poi fu il sonno della giovinezza. I fantasmi se ne andarono, pacificata le sorrise Amelì.

Ancora fu giorno e tutto si svolse come sempre. E alla fine, già la custode aveva portata la colazione, squillò quell'apparecchio telefonico al quale oramai Coralla guardava con ansia.

«Coralla... Ho tre giorni di proroga. Il giorno per noi fissalo tu. E comunque, vediamoci oggi, Coralla.»

«Ho paura» lei disse sconvolta. «Ho paura che tua madre ci veda...»

Esitò: sussurrò:

«Sarebbe più semplice che tu venissi qui, nella casa... Non ci sarebbe che da attraversare il ballatoio...»

Dura e decisa l'interruppe la voce di Lauro Luis:

«Mai Coralla! Ora so che tu non conosci il pericolo, ora so che tu non temi gli uomini. E per questo che non entrerò nella tua casa, è per questo che ti porterò soltanto nel sole. A rivederci, cara. E non ti inquietare se ti prego di fare le stesse manovre. È meglio, Coralla. Nulla ti salverebbe se mi vedessero uscire dalla tua casa. Ma una ragazza che fa una gita in automobile nella luce del sole ha sempre attenuanti, ché potrà sempre dire:

"Chi sbaglia non si esibisce. Chi ha voglia di peccare non se ne va in automobile per una strada pubblica, ma si cela altrove, dove pareti compiacenti nascondono tutto." A rivederci, Coralla.»

Posò il microfono, pensosa. La voce di Lauro Luis era stata decisa, chiara, ma dolce e paterna. E lei se la teneva nell'anima quale viatico di bene. Andò a guardare il suo magro guardaroba e poi finì per indossare ancora una volta l'abito da collegiale.

Più tardi, quando si trovò in vettura con Lauro Luis egli attaccò subito:

«Mi devi perdonare, Coralla, la reazione di poco fa. Ma tu sei incosciente. Non si invitano gli uomini in casa quando nella casa si è totalmente soli...»

«E pur venuto il commendatore Pace. E che male ho fatto?»

Pur senza averne voglia, egli fu costretto a ridere:

«Il teatro ti ha resa innocente. Un'innocenza pericolosa, la tua. Mi fai pensare agli operai delle centrali elettriche. Così abituati al pericolo che per loro toccare un filo rappresenta un fatto comune e neppure si chiedono se da esso verrà la scarica mortale o non verrà cosa alcuna. Per essere abituata a una vita equivoca, non vedi il male. Mia madre s'è scandalizzata per quel papavero che venne da te. E tu non ti domandi neppure che cosa accadrebbe se qualcuno vedesse me uscir dalla tua casa.»

«Ma se non si compie male alcuno...»

«Coralla! La vita è così mal combinata talvolta che assolve i peccatori i quali sanno salvare le apparenze e condanna gl'innocenti che alle apparenze non badano. Ruba un anello e non ti far scorgere. Nessuno ti toglierà il saluto: tenta di carpire una pagnotta e lascia che ti vedano. Avrai la folla addosso e qualcuno griderà:

"Al ladro!"»

«Allora bisogna mentire» lei disse piano, assorta.

«No. Tu devi metterti in condizione di non dover neppure mentire. Tu devi camminare onestamente, rigidamente, senza guardarti attorno, mirando alla tua mèta. Tu devi farti un programma di saggezza. Tu più di ogni altra, perché tu, piccola cara, hai già un fardello sulle spalle. Non sei come le fanciullette che nate in case ovattate non devono temere scosse. Tu devi temere di tutto perché il palcoscenico non ha ovatta: ha cartapesta. E se le altre possono essere civette, tu non puoi. Salva le apparenze. E sii buona, sempre.»

Lo guardò, attonita, ché oramai non capiva più tutte quelle parole che egli le andava dicendo e che parevano talvolta, prive di senso e in contrasto tra esse.

«Tu mi guardi» egli disse baciandola.

La strada era quieta, e le bordure verdi dei campi la limitavano felicemente. Ferma era la macchina e il sole l'invadeva. Per i finestrini aperti entrava l'effluvio dei campi e a tratti giungeva un profumo acuto: forse di semplici e modeste mimose nell'ultima fioritura.

«Vorrei tutto il rispetto del mondo attorno a te, Coralla» egli disse a un tratto, mentre le labbra sue sostavano tra la morbidezza dei capelli soffici e straordinariamente giovani. «Vorrei che per te fosse la stima di ognuno.»

«Io desidero la tua stima» lei rispose. «Gli altri, che rappresentano per me?»

Il giovane tacque, assorto. Poi disse, piano:

«Darei dieci anni di vita, Coralla, perché mia madre avesse stima di te.»

Coralla, interrogandolo con lo sguardo, mormorò:

«Tua madre? E che vantaggio avrei ottenendo la sua stima? Tu sei destinato a un'altra donna.»

E subito:

«L'hai veduta, vero, ieri, la tua fidanzata?»

«L'ho veduta. Sono stato da lei per un tè e la ricondussi poi al collegio. T'ho detto, vero, che la mia futura moglie è in collegio?»

«Sì, l'hai detto...»

Poi:

«Tu le vuoi bene?»

«Che debbo dirti, Coralla? Da quando ho infilato i calzoni lunghi mi sento dire che Amelì Della Valle è un tesoro, che è nata per essere destinata a me, che nessun'altra donna potrà darmi le gioie che mi darà Amelì. Compivo gli studi all'accademia, Amelì forse succhiava ancora il suo indice e già ricevevo da mia madre descrizioni lunghissime su questa buona bambina. Amelì oggi, Amelì domani, un giorno mi svegliai e mi stupii di non avere a lato una moglie che si chiamasse Amelì. Quel giorno non è remoto e tuttavia mi pare di essere sempre stato fidanzato ad Amelì.»

«È bella?»

«È molto fine... Ma ha sedici anni o poco più. E allora deve ancora mutare penne, come fanno i pulcini. Mia madre dice che Amelì diventerà uno splendore. Voglio crederle ché mia madre se ne intende. Ha detto che tu sei una stupenda creatura sciupata. Vedi che sa guardare...»

Tentava di dare alle sue parole un tono indifferente e scherzoso. Riusciva a darvi soltanto un tono irridente talvolta aspro, tal altra irritato.

E Coralla Kroon rivedeva Amelì chiusa nella lunga camicia da notte. Esile, delicata, finissima. La camicia le stava attorno come un'enorme campana di vetro sul vasettino di fiori finti. E tuttavia Amelì Della Valle rivelava la sua razza pura per quei piedini che, serrati in pantofoline azzurre e chiuse, parevano due fiori allorché ella camminava e li muoveva sotto la rigida sagoma della camicia. E le mani di Amelì? Lunghe, sottili, con dita straordinariamente affusolate. Mani che già facevano pensare a tutte quelle bocche piegate al bacio che si sarebbero curvate su di esse.

«Che pensi, Coralla?»

Si distolse dai suoi tormenti, disse:

«Al nostro giorno. Vuoi sia domani? Ché se arrivasse la conferma di Leto, io dovrei partire.»

«Domani, allora...»

Pensò un poco e rapidamente fece un programma.

«Io ho alcuni amici a Parma. Già ho detto che dovrei salutarli. Siamo compagni d'Accademia che un bel giorno hanno stabilito di tornare sulla terra ferma stabilmente. Ma sono stati buoni amici e una capatina la meriterebbero... se non ci fossi tu. A mia madre dirò di non averli trovati. E noi godremo una giornata tranquilla e felice e tutta nostra. Vuoi, Coralla? Ti faccio un programma?»

«Va bene» ella sorrise.

«Partiamo presto presto. Andiamo a Tabiano dove, in verità, mi scaraventa mia madre a portare, mi pare, uno scialle a una signorina di circa ottant'anni. La signorina è una marchesa, lontana parente nostra che si cura a Tabiano non so quali malanni. Di là si salpa subito e si va...»

Sorrise e soggiunse:

«Quando saremo annoiati di andare ci fermeremo. Una gita innocente, tu e io. E questo povero amore nostro che dovremo distruggere. A meno che...»

Un rossore vivo salì al suo viso: e per quel rossore insolito nel volto abbronzato, egli parve tutto nuovo e assai più giovane.

«Che volevi dire?» domandò Coralla.

La serrò al petto, appassionatamente. Perdutamente la baciò per tutto il viso, quasi con dolore esclamò:

«Ti voglio tanto bene! Ti amo in un modo così grande, Coralla, che mi abbandono a tanti sogni assurdi! Che tuttavia lascio venire a me come in navigazione lascio che vengano a me tutti i profumi del mare e delle coste.»

Ancora tacque e riprese, tra sconsolato e ridente:

«Tu sapessi quali sogni, i miei!»

«Dimmene uno...»

«Che so? Mi illudo, talvolta, che tu compia qualche cosa di veramente grande, di veramente notevole così che ognuno debba ammirarti e dire che sei una donna eccezionale. Allora, sogno sopra sogno, ecco il volto di mia madre spianarsi. E sorridere. Perché Coralla Kroon è qualcuno. E una Coralla Kroon che sia qualcuno può entrare nella nostra casa senza destar scalpore... Ma tu vedi quali sciocchezze io sogno? Tu vedi di quale assurdo costruisco! Debbo sembrarti un ragazzo senza esperienza: e forse è così. Da un collegio militare sono passato a un'accademia navale, da un'accademia navale sono passato a bordo di una fregata. Le esperienze me le porterà il tempo: alla mia età e tra la vita agiata della mia famiglia e rigida della mia carriera, non ne ho avute molte. Ti concedo di ridere se ne hai voglia.»

«Io non rido. Io penso a che cosa potrei fare per diventare importante. Ma lo diventassi, come potrei entrare nella tua casa e di conseguenza nella tua vita se già t'è assegnata Amelì?»

E disse Amelì soltanto. E il giovane la sogguardò sorridendo e dicendo:

«La nomini come se fosse tua amica.»

Coralla aprì le labbra: forse voleva dire che Amelì era sua amica, forse la sola creatura che le avesse dimostrato un poco d'amicizia. Ma il giovane non gliene diede il tempo. Parlò per preparare quel programma ingenuo e tuttavia affascinante che doveva tenerli una giornata vicini. E poi sfrenò la macchina e la rimise sulla via del ritorno.

L'indomani mattina la svegliò la custode della casa che le portava un telegramma. Era di Leto Kroon: la autorizzava a partire con il commendatore Pace.

E Coralla aveva appena finito di leggere quel telegramma che una telefonata di Pace le diede conferma di ciò che Leto aveva scritto. Disse a lei, rapido, preciso, incisivo l'uomo che non ammetteva né errori né esitazioni:

«Fra tre giorni, Coralla. Ho preparato tutto, ho anche il visto di Leto Kroon ché lei è minorenne e non può girare il mondo senza qualche timbro che la protegga e difenda. Lei pensi a mangiare, a dormire, a essere tranquilla. Saluti la Madonnina e le dica "a rivederci". Chiuda bene la casa e, per carità, giri la chiavetta del gas. Detesto l'odore di gas. Buona giornata, cara.»

Coralla mise il telegramma di Leto nella borsettina a busta che possedeva: la sola borsetta che Leto avesse pensato di regalarle. E quando, in macchina, furono lungo la via Emilia, ella disse al giovane:

«Leto acconsente e io, fra due giorni, partirò per l'America. Se diventerò una grande attrice lo saprai. E allora domanderai a tua madre se si deve o no cavillare su Coralla Kroon stella fra le stelle...»

La vettura andava a velocità moderata. La bella strada alberata poteva a tratti far pensare a un giardino privato e ricco di immensi viali. In alto i rami si univano e il cielo appariva appena appena. Tra verde e azzurro, un chiarore d'acqua si formava su l'asfalto. Bella era la via, ancora colmi di ricchezza i prati e i campi. Ma sul volto di Lauro Luis c'era una viva espressione di dolore. Né egli tentava di celare quel dolore.

«Dunque te ne vai, Coralla...»

Sorrise aggiungendo:

«E neppure ti domandi se questa tua partenza possa farmi soffrire.»

Ella non rispose e il giovane si volse a lei riducendo ancor più la corsa della vettura. Un braccio attorno alle spalle di lei, una mano a trattenere il volante, il giovane chiese, piano:

«Sei contenta di andartene?»

«Mi spiace perché lascio te. Per tutto il resto è meglio così. Oramai ti amo, Lauro. Ed è la prima volta che amo.»

Si passò una mano sulla fronte, dal basso in alto, come se volesse togliersi via un capello leggero leggero e dorato che le aleggiava davanti. Riprese:

«Tutto il resto è così amaro che non vale la pena di restar qui a crogiolarmelo. Offese nel collegio, offese nella vita. Non potrò mai dimenticare lo sguardo ostile di tua madre, non potrò mai avere il coraggio di affrontare questa società che capisce assai poco. Bollata. Perché sono cresciuta come un gattino tra le quinte, perché mio fratello balla, recita e canta in una compagnia di rivista, perché mi hanno mandata via dai collegi. Mi butto tutto alle spalle e me ne vado. Ma quando tornerò, sarò qualcuno a qualunque prezzo. E allora disprezzerò io tutti coloro che mi hanno disprezzata. Non ne posso più, sai! Tra poco saremo in quel paese che tu hai detto e dove sei incaricato di portare uno scialle a un'amica di tua madre. Naturalmente io non dovrò farmi vedere dall'amica di tua madre, è vero?»

Il giovane tacque, ma le sue mascelle si contrassero. Era una maniera di assentire, e Coralla comprese che era una maniera eloquente anche se dolorosa.

«Lo vedi? Io dovrò starmene in disparte, guai se l'amica della mamma tua dovesse vedere questa ragazzaccia... tutto un peso insopportabile sulle mie spalle. Un ingiusto peso, del quale voglio liberarmi.»

Parlava piano, con voce talvolta tremante di dolore e di ribellione. E il suo volto non era più quello di una ragazza ingiustamente accusata, ma quello di una donna che si difende, poiché ha il diritto di difendersi.

«Tu hai la tua pena, io ho la mia, Coralla. Io mi sono trovato innamorato di te senza accorgermene. E io sono colui che deve patire e per te e per me, perché io più di te conosco gli ostacoli che dovrei superare se decidessi di agire a modo mio e di unirmi a te per sempre. Ostacoli di ogni genere, Coralla. Sarebbe finita con i miei genitori, quella famosa società che ci attornia criticherebbe il mio atto: e forse anche i miei superiori troverebbero a ridire qualche cosa e, quantomeno, la mia carriera potrebbe avere la corsa frenata. Non penso ad Amelì... Voglio credere che Amelì, giovane come è, saprebbe superare tutto. Ma penso al concetto che si farebbero i suoi parenti: tutto quel suo parentado che una volta l'anno si reca alla capitale per porgere omaggi e ossequi a non so quanti principi della chiesa... Tutto un mondo contro di me, un mondo che mi metterebbe al bando... E tu mi dirai che tutto il mondo può crollare se noi due siamo uniti e se il nostro amore ci tiene fieramente abbracciati. Ma non è così, sai! Non torna più la pace in un terreno che sotto sotto ha foco. L'erba non vi cresce, i fiori non sbocciano, la coltivazione è inutile: e a tratti zolle si alzano, pianori si spaccano. Tutto inaridisce. Non so dirti perché avvenga così, amore mio. Ma io sono certo che per aver la felicità, non si debba passare su il volere degli altri.»

E Coralla, con un sorriso attossicato:

«Eh, sì! Non si deve passare sul volere degli altri. Si deve essere infelici in due. Per non far patire gli altri, lasciamo che scoppi il nostro cuore...»

«Scoppierebbe lo stesso, Coralla, se ci unissimo. L'ostilità degli altri ci ammazzerebbe... Né tu, che sei buona, saresti felice vedendomi tormentato dall'inimicizia di mio padre, dal rancore di mia madre, dal disprezzo dei miei parenti e amici... La buona società è quella tal faccenda che permette a un marito di mantenere una ballerina, ma non consente a un giovanotto di andare contro il volere dei genitori e di sposare quella che i genitori considerano una ballerina o qualche cosa del genere. E con ciò, non voglio dire che le ballerine siano esseri disprezzabili: voglio soltanto dire che, per una certa specie di benpensanti, sono creature da evitare.»

Ma poi aggiunse, rapido, quasi ad aggrapparsi a un ben diverso argomento:

«Ti porto a Tabiano passando da Salsomaggiore. Di là si prosegue poi per Parma. A Parma scrivo una cartolina a mia madre e una alla mia fidanzata. E poi, a braccetto, andiamo dove vuoi tu. A braccetto, Coralla: come due sposi.»

Ma riprendendosi:

«No, non fermiamoci a Parma. Si spediscono le cartoline, si riprende la strada e ci si ferma dove ci talenta. In nessun paese rischieremo di incontrare persone che mi conoscono.»

Accelerò mentre diceva:

«Un paesetto. E che si fa, Coralla, appena vi si arriva?»

«Non lo so...» ella rispose.

«Si lascia la vettura sotto un ippocastano. Tutti i paesi ne hanno almeno uno. E se non sarà ippocastano sarà platano. Ma ammettiamo che sia ippocastano. Mi piacciono e di questi tempi cominciano la fiorita che guarda in su... Si ferma all'ombra compiacente la vettura. Scendiamo. A braccetto andiamo per le strade e la gente ci guarda e ci crede due sposi...»

E Coralla, subitamente afferrata dal gioco:

«E da bravi sposi andiamo in chiesa. Una chiesa piccolina, deserta e con il lume acceso dentro una lampada rossa. La chiesa di don Camillo. Ti va?»

«E don Camillo ci vede, ci sbircia e, furbo come è, capisce che non siamo sposi, ma vorremmo diventarlo. Comunque ci apprezza perché noi preghiamo seriamente e poi, lasciata un'offerta che infileremo in una cassetta, ce ne andremo... E poi?»

«Non so...» ripeté Coralla.

Erano giunti a Salsomaggiore. E tutte le aiole, i giardini degli alberghi, le bordure dei viali erano in fiore.

Vetrine eleganti, gente tranquilla, negozi magnifici. L'aria pura e dolce. Senso di pace su i volti. Cartelli pubblicitari che annunciano primizie cinematografiche e teatrali. Tiro al piccione a Poggio Diana, balli alla Guantara. Concorso ippico nel lindo ippodromo, un grande concerto all'hotel delle Terme, un torneo di canasta all'hotel Regina.

«Qui ci sono divertimenti per tutte le esigenze» osservò Coralla.

Ma il giovane non rispose. La vettura passava veloce per le strade ordinate, fiorite, agghindate.

«Che hai?» mormorò la giovanetta, preoccupata.

«Oh, Coralla! E non lo immagini! Tra poco saremo a Tabiano e dovrò farti scendere per raggiungere con la vettura il punto dove è lo stabilimento di cura e l'albergo dove alloggia quella cianciona che ha quattro volte venti anni. Ti pare che possa piacermi l'idea di lasciarti nella strada come si lascia il pedone che ha chiesto un passaggio?»

«Se è necessario così per non scatenare commenti, così sia» lei rispose.

E il giovane, fermando la vettura:

«Tu puoi conciliare la mia posizione di ufficiale di Marina, abituato alla vita mondana, con la mia posizione di figlio abituato a evitare ogni ostacolo per non incorrere in rimbrotti? Qualche volta mi domando come abbia fatto, io, a sdoppiarmi così! Sulla nave l'ufficiale brillante, a casa il fantoccio pieno di segatura. Povero tesoro, che ti sei innamorata del fantoccio con la segatura...»

«No! Ho visto per prima cosa scintillare i bottoni della tua divisa. Ma non mi sono innamorata della divisa. Mi sono innamorata del mio primo amore: e questo, se puoi capire ciò che intendo dire, è tutto.»

La baciò sulla bocca, rapidamente e rabbiosamente. Poi le disse, piano:

«Ecco... Lassù è lo stabilimento, di lato l'albergo. Piglio il pacchetto e lo porto a madama. Se mi lascia libero subito bene, altrimenti non mi vedrai per trenta anni ché l'avrò strangolata... Scendi, Coralla, passeggia. E perdonami. Se puoi, perdona all'ufficiale. A un fantoccio, che vorresti perdonare?»

Lei scese, sorrise, disse con dolcezza:

«Non pensare...»

Vide la macchina allontanarsi. Poi non vide più nulla. E allora andò a sedersi su un muricciolo antistante una casetta nuova nuova e forse ancora disabitata ché tutto era chiuso e soltanto un gatto grasso e tranquillo passeggiava spiattito, annusando qua e là le cose nuove.

«Micio!» chiamò Coralla.

Il gatto orientò le orecchie verso la ragazza ma non volse il capo. Indifferente, pacifico, sornione, continuò a prendere possesso di tutti quegli odori.

Passò una vettura, lenta e sgangherata. Passò una macchina americana, passarono tante automobili d'ogni specie e d'ogni valore. Poi, Coralla puntò lo sguardo su una elegante macchina che avanzava ad andatura moderata e nella quale si vedeva, di lato all'autista, un finissimo e sottile volto di fanciulla. Il cuore di Coralla ebbe un colpo. La mente formulò subito un pensiero:

"Amelì... Che cosa viene a fare, Amelì?"

Cercò disperatamente un punto dove nascondersi. Non v'era possibilità alcuna di celarsi. La casetta nuova era cinta da una rete metallica. E nelle immediate vicinanze non c'era un albero. La vettura dove era Amelì passò, la superò. Coralla fu certa di essere stata guardata dalla giovanetta, ma poiché la macchina continuava la sua andatura moderata, ella sperò di non essere stata riconosciuta. Ma percorsi cinquanta metri, l'automobile si fermò. L'autista scese rapidamente a terra, girò attorno alla vettura, si tolse il berretto, aprì la portiera. E una gentile collegiale balzò a terra. Ella indossava un abito uguale a quello di Coralla: soltanto, invece di calze di nylon trasparente, portava calze di forte seta grigio fumo. Quelle calze le portavano le allieve dell'elegante collegio, nei giorni di grande festa.

Abito turchino, scarpe senza tacco. Gonna a pieghe. Così era vestita la contessina Amelì Della Valle e avanzava verso Coralla e pur di lontano sorrideva.

«Coralla! Non mi sono dunque ingannata! Sei tu!»

Le fu davanti: e Coralla tremava così che non poteva levarsi. Stava seduta sul muricciolo, la schiena contro la rete metallica, lo sguardo fermo nel viso di Amelì.

«Una sorpresa più grande, Coralla, non poteva accadermi. Non mi abbracci?»

Allora Coralla Kroon si levò, abbracciò l'amica e si lasciò abbracciare.

«Ma che cosa fai, tu, a Tabiano, Coralla?»

Coralla Kroon sentì il pianto salire alla gola. Che cosa faceva, a Tabiano, lei? Non sapeva più dirselo perché la sua disperazione e il suo smarrimento erano troppo grandi e soltanto l'immenso dolore che ella sentiva nel cuore poteva star pari a quello smarrimento, a quella disperazione.

«Sei malata?» domandò Amelì con la sua voce di bambina. «Hai dolori artritici o asma? Dicono che faccia molto bene questa cura: ma che cura fetente.»

Rise forte portandosi tuttavia la mano alla bocca con l'atto misto di irrisione e impostura noto a tutte le collegiali. Aggiunse:

«È arrivata al collegio una baronessina napoletana. Regala il titolo di fetente alla direttrice solo che questa le passi accanto. Un giorno chi sa che cosa accadrà...»

«Non accadrà nulla» disse piano, scandendo le parole, Coralla Kroon. «Dalle baronessine la cara direttrice sopporta anche il fetente.»

«Quanto è stata cattiva con te! E come tutto è pesante senza di te! Portavi un'aria leggera, tu, là dentro.»

«Aria di palcoscenico...» disse con ironia Coralla.

«Sei irritata anche con me?» chiese piano Amelì Della Valle.

E Coralla Kroon, sincera:

«Con te? Sei l'unico ricordo pulito dei tempi che ho passato nei collegi. Ho dimenticato tutte le facce antipatiche che ho avuto attorno. Un solo volto ricordo e ricorderò: il tuo.»

«Allora mi vuoi un poco di bene? Io te ne voglio, Coralla...»

«Se non te ne volessi...» attaccò Coralla Kroon.

Ma tacque. E Amelì Della Valle, volubile e dolce:

«Vuoi sapere perché sono a Tabiano? Ti dicevo, dianzi, che è giunta al collegio questa baronessina che regala a tutti il titolo di fetente. La baronessina non aveva ancora ricevuto né cresima né comunione per non so quale idea del padre suo. La direttrice tanto brigò che riuscì a far convinto il barone di concedere e cresima e comunione alla figliola. Quel bravo uomo diede il consenso telegraficamente. E per timore che si pentisse, appena avuto il telegramma, la direttrice preparò la nostra compagna per questi santi sacramenti. Non avendo possibilità di allestire una grande festa ché non c'era tempo da perdere, sempre per quel pentimento che poteva venire da Napoli, pensò di festeggiare l'avvenimento dandoci vacanza. E quelle di noi che hanno casa a Milano sono in libera uscita. Naturalmente mia madre ne approfittò per avvisare la famiglia del mio fidanzato. Tu lo sai che sono fidanzata? A me pare una fola, ché lo vedi come sono piccola, minuta e fatta per crescere: ma dicono che io sia fidanzata e allora deve essere così... Alla fine, quello che chiamano mio fidanzato è bello, nobile, ricco. Porta la divisa della Marina italiana. È il marchese Lauro Luis, tenente di vascello.»

E Coralla Kroon ascoltava ed era come se dentro di lei avesse uno scampanio lacerante. Poteva udire le parole di Amelì Della Valle: ma non udiva altro. Tutto il resto era soffocato da quelle campane che davano rintocchi su rintocchi e dovevano essere dentro la sua testa.

«Ma ti dicevo, Coralla, che mia madre approfittò della mia vacanza per comunicarla alla famiglia del mio fidanzato, il quale è in licenza. E da casa Luis risposero che Lauro era venuto a Tabiano e che poi avrebbe proseguito per Parma. Mi consigliò, sua madre, di raggiungerlo. Ed eccoci nella sua scia, sperando di rintracciarlo. Quando telefonammo egli era partito da poco: dovrebbe essere ancora qui o dovrebbe arrivare se si fosse attardato da qualche parte. Comunque andremo a chiedere di lui a donna Savina: una conoscente che alloggia in quell'albergo prossimo allo stabilimento termale. Alloggi tu pure là? In tal caso dovresti conoscere donna Savina, una donnetta molto chic, molto vecchia, molto convinta di essere giovane.»

«Non alloggio all'albergo» rispose Coralla.

L'altra vide che l'autista si avvicinava.

«Ohimè! Bisogna partire...»

E poi sottovoce:

«Pensa! Se rintracciamo il mio fidanzato, con ogni probabilità mia madre mi darà il permesso di fare la strada con lui... E sarà la prima volta che saremo soli. Tanto, mamma ha un'amica a bordo... Oh, senti! Vorrei scriverti quando...»

Ma Coralla, pronta e decisa:

«Domani partirò per gli Stati Uniti.»

E aggiunse, con l'ira di chi sta per scagliarsi contro un muro, deciso ad ammazzarsi o ad abbattere l'ostacolo:

«Vado a Hollywood a girare alcuni films. Mi vedrai nei settimanali illustrati, Amelì. Addio.»

L'autista stava poco discosto, con lo sguardo di chi prega una persona a decidersi a partire.

Amelì si volse a lui, con voce chiara e forte disse:

«Vengo...»

E a Coralla:

«Che hai detto? Vai a Hollywood? Girerai dei films? Oh, Dio... Oh, che meravigliosa cosa dovrò domani narrare a tutte quelle del collegio! Oh, la fetente che cosa patirà... Scrivimi dall'America. Mandami qualche fotografia. Se poi ti faranno dei ritratti molto provocanti mandali: troverò modo di farli vedere alla direttrice.»

«Non andrò a girare films dove sarò provocante. Sono stata chiesta per sostenere il ruolo dell'ingenua.»

Amelì Della Valle guardò la compagna. Poi disse piano:

«Hanno ragione loro, Coralla. A rivederci!»

La strinse con affetto tra le braccia: la guardò scostandosi. E poi, repentinamente, la baciò su una guancia. Un bacio sincero, affettuoso, colmo di slancio e tenerezza. Poi, ancora, con la mano che aveva bianca, sottile e aristocratica, lei salutò. E corse via. L'autista chiuse le portiere, la vettura si allontanò.

Allora Coralla si disse:

"Lauro è ancora all'albergo. Lo troveranno là. E io?"

Aveva la borsettina tra le mani e dentro la borsetta il fazzoletto e un poco di danaro. Non aveva idea alcuna di quanto potesse costare un biglietto da Tabiano a Milano e tanto meno come potesse, da Tabiano, tornarsene a casa e con quale mezzo. Era certa che, Lauro Luis le sarebbe tra poco passato davanti in macchina, a lato di Amelì: e avrebbe finto di non vedere la ragazza che era seduta sul muricciolo che limitava il giardino d'una casetta tutta nuova.

Ma d'improvviso la ragazza energica che era in lei riemerse. Aveva conosciuto tante amarezze e fin da quando era bambina aveva imparato a difendersi. Sorrise ricordando un bambino, figlio d'un ballerino che era nella compagnia misera dove allora lavoravano i genitori Kroon. Quel bambino, poco più alto di lei, aveva tentato di rubarle una caramella che lei piano piano succhiava, tenendola nelle manine già impiastricciate di zucchero sciolto. Con quel bambino, pur robusto, lei aveva ottenuto vittoria subitamente, obbligandolo con spintoni ad andare verso le quinte. Terrorizzato all'idea di essere buttato sul palcoscenico e di conseguenza sottoposto poi a una punizione grave, il bimbo aveva rinunciato alla caramella e lei se l'era ficcata in bocca.

Ripensava a quell'episodio pur sì trascurabile: e si vedeva addossata a una parete, presso qualcuno che aveva un pessimo profumo. E nel pensiero le pareva di avere la guancia un poco gonfia a sinistra, come allora, quando aveva messo la caramella in bocca e l'aveva appunto posta a sinistra così che il bambino prepotente vedesse che lei si mangiava quel povero dolce. Aveva cominciato a battagliare quando aveva pochi anni, Coralla Kroon. E per quel suo vivere s'era fatta una prontezza di reazione straordinaria. Reagì anche in quel momento, lucidamente. Allora, per vincere il bambino prepotente, l'aveva mandato verso il palcoscenico dove si svolgeva lo spettacolo. E in quell'istante Coralla Kroon si disse che per vincere quella battaglia o perlomeno per non soccombervi ridicolmente, doveva andare lei verso lo spettacolo.

E vi andò. Senza fretta, nel sole, con passo tranquillo, lei si diresse al gran fabbricato che stava là tra gli alberi.

Non c'era molta gente. Ma c'erano alcune automobili ferme; e tra esse quella di Lauro Luis e quella dalla quale era scesa Amelì. Quella di Lauro Luis non aveva alcuno a bordo: quella di Amelì aveva sul gran sedile posteriore due signore. Coralla Kroon non le aveva notate dianzi, indubbiamente si trattava della madre di Amelì e di quella amica di lei alla quale Amelì aveva accennato. Ma Amelì non c'era e non c'era l'autista.

"Amelì è alla ricerca di Lauro..." pensò. "L'autista altrettanto. E io?"

Pensò al bambino della caramella: rivide il teatrino, le quinte vecchie e fragili, il fondale rosso con una porta dipinta su di esso e attorno alla porta due drappeggi trattenuti da un fiocco pur dipinto.

Decisamente Coralla andò verso quella porta che si apriva continuamente per lasciar passare gente. Ella sospinse la porta e subito storse la bocca. Un odore ingrato l'aveva sorpresa e un tepore umido l'avvolgeva. Tuttavia, in quel salone disadorno e saturo di quell'odore d'acque solforose, alcune persone sostavano tranquille. Le passò a lato un inserviente in càmice e la sbirciò. Poi l'inserviente si fermò, tornò presso di lei, domandò:

«Deve fare la cura o attende qualcuno?»

«Cerco qualcuno» ella rispose tranquilla. «Cerco donna Savina. Quella nobile di circa ottanta anni...»

«Ah! È nella sala di attesa perché un signore venuto a cercarla, l'ha raggiunta là.»

Per una vetrata intravide la sala d'ingresso. Si avvicinò a quella vetrata, scoprì subito Lauro Luis seduto rispettosamente di lato a una vecchissima signora che aveva capelli candidi, magnifiche perle e uno scialle bianco che tutta l'avvolgeva. Subitamante chiamato dallo sguardo di Coralla Kroon, il giovane si volse a lei e la guardò, tra gioioso e preoccupato. Un cenno quasi impercettibile della fanciulla gli fece capire che doveva levarsi di dove era e raggiungerla.

Esitò il giovane, indubbiamente incerto sul modo di comportarsi nei riguardi della signora. Poi egli si palpò le tasche della giacca come se cercasse qualche cosa. Trasse l'accendino, l'agitò. Coralla Kroon capì che il giovane voleva sostenere di non aver più sigarette e di volerne andare ad acquistare. La signora acconsentì con un sorriso, il giovane andò subito verso la porta a vetri. Coralla Kroon si scansò così da non essere vista da chi era nella sala. Lauro Luis richiuse la porta, si avvicinò alla fanciulla, domando spaventato:

«Che cosa ti è accaduto, cara? Hai il viso pallido e, direi, preoccupato.»

«Lauro, senti» lei balbettò. «Qui a Tabiano c'è la tua fidanzata. Non ti avevo mai detto che Amelì Della Valle era nel collegio dal quale fui scacciata. Non ho tempo di darti spiegazioni. Sappi che Amelì mi ha veduta passando in macchina, s'è fermata, è stata lei che m'ha detto di essere alla tua ricerca. Naturalmente io non ti conosco, non so che tu esista, non so nulla. Ma ora dimmi dove debbo andare.»

Egli esitò, un poco pallido, ma tranquillo. E poi, stringendosi nelle spalle, disse:

«Non c'è che da affrontare gli eventi. Quando Amelì mi avrà trovato, vieni sul nostro cammino. Indubbiamente Amelì ti saluterà, ti presenterà a me, stabiliremo che cosa si dovrà fare.»

«Ma quale giustificazione dovrò dare io alla mia presenza qui?»

«Credo che tu non debba darne alcuna. Non è un luogo privato, Tabiano: tutti possono venirci.»

Coralla Kroon tacque assorta. Poi, guardando con gli occhi belli il giovane chiese, sommessa:

«E se Amelì dirà a tua madre che io ero a Tabiano, non pensi che tua madre debba considerare perlomeno strana la combinazione?»

Egli ebbe un atto stanco e tuttavia risentito ribattendo subito:

«Coralla! Alla fine non ho quindici anni. E pazienza se vorranno considerare la combinazione... Conta solo che tu sii tranquilla e non abbia timore alcuno.»

Passò fugace, negli occhi di Coralla, un'onda di commozione. Passò fugace, sul bel viso attento, una vampata di gioia e di gratitudine. Sottovoce ella mormorò:

«Grazie, Lauro.»

«Di che, tesoro?»

«Di ciò che mi hai detto. Tu mi vuoi un poco di bene, Lauro.»

«E tu cianci troppo, ora. Ti voglia tanto o poco bene è affare mio. A te deve bastare la sicurezza di avere un galantuomo accanto. E lasciami tornare dalla statua di gesso. Capelli bianchi, perle, scialle bianco, mi verrebbe voglia di darle una martellata ché detesto le costruzioni di gesso, se non ci fosse quella faccetta tutta viva e ahimè, tutta grinzosa... Fila, tesoro!»

Lei sorrise, beata. Tornò verso l'uscita. Nessuna traccia di Amelì e seguito. Con ogni probabilità erano nell'albergo e là attendevano Lauro Luis. Percorse piano qualche metro, decisa di andare ad attendere gli eventi su quel muricciolo dove era stata dianzi. Ma d'un tratto, dall'albergo uscì Amelì. E subito Amelì vide Coralla. Questa proseguì, udì distintamente che l'amica la chiamava, finse di non udire e continuò il suo cammino. Ma poco dopo un passo affrettato risuonò alle sue spalle. Ebbe speranza e paura che fosse Lauro. Si volse. Era l'autista di casa Della Valle. Berretto in mano, l'uomo pregò:

«La contessina Amelì mi manda a dirle se può tornare indietro...»

«E perché?» sfidò subito Coralla Kroon.

«Questo non lo so, signorina. Ma credo che la contessina desideri restare un poco con lei. Ho udito che parlava di lei con tanta simpatia...»

Coralla sogguardò l'uomo. Capì che era sincero. Capì che poteva tornare verso Amelì. Allora disse, tranquillizzata:

«Va bene. Del resto non ho nulla da fare, qui... Attendevo amici che dovevano venirmi a prendere con la macchina, ma probabilmente si sono smarriti per la strada.»

Fece dietro-front, si affiancò all'autista, tornò verso il luogo di dove era venuta. E subito Amelì le andò incontro, festosa e gioiosa. Le mise un braccio sotto il braccio, attaccò:

«Vieni! Ci hanno detto che Lauro è allo stabilimento con madama attaccabottoni. Se Lauro ritarderà andranno, mamma e l'amica sua, da madama. Io non ho voglia di sentire l'odore delle acque di Tabiano e tantomeno le ciance di madama. Noi passeggiamo. Ti spiace?»

«Oh, no! Anche perché io attendevo amici che dovevano venirmi a prendere... E tardano molto. Mi hanno accompagnata qui, sono andati non so dove per una visita: e come dicevo al tuo autista, devono essersi smarriti per la strada.»

«Mi auguro non tornino troppo presto. Così noi parliamo. Ho tante cose da dirti, sai... Attenta, Coralla. Mia madre e la sua amica vanno allo stabilimento termale. Lasciami fingere di non vederle. Cammina, su, parla, muoviti, datti il contegno di chi è molto attento a ciò che dice e a ciò che ascolta.»

E allora Coralla, pur assecondando i desideri dell'amica, domandò, esitante:

«Ma tu non hai desiderio di vedere il tuo fidanzato?»

«Oh sì! Ma mi trovo sempre così a disagio con lui che talvolta la sua vicinanza mi dà più tormento che piacere.»

«Ma perché?»

«Oh... Per tante ragioni, Coralla. Prima fra tutte questa stupida situazione nostra. Lui ufficiale di Marina e io collegiale. Lui in giro per il mondo e io dentro un collegio del quale tu conosci bene la direttrice. Ho sempre timore di spiacergli, di sembrargli goffa e ridicola, di apparirgli, a confronto delle donne che lui vede, un fantoccio di pezza. Di brutta pezza, anche!»

Qualcuno si volgeva a guardare le due ragazze vestite su per giù allo stesso modo. Ma gli occhi di ognuno si fermavano su Coralla, trascurando totalmente Amelì Della Valle. Esile, finissima ma un poco scialba, Amelì non aveva davvero l'aspetto della fidanzata di un brillante ufficiale di Marina. Si sarebbe detto che in Amelì anche i colori fossero ancora da formarsi.

Tutto era incerto in lei: così che non sarebbe stato facile dire se lei sarebbe diventata una piccante brunetta o un placido tipo di donna dai capelli tra il biondo e il castagno. Si potevano ammirare di lei le caviglie sottili, le mani lunghe e affusolate, le linee pure del profilo. Ma tutto era vago, incerto, impreciso; proprio come è nelle creature che faticano a sbocciare.

«Ora» continuò Amelì. «Se tu mi stai accanto mi pare di avere coraggio. Anche tu sei vestita come me di brutta pezza...»

Tacque. Sbirciò l'amica, disse piano, assorta:

«Però tutto è già diverso... Tu sei bella.»

«Oh, per carità, Amelì... Non sono bella!»

E Amelì, convinta:

«Se ti vogliono in America significa che sei bella o perlomeno fotogenica...»

E d'improvviso volle essere competente e mondana:

«Avrai un grande successo. Lo si diceva sempre noi in collegio che saresti diventata anche tu una grande artista... Ma nessuno di noi, certo, pensava che tu fossi balzata subito oltre oceano. Dio mio, come sarò felice quando potrò dire che sono stata in collegio con la grande Coralla Kroon. Non cambierai nome, è vero?»

«Non cambierò nome.»

«E ridirò anche la scena con la direttrice. Anche la faccenda dei piedi che hai messo sul letto... E avevi le scarpe e lasciasti traccia delle suole sulla coltre bianca... Oh, buon Dio! Ecco l'autista! Egli marcia su di noi, Coralla... E io ti devo lasciare...»

Ma quasi contemporaneamente, sulla porta dello stabilimento termale, apparve Lauro Luis. Coralla vide bene che il giovane si guardava attorno, quasi a cercare qualcuno. Sentì il cuore batterle forte, mentre accanto a lei Amelì Della Valle bisbigliava, affannata:

«Guarda... Quel giovane alto, elegante, che pare cerchi qualcuno, è il mio fidanzato. Vedi che bella figura ha lui? E capisci che io debbo sentirmi una cosa da nulla vicino a lui? Tu vedrai quale bel viso egli ha! Tu vedrai i suoi denti... Così belli come non ne ho mai veduti... Ha una bocca splendida...»

Coralla Kroon vide ogni cosa appannarsi. Su il verde della placida campagna che era attorno, scese un vapore leggero che tutto offuscò. Ebbe paura di cadere. Ebbe paura di mancare. Chiamò a sé tutta la sua forza, tutta la sua volontà, a fatica si riprese.

Lauro Luis andò, decisamente, verso le due fanciulle. Amelì non disse parola alcuna a Coralla, ma lentamente fece scivolare il suo braccio da sotto quello di lei. E poi si distaccò un poco dalla compagna.

Diritto, tranquillo, alto e ben fatto, Lauro Luis avanzava.

I capelli biondo scuri a tratti s'illuminavano: e repentinamente, nel suo volto abbronzato, apparve un candore meraviglioso.

Egli fu davanti alle due ragazze, disse, dopo uno sguardo rapido a Coralla:

«Non so spiegarmi che cosa stia accadendo. La mia fidanzata... E una specie di riproduzione della mia fidanzata... Accadono dunque miracoli, qui? Un qualunque Lauro Luis capita a Tabiano deciso a proseguire per recarsi da amici: e mentre si avvia che vede? L'inaspettata sua Amelì e...»

Guardò Coralla. Riprese, tranquillo, mentre tuttavia negli occhi gli brillava un'arguzia viva e schietta:

«Ma i miracoli non sono finiti... Io conosco questa signorina che ti sta a lato, Amelì...»

Coralla fissò il giovane, esterrefatta. Ma egli continuò con un leggero tono beffardo:

«Oh, perbacco! Ma è lei la mia vicina di casa! Lei è Coralla Kroon. Che sta dunque accadendo?»

Tacque per riprendere subito, con un gran sospiro:

«Dammi la manina, Amelì. Tutto bene, cara? Mi dia la mano, signorina Kroon. Sono Lauro Luis. E non le posso dire che sono il suo vicino il quale giunge fuori d'ora a importunare, perché non sono Mimì...»

La mano nella mano di lui, Coralla sentì che le pupille dell'uomo la penetravano e le dicevano: "Su, coraggio! Il più è fatto..."

Poi la mano virile, salda, asciutta, sicura, si distolse dalla sua. Abilmente il giovane si mise tra le due fanciulle e abbassando il capo a guardare Amelì assai più bassa di lui, egli domandò:

«Vuoi spiegarmi tutto questo mistero?»

«È semplice...» attaccò Amelì con una povera vocina spaventata e commossa. «È semplice... Per un'improvvisa cerimonia si ebbe un'improvvisa vacanza. La mamma telefonò alla tua mamma e si seppe così che eri partito per Tabiano alla ricerca di donna Savina. Si partì anche noi. Laggiù, c'era Coralla Kroon, seduta su un muricciolo. Attendeva certi amici che dovevano giungere per riprenderla. Io la riconobbi subito ché Coralla era con me nel collegio. Mi fermai, cianciai un poco. Lasciai Coralla: con mamma e una amica sua, la contessa Baludini che tu conosci, andammo all'albergo a chiedere di te... Quando uscii ritrovai Coralla...»

«E il resto lo so!» interruppe il giovane. «Perché vi ho vedute insieme e ho provato il più grande stupore della mia vita. Chi pensava di vedere la fidanzata qui?»

«Ti spiace?» domandò sommessamente Amelì.

«Ma no, cara! Non si parla di dispiaceri: si parla di sorprese. Oh, ecco arrivare anche la mamma tua, Amelì, e la contessa...»

Coralla, che era a lato di Amelì, si fece ancor più in disparte. E disse:

«Io ti lascio, Amelì. Addio.»

Era pallidissima, Coralla. Lauro Luis fece un passo verso di lei. Tese a lei la mano. E fissandola bene negli occhi, disse:

«Lo ha capito, vero, il mio nome? Sono il tenente di vascello Lauro Luis. Abito nella casa dove abita lei, quindi siamo coinquilini. Se mai i suoi amici non giungessero, disponga di noi. C'è la mia macchina e c'è quella dei conti Della Valle.»

«I miei amici verranno» dichiarò, sicura, la ragazza.

«Glielo auguro» ribatté subito Luis. «Ma poiché qualche volta una macchina può avere un'avaria o finire in un fosso, senza pensare che io sia un corvo, calcoli su di noi... A rivederci, signorina Kroon.»

La guardò: e capì che Coralla soffriva atrocemente. Un impeto di ribellione gli invase il sangue, gli incendiò il cervello. Perché la vita doveva essere così fatta? Perché Amelì doveva essere là, accompagnata dalla madre, da una aristocratica amica, da un autista, da ogni comodità e da ogni tranquillità, e Coralla doveva restare sola, indifesa e avvilita nel mezzo di un viale? Perché due fanciulle che avevano la stessa tenera, dolce e commovente età dovevano avere sì diversi destini? Perché tutta la protezione del mondo per l'una e l'abbandono totale per l'altra?

Egli era immoto, gli occhi negli occhi di Coralla. D'un tratto percepì accanto a sé la presenza di Amelì. Si riprese. Disse, rapido:

«A rivederci, Coralla.»

E si avviò. Non percorse che pochi metri e si voltò. Vide Coralla che se ne andava verso il punto dove egli, giungendo a Tabiano, l'aveva lasciata. Gli si strinse il cuore, fu per urlare la verità. Si contenne. E decisamente andò verso la madre di Amelì e la di lei amica. Un rapido baciamano per le due gentildonne: poi una più rapida spiegazione:

«Ho trovato donna Savina, sono uscito dallo stabilimento termale e ho visto Amelì con una giovanetta. La stranezza della vicenda è che questa giovanetta che Amelì ha salutato, oltre a essere stata compagna di collegio di Amelì, è mia vicina di casa. Più volte ho veduto Coralla sul terrazzo...»

E si sarebbe dato due schiaffi. Aveva capito di essere nuovamente incappato nell'errore commesso dianzi: quello di chiamare la ragazza per nome, senza neppure mettere davanti a quel nome l'appellativo di signorina. E del suo errore si rese conto all'istante allorché la madre di Amelì, con una risatella fresca e giovane ma pur colma d'ironia, osservò:

«E già ricorda il nome della fanciulla... Coralla...»

Disse Amelì con dolcezza: «Un bel nome, vero? Lo si ricorda subito, perché è un nome raro.»

«Nome che non mi piace affatto» stabilì la madre della giovanetta.

«Ma!» sospirò Lauro Luis tranquillamente. «Nessun neonato è stato finora tanto precoce da poter protestare al fonte battesimale contro il nome che gli impongono. Quella ragazza è stata battezzata Coralla e Coralla dovrà essere per tutta la vita. Per quella ragione che dicevo appunto dianzi: nessuno è tanto precoce da poter strillare la propria disapprovazione nei riguardi di un nome.»

La madre di Amelì osservava il giovane. Lo osservava tra irritata e timorosa. Facile era capire che la dama era sdegnata per la difesa che il giovane faceva al nome di Coralla: ma era pur allarmata per la difesa stessa. In definitiva si capiva che la dama aveva paura di colei che si chiamava Coralla.

Comunque, donna di mondo, aristocratica fino all'estremo e padrona di sé nel modo più assoluto, poté cambiare argomento con facile volteggio. Mutò voce, volto e sguardo e domandò:

«Come sta donna Savina?»

«Benissimo. E sarà veramente spiacente se saprà che loro sono state qui e non si sono fatte vedere.»

«Ma all'albergo non c'è!» protestò subito la contessa Della Valle.

«È nella sala d'attesa» spiegò Luis «dello stabilimento termale. C'è un turno lungo, oggi. E donna Savina attende paziente, avvolta nel suo scialle bianco. Sostiene di avere sempre molto freddo dopo la cura: perciò comincia a fasciarsi nello scialle prima di aver iniziato la cura...»

Parlava e si domandava perché mai Coralla non gli avesse detto di conoscere Amelì. Parlava e aveva un desiderio violento di volgersi e di vedere dove fosse andata Coralla. Sosteneva una conversazione con il tono scanzonato che riteneva opportuno in quel momento e sentiva che il suo cuore batteva male, per un susseguirsi di emozioni varie e per nulla tranquillanti.

«Dobbiamo andare a salutare donna Savina?» confabularono le due dame.

Parlottarono, risero, malignarono sull'eterna ambizione d'adornarsi di gioielli della vecchia signora: poi decisero di andarla a ossequiare.

«Tu Amelì puoi restare. Penseremo noi a farti assolvere.»

Per un istante Lauro Luis aveva sperato che anche Amelì se ne andasse con la madre. Capì d'aver sperato inutilmente. Non reagì, stimò anzi inopportuno consigliare alla ragazza di seguire la madre. Ma come furono soli, come le due dame se ne furono andate, egli disse quietamente alla fidanzata:

«Vedo laggiù la tua compagna. Vuoi raggiungerla?»

Amelì non rispose. Vedeva bene Coralla, seduta sul muricciolo, la borsetta in grembo, le mani sulla borsetta. Ella era nel sole. E i capelli di lei parevano biondi.

«Come vuoi tu» rispose la giovanetta.

«Io non voglio nulla, Amelì. Soltanto penso che sia quasi educato andarle a domandare se le occorre qualche cosa e se per caso ha visto passare in volo la macchina dei suoi amici.»

Amelì Della Valle non parlò. Ma si tenne a lato di Lauro Luis mentre questi si avviava di buon passo verso Coralla. A un tratto egli si accorse che la fanciulla trotterellava come un puledrino per stargli a lato: e allora si volse a lei, sorrise, le prese una mano, disse:

«Oplà! Corri!»

E lei cominciò a correre. La gonnellina turchina, a pieghe, simile a quella di Coralla, le sfarfallò attorno al corpicino. Sotto la stoffa che per il vento leggero e per la corsa aderiva alle cosce e alle gambe della ragazza, il giovane vide il corpicino minuto, gentile e aggraziato. Sotto la blusa non vide cosa alcuna. La blusa cadeva liscia sul seno. Sorrise, Lauro Luis. E poi vide Coralla Kroon che si alzava e guardava a loro. La prepotente giovinezza di lei si esibì nel sole anche sotto quella veste così priva di ogni arte e così destinata a celare. Non ebbe disappunto alcuno, il giovane. Moderò la corsa, trattenne Amelì, parve voler gustare le due differenti grazie delle due differenti fanciulle. Sciupò tutto Amelì. Con una sottile perfidia, imprevedibile in lei che pareva poco più di una bambina, lei disse ansando:

«Io sono tanto sottile e correndo fatico. Coralla, che si può dire grassa, non ansima per nulla se corre. Anche al collegio...»

«Grassa quella ragazza?» domandò Lauro Luis. «Non mi pare davvero che lo sia. È salda e sana.»

L'ansito di Amelì cessò subitamente. Egli la guardò e vide che la ragazza aveva il volto triste, gli occhi smarriti.

«Che succede, Amelì?»

«Nulla... Ma oramai erano a pochi passi da Coralla. E fu Amelì che attaccò subito, con voce dove tremava un poco di dolore:

«Ti occorre qualche cosa? Vedo che i tuoi amici ti hanno dimenticata...»

«Non preoccupartene, Amelì» rispose tranquilla Coralla. «Io posso attendere.»

«Qui? Su un muricciolo?» intervenne subito Lauro Luis. «Non mi pare né comodo né opportuno. Venga con noi.»

Il volto di Coralla era pallido ma tranquillo. Alla fronte di Amelì era salito, invece, un rossore leggero: e all'appiccatura dei capelli era visibile un velo di sudore. Lungo il naso fine e grazioso della giovanetta si rivelavano piccole vene azzurre: e le vene si vedevano alle tempie e dove il mento, che Amelì aveva piccolo e appena appena appuntito, digradava per unire la linea alla gola, quelle vene erano ancora più visibili.

Lo sguardo del giovane andò, rapido, dal volto della fidanzata a quello di Coralla; e da uomo abituato a guardare le donne egli pensò immediatamente:

"Ecco in Amelì la donna delicata, bisognosa di tante cure e gentilezze. Ecco il corpo sano e forte di Coralla. Coralla può affrontare tutte le battaglie. Ella, e lo ha detto dianzi, può attendere... Come lo scoglio attende l'onda, come la macchina da guerra attende lo scontro."

E di ciò che pensava dovette subito rendersi conto allorché egli vide apparire, lontane ancora, ma ben visibili, le due dame che erano andate a salutare la vecchia signora carica di gioielli.

Disse Amelì:

«Ecco mamma e la contessa... Vengono da questa parte. Sarà opportuno andare loro incontro. A rivederci, Coralla...»

«E lascia che la signorina venga con noi, Amelì!» scattò il giovane. «Si parlava appunto di non abbandonarla qui sul muricciolo. Venga, Coralla...»

Amelì chinò il capo. E Coralla invece si eresse. Non fieramente, non provocante, neppure battagliera. Ma pronta all'urto.

E l'urto fu istantaneo.

«La signorina Coralla Kroon» presentò subito Lauro Luis. «Mia vicina di casa e a quanto pare nostra compagna di gita. In verità la signorina Coralla è entrata in pieno nella nostra vita. Vicina di casa, compagna di collegio di Amelì, in sosta come noi a Tabiano.»

E la contessa, fredda e ostile:

«È sempre poco per dire che una persona è entrata nella nostra vita. Qui si tratta semplicemente di caso. E comunque, se la signorina attende amici è inutile trattenerla. Anche perché abbiamo detto a donna Savina che dovevamo partire, che avevamo fretta...»

Tacque e aggiunse, dura e ironica: «... che non avevamo tempo da perdere. Andiamo, dunque...»

Amelì guardò Coralla. La vide pallida e ferma. Guardò il fidanzato. Lo vide pallido e fermo, con gli occhi fissi a Coralla. Con voce dove tremavano ira e dolore, la giovanetta ripeté:

«Andiamo...»

E si avviò, tra le due dame. Ma Lauro Luis restò presso Coralla. Le bisbigliò:

«Attendimi... Appena possibile sarò qui...»

«Non fermarti» lei balbettò. «Non farmi odiare più di quanto già quelle donne mi odiano... Vattene, se mi vuoi bene!»

Il giovane se ne andò. Coralla riprese posto sul muricciolo. Era questo separato dalla strada da una rete metallica: ma la rete si dipartiva dalla metà del muricciolo così che ognuno avrebbe potuto sedersi e dalla parte interna e dalla parte sulla via. Dalla parte interna s'era posto un gatto: dalla parte posta sulla via sedette nuovamente Coralla. E il felino, tranquillo e fiducioso, cominciò a strusciarsi contro la rete, nell'intento di richiamare l'attenzione della ragazza.

«Ti accarezzerei» disse Coralla al gatto. «Ma c'è la rete. Posso introdurre un dito, micio bello, e lisciarti il musino, se me lo offri...»

Parlava con il gatto, nel tentativo vano di soffocare tutte le parole amare che le salivano alla gola e la soffocavano come un'ondata di tossico. Si sentiva abbandonata come non mai. Più sola di quanto lo era stata nei tempi non lontani. Nessun collegio, nessuna distanza dal fratello le aveva dato mai quel pesante senso di solitudine disperata che sentiva aleggiare attorno in quel momento. Vedeva passare automobili dove c'erano persone a lei totalmente sconosciute: vedeva passare a piedi gente tranquilla che andava cianciando passo passo. E lei era sola. E neppure sapeva dirsi che cosa doveva fare, che cosa avrebbe potuto fare per lei Lauro Luis.

Vide avanzare, velocissima, una vettura larga, potente, lussuosa: una di quelle vetture che avevano ancora il fascino della novità, e ancora facevano volgere la gente. Il cuore di Coralla Kroon batté forte: una speranza le passò nell'anima. E la speranza divenne felicità allorché ella vide la macchina fermarsi davanti a lei e fissarsi su di lei gli occhi straordinariamente chiari e sicuri del commendatore Pace.

Fu così improvvisa la gioia della fanciulla, così vivo il senso di sicurezza che provò, da buttarla di slancio verso la macchina.

Subito l'autista spalancò l'enorme portiera: subito la ragazza fu a lato del commendatore e con gioia lei gli afferrò una mano:

«È Dio che la manda qui, commendatore.»

«No, cara, un poco meno. Soltanto la mia intuizione... Metti in moto, Ezio, si torna a Milano...»

E alla ragazza:

«Non domanda che di tornare a Milano, vero?»

«Oh, sì! Ma prima passiamo davanti all'albergo. Voglio che qualcuno mi veda con lei. Lo voglio io...»

«E passa davanti all'albergo, Ezio!» sorrise Pace.

E mentre la vettura si avviava all'albergo, domandò:

«Immagina come ho potuto sapere che era qui?»

«No... Mi dirà dopo... Ora...»

Si sporse. Alzò una mano, salutò dame, Amelì e Lauro Luis che erano fermi davanti all'ingresso delle Terme. Di dove era, Coralla Kroon vide Lauro impallidire, le dame sorridere ironiche, Amelì restare immota, attonita. Poi Coralla si buttò indietro, trasse un gran sospiro, disse forte:

«Che pasticcio! Ero venuta per fare una gita con Lauro e...»

Raccontò la storia, fino all'incrocio con le sarcastiche dame. Aggiunse:

«Può immaginare come restò Lauro. Che doveva fare? Con me non poteva restare, certamente. E lasciare la fidanzata significava abbandonare me alla mia sorte. Ero quasi disperata, quando vidi la sua macchina... Ah, è proprio vero, è Dio...»

«Le ho già detto che no, Coralla! Dio è troppo per un

fatto simile... La faccenda è andata così: la chiamai al telefono; nessuno rispose. Passai da casa sua, interrogai quella cara sua portinaia che con una banconota funziona da puntina sul disco: dice che era uscita. Domandai se fosse uscito anche il tenente Luis. Disse di sì. Allora me ne andai e telefonai spacciandomi per il solito collega di passaggio. E l'altro disco che è il cameriere del suo tenente mi rivelò che il tenente era partito per Tabiano. E io mi sono messo sulla vostra scia, perché non mi piace vederla attorno con quel ragazzo. Voglio portarla laggiù così, come è. Candida... Delle gite con i bellissimi ufficiali di Marina non mi fido...»

«Se volessi fare il male non avrei che da aprire la porta di casa mia...» mormorò Coralla.

«No! Pericolosa quella porta. C'è la madre del giovane che può vigilare. E malgrado il titolo nobiliare, la dama Luis sarebbe capace di fare una piazzata. La porta non mi fa paura. Mi fanno paura, ripeto, le gite.»

«Oramai» sorrise Coralla malinconicamente. «Oramai non deve più temere neppure di quelle... Si parte!»

«Si parte» ripeté l'uomo con un sospiro. «E credo sia davvero tempo di farlo, Coralla. Si sta innamorando troppo del suo principe blu... Dico blu perché di questo colore è la sua divisa...»

Lei chinò le grandi palpebre: e l'uomo vide che i foltissimi e lunghi cigli mettevano due spennellate scure sul pallore del viso.

«Non bisogna soffrire, Coralla. Alla sua età, soffrire per amore è semplicemente ridicolo. Ora attendo che si congratuli con me per il mio buon fiuto e per averla tolta da una situazione abbastanza antipatica. Be', ha mangiato?»

«No. Ma non ho fame.»

«Vuole andare direttamente a casa?»

«Sì... Così mi metterò sul terrazzo e convincerò tutti quelli di casa Luis che non sono a Tabiano o a Parma intenta a rovinare il loro figliolo.»

La mano ferma, asciutta e forte di Pace si posò sulla mano della ragazza.

«Non si tormenti.»

«Ho il cuore grosso...» lei balbettò.

«Male! Il cuore grosso rende piccolo il cervello. E un cervello piccolo suggerisce tante sciocchezze. Pensi all'America, Coralla. E a qualche cosa di straordinario che potrà avvenire. Soltanto, vorrei darle un consiglio: si conservi candida almeno per il tempo che le occorrerà per essere molto ricca. Non faccia nascere pettegolezzi o commenti attorno a lei. Sia l'ingenua vera. Ne hanno bisogno. E pagheranno la sua ingenuità: con migliaia e migliaia di dollari. Dopo, quando sarà, come dicevo, molto ricca, potrà cercare il principe azzurro. Quello blu lo dimentichi. È destinato a una ragazza diversa da lei. A un tipo un poco anemico e molto fragile. Una di quelle mogli che servono unicamente per il periodo di sbarco...»

Rise. Domandò, volubile e crudele:

«Neppure dei pasticcini possono fare compagnia al suo dolore? Siamo quasi a Milano. Penso che a casa avrà molto da fare per prepararsi alla partenza. Facciamo scendere Ezio alla mia pasticceria di corso Matteotti, lo facciamo rifornire di ottimi dolci. Si piglia il pacco e si addolcisce mangiando quanto troverà in esso.»

Con un fruscìo di seta la vettura percorse gli ultimi chilometri di periferia. Fu in città. Davanti alla famosa pasticceria la vettura fermò, Ezio discese. Mentre attendevano, Pace osservò:

«Chi non mi conosce penserà che il vecchiotto s'è presa la colombella. Chi mi conosce dirà che rimbambisco.»

Quando Ezio tornò, reggeva un paio di pacchetti avvolti in carta color rosa antico. Rapidamente raggiunsero la casa di Coralla. Ezio aprì la portiera, consegnò i pacchetti alla fanciulla. E Pace disse ancora:

«Bisogna resistere per poche ore, Coralla. Poi tutto sarà superato. Solitamente, al di qua dell'oceano si lasciano molte cose. Se vuole mettere fra le cose *anche* lui, sarà tutto di guadagnato per lei. A rivederci, bimba.»

E Coralla salì nella sua casa.

Vi entrò, posò i pacchetti, andò subito a guardare dai vetri se mai vi fosse Toi sul terrazzo. Il cagnolino non c'era, ma i vetri erano spalancati. E allora Coralla uscì sul terrazzo e cominciò a canterellare. Immediatamente la porta-finestra si chiuse.

Coralla Kroon si ritrasse, andò per le stanze. C'era molto da fare. C'era da preparare una casa al silenzio, all'abbandono. Riordinò tutto. Riunì la biancheria che doveva essere data al lavandaio, se ne fece una doppia nota. Chiuse armadi e cassetti. Poi andò nella sua camera e cominciò a preparare la valigia. Piegava gli indumenti, i pochi indumenti senza eleganza che aveva. Li pigiava con cura, li deponeva nella valigia. E il pensiero vagava e le memorie tornavano:

"Un'altra partenza... Tutta la mia vita è stata una partenza. Di paese in paese una volta. Di borgo in borgo poi. Di città in città con il fiorire della carriera di Leto. In un panierino prima: in vettura di terza classe poi. Qualche viaggio buono e comodo in seguito. E poi collegi. E ora al di là dell'oceano. Ma non lasciavo nulla dietro di me, una volta. E ora lascio il mio primo amore... E lo abbandono ad altra donna. Ad Amelì Della Valle: fiera contessina che un giorno mi toglierà il saluto e si guarderà bene dal dire che sono stata nel suo stesso collegio..."

Ma l'onda di furore che l'invase, repentina, sconvolse memorie e pensieri. E la ragazza si disse:

"Si vergognerà? Ma io voglio arrivare così in alto, così in alto che la contessina Amelì Della Valle debba ritenersi fiera d'essere stata in collegio con me. Così in alto, andrò, che tutta questa gente sarà orgogliosa di poter dire d'avermi avuta vicina di casa..."

Confusamente, assurdamente, aveva gli stessi pensieri di Lauro Luis.

S'accorse d'un tratto, che tutto si velava. Erano lacrime. Che le colmavano gli occhi: a tratti cadevano sugl'indumenti già ripiegati. Sperava l'orgoglio. Ma piangeva il cuore innamorato che non aveva più fierezza né orgoglio, portava l'onda di pianto agli occhi.

Tutto fu pronto. Anche la lettera per l'avvocato al quale si doveva consegnare la chiave dell'appartamento. Tutto pronto. Anche il danaro per la portinaia. Nulla dimenticò, lucidamente ella preparò tutto. E poi aprì uno dei pacchetti che il commendatore Pace le aveva procurato e mangiò qualche pasticcino. La portinaia citofonò chiedendo che volesse mangiare. Disse che voleva soltanto latte.

E come fu nuovamente sola, la ragazza si mise dietro i vetri a guardare il cielo. Vi sbocciavano le prime stelle. Il giorno era finito. Coralla Kroon abbassò tutte le persiane, si abbandonò in una poltrona. Non s'era mai sentita tanto stanca e sfatta, non aveva mai provato, come in quel momento, il bisogno di una creatura viva accanto.

Tutto silenzio nella casa: tutto finiva. Il caro soggiorno tra quelle pareti eleganti. Il caro risveglio sorretto da una speranza che culminava su un terrazzo fiorito. Le ore del giorno colmate da un'attesa dolcissima. Giovane amore appena nato, già moriva.

"Passerà" si disse Coralla.

E non sobbalzò, non tremò, non sperò quando udì trillare il campanello del telefono. Sollevò il microfono certa di udire la voce irridente e calma del commendatore Pace. Le giunse invece, sommessa, la voce di Lauro Luis.

«Ti prego... lascia socchiusa la porta d'ingresso. Devo vederti, parlarti, salutarti. O impazzisco, Coralla...»

E la voce si tacque. Ma la giovanetta restò con il microfono tra le dita e la guancia su di esso. Restò immota come se attendesse altre parole, come se tutta la sua vita fosse là, nel mistero d'una piccola cosa lucida: e muta.

Poi si riprese. Andò verso la porta d'ingresso padronale: la dischiuse.

Nell'anticamera buia entrò subito una striscia di luce. Coralla Kroon si addossò alla parete, mise le mani dietro le reni, attese. Percepì lo scatto dell'ascensore che partiva dal piano terreno. Sentì che l'ascensore si fermava subito e poi discendeva. Percepì la voce di qualcuno che usciva da un appartamento e scendeva a piedi. Alla fine vide oscurarsi in gran parte la luce che penetrava dalla porta dischiusa. Per un istante la figura maschia di Lauro Luis fu nel vano luminoso: poi la figura disparve. Lauro Luis era entrato: s'era chiuso alle spalle la porta.

Lei fece scattare l'interruttore. Egli era in divisa, il berretto sotto il braccio. Lo guardò: alto e ben fatto, con quella divisa sì elegante e sobria, il giovane stava immoto nel mezzo dell'anticamera e guardava a Coralla. Fu la ragazza che gli andò incontro e gli domandò, piano:

«Perché?»

«Ho inventato colleghi di passaggio, superiori da salutare. Se sono stato creduto non so, perché non ho avuto voglia e tempo di valutare il risultato delle mie menzogne.»

Scaraventò il berretto su una mensola: afferrò la ragazza agli omeri, le domandò, fissandola bene in viso:

«Ma tu vuoi spiegarmi come ha potuto quell'uomo venirti a prendere là, dove egli non poteva sapere che noi eravamo?»

«Ha telefonato qui: nessuno rispondeva. Ha domandato alla portinaia mie notizie. Gli ha detto che ero uscita. Allora ha domandato se anche tu eri uscito. Ebbe risposta affermativa. Telefonò a casa tua e gli dissero che eri partito per Tabiano. Allora pensò di raggiungermi.»

«Con quale diritto, con quale scopo?»

«Questo non c'entra. Ma vorrei che ti domandassi che cosa avrei fatto io là, abbandonata su un muricciolo, come se io fossi un gattino del quale ci si vuole sbarazzare.»

«Sarei tornato a prenderti, Coralla!»

«A prendermi? E con quale giustificazione?»

«Ah, qualche cosa avrei pur trovato per liberarmi da quelle donne!»

Abbandonò la ragazza. Si passò una mano su gli occhi.

«Dio mio, come sanno essere cattive le donne! Quando ti videro passare in quella lussuosa vettura, accanto a quell'uomo, ebbero parole così roventi per te che fui costretto a reagire...»

Sorrise aggiungendo:

«Di questa mia reazione è già informata mia madre. Ci sono nuvole che vagano per la mia casa. E penso con gioia che la mia licenza è prossima a finire.»

Ella mise la fronte sulla spalla di lui. E lisciando i capelli della fanciulla, il giovane mormorò:

«Tutto è così relativo, Coralla, al mondo. Ieri mi batteva

il cuore per la gioia d'aver ottenuto una proroga: oggi mi batte il cuore per l'ansia di andarmene. Ieri c'eri tu, Coralla. Oggi tu stai per andartene. Ti amo tanto e ho tanta fiducia in te, Coralla. Nessun amore fu mai nella mia vita: e questo è il primo, Coralla. Nulla ti prometto, nulla ti chiedo, nulla pretendo, nulla offro. Ma sono giovane, Coralla. E tu sei giovane. Questa mattina ti dicevo che avrei voluto vederti in alto, tanto in alto così da soffocare le idee assurde dei vecchi paladini di antichi pregiudizi. Questa sera io ti dico semplicemente questo, amore mio: conservati onesta. Giurami che non cadrai mai nell'errore. Io ti amo in modo così completo, cara, che posso credermi autorizzato a sognare una vita con te...»

E a lei, che ansava affannata, disperata e felice:

«Se tu sarai in alto e pura, sarai come una stella, Coralla. E nessuno potrà mai impedire a un mortale di raggiungere una stella.»

«E Amelì?» ella domandò, timorosa.

«Amelì...»

Riprese subito:

«Amelì era un'altra, oggi. Una sconosciuta, per me. E l'ho detto, a lei, che la ritenevo diversa. E che volevo conoscerla meglio e di più. Amelì... Sa mordere anche lei. E non avrei mai pensato che un petalo di fiore potesse schiacciare una farfalla. Tu eri là, Coralla, farfalla innocente. E Amelì, che avevo considerata come un petalo leggero di gelsomino, fu su te e ti schiantò... Ah, com'è facile al ricco, al fortunato, al privilegiato, demolire il debole, l'indifeso, l'abbandonato...»

«Ho sofferto da morire» lei disse «allorché fui sola, su quel muricciolo. E pensai che il commendatore fosse stato mandato dal buon Dio...»

«Difenditi, Coralla. Non ti fidare neppure di lui. Se mi fosse possibile ti direi di restare, di non partire, di rinunciare a tutto. Ma oggi io non sono che il figlio dei Luis. E di mio non ho che i miei galloni. Devo pazientare anch'io per poterti offrire qualche cosa di più... Devo soprattutto agire in modo che tu possa entrare nella mia casa da regina, per la porta padronale. Dovrò lottare. Non importa.»

Ancora una volta lei ripeté:

«E Amelì?»

Ancora una volta, quasi interrogasse se stesso, egli ripeté:

«Amelì...»

E poi:

«Amelì ha tutto. Ricchezza, indipendenza, adorazione. Sparito che sia dalla sua vita Lauro Luis, troverà un altro uomo con il quale creare un'altra casa signorile, aristocratica e mondana. Forse, nel mio ambiente, l'amore è posto per ultimo...»

Gli stava tra le braccia ed erano soli. Gli stava tra le braccia ed erano giovani. La notte andava piano piano verso il giorno e quel giorno avrebbe segnato la loro separazione.

«Di tutte le cose del mondo la più amata sei tu, Coralla. Né so dirti come sia nato questo amore per te. Ero venuto a te per gioco, per curiosità, forse anche per togliermi di dosso tutto quel peso che mi imponevano nella mia qualità di fidanzato. Forse mi pareva che, vicino a te, lo spirito si adattasse meglio al pensiero del futuro. In definitiva, Coralla, io mi sono trovato fidanzato senza sapere come, o perlomeno, sapendo che altri mi volevano appunto fidanzato. E quel che è peggio mi trovai legato spiritualmente a una fanciulla che conoscevo poco e della quale non sapevo che la grazia poco più che infantile. Inutile spiegarti perché dissi di sì. Una spiegazione non so darmela neppure io. Ma oggi mi domando perché allora dissi di sì. E anche mi domando per quale via potrei arrivare a dire "no".»

Parlando egli s'era avviato per la casa e s'era fermato con la ragazza davanti a un divano. E si erano seduti l'uno accanto all'altra. E stavano vicini, castamente abbracciati.

«Come potrò dire che non intendo più sposare Amelì? Non lo so. Ma spero molto in te, Coralla. Noi ci troviamo di fronte a gente fatta in modo strano. Non potrei mai portare nella mia casa una donna che non sia nulla. O un grande nome o una grande fortuna o una grande nobiltà. Si vuole fracasso, insomma, attorno a noi. E qualche volta rido pensando che l'albagia dei miei somiglia un poco a quella di un famoso lord che pur di vedere la faccia di suo figlio riportata dai giornali fu ben lieto che il figlio sposasse una danzatrice famosa. La quale aveva un passato così sudicio che... Eppure il lord fu contento, perché i giornali dissero che la famosa danzatrice, regina di non so più quale firmamento cinematografico, diventava moglie del giovane figlio di lord X. Forse è anche per questo, Coralla, che ti lascio partire. E perché non posso darti nulla se la mia gente mi toglie il mio patrimonio e perché spero che tu faccia qualche cosa di importante così che alla mia gente non dispiaccia più se io farò quell'unione che loro non avevano stabilito.»

La strinse a sé, perdutamente, le domandò, con passione:

«Ma tu saprai essere onesta, Coralla? Non cadrai? Non ti innamorerai? Non ti lascerai attrarre da altri sogni? Io ti voglio così, come ti lascio. Non sopporterei di averti dopo altre esperienze tue. Io sono pronto a rinunciare al grande matrimonio: voglio per me tutto il tuo amore. Puoi promettere, Coralla?»

Senza esitare, tranquilla e felice, lei rispose:

«Prometto.»

«Difenditi, sai!»

Gli fu tutta vicina. Ed egli la sentì giovane, fresca, fiduciosa e innamorata. Ed egli sentì che sarebbe stato straordinariamente facile realizzare il sogno che gli faceva pulsare le vene. Scostò da sé, bruscamente, la ragazza, disse piano e assorto:

«Portati via la tua purezza. E riportamela intatta, Coralla. Saremo felici.»

Ancora una volta ella domandò, esitante:

«E Amelì?»

«Forse tu sei troppo generosa con lei, Coralla. E forse non vale la pena di esserlo. Pensa a te, e, se puoi, a me. Addio, cara.»

Si levò, ella si alzò a sua volta.

«Sono imbarcato e lo sai» egli spiegò. «Ma ci sposteremo. Tu indirizza al ministero della Marina, a Roma. E scrivi.»

Sorrise, serrandole la faccia tra le palme:

«Senti... Se ci mandassero laggiù... Se ti potessi raggiungere...»

Lasciò cadere le braccia, scosse il capo:

«Sogni! Meglio non farne di inutili...»

Cinse le spalle di lei. La guidò all'uscita. Nell'anticamera si fermò, sussurrò:

«Spegni la luce, per favore...»

Ella spense la luce, fu buio e nel buio dischiuse la porta per vedere se mai alcuno fosse sul ballatoio. E retrocesse, mormorando:

«Buon Dio...»

Alta e fiera, pallida e tranquilla, chiusa in un abito nero, da mezza sera, che le arrivava fino alle caviglie, stava là, immota, la madre di Lauro Luis. Ella teneva una mano lungo il corpo, l'altra appoggiava sulla balaustrata fatta di listelli di cristallo incorniciato di ottone forbito.

Stava là, quieta e pallida. E come vide Coralla, subitamente sorrise e disse:

«Preghi mio figlio di uscire. Lo attendo.»

Lauro Luis, per lo spiraglio lasciato da Coralla, aveva già tutto veduto. E senza esitare aveva spalancato la porta dicendo:

«Per cortesia, Coralla, vuoi accendere?»

Ed ella accese le lampade. E ancor più viva fu sul volto della marchesa Luis la chiarità solare che proveniva dalle lampade.

Eretto davanti alla madre, Lauro Luis domandò:

«Siamo a questo, dunque? Mi si spia come un novellino, come lo studente ginnasiale che non deve parlare con le donne... Che pensi? Che deduci? Che temi? Io sono andato da Coralla Kroon a chiederle perdono per tutte le scortesie che le sono state usate oggi. Non ho compiuto che il mio dovere di uomo: anzi, di gentiluomo.»

«Il dovere di gentiluomo lo si può compiere sempre, senza scivolare alla chetichella da casa e senza inventare fandonie. Quando un giovane uomo deve compiere semplicemente un dovere non ha bisogno di nascondersi. Ci si nasconde solo quando ci sono cattive azioni da commettere. E tu non sei certo entrato in quella casa per commettere una buona azione.»

«Sbagli! Non sei nel giusto e nel vero giudicando male Coralla Kroon...»

Era davanti alla madre: rispettoso ma deciso. E Coralla era immota sulla soglia della sua casa e pareva pronta a scagliarsi verso quella donna nera, beffarda e irridente che la guardava con occhi ostili.

«Chiunque giudicherebbe come io giudico una ragazza che di notte, sola nella sua casa, riceve un giovanotto. E per di più la signorina non ha bisogno del mio giudizio di oggi per essere bollata: lo è da molto segnata a dito. Scacciata dai collegi, corteggiata da un vecchio miliardario sempre a caccia di gonnelline...»

«Stia zitta, lei!» proruppe Coralla. «Stia zitta, lei che non sa cosa alcuna! Suo figlio è venuto a chiedermi scusa per le villanie che mi sono state usate. E il vecchio miliardario non mi corteggia ma mi dà modo di andarmene via da questa casa! Questa casa che mi brucia sotto i piedi perché qui non ho trovato che dei villanzoni! E la villanzona più grossa e più cattiva è lei!»

Sbatté la porta con tale violenza che tutta la casa rimbombò. E poi piegò le braccia contro la porta, mise la fronte sulle braccia, lasciò che i singhiozzi prorompessero dal suo cuore disperato. Udì che qualcuno bussava e parlava forte. Era la voce di Lauro. Ma acuta, perfida, dominatrice, si udì la voce della donna. Voce che strillava parole roventi e le incideva nel silenzio nella casa.

«Vergogna! Dovrebbero chiedere informazioni prima di vendere appartamenti a certa gente. Ecco una casa onorata insudiciata per sempre. Dovremo andarcene, dovremo stabilirci altrove, per non vivere uscio a uscio con gentaglia che riceve di notte i figli dei coinquilini! Vergogna! Neppure nelle più infime case accadono queste vicende sporche. Ah, ce ne andremo anche se si dovesse vendere questo appartamento per pochi soldi. Troveremo altrove una casa e respireremo aria più pulita e ci assicureremo di non avere per vicini dei saltimbanchi d'infima razza che di padre in figlio si tramandano le loro disonestà...»

Coralla Kroon, che piangeva con il viso tra le braccia,

smise subitamente di singhiozzare. Le ultime parole della donna le avevano fatto apparire, repentinamente, la madre sua. La sua mamma... Recitava con passione, mangiava poco e male, lavorava, lavorava sempre e poi si metteva in un panierino la sua bambina e se ne andava, di paese in paese, di stamberga in stamberga. Con quel fardellino al quale insegnava soltanto le cose innocenti e buone. La sua mamma... E quale retaggio di disonestà aveva potuto lasciarle quella cara e infelice creatura?

Spalancò la porta, Coralla. Vide la marchesa Luis che lottava plebeamente con il figlio, il quale voleva sospingerla dentro la casa. Vide la marchesa Luis livida, rabbiosa, crudele e riccamente vestita. Ancora le fu davanti la mamma: quella mamma unica e umile. E non poté più contenersi e disse, mentre la faccia le si inondava di pianto:

«Non venda la sua casa. Dirò a mio fratello che venda questa. Ce ne andremo noi. Perché noi siamo più onesti di lei. Sì, più onesti. Perché ai poveri costa fatica qualche volta essere onesti. A voi ricchi non costa nulla. Più bella, più santa, più pura è la nostra onestà. La vostra? Ma la vostra non vale nulla! Nulla, avete capito? E andate all'inferno tutti!»

Chiuse e non si fermò più a piangere nel corridoio. Chiuse e se ne andò nella sua camera. La fronte le bruciava, le mani erano madide e gli occhi le dolevano. Niente. Non ci poteva essere niente di pacifico per lei. Tutto doveva essere lotta, rabbia, tormento.

«Non importa nulla» si disse forte. «Camminerò ugualmente. Per Lauro o per chi dimostrerà di voler bene a Coralla Kroon. Questa ragazza, così, com'è. Senza valore e senza blasoni. Ma con la coscienza totalmente pulita... Alla malora, alla malora tutto...»

Squillò il campanello del telefono, sollevò il microfono, udì con gioia la voce del commendatore Pace.

«Commendatore...» attaccò subito. «Commendatore... Ho appena finito di mandare all'inferno tutta l'aristocrazia del mondo. Poi le dirò perché. Comunque sappia fin da ora che ho detto alla madre del mio principe blu di andare all'inferno e alla malora.»

Udì una piacevolissima e sincera risata. Capì che l'uomo si divertiva. Ne fu consolata. E allora domandò, tranquilla:

«Che voleva, commendatore?»

«Volevo ricordarle che deve partire e chiederle se tutto è pronto. Porti solo pochi indumenti. I più ingenui. Quelli del collegio... E dorma. Domani poi, in volo, mi racconterà la sua avventura. Non si dia pensiero di cosa alcuna, Coralla. All'ora giusta avrà la vettura alla porta. L'autista si occuperà del suo bagaglio. La attendo all'aeroporto. A rivederci, bimba.»

«A rivederci, commendatore.»

Ma posato che ebbe il microfono, tutta l'ambascia che dianzi si era scatenata in furore la riafferrò. Una malinconia senza fine la dominò, le spezzò il cuore. Coricata nel letto, priva di sonno, gli occhi brucianti, il polso frequente, la testa in fiamme, Coralla si domandò:

"Perché? Che cosa ho fatto di male? Non dovevo ricevere Lauro? Forse. Forse ho commesso una leggerezza. Ma se qui fosse venuta Amelì, chi l'avrebbe insolentita? Nessuno. Tutti avrebbero sorriso compiaciuti e compiacenti, tutti avrebbero detto che la giovane contessina commetteva innocenti imprudenze. E forse il suo gesto l'avrebbero considerato atto d'amore, di dedizione, di giovanile e casto entusiasmo... Ma se Coralla Kroon si fa vedere con un vecchio signore è logico che questo vecchio signore sia immediatamente definito colui che mantiene Coralla. E se Coralla riceve un giovanotto, che altro può essere questo giovanotto se non uno dei tanti amanti della ragazza? Tutto impuro intorno a me! Fango dove io cammino. E della impurità io ho sempre avuto ribrezzo!"

S'addormentò, ancora una volta blandita dal gran manto pietoso del sonno. E la destò il trillare di un campanello. Esitò a capire: poi si accorse che si trattava del telefono. Ed era Pace, che esultante e beato le diceva:

«Su! Un bagno tiepido e sia pronta... E poi si ricordi di staccare la corrente, di chiudere i rubinetti, di serrare la porta. Buon giorno, Coralla Kroon. E possa questa giornata segnare il primo passo verso un avvenire di gloria.»

Si tuffò nella vasca. E pensò a Lauro. E sentì che il giovane pensava a lei e a lei avrebbe detto qualche cosa prima di partire. Ma era pronta e nessuna notizia le giunse da Lauro Luis. Chiusa la valigia e la valigia già sorretta dall'autista di Pace e nulla lei aveva udito da Lauro Luis.

Ma se lo trovò all'aeroporto. In divisa. Ed era bello e pallido e stanco e stava accanto a un ufficiale dell'Aeronautica e parlava con lui, tranquillo, ma guardandosi attorno. Come la vide, Lauro Luis salutò il collega: portò la mano alla visiera e si avvicinò alla fanciulla.

Il commendatore Pace parlava con qualcuno che era giunto a salutarlo. E Coralla poté guardare liberamente negli occhi il giovane ufficiale.

«Non ti dico di perdonare anche la brutta vicenda di questa notte. Qui non si tratta più di perdonare da parte tua, ma di rimediare da parte mia. E rimedierò, Coralla. Te lo giuro.»

Lei gli tese la mano e poi gli disse, con dolcezza:

«Addio...»

«Non addio, cara. A rivederci.»

«Per sentirmi ancora offendere?» lei domandò sommessamente.

«Tu mi devi dire a rivederci. E basta. Mi devi dire a rivederci se mi ami come io ti amo.»

Pallido, alto, bello: chiuso nella sua divisa blu, con i bottoni d'oro che splendevano al sole senza riverberare. Il berretto, inclinato, metteva metà del volto nell'ombra. E per quell'ombra il viso di lui pareva ancora più affinato, e gli occhi ancora più grandi, più dolci, più belli.

"Come è cambiato dai primi giorni..." pensò Coralla Kroon, d'un tratto. "Come non ridono più i suoi occhi..."

La mano di lui si tese alla mano della fanciulla. La voce di lui le carezzò l'anima:

«Non ti posso baciare. Ma tu sai, Coralla, che tutti i miei baci sono per te. Lavora serenamente, scrivimi... E non soffrire, mio dolce amore...»

Si portò in volo quelle ultime parole:

"E non soffrire, mio dolce amore..."

Accanto a lei, prodigo di attenzioni, era Pace. E a tratti egli le diceva:

«Povero principe blu... Comincio a pensare che sia innamorato davvero... Ma non vale la pena di fare un solo passo indietro, Coralla. Troverebbe la nobiltà, l'aristocrazia la dama nera... Dunque, dunque... Era là ad attenderla sul ballatoio. Una marchesa che fa la guardia al figlio ufficiale di Marina è quanto meno indisponente. Ma dica, dica... Da molto era con lei il principe blu?»

Si faceva narrare e ripetere le vicende notturne. E Coralla non capiva se l'uomo fosse curioso o tentasse di distrarla da quel volo un poco monotono e un poco triste. C'era sole a Milano. Non ve ne era più dopo un'ora di volo. Nubi. E il velivolo che acquistava una immobilità fittizia per quel velo che gli si serrava attorno. Non ammasso impenetrabile, ma foschia pesante, che vietava allo sguardo l'orizzonte e serrava un poco il cuore.

«Ah, la dama! Quanto deve essere buffa una dama che in abito da mezza sera si fa paladina dell'onore di un figlio ufficiale di Marina...»

Rideva, Pace, tranquillo. La sua voce or giungeva nitida a Coralla, or ovattata e lontana. Bello e fiero era il volto della ragazza e Pace lo guardava attento, quel volto, quasi a scrutarne e valutarne le espressioni differenti e pronte.

Emergendo repentinamente dalle nubi, il velivolo parve esplodere, nei suoi motori, in urla di allegrezza. I veli che dianzi parevano opprimere l'apparecchio fluttuarono leggeri e trasparenti, svanirono. E tutto fu azzurro e gioia in uno splendore di sole.

«Bello!» mormorò Coralla Kroon.

«Che ha detto?» chiese l'uomo.

«Guardo il cielo. Non l'avevo mai visto così da presso...»

E tacque incantata, la faccia rivolta all'esterno. E su lo sfondo del cielo purissimo si delineò la figura bella di Lauro Luis. Si delineò come lei lo aveva veduto all'aeroporto di Milano. Nella sua divisa, con il berretto un poco inclinato e il volto a metà nell'ombra della visiera.

Tutta l'ardente poesia d'un mondo a lei sconosciuto le

afferrò lo spirito: navi potenti irte di cannoni si delinearono. Vita brillante e ricca di emozioni belle fu nella sua immaginazione. Tutto un modo di esistere del quale non aveva la più piccola idea fu davanti a lei, creato dalla fantasia e perciò ancora più vivido, più affascinante, più conturbante. Divise, nomi belli, soste da grande albergo a grande albergo. Così doveva essere la vita della moglie d'un ufficiale di Marina. E si vide a lato di Lauro Luis. Scintillante, ammirata, desiderata. E poi si chiese, subitamente avvilita:

"Moglie? E per quale via giungerò all'altare?"

Ancora una volta tornarono alla sua memoria le parole del giovane:

"Se tu sarai qualcuno può darsi che la mia gente ti accetti. Così fatta è la mia gente che bada solo, all'ambizione... È come per quel lord..."

Si accorse che Pace la sogguardava, sorridendo. Sorrise anche lei. E l'uomo domandò:

«Che cosa pensava?»

«Al modo di salire rapidamente e bene al firmamento. Solo così potrò raggiungere l'altro sogno.»

«Quello di sposare il principe blu?»

Si inquietò, protestò:

«Dice sempre principe blu con tono irridente!»

«Ma no, cara! Lo chiamo con il nome del colore che ha indosso. A Milano, all'aeroporto, pareva davvero un principe blu. Niente ironia. E pensi, pensi al bel tenente di vascello, al cinematografo, agli abiti che indosserà, alla gloria che probabilmente avrà. Metta insieme tanti pensieri, Coralla. Mille pensieri. E ricordi che mille pensieri non hanno che un peso relativo. Pesa molto un pensiero solo quando è solo. Lo scrisse D'Annunzio e scrisse una grande verità. In definitiva, Coralla, vorrei proprio vederla afferrata da tanti desideri. Perché se si tiene quel solo desiderio, quello che si chiama tenente Luis, saranno pasticci. E i pasticci, anche morali, non hanno mai portato in alto alcuno.»

A bordo tutto procedeva tranquillo. Una donnina bionda, piccola, agile, cortese, offriva continuamente cibi e bibite ai viaggiatori. Fu la stessa donna bionda che a un dato momento inclinò la spalliera di Coralla e sorrise dicendo a Pace:

«La bambina ha sonno...»

La bambina. Una carezza al cuore di Pace. E un bisogno prepotente di veder Coralla quieta e tranquilla. Tenerezza per quella figliola quasi sconosciuta? Forse. La guardò mentre lei chiudeva gli occhi. Nel sonno Coralla gli apparve quella che veramente era. Una bambina o poco più. Puro il viso dai tratti decisi. Grande l'arco del sopraccigli: folti, scuri, lucidi i cigli. E pura la bocca senza trucco: dolce e pure volontaria la linea del mento. Qualche cosa di ancora impreciso nell'espressione che il sonno rendeva totalmente sincera. Non era più totalmente bambina nel sonno, Coralla: ma neppure era donna. Viveva nel felice o pericoloso passaggio che porta una creatura verso la maturità. Dal volto lo sguardo esperto e tuttavia privo di audacia scese al corpo. Slanciato e saldo: estremamente sano e vivo. Coralla avrebbe potuto indossare un abito da sera audace o una blusetta candida con una candida gonnellina a pieghe. Vestita da donna fatale o da fanciulla adatta ancora alle calzine corte, Coralla sarebbe stata ugualmente bella, ma ugualmente casta.

Sole, stelle, qualche banco di nubi. Una sosta breve. Il gran balzo.

E Coralla vide qualcosa di verde, che si avvicinava sempre più. Massa inuguale, compatta, immota. Hollywood.

E subito pensò, esultante:

"Ci sarà Leto..."

Ma Pace la trattenne, le disse:

«Calma. Vada alla toletta, si pettini. E non tocchi nulla dell'abito. Va bene così. Anche il collettino bianco che è andato un poco di traverso. Da questo momento bisogna ubbidire, Coralla. Senza discutere.»

Ubbidì, senza discutere, perché sapeva che in quel momento lei compiva il primo passo verso Lauro Luis.

Riapparve con i bei capelli ben pettinati e liberi, divisi da un lato, ricchi di riflessi dorati e fulvi. Capelli innocenti e folti, che le accarezzavano le spalle, che facevano massa morbida e fluida attorno al viso pallido e tranquillo.

E poi, sospinta da Pace, fu sulla scaletta. Mise una mano sul cappottino che teneva ripiegato a un braccio e si guardò attorno. Balenarono flashes. Attonita, si volse a Pace e l'uomo, sorridente e apparentemente sereno, le disse piano e deciso:

«Sorrida, ma sorrida dolcemente. Pensi a quando la mamma la portava nel panierino, per il mondo...»

Un sorriso dolce e malinconico fiorì istantaneamente sulla bocca pura. Qualcuno disse in italiano:

«È un angiolo.»

Ressa attorno a Coralla Kroon. Ressa attorno a Pace oramai assalito da mille domande. Di inglese Coralla conosceva il poco studiato nei collegi. E quel poco non le era sufficiente per capire tutto quanto si diceva attorno a lei. Non sorrideva più, Coralla, e cercava Leto. Ma Leto non c'era. E allora ne domandò a Pace che tranquillamente rispose:

«Non ho fissato l'ora del nostro arrivo. Appena sarà riposata all'albergo, lo avviseremo. Tranquilla, la prego. E guardi quel signore che avanza. È il maggiore azionista della casa per la quale lavorerà. Sia angiolo anche con lui.»

Coralla Kroon si sentì guardata con tale intensità e sì spietatamente che arrossì. E quel rossore fu la sua vittoria.

L'albergo era come tanti altri che aveva intraveduto. Non eccessivamente grande, ma elegantissimo e moderno. Non era l'albergo enorme, colossale che tante volte aveva sentito descrivere. Ma si accorse ben presto che era l'albergo fiabesco veduto in tanti films. Ebbe subito un appartamentino tutto bianco e oro. Mobili bianchi filettati d'oro, sedie bianche con righe d'oro. Tappeto giallo oro, qua e là segnato da righe bianche, tessute apparentemente a caso. E rose bianche dappertutto. E, stravaganza impensata, una gabbia alta, bianca, dove canarini festosi e felici cantavano portando qua e là l'oro delle loro penne e delle loro piume. Camera da letto, stanza di bagno, salotto e una grande anticamera. E tutto quel candore e tutto quell'oro e quel buon profumo di rose. La toletta reggeva uno specchio in cornice dorata e su di essa non c'erano che una spazzola e un pettine bianco.

Il commendatore Pace si guardò attorno: a un signore in abito scuro che si inchinava a lui, disse:

«Bene...»

Coralla si vide in uno specchio. Abito turchino cupo, con la gonnellina a pieghe, blusetta, collettino bianco. Tacchi bassi e quelle uniche calze di nylon che lei possedeva. I capelli splendevano. E il volto attonito era pallido. Ma c'era brusìo... E proveniva dal salone dove vivevano i canarini.

«Bisogna lasciar venire i giornalisti, Coralla» disse Pace.

Era pallido l'uomo, stanco. Ma negli occhi tanto chiari aveva la luce di chi sa di aver vinto una battaglia prima ancora di iniziare il combattimento.

«E Leto?» mormorò la ragazza.

«Non abbia fretta, Coralla. È bene che per ora si conosca solo lei. Dopo avrà tutto il tempo che vorrà per stare con suo fratello. E non è detto che io tolga dalla rivista suo fratello e lo tenga con me, quale attore cinematografico. Mi lasci agire come voglio, Coralla. Si fidi. Metta giù il cappotto. Vado a vedere i giornalisti.»

Lei mise il cappotto su una poltrona: restò nel mezzo della camera a guardarsi attorno. Letto piccino, con una coltre di seta bianca sulla quale c'era solo una rosa d'oro: e la rosa d'oro stava di lato, all'altezza del guanciale.

Si guardò attorno e poi disse:

«Non è vero. Non è possibile.»

Ma riapparve Pace e pareva avesse repentinamente perduto dieci anni e ogni stanchezza. Aveva alcuni fogli tra le mani, li agitò, gridò:

«Vittoria! Questo è ciò che riporterà fra poche ore il più importante giornale di Hollywood. Attenta, traduco leggendo: "... scende dall'aeroplano questa fanciulla meravigliosa che uno dei nostri grandi industriali della Cinematografia ha casualmente scoperto in un collegio di Milano. Scende questo pallido angiolo dal viso innocente e sorride. Poi, repentinamente, un gran rossore copre il suo volto. La fanciulla si chiama Coralla Kroon, ha quindici anni, è bella, d'una bellezza sincera, sana, senza infingimenti. E deve essere assai intelligente e assai colta: soprattutto per la sua tenera età. Con un prossimo servizio daremo altre notizie su questa bambina che ci porta, finalmente, il sorriso della sua bocca pura ancora e totalmente ignota al bacio. E c'è da augurarsi che le siano affidati films nei quali questa purezza e questa innocenza non vengano sciupate. C'è tanto bisogno di un volto candido, oramai. Sia benvenuta, Coralla Kroon. Sia benvenuta questa bambina che è giunta qui chiusa nel suo inelegante abito da collegiale, e s'è portata per aggeggi di toletta una spazzola e un pettine. In verità nessuno aveva mai veduto una toletta più disadorna, ma neppure più commovente..."

«Contenta?»

«Ho sedici anni e mezzo» lei disse. «Non quindici.»

«Avrei voluto dire quattordici ma lei è formosa e non ho potuto toglierne che uno e mezzo.»

«E non ho pensato io alla spazzola e al pettine...»

«Lo so. Ma il pubblico non deve saperlo. E ora deve lasciarsi vedere...»

«Ancora?»

L'altro si strinse nelle spalle rispondendo:

«Sempre...»

E andò lui stesso a spalancare la porta del salone. E attorno all'angiolo venuto in volo dall'Italia ci fu la stessa ressa di poco prima. Fotografie, domande, sorrisi. E finalmente fu sola. Per poco. Ché Pace rientrò e dopo di lui apparve una cameriera che reggeva sul braccio una vestaglia di soffice lana bianca.

«Un bagno, Coralla. E poi a tavola.»

Un bagno. Acqua e sapone. Una strofinata vigorosa, come lei soleva. Il tepore gradevole della vestaglia, la morbidezza di pianelline di camoscio candido internamente foderate di seta. E poi la valigia aperta e Pace che serio e attento sceglieva tra i pochi indumenti. Un abitino di cotone bianco a righe azzurre entusiasmò Pace.

«Come è brutto! Ah, che fortuna! Non avevo mai veduto un abito più brutto... Lo facciamo subito stirare e lo indossa. Ma che era in origine quella stoffa? Strofinaccio o tenda per finestra affacciata su l'orto d'un curato?»

«Perché mi fa indossare quel brutto vestito?» domandò la ragazza perplessa e anche addolorata.

«Perché Coralla Kroon deve essere la più onesta ragazza

del mondo. La più ingenua. La più nuova. Anche la più grezza. Belle ragazze eleganti ve ne sono anche troppe. Noi dobbiamo puntare sulla sua semplicità. In definitiva noi lanciamo una ragazza tolta di peso da un collegio. Dal collegio allo schermo. Successo senza precedenti.»

E più tardi la fotografarono così. Con le sue scarpe basse e non nuove: con i suoi gonfi capelli lucidi e leggeri. Con quell'abituccio a righe che davanti, dove le pieghe facevano peso, pendeva un poco e rendeva inuguale la gonna. Un abito di ragazza che aveva appena finito di giocare, di saltare. E Pace che ai fotografi andava dicendo:

«Come l'ho scoperta? Per strada. Andava con la testa rivolta alle vetrine e ciò che mi colpì fu che la ragazza guardava le vetrine dove erano dolciumi o balocchi. Coralla Kroon non viene dalla miseria. Viene semplicemente dai collegi. Orfana e affidata a un intelligente fratello che s'è dedicato al teatro, venne da questo fratello tenuta lontana di proposito dal teatro stesso. E passò, la piccola, tutti i suoi anni nei collegi. L'ultimo è appunto un collegio dove sono accolte soltanto fanciulle di famiglie facoltose. Un istituto per se stesso elegante e assai bene guidato: ma dove la modestia e l'ingenuità sono dominatrici. Ecco perché questa ragazza, pur uscita da un collegio per ricchi, non ha potuto avere che questo bagaglio da poveri.»

Domandò un giornalista:

«Si potrebbe sapere il nome dell'ultimo collegio che ospitò la bambina?»

Pace disse il nome del collegio, che per ultimo aveva ospitato Coralla Kroon. E la ragazza, subito sorrise. Quel sorriso venne captato da dieci macchine fotografiche. E le domande fioccarono:

«Perché ride, signorina? Perché sul suo volto è passato un lampo di monelleria?»

Rispose tranquilla e contenta Coralla Kroon:

«Perché penso alla direttrice... Un cerbero che non mi voleva bene. Quando vedrà che sono destinata al cinematografo e che ho rivelato il nome del collegio dove ero, si farà perlomeno grigioverde per la rabbia...»

Un giornalista che conosceva perfettamente l'italiano rise forte scrivendo:

"La signorina Kroon è spiritosissima anche se il suo spirito è davvero quello di una ingenua e fresca fanciulla. Ella ha dichiarato che la direttrice del collegio dove era, e precisamente il collegio x..., diventerà grigioverde sapendo che una sua allieva si dedica al cinematografo. L'idea di questa direttrice che si fa grigioverde è davvero divertente, rivela il carattere arguto della ex-allieva e fa prevedere che nel firmamento un poco standardizzato del nostro cinematografo sta davvero per apparire qualche cosa di nuovo e di interessante."

E Pace capiva di aver vinto, senza fatica. Perché Coralla Kroon lo aiutava senza volerlo. Tranquilla e serena, lei parlava senza mettere nel suo dire alcuna intonazione falsa, alcun atto artificiale. E in quell'appartamento volutamente ingenuo, volutamente avvolto di candore, la purezza autentica di Coralla Kroon ne riceveva una impronta ancor più viva e dava alla fanciulla un ancor più vivo fascino spirituale.

La sera i giornali parlavano dell'arrivo di Coralla Kroon. La pubblicità era in movimento, sorretta da Pace e dalla grande società della quale egli era azionista. Ma se pur quella pubblicità aveva un fondo base di dollari, c'era anche in essa qualche cosa di sincero. E la sincerità la mettevano gli stessi giornalisti che per aver potuto avvicinare la ragazza avevano subito capito di trovarsi davanti a una creatura veramente nuova e soprattutto assolutamente priva di malizia o, quantomeno, di mestiere.

Si diceva su tagli di tre, quattro colonne:

"Una rivelazione giunge dall'Italia e si chiama Coralla Kroon. La classica e autentica ingenua che mancava ai nostri schermi trovata per caso..."

Era già la vittoria.

E Coralla, stanca e intontita, sonnecchiava in una poltrona allorché le passarono una comunicazione telefonica. Il sonno scappò, la forza riprese, la gioia invase la ragazza. Era Leto: Leto che le diceva:

«Ho dovuto saperlo dai giornali che sei arrivata... Sono all'ultimo atto, Coralla. Vuoi vedermi questa sera o domani?»

Lei rispose:

«Domani...»

Aveva bisogno di riposare, di dormire, di non pensare più a ciò che sarebbe stato il suo avvenire. Aveva bisogno di essere sola, nella camera bianca, al buio, nel silenzio. Perché aveva bisogno di pensare a Lauro Luis: che era così lontano!

Pace le augurò la buona notte, le disse:

«Non si preoccupi, Coralla. Nessuno la disturberà, le parrà di essere chiusa in una scatola imbottita di ovatta.»

Silenzio. E qualche cosa che le dava veramente la sensazione di essere in una scatola imbottita. Buio. E il sorriso di Lauro Luis. La sua voce. L'inequivocabile, indefinibile profumo di lui. La sua bella divisa. Gli occhi nell'ombra della visiera. E poi Amelì...

Al pensiero di Amelì il sangue salì alla fronte di Coralla Kroon. Si sentì bruciare là, dove i pensieri si affollavano, dove nasceva anche la visione di Amelì, così quieta e fine, così amica un giorno, così ostile oramai. Amelì Della Valle. Contessina. Con una cornice di lusso, di aristocrazia, di cose belle.

Amelì. Che le era stata affettuosa amica nei giorni tristi del collegio. Che le era stata ostile quando tra loro era sorto il sorriso di Lauro Luis. Confusamente Coralla Kroon capiva che Amelì era nel suo diritto. Ma a un tempo, Coralla si diceva di non aver colpa alcuna se Lauro Luis era andato verso di lei. E alla fine, allungandosi supina, Coralla pensò:

"E se arriverò così in alto da poter essere pari a te, Amelì, tu ponendo sulla bilancia la tua corona di nobiltà e io la mia corona di gloria, se potrò essere pari a te, sii certa che lotterò per farti sparire dalla strada di Lauro. È stato il destino a metterlo sulla mia strada. E non voglio rinunciare a lui solo perché tu, Amelì, hai avuto la fortuna di nascere nobile e ricca. Sono nata povera e senza nobiltà alcuna. Avrà ben maggiore valore il mio trionfo. Perché tu hai trovato tutto fatto, Amelì. E io avrò fatto ogni cosa da me..."

Chiuse gli occhi: turbinarono ancora pensieri, visioni, affanni, irritazioni, livori, gelosie. Poi scese pacato un bacio di Lauro. E sorridendo a quel bacio Coralla si addormentò.

E dormì, tranquilla, a lungo. Un orologetto chiuso in una cornice di pelle bianca le indicò con la sua fosforescenza le ore 11 del suo risveglio. Balzò dal letto riposata, contenta, pronta a tutte le battaglie. Non chiamò la cameriera ma fece salire la persiana lenta lenta, silenziosa: e via via che essa saliva il giorno entrava, luminoso. E con il giorno entrava un piccolo mondo elegante. Una ciocca di mimosa... Un palpitare d'ala azzurra d'un uccelletto silenzioso. Un giardino fatato posto a servizio d'un albergo modernissimo. E subito trillò il campanello del telefono. Era il commendatore Pace. Che diceva:

«Buon giorno. A sorvegliare il levarsi della sua persiana siamo stati finora in molti. Si faccia toletta, mangi, chiami quando potrò vederla. I giornali portano le sue fotografie. E ci sono case concorrenti che le offrono somme enormi. Spero non tradirà il vecchio Pace.»

Fece toletta, mangiò, chiamò Pace. E questi giunse, si fermò sulla soglia, disse, con un bel sorriso:

«C'è qualcuno con me...»

Leto. Felice. Giovane. Ancor più bello d'una volta. E così elegante, disinvolto e raffinato che subitamente, ancor prima di abbracciarlo, Coralla pensò:

"Lo vedesse la madre di Lauro... Capirebbe che si può essere attori di rivista e avere la possibilità di competere con i blasonati..."

Poi buttò le braccia al collo di Leto. E il giovane, guardandola, tenendo il volto di lei tra le palme, mormorò:

«Cara... Sono felice. Forse meritavamo tutt'e due questa gioia.»

«Tu» ella ribatté commossa. «Tu meritavi questa gioia. Perché hai fatto tanto per me.»

E sciogliendosi dalle care braccia affettuose si rivolse a Pace e disse:

«Le piace, Leto?»

«Mi piace tanto che gli ho già offerto di piantare la rivista per il cinematografo...»

Allora Coralla Kroon compì un atto che non aveva mai supposto di fare. Si lanciò tra le braccia di Pace, gli stampò due baci sul viso. E arrossendo, già confusa per il gesto compiuto, balbettò:

«Scusi... ma questa è la felicità completa per me...»

Con l'abitino a righe lei scese più tardi nel ristorante dell'albergo. Leto se ne era andato perché Pace aveva ritenuto inutile per il momento esibire il fratello. I maligni avrebbero potuto pensare che si trattava d'un fidanzato.

I dirigenti dell'albergo avevano preparato una sala a parte per la giovanetta e avevano addobbato quella stanza di fiori bianchi, in prevalenza gardenie.

Qualche fotografo tentò di penetrare nella sala. Venne garbatamente messo alla porta.

Coralla Kroon mangiò con appetito, quando Pace le disse che bisognava andare alla casa di produzione, ella prese con due dita un fondente e avviandosi lo sgranocchiò. Quell'atto spontaneo, semplice, tranquillo, destò scalpore. Nasceva attorno a Coralla Kroon l'affetto. Un pubblico vastissimo già si innamorava castamente di questa bambina che aveva addosso un povero abitino a righe che sul davanti un poco pendeva.

Fu Pace che spiegò a un giornalista:

«Santo cielo! È un poco avvilente portarla in giro così malvestita. Ma bisogna farle fare tutto. Non si può mandarla da una grande sarta a scegliere modelli. Non li vorrebbe e le starebbero male. Bisogna che per qualche giorno Coralla Kroon sia così inelegante e poi si provvederà. Tutto sta nel trovare la sarta che capisca come questa figliola abbia bisogno di abiti da bambina...»

Sapeva benissimo, Pace, che qualunque sartoria avrebbe trovato modo di vestire nella maniera adatta Coralla Kroon. Ma era troppo furbo, l'uomo, per mutare, fin dai primi giorni, il guardaroba della ragazza. E se la portò alla casa cinematografica vestita di quell'abito a righe. E Coralla Kroon venne, con quell'abito, posta davanti alla macchina da presa.

Coralla parlò, narrò, si mosse. Nessuno le chiese cose straordinarie. Nessuna espressione di amore o di affanno. Lei doveva essere la giovanetta che viveva la sua vita. E la sua vita doveva essere quella che un soggettista intelligente avrebbe tracciato.

Fu Leto che all'albergo le diede molte indicazioni e molti suggerimenti. E Coralla Kroon in breve poté essere pronta per la prima ripresa.

Un mondo nuovo e indaffarato le fu attorno. Dai teatri di posa attori e attrici passavano alle loro case-camerini. Attorno alla ragazza c'era poca gente. Non occorreva molto trucco per quel fresco viso di ragazza. Non occorrevano infingimenti e artifici per quel corpo caldo e sano. Una sarta portò una gonnellina a pieghe che somigliava molto a quella del collegio ma era più chiara. La stessa sarta fece indossare a Coralla un maglioncino azzurro, di seta pesante e opaca, dove la maglia pareva stoffa. Quel maglioncino aveva l'incarico di rivelare le forme giovanissime ma perfette della ragazza. Calze corte, scarpette scollate e totalmente prive di tacco. Una racchetta tra le mani. Un campo di tennis. Un maestro che doveva dare a Coralla Kroon le prime lezioni. Così iniziava il film. Un campo limitato da belle piante. Un magnifico attore già noto e amato. Dick Doricon. Alto, biondo, occhi azzurri e cigli neri. Un sorriso ammaliatore e una slanciata figura di giovane atleta.

All'apparire della ragazza il giovane disse tranquillamente:

«Buon giorno, Coralla Kroon. Se parlerà italiano con me, mi renderà felice.»

E la ragazza:

«Mi renderà felice concedendomi di parlare l'unica lingua che conosco abbastanza bene... Di francese so quello che si impara a scuola, di inglese...»

E fece una smorfia così divertente che Dick, con una risata, dichiarò:

«Due smorfiette così e il mondo sarà suo...»

Poi le cinse le spalle e con la racchetta indicò l'orizzonte:

«Al di là di quella griglia di cemento armato c'è la mia villa. Ci verrà, Coralla? Vivo con tre sorelle...»

«Non è sposato?»

Egli si strinse nelle spalle:

«No. E non mi sposerò mai... Quando ero povero, ché mio padre era impiegato di banca e quattro figli pesano anche per gli impiegati di banca americani, quando ero povero avevo il mio amore. Mi tradì con un uomo ricco. È stata una sferzata così forte, Coralla, che m'ha lasciato una cicatrice...»

Se la teneva contro il fianco. Egli aveva calzoni color azzurro, camiciola di seta azzurra, colletto aperto sul collo abbronzato e liscio. Quell'azzurro, a contrasto del biondo, aveva un tono meraviglioso che si abbinava perfettamente con gli occhi del giovane e con quella cupola di cielo che, poetica, si incurvava su un mondo falso dove la realtà era anche troppo dura perché tradotta in cemento armato, in pareti di legno, in travature e in rapidi carrelli elettrici che saettavano per le strade linde, terribilmente artificiali, qua e là ingentilite da grami alberelli.

«Mi piace la sua terra, Coralla...»

Ma l'apparire della macchina da presa montata su una specie di locomotiva fece tacere il giovane. Subito afferrato dal lavoro, egli sogguardò di tra i cigli scuri coloro che avanzavano. Poi sorrise. Sorriso candido tra labbra appena truccate e rivelanti denti superbamente belli e uguali.

Il commendatore Pace, calzoni chiari e camicia di seta a righe fulve, si avvicinò a Dick Doricon, gli strinse la mano, domandò:

«Che ne pensa di Coralla Kroon?»

«Deliziosa.»

Cominciarono le prove. Coralla Kroon, totalmente inesperta di tennis, doveva ricevere le prime lezioni dal giovane Dick. Il quale era appunto il maestro di tennis d'un collegio femminile assai elegante.

Quando Coralla vide nell'aria la palla si avventò contro di essa con tale slancio che tutti furono entusiasti. Elegante, agile, svelto, sicuro, perfetto tennista, Dick "serviva" e Coralla combinava guai. E tutto procedeva con tale scioltezza che il silenzio era completo, interrotto soltanto da qualche risatella di Pace che dimostrava così la sua immensa soddisfazione. Per uno slancio più vivo Coralla Kroon scivolò, cadde, andò a gambe all'aria. La scena non doveva essere nel film. Ma quella caduta venuta così a proposito e così ben riuscita parve una trovata. La fecero ripetere. E Coralla ubbidì e poiché d'un tratto sentì un poco di dolore nella parte che era stata a contatto violento con il suolo, un gesto divertente nacque in lei. E fu un trionfo. E Dick l'abbracciò stretta facendo apparire sul volto di tutti un poco di sgomento.

Coralla Kroon si prodigava. Nata artista, metteva nel suo lavoro tutta l'anima. Incitata dal bisogno di riuscire per vincere la sua battaglia, dava alla sua parte una naturalezza che sbalordiva, incantava e affascinava. E come la prima prova venne conclusa, attorno a lei ci furono mani tese e braccia pronte a serrarla. Pace era sudato, agitato, totalmente felice.

«Per oggi riposo, Coralla» egli disse. «E una giornata quieta chiusa nella sua camera...»

«Ma no!» protestò subito Dick Doricon. «Voglio invitarla nella mia villa. Quelle tre mummie delle mie sorelle riceveranno un poco di ossigeno. Coralla è ospite mia...»

Il commendatore Pace si guardò attorno spaventato. Dick Doricon era famoso per la sua indifferenza verso le donne e tutti sapevano di quella sua lontana delusione d'amore. Qualcuno, anzi, aggiungeva che quella delusione altro non era se non pubblicità ché talvolta gli uomini infelici per amore hanno un fascino speciale sul pubblico femminile. Vera o inventata, quella delusione non mutava tuttavia l'estrema indifferenza del giovane verso il sesso debole. Avventurette senza importanza erano al suo attivo: ma nessuno poteva pronunciare un nome o rivelare una cosa seria. L'invito a Coralla Kroon significava un gesto nuovo da parte di Doricon. Rappresentava anche una preoccupazione da parte dei produttori ché Doricon era bravo, intelligente e bello. Ma metteva anche tutti in imbarazzo ché non si poteva negare al grande Doricon la vicinanza di Coralla. Doricon comandava, voleva e otteneva. Doricon rendeva milioni di dollari. Bisognava inchinarsi ai suoi voleri anche se essi non rientravano nelle clausole del contratto.

«Oggi niente riposo, Coralla» sorrise Dick Doricon. «Oggi ha il preciso incarico di venire a rendere leggera la pesante atmosfera della mia casa...»

Tentò, Pace:

«Non ha ancora abiti... Dovrà presentarsi alle signore Doricon vestita come una bimbetta che ha appena finito di giocare con la bambola.»

«È per questo che invito Coralla. Se sapessi che ha la possibilità di presentarsi con vesti eleganti, gioielli e aggeggi stupidi, mi guarderei bene dall'invitarla. Donne vestite come intende lei, Pace, ve ne sono anche troppe. E troppe sono quelle disposte ad accettare inviti da Dick Doricon. Lasci che la mia famiglia e io si goda di questa bellezza che Coralla ci può offrire ora. Presto tutta questa bellezza sarà finita. E allora non la inviterò più...»

Nulla da fare. Pace si prese solo il diritto di ricondurre all'albergo Coralla Kroon. Perché doveva all'albergo, la fanciulla, ricevere una telefonata dall'Italia. La verità era che Pace si sentiva veramente disperato e voleva parlare con la giovanetta. Attaccò, come furono soli nell'appartamento di lei:

«Questo invito da parte del grande Doricon mi farebbe veramente lieto e orgoglioso se non mi facesse anche paura... Lei ha capito che ho inventato la telefonata dall'Italia per avere modo di restare con lei. Non so a che attribuire l'invito del giovane nostro artista. Dick non vuole estranei nella sua casa: è un ragazzo che vuole consolidare la sua già solida posizione e che indubbiamente non resterà nel cinematografo molto tempo. È un ragazzo deciso e sicuro. Uno di quei tipi che vogliono mettere insieme una grande fortuna e poi andarsene in una immensa tenuta a vivere tranquilli con i cavalli e i cani. Non vedo brillare donne fatali nel suo firmamento. Se Dick prenderà moglie un giorno, questa sarà una saggia creatura magari di qualche anno maggiore a lui. Il fatto di averla invitata sconvolge le mie idee sul giovane e mi fa anche paura. Amore a colpo di folgore? Fascino speciale di lei sul nostro grande attore? Non so,

Coralla. Ma voglio dirle che lei è destinata a un grande avvenire e che non vorrei veder andare tutto in fumo. Non le voglio neppure parlare di quanto può essere costata la pubblicità e il lancio eccezionale fatto per lei. Mi parrebbe di sminuirmi e soprattutto di sminuirla facendo qui delle cifre. Tuttavia, la prego, cara: sia cauta. Vada se vuole nella casa del nostro attore. Ma faccia in modo che nessuno debba commentare. Voglio precisare: debba commentare malignamente. Sarebbe davvero un peccato sciupare tutto.»

Con un sorriso dolce e tranquillante, Coralla Kroon interruppe l'uomo:

«Sono tutte paure inutili, commendatore. Io sono innamorata di Lauro Luis e non del suo Dick.»

«Ma Dick sa farsi amare...»

Sicura e gaia, Coralla ribatté:

«Anch'io.»

Si divertì Pace per quell'uscita. E ridendo esclamò:

«Il caro scricciolo come si sente sicuro! Sa farsi amare! Ma senti che prosopopea...»

«... e facendomi amare» lei continuò con lo stesso tono «mi sarà più facile salire. Lei lo sa bene che io debbo salire per arrivare a Lauro Luis...»

Si strinse nelle spalle, Pace. Alla fine quel Lauro Luis cominciava a dare noia. Se lo sentiva davanti a ogni istante e vedeva che quell'ufficiale era in ogni pensiero di Coralla. Confusamente sentiva in quel giovane un ostacolo alla carriera di Coralla. Perché Pace capiva che se Coralla fosse giunta in alto, con ogni probabilità Luis avrebbe vinto ogni pregiudizio e l'avrebbe sposata. E sposata che fosse, Coralla Kroon avrebbe lasciato il cinematografo. E a questo Pace non voleva giungere, ché puntava su quella ragazza sicuro di vincere e di avere una vittoria duratura e grande.

Si inquietò con se stesso ricordando d'aver messo in guardia Coralla da Dick. Si disse che sposa a Dick Coralla avrebbe continuato a fare l'artista. E allora, non valeva la pena di mandarla verso quel magnifico fanciullone che era Dick?

Mutò repentinamente tattica. Disse con molta semplicità:

«Forse ha ragione lei, Coralla. Se quell'uomo si innamorerà

di lei potrà salire più in fretta. Si pettini, indossi uno dei suoi brutti abiti. Indubbiamente Dick verrà a prenderla...»

Rapidamente pensò che se avessero visto la ragazza con Dick sarebbero nati quei commenti che egli temeva. Affrettò i tempi; dichiarò:

«L'accompagno io alla villa del nostro Dick.»

E poco più tardi l'autista di Pace spalancava la portiera per far scendere Coralla Kroon davanti a quella villa elegante, sobria e bella che Dick s'era fatto costruire. Lo stile era moderno, ma senza stravaganze. Una grande scalinata di marmo grigio portava, per gradini bassi e lucidi, all'ingresso.

E sulla porta d'ingresso c'era Dick: calzoni grigio chiari, camicia di seta color grigio. Una cravatta azzurra. La festosità di due occhi azzurri: il magnifico sorriso leale, ampio, spontaneo.

Tese ambedue le mani alla ragazza, poi, con la palma poggiata sulla schiena di lei, la sospinse.

«Passi» disse. «Le mie sorelle l'attendono.»

Coralla passò. Dick si volse a Pace:

«Entri.»

«No, non ho tempo, Dick. Verrò a riprendere Coralla. Lei capisce che è opportuno non far nascere commenti attorno alla bambina. Ho ragione?»

«Mille ragioni. A rivederci, Pace.»

Una stretta di mano. E gli voltò la schiena per raggiungere Coralla. Che se ne stava là, nel vestibolo a toni grigi e rosa nelle pareti di marmo. E attonita la ragazza si guardava intorno, ché quel vestibolo, rotondo, a liste alterne di marmo rosa e grigio, era incantevole. Nel mezzo, una grande tavola di ferro battuto reggeva una clessidra di cristallo dentro la quale, piano piano, scivolava sabbia rosa. Alto era il vestibolo, finestre poste assai alte lo illuminavano. Tutto era lucido e tranquillo. E una clessidra muta pareva dire che là dentro il tempo passava in color di rosa.

Una porta perfettamente mimetizzata si aprì. Una lunga donna apparve. Dietro di lei, come se fossero di lei l'ombra o le copie, altre due donne si profilarono.

«Le mie tre vecchie» presentò con molta serietà Dick.

In verità non erano vecchie; erano soltanto anziane, quelle tre donne. Ma vestivano con fogge di tempi passati e una portava appeso, a una lunga catena d'oro, l'occhialetto. Lo sollevò, quell'occhialetto, lo mise sul naso, scrutò Coralla Kroon. E poi disse:

«Che bella bambina...»

Festosamente Coralla sorrise. Davanti a lei, tre lunghe donne quiete con le gonne ai piedi, il colletto alto, i capelli rialzati a torta, le mani bianche e asciutte, la guardavano. E tutt'e tre avevano occhi azzurri, ma senza splendore.

Disse Coralla Kroon con voce buona:

«Perché le chiama vecchie? Non lo sono...»

«Per anni forse no, ché nessuna ha raggiunto il secolo» rispose Dick ridendo. «Ma per sentimenti, buon Dio, Coralla, che antichità! Qualche volta mi domando se i miei genitori non le abbiano trovate in una tomba egiziana...»

«Ma è irriverente» lei protestò tra confusa e sdegnata.

«Irriverente? Sono annoiato! Ci vorrebbero per me tre sorelle vivide, allegre, serene. Queste si levano alle sei del mattino e si coricano alle nove di sera dopo aver passato la giornata a mettere insieme tante sciocchezze. Si figuri che sanno fare anche la marmellata.»

«La so fare anch'io!» dichiarò Coralla. «Con i pomodori...»

E le tre donne sbalordite:

«Marmellata? Con i pomodori?»

Fu in quel momento che Coralla si accorse di aver avuto sempre risposte in italiano. Fu in quel momento che si accorse di avere in quella gente la possibilità di parlare la sua lingua. E un poco meravigliata, soprattutto per aver solo allora capito di essere fra persone che parlavano italiano, mormorò:

«Ma è bello restare con tutti voi... Neppure io sento la nostalgia del mio paese... Tutti qui parlano la mia lingua.»

Sorrisero le tre donne: dissero insieme:

«Da anni... Oh, quanti! Da anni si viene ogni primavera in Italia.»

E fu molto per Coralla. Fu una carezza, un pezzetto del

suo cielo, un mormorio dei suoi ruscelli. Tutto il suo mondo lontano che tornava a lei: pacificamente, in dimensioni ridotte. Ma sempre qualche cosa che l'avvicinava a ciò che aveva lasciato.

Ma Dick, impaziente, fugò memorie e poesie, cancellò il mormorio dei ruscelli, offuscò l'azzurro del lontano cielo. E disse:

«La casa non è tutta qui, Coralla. Venga...»

L'afferrò per una mano, la trascinò. Ferme restarono le tre donne a vederli andare.

E tutto era ampio e luminoso in quella villa. E pochi i mobili e pochissimi i tappeti: e niente cuscini e nulla di soffice e niente di pomposo. Colonne, pareti lucide, mobili chiari, lisci, lucenti.

«La mia camera...» annunciò Dick.

E pareva una straordinaria stanza di bagno con la vasca chiusa da un materasso di seta verde.

Luce, sole, aria: e una gloria di verde che sfiorava le finestre. Poi apparve un grosso cane bianco: poi saettò un gatto bianco, grosso e soffice. Dick teneva Coralla per mano e insieme andavano per le stanze. E alla fine il giovane rise dicendo:

«Qui è il sacrario delle mie vecchie. Troverà i mobili che hanno tutti. Cassettoni, armadi e perfino quelle orrende cose che sono i comodini.»

Il cane si affiancò al padrone, accettò la carezza di Coralla e la fanciulla domandò:

«A che razza appartiene?»

«Ma non vede che è un magnifico bastardone? Tuttavia ognuno lo ammira perché appartiene a me. Le piacciono i cani?»

Toi. Toi sul terrazzo fiorito.

E rispose:

«Mi piacciono. Anche se sono piccini così...»

E si piegò e tenne la mano distesa poco alta da terra. Ma il giovane parve non interessarsi più della faccenda cani. Infilò il suo braccio in quello della ragazza e confessò:

«Ho una serra. All'antica. Hanno vinto le mie care vecchie.

Una serra con le camelie e, orrore, una cassetta di basilico! Hanno portato da Genova a qui un vasetto con il basilico e miracolosamente qui l'erba s'è riprodotta... Bisogna pure che le vecchie giochino con qualche cosa. Dovrebbero loro essere indulgenti con me: s'è capovolta la faccenda. Devo io essere indulgente con loro. Le mie sorelle hanno poco più di un anno di differenza tra loro. Ma io ho diciotto anni meno della più vecchia. Chi sa mai che cosa capitò allora ai miei genitori per riuscire a fabbricare un maschietto dopo tante femmine e dopo tanti anni...»

Rise. Ma Coralla comprese che Dick adorava le sorelle.

La serra. Come tante altre serre. Il giardino, ordinato, schematico, troppo ordinato, troppo pulito, troppo disegnato. Una panchina di marmo con qualche cuscino rigido e duro. E Dick invitò:

«Sediamoci.»

Furono seduti accanto. Su di loro stendeva rigide braccia un sicomoro ammaestrato dalle cesoie. Dick si piegò. Tese un braccio lungo la fiancata della panchina. Coralla vide che il giovane aveva nella mano un microfono: e dentro il microfono egli disse:

«Spremuta d'arancia con zucchero. Spremuta di arancia senza zucchero e con una goccia di whisky.»

Il microfono sparì. Coralla si protese per scoprire dove mai fosse sparito.

«Comodo, vero?»

«Magnifico!» sorrise la fanciulla.

Egli le prese una mano, se la passò su una guancia.

«Lei è magnifica, Coralla. Non avevo mai veduto una ragazza così. È davvero semplice, bimba, pulita... Ho quasi paura di lavorare con lei. Finora m'avevano scaraventato fra le braccia attrici eccessivamente feminee, donne conturbanti, donne provocanti. Saprò comportarmi bene? Voglio dire: saprò essere l'artista adatto a lei?»

«Io lo spero» ella mormorò. «Anche perché dovrò imparare tutto da lei...»

«Oh, le insegneranno gli altri, sia tranquilla... Io non potrei mai insegnarle a essere innocente.»

E la ragazza:

«Ma nessuno deve insegnarmi a essere innocente. Lo sono già. Ma mi intenda bene. Ho detto innocente. Non stupida. So che i bimbi non li porta la cicogna e neppure si trovano negli orti o nei roseti. So che il mondo è fatto di mogli e mariti, ma anche di donne che hanno amanti e di uomini che tradiscono la moglie e di mogli che tradiscono i mariti. So che esiste il pulito ma anche il sudicio. Sono innocente e pura; non sono una cretina o tantomeno una posaiola che voglia far credere di non sapere cosa alcuna della vita. In definitiva, saprei difendermi.»

«È un avvertimento, Coralla?»

«No: un'affermazione. Credo che non ci sia bisogno con lei di avvertimenti simili.»

«Infatti... Non sono l'uomo che assalta le donne, io. E posso anche ripeterlo ché delle donne me ne infischio. Non significa, questo, che io sia un rammollito o peggio. Significa che non ho fatto della donna la prima ragione della mia vita. Una donna potrà diventare, tuttavia, la prima ragione della mia vita, se questa donna saprà farmi innamorare di lei. E perché mi innamori bisogna che io trovi la creatura che mi dia ogni affidamento. Non vorrò mai una donna che già sia stata d'altri. Per me neppure sono oneste le donne che passano da un divorzio all'altro. Divorziare non significa riacquistare la purezza. Divorziare significa sempre lasciare un uomo per prenderne un altro. E questa storia puzza un poco di amoralità anche se c'è la legge che tutela questa amoralità. Lei ha quindi compreso, Coralla, che un giorno io mi innamorerò d'una ragazza come lei. Magari di lei.»

Avanzava un domestico con un carrello che scivolava su la parte lastronata del viale. In silenzio il domestico se ne andò.

«Ghiaccio, Coralla?»

«No...»

Bevve assaporando la buona aranciata. La bevve tutta, in fretta, evidentemente assetata. Il giovane assaggiò appena la sua spremuta, posò il bicchiere, accese una sigaretta.

«Non sarà facile l'inizio, Coralla. Alludo all'inizio nel cinematografo. Ma non badi a nulla. Lavori e basta. Qualunque cosa le si dica, qualunque malignità le si butti addosso, qualunque sciocchezza si inventi, tiri via. Non discuta, non si difenda, non accusi. Lasci dire. Io ho vinto facendo il comodo mio e lasciando che ognuno facesse, magari alle mie spalle, il comodo proprio. È un mondo un poco sporco, il nostro. Basterà che lei raccolga attorno al corpo le gonne e cerchi di camminare lievemente. Non affonderà nel fango, non sgonnellerà contro lo sporco. E ora andiamo, ché le mie tre donne vorranno cianciare con lei.»

Erano là in un salotto viola. Strano locale a mezzaluna, con pareti grige e un poco lucide, con un divano di stoffa viola che seguiva la sagoma della parete. Due poltrone gialle, un tavolino basso di cristallo viola su piedistallo di ottone. Ma non c'era anacronismo alcuno fra le tre donne e quella stanza perché le tre donne erano totalmente a loro agio e completamente serene. Come videro apparire Coralla sorrisero. Poi una, quella che era al lato destro, si scansò e ci fu posto per Coralla. Seduta tra due donne, Coralla poteva vedere benissimo la terza per la foggia a mezzaluna del divano. E Dick, in una poltrona, stava di fronte a tutt'e quattro le donne.

«È veramente carina, questa ragazza» attaccò una delle sorelle. «E si diceva dianzi che davvero hai scelto bene. Speriamo che il cinematografo non sciupi questa bimba.»

«Non mi lascerò sciupare» sorrise Coralla.

Si accorse che Dick le guardava le gambe: le teneva accavallate. Si sentì a disagio sotto quello sguardo. Volle tirare giù la gonnellina. Ma più giù non poteva andare. Si accorse del gesto il giovane e disse forte e chiaro:

«Non guardavo la quantità della sua gamba esibita. Guardavo la qualità. Belle gambe. Se metterà i tacchi diventeranno subito gambe di donna. Con i tacchi bassi possono sembrare ancora gambe di bimba.»

«Non suggerire sciocchezze!» scattò una delle donne: «Coralla non metterà i tacchi alti che molto più avanti nel tempo. Non è così?»

«Indubbiamente» lei rispose.

E subito le tre donne cominciarono a parlare di altre attrici che s'erano conservate fresche e ingenue per un film, per due films... E poi, d'improvviso, s'erano fatte donne, avevano avuto amanti e mariti e oramai erano come tutte le altre. Dick ascoltava. E i suoi occhi, belli e straordinariamente interessanti, or si posavano sul volto di chi parlava, or vagavano indifferenti e distratti. Ma allorché si soffermavano sul viso di Coralla, subito da essi si sprigionava una fiammella che poteva essere interpretata in differenti modi. Infatti Coralla non avrebbe potuto dire se quegli occhi irridevano bonariamente le sorelle o ammiccassero d'intesa a lei.

D'un tratto una delle sorelle domandò:

«C'era qualche uomo che la corteggiava in Italia, Coralla?»

Lo scatto del giovane fece sobbalzare anche la fanciulla.

«Ma che sciocchezze si chiedono, ora? Non vedete che è una bambina? È ammesso che una bimba abbia corteggiatori?»

Con un sospiro, l'incauta sorella vide aprirsi una porta e apparire l'elegante maggiordomo chiuso in un frac color susina.

Prima di entrare nella sala da pranzo si fermarono tutti in una vasta sala di bagno. Lungo una parete rossa correva una vaschetta che arieggiava allegramente all'abbeveratoio. Gorgogliava in essa acqua opalina, profumata e tepida. Ognuno immerse le mani. Un asciugatore elettrico a foggia di ventaglio egizio tolse ogni umidità alle mani. E tutti si avviarono. Soltanto Coralla esitò incantata davanti all'asciugatore che smetteva di emettere aria calda appena le mani si scostavano da esso.

Le tre donne se ne erano andate inconsapevoli di non essere seguite. Ma Dick era là e osservava, serio, Coralla che avvicinava e distoglieva le mani da quella specie di ventaglio costruito in cristallo e ottone. Quetamente, quasi timidamente, Coralla avvicinava all'asciugatore le palme. Rapida le distoglieva e il lieve ronzio si taceva subito. La stessa manovra la ragazza ripeteva continuamente. E sul suo viso c'era davvero una espressione di angiolo stupefatto.

Lei sentì, d'un tratto, un braccio attorno alle sue spalle.

Poi sentì che quel braccio serrava più forte, attirava, avvinceva.

«Cara...» mormorò Dick.

Allora ella, di scatto, volse la faccia a lui. Due bocche furono assai vicine. Odore di sigarette, di acqua di Colonia di sole... Come nelle ore felici in cui Lauro Luis era accanto a lei. Le tremò il cuore, le pulsarono le vene, le si infiammò la fronte. Scattò indietro, piena d'ira. Né il giovane tentò di trattenerla. Ma con dolcezza egli ripeté:

«Cara...»

E poi:

«Mi ha commosso, Coralla. Sembrava una bambina intenta a giocare con il balocco nuovo... Non sapevo che ci fossero ancora ragazze come lei. Bisognerà assolvermi, Coralla, se un giorno le dirò una parola che è dolce in tutte le lingue...»

Lei tremò mormorando:

«Quale parola?»

«Amore...»

Tacque pensoso, riprese:

«Forse questa parola sfuggirà dalle mie labbra, Coralla. Perché io la tenevo in serbo per una donna come lei. Ma andiamo...»

Erano sedute tutt'e tre le signore. E pioveva su le loro teste grige, accurate e uguali, una luce azzurrognola che veniva dalle finestre poste un poco alte dal suolo.

La sala da pranzo aveva pareti a stampe colorate e ricoperte di vetro. La tavola rettangolare era di cristallo magnifico, di grande spessore: una lastra unica, splendente, dietro la quale, a togliere la trasparenza, correvano rabeschi azzurri e dorati. Un semplice rettangolo di bisso azzurro serviva da tovaglia per ogni commensale. I bicchieri erano di cristallo filettato d'oro e d'azzurro, le porcellane di color azzurro assai tenue. Le posate lisce, semplici, pesanti.

Sorrise, Coralla, allorché servirono in piattini il classico risotto alla milanese. Un cucchiaio, due cucchiai di risotto per ogni commensale. Ma a Coralla si serrò la gola. Non per le memorie che il cibo comune poteva rievocare: ma per l'atto gentile dei suoi ospiti. A suo lato era Dick. Sulla mano di lui lei posò la mano dicendo:

«Grazie...»

Egli rise. Una risata poco spontanea e troppo teatrale. E alla risata aggiunse:

«Aspetti a ringraziare, Coralla... Ho quasi paura della sentenza...»

Ma tutto andava bene. E dentro di sé Coralla pensò davvero che la porzione era minuscola. Poi assaporò il resto: contenta di non riconoscere i cibi che le venivano offerti. Come una bimba ghiotta accolse il gelato. E poi, rosea, sorridente e lieta, tornò con Dick nel giardino.

Ma scendeva il sole: avanzavano le ombre. E d'improvviso Coralla si sentì terribilmente sola. Dove era Leto? Lauro Luis che faceva? E Pace perché non tornava a prenderla?

«Che pensa di tanto triste, Coralla?»

Un poco curva, semicelato il viso dai capelli che le piovevano in avanti, serrate sulle ginocchia le mani, lei mormorò:

«Avevo dimenticato d'essere tanto lontana dalla mia casa e dalla mia terra... E qui io mi sento un poco sola...»

«Ha lasciato parenti, amici, affetti in Italia?»

Negò con il capo.

«E allora perché questa tristezza, cara? Se il suo cuore è venuto tutto con lei, io penso che non valga la pena di soffrire per la lontananza...»

Coralla sollevò il viso e guardò il giovane. La scrutavano quelle pupille azzurre. Ed ella permise a quegli occhi di fermarsi nei suoi. Capì che Dick tentava di leggere in essi. Capì, e ne fu lieta, che l'uomo non sapeva leggere. Tuttavia, dopo un istante, fu costretta a mutare parere. Sapeva leggere, Dick: ma leggeva male. Perché disse con molta dolcezza e con la sua bella voce calma e un poco grave:

«Viene su dal mio cuore qualche cosa di nuovo, Coralla. Si delinea meglio, si precisa, si incide ciò che provai appena l'ebbi davanti. E avanza, avanza di galoppo quella parola, Coralla. Quella parola che è dolce in tutte le lingue: amore...»

Una stella. Un sorriso di vento. Un profumo leggero di

vaniglia. Un braccio attorno alle sue spalle. Una guancia sulla sua spalla.

Volse la faccia a guardare: vide uno scorcio del volto virile. Una ciocca bionda, un tremito di cigli scuri: poi un candore di sorriso.

Fugacemente Coralla sentì che qualche cosa di nuovo stava per concepirsi. Con il preciso istinto delle bestiole ella percepì sulla pelle un brivido di paura. Mormorò, ben decisa tuttavia:

«Devo tornare all'albergo. Non sono abituata a vegliare. Mi corico presto. Mi faccia accompagnare...»

E il giovane:

«La accompagno io.»

«E se dovesse venire il commendatore Pace?»

Dick Doricon aggrottò la fronte rispondendo:

«Se dovesse venire il commendatore Pace, sarà ben lieto di apprendere che la sua protetta è stata accompagnata all'albergo da me. Anche perché questa sarà la prima volta che io avrò accompagnato una donna alla sua dimora.»

Le tre sorelle dell'artista prima di lasciar partire Coralla vollero passarle una mano sui capelli. Pareva che le tre donne volessero accertarsi di non congedarsi da una bambola ma da una creatura vera. Poi, insieme, le domandarono di tornare. E in coro le dissero:

«Non abbiamo mai avuto la gioia di conoscere una bambina cara come lei. La attendiamo, Coralla.»

Notte stellata e quieta. Straordinaria automobile che a Coralla parve unica al mondo e per colore e per mole e per morbidezza. Scivolava su l'asfalto, da quel movimento scaturiva un fruscio di seta. E pareva che la imponente e fiabesca vettura dovesse lasciare dietro di sé un profumo o una scia luminosa. Disse a un tratto Coralla, sorridendo:

«Pare d'essere in volo...»

«Voleremo, Coralla, quando la rapirò...»

Rallentò a un segnale di alt. Si fermò. E nello stesso istante Coralla Kroon portò terrorizzata le mani al volto, trattenendo a fatica un urlo.

«Ma no, cara!» esclamò addolorato il giovane. «Si tratta

di lampi al magnesio... Evidentemente fotografi ci hanno seguiti e ci hanno acciuffati...»

Altri lampi: rapidi. Poi fu via libera e il giovane lanciò la vettura.

«Si è spaventata? Mi spiace, Coralla. Ma dovrà abituarsi. Io sono spiato come un delinquente. Ogni mio passo è controllato e figuriamoci domani, i giornali, quali commenti porteranno. Finalmente il caro Dick si fa sorprendere con una donna. Quando poi si saprà che la donna è l'astro nascente Coralla Kroon, si creeranno su di me e su di lei magnifici romanzi. In definitiva, per lei è pubblicità e per me è gioia. Se penso bene mi rendo conto che sarò felice se diranno che per ora sono il suo fidanzato e presto sarò suo marito. Le dico subito che detesto il divorzio. Quindi penserà molto bene prima di sposarmi. O per tutta la vita o nulla. Le concedo di ridere. Frasi del genere, pronunciate da un attore consumato, fanno davvero ridere. Ma fanno ridere meno se si vuole ammettere che l'attore ha anche una dignità e soprattutto un cuore. Coralla, prepari un magnifico sorriso. Sono certo che davanti al suo albergo ci sarà gran ressa. Oramai tutta la città sa che Dick Doricon, il misantropo, è innamorato di Coralla Kroon. Qui non fanno molte ciance: un attore che se ne vive solo una sera si farà vedere con una bella fanciulla: e l'indomani l'attore sarà perdutamente innamorato della bella fanciulla.»

Rise, aggiunse:

«E ne sono contento. Doveva venire la mia ora. Spero coincida con la sua, Coralla.»

Come aveva previsto, all'albergo c'era gran folla di fotografi. E Dick Doricon li affrontò allegramente, offrendo il suo magnifico sorriso, la sua elegante figura, mentre tendeva a Coralla Kroon la sua mano per aiutarla a scendere dalla vettura. Ed era bello vedere quei due che di sera indossavano abiti semplici e giovani: ed era gioioso guardare la bella coppia, così fresca, lineare e fatta davvero per unirsi in un amore senza fine.

Pace era là, un poco disorientato. Accolse con la solita deferente cordialità il giovane artista: ma guardò un poco perplesso Coralla Kroon. Poi trovò modo di sussurrarle:

«Faccia che i fotografi la vedano mentre si congeda da Doricon. Mentre si congeda qui, nell'atrio dell'albergo...»

Ed ella tese la sua mano di giovanetta al giovane: ed egli serrò quella mano nelle sue, mentre scintillavano gli occhi famosi, mentre brillava il sorriso incantatore.

Disse poco dopo Pace a Coralla, mentre questa ritrovava se stessa nell'amplesso d'una poltrona di raso bianco:

«Che fracasso, domani, Coralla! Non so che dirle. Bene o male? La pubblicità sua è fatta. Nessuno di noi poteva fargliene una più clamorosa. Coralla Kroon arriva al paese della celluloide e immediatamente incanta il più interessante e il più intelligente, oltre che il più misantropo, degli artisti. Dick Doricon che non ha mai avuto avventure serie, che non s'è mai ammogliato, che non s'è mai fidanzato neppure per burla, si interessa alla fanciulla che esce da un collegio e indossa i più brutti abiti del mondo. Coralla! La sua fortuna è fatta. Ora s'ha da vedere come accetteranno in Italia questo suo incontro con Dick Doricon.»

Senza capire bene, la fanciulla domandò:

«Che cosa vuole dire, commendatore?»

«Bimba mia! Ha qualcuno che le interessa, in Italia, non è vero? E che dirà questo qualcuno quando saprà che Dick, il grande nostro Dick, s'è immediatamente innamorato di lei e già si parla di fidanzamento?»

«Ma io non sono fidanzata a Dick Doricon» ribatté subito Coralla diventando pallida. «E non ammetto che si inventino queste fandonie.»

«Qui c'è poco da ammettere, Coralla. Se non si vuole far dire, bisogna comportarci in modo da non dar adito a ciance. E le ciance lei e Dick le avete davvero provocate. Chi aveva mai veduto Doricon con una donna, di sera, intento a riportarla a destinazione? Per la prima volta egli ha affrontato il pubblico con una donna: vedrà domani i giornali...»

Li vide e tremò di sgomento. Anche perché una telefonata del fratello annunciava appunto che egli sarebbe stato all'albergo tra non molto.

Allora Coralla Kroon scattò:

«Pettegoli e maligni! Hanno saputo fotografarci in modo da farci sembrare vicinissimi. Tra Dick e me non c'è nulla. Io non lo amo e non è possibile che lui si sia immediatamente innamorato di me. È una cosa indegna! Un pettegolezzo assurdo. Una menzogna vile e sciocca! Guardi, guardi che cosa scrivono! Legga qui:

"Dick Doricon, fino a ieri nemico delle donne, si incontra e si innamora perdutamente di Coralla Kroon, l'ingenua fanciulla che lavorerà con lui nel prossimo, grandioso film..."»

Rabbiosamente sfogliò giornali e riviste. Titoli di ogni colore, assurdità d'ogni genere. Seraficamente una grande rivista dichiarava:

"Pare che le nozze siano per il prossimo mese così che i due giovani cominceranno il film fidanzati e lo termineranno quando già saranno sposati..."

Disse Coralla Kroon d'un tratto:

«Spero che nessuno di questi giornali vada in Italia.»

E Pace, quasi con gioia: .

«Tutti Coralla! Già sono in volo per l'Italia, tutti...»

Ella strinse i pugni. In piedi, nella vestaglia candida, in una cornice di candore e d'oro, lei era bella e sdegnosa e terribilmente, desolatamente giovane e indifesa.

«Io non voglio!» esclamò assurdamente. «Non voglio che queste menzogne siano lette da Lauro! E soprattutto da sua madre! Ah, ché mi pare di sentirla, quella donna! Mi pare di vederla! Irriderà al figlio, si affretterà a fargli avere quante riviste potrà nel timore che a lui ne sfugga qualcuna. E Lauro...»

Dura, impaziente e annoiata, la voce di Pace la colpì come una frustata:

«Oh, quel Lauro! Alla fine se teneva a lei doveva superare tante sciocchezze e tenerla per sé. L'ha lasciata partire; l'ha lasciata andare contro l'ignoto! La smetta di credere che egli l'ami. È il sogno, è vero, il bellissimo Lauro Luis, tenente di vascello al guinzaglio di mammà? Ebbene, dia una pedata al sogno e guardi la miracolosa realtà che le offre Dick Doricon. Dick è un uomo, non un fantoccio. Il suo principe blu è un tale che non concluderà mai nulla di sua volontà. Ma se ne stia sul mare e non pretenda di sacrificare una ragazza ai pregiudizi di una madre isterica. Non faccia sciocchezze, Coralla. La fortuna è venuta a lei. Non la respinga.»

Lo ascoltava esterrefatta. Non capiva più quel freddo uomo dagli occhi intelligenti e chiari. Non capiva soprattutto perché Pace tenesse, oramai e decisamente, le parti di Doricon.

E sommessamente, smarrita e dolente, Coralla domandò:

«Ma in Italia lei pensava che forse un giorno...»

«Non mi domandi che cosa pensavo quando eravamo in Italia. Ora penso che le si è presentata la più grande fortuna del mondo e che mi pare davvero stupido pigliarla a pedate.»

Il citofono annunciò Leto Kroon. E il giovane apparve, elegante in un abito da mattino, ma un poco pallido nel viso. Si avvicinò alla sorella, si curvò su di lei, la baciò in fronte, le disse:

«Congratulazioni!»

E allora Coralla Kroon scattò:

«Congratulazioni? Di che? Per che cosa? Anche tu abbocchi? Eppure credevo che tu capissi le manovre dei giornalisti e dei fotografi. Non amo Doricon, non sono la sua fidanzata, non lo sposerò mai. Amo Lauro Luis, voglio lui, non vorrò che lui...»

E attese una parola dal fratello. Questo non disse parola alcuna. Guardava le riviste, i giornali e taceva. Fu Pace che interruppe il penoso silenzio dicendo:

«Coralla ha lasciato in Italia un pezzetto di cuore.»

«Non un pezzetto» lei interruppe. «Tutto il mio cuore.»

«Va bene!» esclamò conciliante l'uomo. «Tutto il cuore di Coralla è in Italia: e l'ha affidato al giovane e bel tenente di vascello Lauro Luis. Il quale amerà, non ne dubito, Coralla. Ma ha già una fidanzata, nobile come lui, aristocratica come lui, costruita, come è costruito lui, su misura e con quel dato numero di fisime, pregiudizi e doveri. Per sposare Coralla il tenente di vascello Luis dovrà prima rompere un fidanzamento stabilito da anni e anni tra due aristocratiche famiglie, dovrà poi vincere gli ostacoli della sua gente, dovrà infine valutare se potrà mantenersi una bella moglie con il suo stipendio di ufficiale. Perché sono certo che se egli farà un colpo di testa, la famiglia troncherà i viveri, immediatamente. Le conosco quelle teste dure di blasonati...»

«Ma se io diventerò *qualcuno*» attaccò con voce tremante di dolore la ragazza. «Ma se io diventerò qualcuno Lauro potrà sposarmi perché la sua famiglia che oggi rifiuta Coralla Kroon sorella d'un attore di rivista, domani accetterà la grande attrice, famosa in tutto il mondo... E io diventerò famosa...»

«Indubbiamente!» intervenne Pace. «Ma a lato di Doricon. Se Doricon dirà di non voler lavorare con lei, non farà un passo avanti. La nostra casa produttrice ubbidisce a Doricon. È lui che comanda, innalza o distrugge. E se dirà no a Doricon sarà finita ancor prima di cominciare. E non diventerà mai qualcuno. E non diventando qualcuno non raggiungerà mai Lauro Luis. Ammesso poi che la sua famiglia sia davvero contenta di accogliere una attrice...»

«Ma che cosa devo fare, io?» domandò con voce di pianto Coralla. «Che cosa devo fare per salire, per raggiungere un grande posto nell'arte senza diventare la moglie di Doricon?»

Gli occhi freddi e chiari di Pace passarono sul viso di Leto. Con impercettibile cenno Leto assentì. E subito Pace disse allora:

«Le consiglio di non irritare Doricon. Vada avanti così. Gli dica che è orgogliosa del bene che le offre ma che vuole imparare a lavorare, prima di dirgli sì. In definitiva prenda tempo...»

«E se Lauro crederà a tutto quanto pubblicano i giornali?»

Un silenzio di Pace e poi ancora la sua voce tranquillante e anche indifferente:

«Poiché qualche scena del film che stiamo preparando si girerà in Italia, avrà modo di dargli molte spiegazioni. Ora conta che non si renda nemico Dick. Se egli diventa suo nemico è la fine, Coralla, anche perché noi dovremo rompere il contratto con lei. Non abbiamo convenienza alcuna trattenendo chi non piace a Dick... Egli è la colonna della casa. E lei capisce bene...»

Coralla Kroon si passò una mano sulla fronte bisbigliando stanca e triste:

«Va bene, va bene. Ho capito.»

Voleva aggiungere:

"E mi lasci sola, ché non ne posso più", quando il citofono annunciò che salivano due valletti con qualche cosa per la signorina Kroon. I due valletti reggevano un panierino d'oro e di corallo dentro il quale c'erano pochi fiori di zàgara. Oro puro, appena appena cesellato, a foggia di panierino semplice costellato di minuzzoli di corallo. Un oggetto gentile, per nulla chiassoso e tuttavia di grande valore. E un biglietto piccolo di carta, ripiegato e buttato dentro con le poche zàgare. Diceva: "Non è stato facile trovare zàgare. Sono poche. Ma se conta i petali il numero si fa grande: come grande è la felicità che le auguro Coralla cara. Il suo Dick".

C'era da compromettere Dick Doricon per tutta la vita. E Pace aveva un sorriso leggero sulla bocca sottile. E Leto Kroon appariva commosso e Coralla, tra l'una e l'altra espressione, non sapeva quale più la irritava.

Più tardi Dick telefonò. Disse che sarebbe andato lui a prenderla per giungere insieme agli stabilimenti. Coralla Kroon era troppo intelligente per non capire che oramai una aperta ribellione sarebbe stata inutile. Attese. E con l'abituccio che aveva il giorno innanzi, se ne andò con Dick.

Quel giorno doveva cominciare la preparazione del film e trattandosi d'un elemento oramai importante come Coralla, Pace ottenne di poter avere la fanciulla e Dick insieme per una spiegazione preliminare. La trama del film venne narrata, molti particolari stabiliti. In definitiva si trattava della gentile e ingenua storia d'amore d'una collegiale.

E dopo queste prime spiegazioni, Coralla Kroon venne affidata a sarte e truccatori. Le prime avevano l'ordine di preparare per lei i più ingenui e graziosi abiti fino allora ideati. I secondi avevano l'ordine perentorio di avere la mano leggera così che il puro volto dell'adolescente non dovesse subire alterazione alcuna.

Batteva forte il cuore di Coralla Kroon. Chiusa in una gonnellina corta a pieghe e bianca, serrato il busto agile in un maglione bianco con il collo alto e rivoltato, ella era davvero deliziosa. Corte erano le calze bianche, di tela bianca le scarpine prive di tacco. E liberi, in una gloria di morbidezza e di luce, i bei capelli dalla tinta castagno dorata.

Ella avanzò nel sole, mentre a rendere più fulgida la luce si scagliavano contro di lei i riflettori. E verso lei andò subito Dick Doricon, con due racchette fra le mani.

Così cominciava la scena gentile: un finto maestro di tennis che s'incantava alla limpida collegiale e le offriva una delle sue racchette.

Cominciava così un poetico amore che andava subito incontro a qualche contrasto. E il film finiva, dopo vicende argute e gentili, con un casto bacio.

Fu mentre Dick Doricon eseguiva la scena di prova che sommessamente egli disse a Coralla:

«Quando ci incontrammo qui, Coralla, la prima volta, tutto era diverso in me. Se ricorda le dissi la frase inutile di tanti delusi, di tanti cinici. Le dissi appunto che non mi sarei sposato. Oggi io le dico, Coralla, che per sposarmi attendo il suo sì. E vorrei che questo sì giungesse presto...»

Il regista capì che Dick era *fuori tema.* Non osò richiamarlo, ma sommessamente a Pace mormorò:

«Se avrà quel viso e quegli occhi nella ripresa effettiva, questo sarà il più bel film di Doricon. Non l'avevo mai veduto così bello, ma d'una bellezza fatta di passione, di ardore e di bontà...»

E Pace, lieto di poterlo dire, affermò dicendo:

«È la bellezza che a ogni creatura dona quel famoso, piccolo dio alato... Lo sa come si chiama quel piccolo dio...»

L'altro storse la bocca: e forse pensando a qualche freccia che l'aveva mai colpito brontolò:

«Lo so... Si chiama "amore" e qualche volta, potendo, bisognerebbe prenderlo a pedate.»

Rise Pace. Guardò il bel campo di tennis. Dick era rientrato nell'azione e tutto filava bene.

Poi ogni lavoro fu sospeso. E Dick, tenendo serrata alle spalle Coralla, si avvicinò al regista e a Pace.

«Tutto andrà benissimo, le pare? Coralla è assai intelligente.»

«Coralla è assai intelligente» affermò Pace. «Ma credo che questo sarà il suo più dolce e appassionato film, mio caro Dick.»

Il giovane piegò il volto, guardò Coralla. Ed ella istintivamente sollevò il viso a guardare il giovane. Ronzarono le macchine da presa all'istante. E pochi minuti dopo erano stampate e sottoposte a Dick alcune fotografie che per un lembo di carta bianca portavano la didascalia che fece sorridere compiaciuto il giovane.

Diceva la didascalia:

"Alcune fotografie prese durante la lavorazione del film che Dick Doricon sta girando con la bellissima e giovanissima stella italiana Coralla Kroon..."

La fotografia riproduceva Dick che si teneva serrata al fianco Coralla: ambedue reggevano una racchetta. Un vento leggero scompigliava la gonna della fanciulla e un poco di gamba era rivelata. Diritto accanto a lei così bambina e dolce e fiera, stava Dick: che piegava sulla fanciulla il volto colmo d'amore.

E disse Pace poco più tardi, con voce trionfante:

«E questo non ditemi che è cinematografo. Un viso così Dick Doricon non l'ha mai avuto. Questa non è finzione: questo è amore...»

Amore. Ne parlarono i giornali pubblicando quella bella fotografia. E cominciò nella terra del cinematografo una attesa quasi febbrile di quel film che doveva rivelare un nuovo e impreveduto Dick Doricon. In tutti i films precedenti Dick s'era lasciato amare, esasperando qualche volta le fanciulle. In questo film Dick Doricon amava.

Intelligente, attenta, docile, Coralla Kroon aderiva alla sua parte straordinariamente. Pareva che con la sua pronta facilità di apprendere lei volesse compensare i suoi genitori che forse erano stati veri artisti e non avevano mai potuto compiere grandi voli. La sua forza espressiva sbalordiva anche il regista e Pace riceveva congratulazioni da ognuno.

Fu dopo qualche scena tranquillamente ripresa che Pace disse a Coralla:

«C'è mia moglie a Hollywood. Vuole conoscerla.»

La reazione di Doricon sbalordì tutti. Infatti, con quel sorriso limpido che l'aveva subito lanciato tra i divi più ricercati e acclamati, egli intervenne:

«Non le faccia conoscere donne, commendatore! Imparerebbe cose che non s'adattano alla sua età. Non mi fraintenda. Sua moglie è una perfetta signora, ma è cresciuta nei salotti. E io voglio che Coralla non conosca la vita dei salotti. Mi piace così e non voglio farmela sciupare.»

Ciò che ancora i giornalisti non avevano detto lo dissero l'indomani. Dick Doricon non era solo pazzamente innamorato di Coralla Kroon, ma ne era follemente geloso. Geloso al punto di vietare a Coralla di frequentare uno dei più eleganti, raffinati e corretti salotti: esattamente il salotto del grande produttore Pace.

E subito, da una colonna di giornale maligno, ecco salire la fiammella avvelenata. Perché Doricon non voleva che la sua ingenua fidanzata frequentasse il salotto del commendatore Pace? Forse perché Pace aveva, a sua volta, una passioncella per la giovane attrice da lui scoperta e lanciata?

Il mondo irreale dove tutto si spostava, dove pareti, alberi, strade e perfino corsi d'acqua ubbidivano a ordini meccanici, quel mondo irreale parve sconvolto dagli occhi ingenui e fieri di Coralla Kroon e da quell'improvviso amore che per lei sentiva il più bel divo del film.

E, fatto strano, anche le donne furono attorno a Coralla. Ella non era fatale, non era elegante, non era ricoperta di gioielli. Ella era semplicemente una ragazza onesta che uscita di collegio s'era trovata con una colossale scrittura tra le mani. E a poco a poco, verso di lei, materne e gentili, andarono anche le stellissime, le bellissime: le più fulgide dive e quelle che già cominciavano a tramontare.

Fu una cara follia che invase tutti. E quella follia varcò l'oceano e arrivò in Italia. I settimanali a rotocalco riprodussero le fotografie di Coralla Kroon accanto al bellissimo, affascinante Dick Doricon.

Qualche fanciulla sospirò, qualche altra invidiò: tutte insieme socchiusero gli occhi e pensarono alla felicità di quella fanciulla che, partita ignota, era già celebre in tutto il mondo ancor prima di apparire sullo schermo.

Coralla Kroon... Coralla Kroon... Ed ella era già nota a tutti e tuttavia il suo volto era noto a pochi. Il film procedeva senza intoppi. L'arte di Doricon si affinava al fuoco dell'amore. E Coralla Kroon si lasciava adorare. Allorché le preparavano un primo piano, le dissero di pensare a qualche cosa di straordinariamente dolce e caro. Non lontano da lei era Dick che la guardava incantato. Ella guardò lui: incontrò gli occhi azzurri, pensò, con malinconia: "Vorrei due altri occhi da guardare. Quelli che sanno leggere in me, quelli che appartengono all'uomo che per primo mi ha baciata. Dove sei, Lauro?"

Un languore commovente la invase: i suoi occhi si fecero più dolci: nello sguardo dell'adolescente brillò una lacrima che non sarebbe mai caduta. E quello fu un primo piano destinato a incantare la folla.

E poi, avvenne l'imprevisto. Qualche cosa apparve troppo voluto, troppo comune, troppo americano. Pace disse che per degna cornice Coralla doveva avere un poco del suo cielo, della sua Italia, del suo bel sole. La decisione fu improvvisa e rapida. Bisognava andare in Italia per qualche ripresa.

E fu Pace che salvò la situazione. Predispose tutto. E un mattino annunciò:

«In Italia, lungo la via Emilia, c'è un castello che mi incanta. L'avrei acquistato se i padroni fossero stati disposti a cedermelo. Ma non lo vendono e tuttavia so che consentiranno di girarvi qualche scena. Alludo a Castelguelfo, una costruzione massiccia che pare sia del '600. Questo castello è adagiato in un parco secolare: ha un piccolo lago e un prato ombreggiato dalle piante che lo circondano. Su questo prato io vedo correre Coralla Kroon. Io propongo di concludere il film in Italia e precisamente a Castelguelfo.»

Tutti accettarono e Coralla riprese un sogno interrotto, appunto, in Emilia. Il suo dolce sogno ingenuo s'era fermato a Tabiano. Ma chi sa! Quello stesso sogno poteva continuare a Castelguelfo.

E una sera, nella sua camera candida, solo qua e là interrotta da un mite riverberare di rose d'oro ella scrisse su una busta: *Tenente di vascello Lauro Luis - ministero della Marina - Roma.*

E poi su un foglio che a caratteri d'oro e minuti portava il nome dell'albergo dove Coralla alloggiava, cominciò a narrare:

"Lauro caro, quella via che volevo percorrere per arrivare a te si adagia piana e luminosa. E io la percorro serenamente e gioiosamente pensando che al termine di questa via tu sarai ad attendermi. Il mio primo film è in lavorazione. È un poco faticoso questo lavoro ma io lo affronto con gioia. Pare che il film si concluderà in Italia e precisamente a Castelguelfo. E Castelguelfo è lungo la via Emilia. Parte di questa via l'avevo percorsa con te, un giorno, Lauro. È destino, forse, che questa lunga strada sia un poco la mia. Comunque, io ti avviserò. E chi sa che tu non possa venire a salutarmi. Qui il mondo curioso mi guarda un poco attonito. I giornalisti, i giornali e la pubblicità hanno trovato molto importante il fatto di vedermi assai protetta e ammirata dal famoso Dick Doricon. Io debbo lasciar dire. Pare che qui tutto valga alla pubblicità. Guai a ribellarsi. Se una malignità o una bugia ti porteranno un gradino più su, dovrai accettare e malignità e bugia senza discutere. Ma non importa. Voglio camminare in fretta, per te. E tu, siimi vicino. Pensavo a te allorché eseguirono il più bel primo piano del mio volto. Vicina a te con il cuore e il pensiero, io ebbi una espressione che entusiasmò tutti. Bisogna quindi che tu non abbandoni Coralla. Sono giovane, Lauro, e forse non so dire le parole che le donne più avanti negli anni trovano per l'uomo amato. Ma ti ripeto: sii vicino a me perché io ti voglio tanto bene. Coralla".

Rilesse, meditò su una virgola, le parve che qualche cosa non andasse bene: si strinse nelle spalle, sospirò, disse forte:

«Forse qualche altro anno di collegio non avrebbe fatto male all'allieva Coralla Kroon... Lauro mi assolva!»

Piegò il foglio, lo mise nella busta, chiuse, telefonò perché mandassero a prendere quella sua lettera che doveva partire subito. E da quel momento cominciò ad attendere una lettera di Lauro Luis. Ma non era l'attesa impaziente e un poco dolorosa d'ogni fanciulla che sia innamorata. Era un'attesa limpida, dove galleggiava a tratti un poco di curiosità. "Sarà contento di me, Lauro? Sarà orgoglioso quando vedrà i miei primi piani? Che dirà alla madre sua? Che penserà di me come attrice cinematografica?"

E c'erano in quelle domande i pochi anni che Coralla Kroon aveva. Tutta la sua giovinezza era là, in quella piccola curiosità di donna non sbocciata.

Schietta come sempre, disse al fratello l'indomani:

«Ho scritto al mio tenente di vascello. Quanti giorni occorreranno perché io abbia la sua risposta?»

E si sentì agghiacciare allorché il fratello rispose:

«Ammesso che risponda, occorrerà almeno una settimana. Sempre che egli non sia in navigazione.»

Un poco affannata, Coralla sussurrò:

«Perché hai detto: "Ammesso che risponda"?»

«Perché il tuo tenente può anche non volerti rispondere.

Leto era là, nel salotto fiabesco: non lontana da lui la grande, elegante gabbia sorretta da colonnine d'oro offriva la visione dei canarini agili, canori e morbidi. Uno aveva gonfiato le penne e pareva un delicato piumino per la cipria: l'altro, emergendo dal bagno, si lisciava le penne e, così lisciato, pareva d'alabastro. Altri volavano qua e là, indifferenti e beati, lieti forse d'un sottile raggio di sole che tagliava, a metà, la gabbia.

«Non capisco» disse piano Coralla. «Perché non dovrebbe rispondere, Lauro?»

Leto arrossì lievemente. Poi guardò la sorella. Le si fece appresso, le disse con dolcezza:

«Coralla... Questa pubblicità fatta attorno a te e a Doricon non può avere influito bene nei riguardi della famiglia Luis. Già prevenuti contro di te, avranno ora un appiglio in più per scartarti definitivamente dalla loro famiglia.»

Coralla aveva un abito bianco, liscio, chiuso al collo, fermato da bottoni sul davanti con un doppio petto che disegnava perfettamente la linea snella e salda del busto. La gonna, a pieghe stirate, cadeva perfettamente poco più giù del ginocchio. Le scarpe, senza tacco, morbidissime, erano di pelle bianca listata di azzurro. E così vestita, con quel volto teso e tuttavia ingenuo, ella aveva davvero l'età pura dell'adolescenza.

«Se tu sapevi che questa pubblicità poteva influire maleficamente sulla famiglia Luis, perché l'hai permessa?»

«Oh, Coralla! E tu mi credi tanto importante da poter deviare il corso della pubblicità?»

E poi, deciso:

«E sarebbe stato un bene togliere al tuo pubblico la gioia di vederti ammirata e amata dal più grande artista cinematografico che oggi viva qui? Perdere un Dick Doricon per un incerto Lauro Luis, mi sembra quanto meno assurdo.»

Coralla guardò il fratello. E senza rancore, senza rabbia, ma soltanto con malinconia, disse piano:

«E tu sei Leto! Il mio Leto che mi voleva tanto bene e avrebbe fatto per me ogni sacrificio. Tu sai, perché l'hai ben capito, che amo Lauro Luis e non fai nulla per salvare il mio amore.»

«Farei qualunque cosa, credilo. Ma se avessi una sola certezza di aiutarti a essere felice. E invece io non vedo felicità per te se entrerai nella casa di Lauro Luis. Avrai ostilità di ogni genere: e forse dovrai troppe volte sentire che si pensa di te in modo poco generoso. Ah, ché non si faranno scrupolo mai dal ricordarti che sei figlia di gente che ha trascinato la vita tra la miseria dei palcoscenici più umili e più poveri! E neppure approveranno la tua parentela con me! Un fratello comico di rivista! Per quella gente non è abbastanza avere un nome: troverebbero da ridire sempre e su tutto e per prima cosa ti vieterebbero di ricevere tuo fratello.»

«Ma io farò rispettare e la memoria dei miei genitori e il nome di mio fratello! Guai se diranno male dei miei cari!»

«Ma non occorrerà dire parole cattive per offenderti, Coralla. Saranno sufficienti i loro sorrisetti, i loro sguardi, le loro mezze parole. Qualche volta gente simile può con un no, un sì o un sorriso essere eloquente nel modo più malvagio. Oh, Coralla! Se verrà a te questo Lauro Luis io non farò cosa alcuna per allontanarlo, tu lo sai bene. Ma dubito assai che egli venga a te e di te faccia sua moglie.»

«Mi disse che i suoi avrebbero superato tanti pregiudizi se mi fossi creata un bel nome! Mi narrò d'un lord che...»

Si passò una mano sulla fronte: e quasi a dar coraggio a se stessa aggiunse:

«Ma sono tutte parole inutili, le mie! Lauro mi vuoi bene. Mi sposerà. E io mi farò un grande nome. E salirò, salirò...»

«Aggrappandoti a chi?» interruppe Leto.

«A me stessa. Con la mia forza, con il mio lavoro...»

«Tu salirai rapidamente perché hai potuto aggrapparti subito a Dick Doricon. E sarebbe molto ingeneroso, Coralla, se dopo esserti servita di lui per salire tu dovessi metterlo in disparte per andare verso Lauro.»

Coralla Kroon non capiva più suo fratello. Aveva sempre creduto di avere in lui un alleato e se lo trovava quasi ostile nell'ora in cui ella sperava di raggiungere il suo dolce sogno d'amore. Non capiva più nessuno. Ma nella sua ingenuità si diceva che solo così, per la strada che aveva iniziato, lei avrebbe raggiunto Lauro Luis.

Non parlò più. I canarini gorgheggiavano, molti fiori erano giunti mandati da ammiratori e ammiratrici. Leto le passò una mano sui capelli e si congedò. E poco dopo giunse Pace accompagnato da Doricon. E Doricon aveva il suo bel sorriso e gli occhi straordinariamente chiari.

Parlarono dei films in lavorazione e di quelli che sarebbero venuti: di una villa da acquistare per Coralla ché ella non poteva e per la distanza e per la tranquillità continuare ad abitare in quell'albergo. Se la faccenda dei films era facile da risolvere, meno facile era quella della villa. E Dick, con un poco di disagio, finì con il dire:

«E alla fine, Coralla potrebbe abitare nella mia casa. Tre sorelle che fanno buona guardia serviranno pure a qualche cosa. Trovo più logico sistemare Coralla nella mia casa piuttosto che vederla sola in una villa.»

Qualcuno chiamò il commendatore: egli uscì. I due giovani furono soli. Cantavano i canarini andando con volo leggero dall'uno all'altro bastoncino dorato della gabbia. I fiori mettevano macchie colorate sulla chiarità di quelle pareti bianco dorate. E Coralla era tanto bella e giovane.

Con dolcezza Dick Doricon tese a lei ambedue le mani. Sulle palme offerte lei mise le sue palme.

«E poi» mormorò il giovane «se Coralla Kroon deve diventare mia moglie, è giusto che fin da ora si abitui alla mia casa e alla mia famiglia.»

Sorrise aggiungendo:

«Dal momento che non ammetterò mai il divorzio, devo ammettere una specie di tirocinio. Vivendomi accanto si potrà valutare se valga la pena o no di accettare Dick Doricon quale marito...»

L'attirò guardandola. L'ebbe sul petto. Ma la sentì diventare subitamente inerte. Muta e immobile lei lo guardava. E subitamente una malinconia greve come un'ambascia fu negli occhi della ragazza.

Egli sciolse la stretta. Levò una mano, le sfiorò, con rispettoso amore, i capelli, la gota, il mento. Poi si scostò mormorando:

«Perdona...»

Come se quella carezza rispettosa le avesse schiantato il cuore, lei ruppe in singhiozzi. E a quel singhiozzare i canarini, d'improvviso, si tacquero. Immoti su i loro bastoncini, le testoline un poco piegate di lato così che pareva guardassero con un occhio solo, essi ascoltarono quel gran pianto di fanciulla. Poi, come il pianto si affievolì, ripresero a cantare.

Smarrito ma confusamente felice, il giovane disse a Coralla:

«Non volevo spaventarti, Coralla. Ma neppure volevo che tu mi pensassi capace di approfittare della tua solitudine...»

Coralla si asciugava il viso con un fazzoletto... Sulla epidermide fresca e perfetta, la traccia del pianto andava già disparendo.

«Un pianto così, Coralla... Perché? Per quel mio tentativo di serrarti al cuore?»

E la ragazza, sommessa, rispose:

«Non so... Forse è stanchezza. Tutto è ancora così fatto di imprevisti per me che ogni cosa mi stanca e mi rende smarrita.»

«Perché sei una creatura nuova, Coralla. Su di te non è mai passato il ciarpame che è nella vita. Ma non considerarlo ciarpame, il mio amore. È nato improvvisamente, lo ammetto. Ma vive in pieno splendore. Tu sai che puoi chiedermi ciò che vuoi e puoi fare di me quello che vuoi.»

Sinceri, apparivano gli occhi azzurri. Dolce e per nulla teatrale era il sorriso di lui. Dick Doricon aveva trovato in se stesso, all'incontrarsi con la fanciulla, tesori di dolcezza che fino allora egli stesso non si conosceva.

Quando Pace riapparve guardò, perplesso, prima l'uno e poi l'altra. E domandò:

«Che cosa è accaduto?»

«Una cosa molto semplice e molto bella, commendatore» rispose Doricon. «Ho tentato di baciare Coralla e lei si è offesa. Non ha detto parola alcuna, è vero, ma l'ho sentita irrigidire. Poi ha pianto. Sono stato punito della mia leggerezza. Dovevo pur saperlo che le ragazze come Coralla Kroon non si devono baciare così, d'un tratto...»

Ma Pace guardava Coralla. E lui sapeva bene che ella non si era spaventata né offesa e tanto meno sdegnata. Coralla non avrebbe pianto se d'improvviso, tra le braccia, l'avesse chiusa il bel principe blu. Coralla cominciava a vivere di ricordi e forse di rimpianti. E l'amore di Doricon altro non serviva che a ricordare l'amore lontano e forse perduto.

Preferì tacere, Pace. E tentò di rallegrare i due mentre si recavano al lavoro.

Le sorelle di Doricon vollero ancora nella loro casa la fanciulla. Ospite gradita ella trovò accoglienze sì gentili e spontanee da cominciare a meditare sulla proposta di Doricon il quale le diceva:

«Un appartamentino totalmente separato e indipendente. Avrai una cameriera personale, non dovrai rendere conto delle tue azioni ad alcuno. Sarai vicinissima agli stabilimenti cinematografici e... e valuterai quella famosa mia proposta che si conclude con una domanda: "Vale o non vale la pena di accettare per marito Dick Doricon?" Frequentandomi nella mia casa, cioè dove sono uomo e non attore, potrai giudicare...»

Poi, un giorno, all'albergo, Coralla trovò una grande busta. Veniva dall'Italia, era scritta a macchina. Ma dentro c'era un biglietto fissato a una rivista. Ben conosceva Coralla Kroon quella rivista americana. Ben conosceva Coralla Kroon quel nome stampato su un elegante biglietto di visita. Sotto il nome di Lauro Luis c'era scritto: *Perché, Coralla?* E nulla più. Ma dentro, nella rivista era riprodotta a colori la stupenda fotografia che presentava Dick Doricon con un braccio attorno alle spalle di Coralla Kroon. E la didascalia che accompagnava il gruppo di Coralla e Doricon diceva: "Pare quasi certo che il matrimonio della giovanissima e bellissima fanciulla italiana con Dick Doricon avvenga entro l'anno..."

Coralla Kroon ebbe, per un istante, la sensazione di urlare. Capì che tutti gli urli erano dentro di lei e non potevano prorompere. Era come se dentro di lei ci fossero le onde violente d'un mare paurosamente infuriato, i boati d'un uragano non remoto, i gridi di un corpo che si lacerava. Si sentiva spezzare: cuore, nervi, testa le dolevano. Si sentiva sbalzare da un punto all'altro della stanza: e tuttavia ella era là, immota, fredda, muta. E gli occhi di lei andavano al gruppo bellamente colorato e composto da Doricon e da lei, al biglietto bianco, sobrio, elegante, sul quale erano scritte due sole parole: *Perché, Coralla?*

Perché?

Tutte le domande taciute erano in quell'interrogativo. Tutta l'ambascia d'un cuore che si sentiva ferito e tradito era là, in quella piccola domanda che una mano ferma aveva tracciato, che un cuore dolente aveva dettato.

Perché?

Crollava il mondo e Coralla Kroon non sapeva dire perché. Istintivamente ella accostò la fotografia nella quale era riprodotta con Dick Doricon al biglietto che Lauro Luis aveva mandato. Istintivamente ella osservò il gruppo composto da lei e Dick: e subito fissò il piccolo "perché".

Più significativo d'ogni altra lettera, più disperato d'ogni domanda era quel "perché" posto a lato della fotografia.

E lo sapeva bene, Coralla, che cosa voleva dire quella sola parola e glielo diceva il suo cuore piangente, il terribile significato di quel biglietto.

"Perché, Coralla, tu hai permesso tutto ciò? Perché dopo aver avuto da me il primo bacio tu sei ora avvinta da un altro uomo da breve tempo conosciuto? Perché dirmi che mi amavi e che volevi salire per me se è bastato valicare l'oceano per dimenticare tutte le care e limpide ore passate insieme? E i nostri baci, Coralla? E le mie speranze? E i tuoi sogni? E il mio cuore? E la mia vita? Tu lo sapevi bene che ti amavo, Coralla, e che avevo costruito su fragile ponte tutto il mio avvenire. Ma tu sapevi pure, Coralla, che al fragile ponte io volevo mettere pilastri solidi, perché non crollasse e sostenesse il nostro amore... Perché mi hai fatto rinnegare il tenero e trepido bene d'una fanciulla ingenua, se dovevi tradirmi così? Un balzo su l'oceano, Coralla... E tutto il mio mondo in piena rovina. Perché? Perché?"

Lacrime scendevano lungo il volto di Coralla Kroon. Chiaramente lei capiva che nessuno avrebbe più messo pilastri a quel ponte fragile sul quale, tuttavia, Lauro Luis intendeva innalzare il suo onesto amore. Quella fotografia, così intima, così chiara, dove in Doricon traspariva l'interno contento, era là a testimoniare che una fanciulla sapeva tradire, dimenticare, fingere.

Quando le annunciarono il commendatore Pace, restò in piedi, presso la tavola sulla quale c'erano e la fotografia e il biglietto. In piedi, le lacrime che le scivolavano per il viso, serrati i denti, stretti i pugni, con l'atteggiamento di chi, dolorante e disperato, è tuttavia pronto a scagliarsi contro ognuno.

E si fermò attonito a guardarla, Pace. E fu la ragazza che disse, amara e irosa:

«Venga! Venga avanti! Guardi che bella gioia mi avete procurato tutti voi!»

Gli accennò alla rivista: gli mise tra le dita il laconico, dolente biglietto. E chiese:

«Che debbo fare?»

L'altro guardò la rivista, lesse il biglietto. Rimise e l'una e l'altro sulla tavola, sospirò:

«Buon Dio! È permaloso, il principe blu!»

«Lei non deve ironizzare nulla, ora!» scattò la ragazza. «Deve consigliarmi, dirmi che debbo fare, perché io non voglio che Lauro mi abbandoni. Io non ammetto che egli mi creda tanto vana, sciocca e leggera da essermi fidanzata subito, appena giunta qui, con un uomo mai veduto prima del mio arrivo negli Stati Uniti.»

«Un uomo che tutto il mondo conosce e ammira, tuttavia...»

Coralla Kroon ridiventò, all'istante, la veemente collegiale che ella era stata. Afferrò la rivista, la scaraventò lontano: si piantò davanti a Pace, gli disse chiaro e forte mentre le lacrime riprendevano a segnarle il viso pallido:

«E io me ne vado! Me ne torno in Italia. Pianto tutto e tutti...»

«Un momento, Coralla! Ci sono dei contratti firmati. E lei che è dell'ambiente teatrale sa che i contratti si devono rispettare. O pagare, se si mandano all'aria. E lei che è scritturata per somme veramente grandi è anche impegnata a pagare somme grandi se manca ai suoi impegni.»

«Pagherà mio fratello.»

«Neppure andando in rovina egli riuscirà a risarcire la casa del danno che potrebbe portare il suo capriccio. Lei rimarrà qui, Coralla. Finirà i suoi impegni. E se il tenente Lauro Luis non vorrà credere che nulla di offensivo è stato fatto nei suoi riguardi, significherà che egli ha ben poca fiducia in lei.»

«Ma Lauro ha il diritto di non aver fiducia! Dopo tutte le sciocchezze pubblicate, come potrebbe averne ancora?»

Pace si mise in una poltrona. Tranquillamente rispose, assestandosi bene nella nicchia biancodorata:

«Tutto ciò che lei può fare è scrivere al suo Lauro e dirgli che si tratta di ciance e pubblicità. Ma per l'amore di Dio, cara, la smetta di piangere ché ha gli occhi gonfi e il naso deturpato. Qui, le dive, prima di piangere, scendono a patti con loro stesse e si domandano quanti dollari può loro costare ogni lacrima. Di solito la cifra che mettono insieme è così grossa che rinunciano al pianto.»

Coralla Kroon fissò l'uomo: con i pugni premette gli occhi, quasi a voler schiacciare dentro di essi quelle lacrime roventi e disperate che le scendevano per il viso. Poi disse, con una tristezza dove l'ira era malamente contenuta:

«Come è cambiato, commendatore Pace! È veramente un'aria, questa, che ammazza ogni sentimento.»

«Si direbbe di no!» egli scattò quasi non attendesse che quelle parole. «Si direbbe di no. Perché qualcuno qui, appena l'ha veduta, ha sentito in sé il più dolce, serio e profondo sentimento. Era un uomo che per una delusione o qualche cosa di simile non voleva più saperne di amore. E come vide Coralla Kroon si innamorò perdutamente, dolcemente, seriamente. Lei sa a chi alludo. E lei sa di essere poco sincera dicendo che qui i sentimenti migliori vengono soffocati o neppure esistono. E uno dei sentimenti più nobili, quello che porta a lei Dick Doricon. Egli viene a lei con il cuore sulle mani. Siamo tutti sbalorditi. Se prima egli era un attore di grande importanza, oggi egli è un artista di immenso valore. Lei ha fatto sbocciare in lui quello che ancora era sopito. Dick Doricon ama. E neppure in Italia lei potrebbe trovare un uomo capace di amare così...»

«Ma Lauro...» lei interruppe.

«Ma che Lauro del diavolo!» scattò l'uomo. «Il suo Lauro non saprà mai amare come ama Dick. Che cosa ha fatto per lei, Lauro? Pavido, tremebondo davanti alla madre, attendeva di vederla diventare stella di prima grandezza per poterla imporre a quella vecchia carcassa blasonata... E appena ha visto una sua fotografia cinematografica, s'è adombrato e le ha mandato un piagnisteo sotto forma di "Perché, Coralla?" Ma via! Stiamo perdendo tempo tutti, qui...»

«Non è vero! Io avrei agito allo stesso modo. Un uomo che ama non può vedere, senza reagire, la propria donna abbracciata da un altro. E neppure può ingoiare pacificamente certe cretine didascalie dove le allusioni più assurde sono lanciate nel mondo. Lei è ingiusto...»

«E va bene! Scriva al suo Lauro. Gli spieghi la faccenda.

E stiamo a vedere che cosa risponderà. Poi si vesta, per favore, ché si deve uscire. E, la prego, faccia che gli altri non conoscano queste faccende sentimentali né sappiano delle gelosie di Lauro Luis. Mi dispiacerebbe far crollare tutto quel castello di candore che s'è costruito attorno a lei. Spiacerebbe a me, al suo pubblico e anche a quel bravo ragazzo che è suo fratello. Avanti, Coralla! Pensi a sé. È troppo giovane per inciampare nel primo gradino della sua vita. Anche se su questo primo gradino sta il bel principe blu...»

E rise. Rise così male che la fanciulla domandò:

«Ma perché detesta Lauro, lei?»

«Non lo detesto. Lo considero soltanto un ostacolo alla sua carriera. E non ammetto ostacoli perché mi sono ripromesso di ottenere molto da lei e da questa immediata simpatia che il pubblico ha avuto per lei. E non parliamo più di Lauro Luis, per cortesia. Scriva, attenda la sua risposta e dopo, a seconda che sia la risposta, si vedrà ciò che si dovrà fare.»

Coralla Kroon seppe nascondere a tutti il suo patimento. Ma dentro di lei c'era l'ira fonda e sorda che l'aveva afferrata in tutti i collegi quando nessuno la capiva e tutti l'accusavano. Anche Lauro Luis l'accusava. Doveva lei trovare modo di fargli intendere come nella realtà erano le cose.

Scrisse una lunga lettera: dove spiegava chiaramente tranquillamente, quasi dolcemente tutto quanto era avvenuto. Non nascondeva la passione nata in Dick Doricon per lei: ma dichiarava che il suo cuore era là dove c'erano i galloni d'un tenente di vascello. E come ebbe scritta la lettera e questa venne spedita, cominciò ancora una volta la dura e difficile attesa.

Proseguiva intanto il lavoro. E un giorno, dopo alcune ore di posa, Coralla venne pregata di voler ascoltare la voce di colei che doveva doppiarla. L'inglese di Coralla era troppo vago perché lei potesse recitare in quella lingua. Chi doveva prestarle una voce era una ragazza assai bella, elegante, giovane. E subito la ragazza con slancio e sincerità, le disse, in italiano:

«Congratulazioni, Coralla Kroon. Lei si è fidanzata con

l'uomo che tutte le donne di America sognano. Sia felice.»

Erano parole. Banali. Ma le diedero un pensiero greve. E le rivelarono, più delle ciance e delle fotografie, quale fortuna le fosse capitata. Una ragazza bella, giovane, elegante, che aveva indubbiamente le qualità fisiche per emergere, era invece là, costretta a restare nell'ombra limitandosi a donare la sua voce. E lei, sconosciuta, giunta da poco in quella terra favolosa, aveva ottenuto ciò che tutte le donne d'America sognavano: l'amore di Dick Doricon.

Si ripuliva il viso, era sola nel suo camerino: i pensieri le erano attorno e con essi la malinconia che aveva un breve nome maschile: Lauro.

Bussò qualcuno, una voce ben nota chiese il permesso di entrare. E Dick fu là, calzoni e camicia color grigio perla: volto ridente, occhi innamorati.

«Posso restare seduto qui? Sono stanco.»

«Anch'io» lei rispose.

«E te ne vuoi andare fino al tuo albergo? Vieni nella mia casa. Comincia oggi, Coralla. Il tuo appartamentino ti attende. E le mie sorelle non finiscono mai di chiedermi perché tardi tanto a stabilirti con loro. Vieni, Coralla... Non ti annoierò.»

E poi, con indifferenza:

«Se poi si pensa che dovranno restare senza di me per alcun tempo, ritengo quasi doveroso dare a loro anche la tua compagnia. Si partirà presto per la tua Italia, Coralla...»

Lei si pettinava, distratta. Vedeva se stessa nello specchio, scorgeva alle sue spalle il nitido e deciso profilo di Doricon e si chiedeva chi mai fossero quei due che il cristallo rifletteva. Quando riemergeva dal suo stupore, considerava con spavento il gran passo che aveva fatto nella vita. Involontariamente sorrise. Un sorriso dove non c'era gioia ma solo orgoglio soddisfatto.

«Per chi è quel sorriso?» domandò il giovane.

«Per me» lei rispose pronta. «Mi ammiro...»

«Ah! Ne hai motivo. Sei tanto bella...»

«No, no!» precisò subito. «Non ammiro quella che tu chiami la mia bellezza. Ammiro di me ciò che ho potuto fare.

Già sono celebre e ancora non s'è visto di me un metro di film...»

«Sarà un film di enorme successo, Coralla. Tu hai un trampolino di lancio che nessuna donna finora aveva avuto.»

«E il trampolino si chiama Dick Doricon, vero?» lei insinuò.

«Non esattamente così. Il trampolino di lancio si chiama "L'amore di Doricon". Tu sei quasi perfetta come artista: ma il mio cuore ti aiuta, Coralla.»

E poi, sommessamente:

«Tu non puoi sapere quanto sia grande il mio amore...»

Ella si volse a guardarlo. Non gli bastava più scorgerlo nel cristallo. Aveva bisogno di vederlo direttamente perché anche Dick, a tratti, le pareva irreale.

E il giovane che sedeva alle sue spalle subito le sorrise, poi balzò in piedi, si avvicinò a lei, tuffò le mani nei capelli che lei aveva appena pettinato ed erano gonfi, lucidi, folti e leggeri.

«Ti amo, Coralla.»

Ella era seduta e ancora una volta aveva il viso allo specchio. Il giovane le stava alle spalle, in piedi. A un atto di lui ella arrovesciò il capo: quasi nello stesso istante il giovane chinò il viso. Sulla bocca di Coralla si posarono le labbra di Doricon. Vi si fermarono appena. E quando egli si distolse dal bacio, ella restò con le palpebre abbassate, il volto pallido, le mani serrate fortemente l'una all'altra e abbandonate nel grembo.

E poi ella si levò e disse piano:

«Non restare qui. Ci fotograferebbero anche in momenti che debbono essere soltanto nostri... Vai...»

«Ma verrai alla mia casa, è vero? Non voglio più l'albergo per te. E neppure Pace che ti viene sempre attorno. Mi fido di lui, so bene che potrebbe essere nonno a te per età. Ma i nonni perdono la testa qualche volta per le ragazze che non sono loro nipoti. A casa, con le mie sorelle. Perché io sono un borghese qualunque quando non poso davanti alla macchina da presa. E come il qualunque borghese ho le mie diffidenze, le mie gelosie, i miei sospetti. Penso io a ogni cosa...»

Uscì.

E quando Coralla Kroon lasciò gli stabilimenti si accorse che la macchina di Dick Doricon andava direttamente verso quella nitida e luminosa villa che il giovane artista s'era fatto costruire. Sulla soglia della dimora, abiti grigi, collettino di pizzo che saliva fin sotto le orecchie, erano là ad attendere le tre sorelle.

L'appartamento di Coralla era all'ultimo piano, sul lato destro. Sotto le finestre c'era la grande piscina: e su ogni davanzale di luminoso cristallo color smeraldino posava una orchidea bianca. Commossa, Coralla raccolse le orchidee, le unì in gruppo, le guardò. Ella non aveva mai appuntato fiori su se stessa e non sapeva che cosa farne di quelle magnifiche e superbe regine delle serre. Ma quando ebbe indossato un abitino bianco, serrato nel bustino, ricco di pieghe nella gonna fluttuante per la morbidezza della stoffa, capì che quelle orchidee potevano adornare il suo primo abito di grande sartoria. E le infilò nella cintura: come le fanciulle dei tempi lontani. Così, tutta vestita di bianco, le orchidee nella cintura, i capelli liberi e lucidi, lei si presentò alle tre sorelle. Due erano sedute su un divano di antilope color grigio-perla. Un'altra era seduta su uno sgabello stravagante, che aveva le gambette laccate di grigio e il sedile di antilope viola. E divano e sgabello erano così in disarmonia con le donne che loro stesse sentirono il bisogno di domandare a Coralla:

«Ti spiacerà, poi, venire tu nel nostro salotto? Uno ne ha lasciato a noi Dick. Adatto a noi, con vecchie cose...»

«Andiamo subito» sorrise la ragazza.

E tutt'e tre le donne furono in piedi e si avviarono in fila indiana. A chiudere la fila c'era Coralla. Una porta venne aperta e subito la fanciulla fu investita da un caro e quieto odore di erbe sincere: le sincere erbe dei prati di tutto il mondo dove timo, tiglio, maggiorana e menta crescono insieme e insieme danno all'umanità una memoria di cose pure, antiche, anche assonnite.

Disse Coralla guardando i vecchi mobili e le poltrone fonde coperte di damasco color amaranto:

«Anche qui...»

«Che cosa?» chiesero in coro le sorelle.

«Anche qui l'odore delle erbe che la mamma si portava in un sacchetto. Ricordo che il sacchetto cricchiava ché le erbe erano secche. Ma come io avevo male di capo o una linea di febbre, ecco le erbe secche uscire dal sacchettino, immergersi nell'acqua bollente, e nascere una tisana che alle prime mi faceva storcere la bocca ma poi mi quietava. Mi pare che qui, in un punto qualunque, sia celato uno dei sacchettini che mamma portava con sé...»

Non c'erano sacchettini. Glielo dissero. Era un'essenza antica antica che le sorelle spruzzavano, che un vecchio farmacista preparava. Ma era comunque qualche cosa che Coralla accettava volentieri. E le dava pace. C'era un divano semicircolare. Ci stavano in tre: due sorelle e nel mezzo Coralla. In una poltrona stava l'altra sorella e su tutte c'era quell'onesto odore di cose antiche.

«Ti piace il tuo appartamento?» chiese una delle donne.

«Tanto. Ma darò molto disturbo e...»

«E ci renderai felici del disturbo che darai.»

Cordialità sincera, affetto, tenerezza, anche ammirazione. E l'una diceva all'altra:

«Guarda che capelli! Vedi la carnagione... E capelli e carnagione non hanno trucco... Vedi le unghie. Pure e oneste come quelle dei neonati. Oh, come tu sei diversa da ogni altra ragazza, Coralla! E quale pace daresti ai nostri cuori se ti assumessi la responsabilità di prenderti cura del nostro Dick. Non gli puoi volere un poco di bene? Ci faresti tranquille. Di ogni altra donna noi abbiamo paura. Di te no. Perché tu sei come eravamo noi. Perché tu pure vieni da un mondo onesto e modesto dove c'erano appunto i cari profumi delle oneste erbe degli orti umili. Se Dick si innamorasse d'una donna diversa da te si rovinerebbe. Non può renderlo felice la grande diva esperta, maliziosa e calcolatrice. Per Dick, anima ingenua, ci vuole l'anima ingenua. Lo abbiamo cresciuto noi questo figliolo. E non importa, non importa se egli nel cinematografo è il grande amoroso. Nella vita è un fanciullo. Che vogliamo felice. A ogni costo.»

E le altre due sorelle, per fare eco a quella che aveva parlato, ripeterono insieme:

«A ogni costo...»

E Dick le trovò in pieno pigolìo. Parevano passere, le sue sorelle. Passere un poco spennate ma sempre agili nel volo. E sì liete in quel momento che Dick ne fu commosso. Prese posto a terra, ai piedi di Coralla dicendo:

«Nelle poltrone di questo museo non ci sto. Odorano di erbe aromatiche e io le erbe aromatiche le detesto.»

Seduto, le braccia attorno alle ginocchia rialzate, il sereno e ridente viso di ragazzo biondo rivolto a Coralla, egli continuò:

«Tu pensa a quanto sarà bella la nostra esistenza se tu resterai qui con le mie donne. Una vita meravigliosa, Coralla: e tu che non hai più la mamma ne avrai tre, di mamme: e tutt'e tre ti adoreranno.»

Rispose il quieto coro:

«Oh! Di quale amore sarà circondata Coralla!»

Atmosfera riposante, quieta, felice. Dove nulla pesava. Neppure il lusso era pesante ché Dick aveva saputo profondere il danaro velandolo di semplicità e di modernità. Una grande villa luminosissima dove al tramontare del sole si accendevano luci invisibili che tuttavia parevano ancora di sole. Una grande piscina azzurra, un grande giardino tutto verde e solo a tratti spennellato dei colori d'ogni fiore. Tutto filava nel più rigoroso ordine. E su tutto dominava il segno di mani e cervelli che sapevano bene organizzare e comandare.

Quella stessa sera del suo arrivo alla villa, Coralla Kroon poté capire quale immensa differenza esisteva tra là mentalità delle sorelle di Doricon e la mentalità della madre di Lauro.

Erano andate in una stanza che aveva una vetrata mobile affacciata sul giardino. I domestici avevano fatto scorrere la vetrata e il giardino penetrava apparentemente in quella stanza vasta dove i mobili d'ogni colore parevano aiole di differenti fiori. E guardandosi attorno, Coralla disse con molta semplicità:

«Non credevo che esistessero davvero tutte queste cose tanto belle... E guardandole io stupisco perché per troppo tempo io fui povera: molto povera...»

Sorrise. Tacque. E fu una delle sorelle che disse piano, suadente e affettuosa:

«Un giorno ci parlerai di te. Ci farai conoscere te piccina...»

Coralla chiuse le palpebre un istante, quasi a raccogliere pensieri e memorie. E poi cominciò:

«Coralla piccina... Un gattino che andava per il mondo in un paniere. Povera gente i miei genitori... Ma il commendatore Pace non vuole che io parli di ciò.»

«Il commendatore Pace» attaccò subito Dick «rappresenta il pubblico. Noi siamo la tua famiglia... A noi puoi dire di te ogni cosa. Anche perché noi sappiamo, Coralla, che ogni cosa di te si può dire. E si può accettare.»

«Si può accettare anche un fratello comico di rivista?»

Risero le sorelle, rise Dick. E Coralla capì che quella gente era fatta come lei: superiore ai pregiudizi, accettava il frutto buono e non andava a vedere se mai la pianta che aveva dato il frutto avesse tra foglia e foglia o tra ramo e ramo qualche bacherozzolo.

Ma quando Coralla parlò della sua mamma, della mite creatura che nella vita sapeva tacere e che sulle misere tavole d'un ben misero palcoscenico sapeva urlare le più drammatiche frasi, quando parlò di quella sua mamma le tre sorelle si commossero e Dick, devotamente, le baciò ambedue le mani.

E poi la fanciulla scivolò a dire dei suoi collegi e si soffermò su l'ultimo e ripeté la scena con la direttrice. Risero ancora, lietamente, le tre sorelle e Dick. Ma un'ombra apparve su le tre faccettine delle donne e sul bel viso del giovane allorché la giovanetta disse:

«Così, mi stabilii nella bella casa di Leto. E là, ancora una volta capii che molte persone sono cattive. Perché la nobile madre d'un giovane ufficiale di Marina mi dimostrò subito la sua antipatia...»

Nessuno dei quattro si occupò della nobile madre: ma

tutt'e quattro domandarono come fosse il giovane ufficiale di Marina e come si chiamasse.

«Si chiama Lauro Luis... È bello. E porta bene la sua divisa.»

E fu Dick, presago, che domandò:

«Ti ha corteggiata?»

Avvampò, Coralla. E rispose, chiudendo le palpebre:

«Un poco. Ma egli è fidanzato a una mia compagna di collegio: la contessina Amelì Della Valle. E capite bene che un ufficiale fidanzato a una contessina non può certo dedicarsi per tutta la vita a Coralla Kroon.»

«Perché?» domandò con voce irritata Doricon. «Perché? Io credo di valere almeno quanto quell'ufficiale. E sono pronto a dedicare a te, Coralla, tutta la mia vita...»

Con dolcezza lei rispose:

«Lo so che qui non esistono pregiudizi sciocchi... Lo so che qui mi si vorrà bene per il mio passato malinconico. Ciò che per i Luis era fattore contrario, qui sarà posto a mio vantaggio...»

Tre testoline annuirono. Dick Doricon le baciò ancora la mano.

E più tardi Coralla Kroon si coricò nella pace di una camera ampia, chiara, elegante: dove ogni cosa aveva odore di erbe nuove, dove, per finestre ampie, entrava il cielo. E come ebbe spenta la luce, Coralla si accorse che le persiane non erano state calate: poggiata su un fianco, guardò la notte che premeva contro i grandi cristalli: e le parve che le stelle, piano piano, si attaccassero ai vetri. Erano così vicine, quelle stelle, così nitide e pure che parevano tangibili, anche se a esse si collegavano pensieri. Lauro... Amelì... Le rampogne della madre di Lauro... E quel "perché" giunto di lontano e che Lauro aveva scritto e poi unito a una rivista...

Nella visione di quelle stelle appoggiate ai vetri, nel pensiero di tutto ciò che le gravava sul cuore, la giovinezza di Coralla trovò ugualmente sonno. E si destò per una invasione di sole, di colore, di riverberi. Balzò dal letto, tutti i riverberi le furono attorno, irrequieti, volubili, scintillanti. Spalancò la grande finestra, salì a lei il vivido riverberare della piscina. E con quell'abbraccio di luce e di colori, ecco la voce di Doricon:

«Scendi, bella.»

Egli era là sul trampolino, non aveva che un paio di slip assai ridotti: una spennellata di nero sul corpo abbronzato, mondo, saldo, alto.

«Ti ho preparato un costume di bagno... Ora lo mando in camera...»

Ebbe il costume: breve ma a un sol pezzo. Di lana ma color dell'oro. Lo infilò, si affacciò, gridò a Dick che nuotava lentamente con bracciate di gran scuola:

«Tra poco verrò ad affogare...»

Ed era bella, Coralla Kroon, nel succinto e pur casto indumento color dell'oro. Diritta e salda, con la pelle patinata d'oro. Con una levigatezza palese anche all'occhio. Emerse il giovane, l'acciuffò, la trascinò. S'accorse che lei era inesperta, la guidò dove l'acqua era bassa: sentì che la fanciulla rideva, d'una risata trepida, dove affiorava un poco di paura.

«Ti manca l'allenamento, Coralla. Sono certo che vinta la paura diventerai una nuotatrice abilissima.»

La sostenne ancora. E lei si affidò. Il braccio virile le fu attorno al corpo.

«Coralla... Quanto sei bella, Coralla!»

I capelli di lei si bagnavano, perdevano la loro soffice grazia, ma si facevano più lunghi. Indifferente lei concedeva ai suoi capelli ogni libertà. E l'acqua la tentava.

«Su, coraggio!» egli incitò.

L'acqua era tranquillissima. E la fanciulla vi si allungò fiduciosa. Ma subito cominciò ad affrettarsi, ad affannarsi. Il giovane disse, tentando di rendere lieta la sua voce:

«Ah, perbacco! Non l'ha detto il tuo ufficiale di Marina che non ti devi affannare così nell'acqua?»

La sosteneva portandola verso terra.

L'aiutò a risalire la proda che tuttavia era facile è sapientemente costruita. La fece allungare presso di sé sulla spiaggetta dove la rena era fine, pulita, asciutta. Dove un ombrellone giallo e un divanino a dondolo davano l'illusione d'una spiaggia autentica e in miniatura.

Bocconi su la rena, egli chiese a lei che gli stava a lato:
«Pensi molto a lui?»
Restando bocconi, appena sollevato il viso, ella rispose:
«Vorrei non parlare di lui...»
E subito capì d'aver dato una risposta pericolosa. Gli occhi straordinariamente azzurri del giovane s'erano fatti pensosi e se non v'era in essi ostilità, pure non rivelavano più quella dolcezza e quella gioia di vivere che solitamente li rendevano splendenti.
«Se non l'ami, se quell'ufficiale non è cosa alcuna per te, puoi ben parlare di lui.»
Decisamente, Coralla ribatté:
«Non è possibile cambiare argomento?»
Il giovane tacque. Ma da quell'istante egli fu certo che Lauro Luis era nel cuore di Coralla. Tuttavia seppe essere gaio, e tranquillo. Ma quando Coralla risalì nella sua camera per prepararsi a partire verso gli stabilimenti di posa, Dick telefonò a Pace e gli disse:
«Bisogna che io la veda e le parli senza che Coralla sia presente.»
Un'ora dopo, mentre Coralla era affidata alle mani del truccatore, Pace entrava nel camerino di Doricon. E questi, senza esitazione alcuna, attaccò:
«Che cosa rappresenta il tenente di vascello Lauro Luis per Coralla?»
Prima di rispondere, Pace pensò:
«Stupida come tutte le donne innamorate... Che bisogno aveva di accennare a Luis? Che ha combinato quell'ochetta dalle penne preziose?»
Ma a Dick rispose:
«Credo che Lauro Luis rappresenti, per Coralla, il primo amore.»
«Ah...»
«Ma intendiamoci... Primo amore tuttavia castissimo. Prima illusione e prima delusione. Lauro Luis è fidanzato a una fanciulla della più alta aristocrazia milanese. E questo fidanzamento, stabilito dalle famiglie, non andrà certo all'aria per colpa di Coralla Kroon.»

«Come può esserne certo, lei? Coralla può mutare il corso di un fiume, se vuole. Io fino a poche settimane or sono ero certo di morire scapolo. Mi bastò vedere Coralla per desiderare di esserle marito...»

«E lo sarà!» scattò Pace. «Basta stringere i tempi.»

«Non capisco...»

«La sposi subito...»

«Lo farei. Ma se Coralla non vuole?»

E Pace, subdolo e perfido:

«Oh, Dio mio! Un Doricon non vorrà che gli insegni io il mezzo per arrivare presto alla mèta. Un bel ragazzo come lei, un artista come lei, deve ottenere tutto ciò che vuole. È anche un fare onore alla sua firma, Dick! Una sconfitta per lei! Non lo ammetto neppure...»

Oramai Pace andava per un'unica strada. Egli aveva perfettamente capito che la coppia Coralla Kroon-Dick Doricon avrebbe fatto scalpore e procurato guadagni, enormi. A qualunque costo quindi la coppia doveva restare unita.

Riprese Pace:

«Non deve poi dimenticare che andremo in Italia. E che ci sarà facile, arrivati là, creare un incontro con Lauro Luis. Penso che il suscettibile tenente non resterà troppo attorno a Coralla se vedrà che accanto alla fanciulla c'è un Doricon. Credo che Lauro Luis abbia già guardato con occhio per nulla tranquillo certe riviste dove il bellissimo Doricon appare a lato di Coralla. Indubbiamente qualcuno gli avrà fatto avere le riviste... C'è sempre sulla nostra strada un amico pronto a informarci delle cose che possono darci un dispiacere...»

Sorrise, e Dick lo guardò.

«Perché non mi ha parlato mai di questo ufficiale, Pace?»

«Perché non gli ho mai dato una grande importanza.»

«Ma ora lei sa che io voglio sposare Coralla. E sa che se non riuscirò a sposarla manderò all'aria il mio contratto. Non si parlerà di penali quando si saprà che sono malato. Perché Dick Doricon si ammalerà se non potrà sposare Coralla Kroon.»

Pace stava in piedi: aveva le mani dietro la schiena e le

dita intrecciate. Serrò forte le dita l'una all'altra allorché il giovane ebbe pronunciate quelle parole. Le attendeva. Le temeva. Sapeva che i tipi come Dick Doricon che possono scivolare pacificamente tra le fiamme, ardono e si consumano se appare *quella* fiamma: quella che li attende sulla loro via e che da sola distruggerà come non avranno fatto cento e cento altre fiamme. La fiamma pericolosa era apparsa: si chiamava Coralla Kroon e Pace sapeva di dover lottare per renderla amica; per far sì che il giovane potesse affrontarla senza esserne incenerito.

Lentamente Doricon si preparò per la posa: il truccatore si occupò di lui. E poco dopo egli raggiungeva Coralla.

Ora di lavoro. E poi ancora una volta la lieta pace della bella villa Doricon.

Poi, una mattina, Pace telefonò a Coralla:

«C'è una scrittura per suo fratello, Coralla. Un contratto ottimo che lo impegnerà con noi per un anno. Dopo, si vedrà...»

Neppure per un istante Coralla pensò che l'impegno di Leto l'avrebbe costretto almeno per un altro anno in America. Ella pensò unicamente al vantaggio morale che poteva venire al fratello e a lei per quella scrittura. E il suo dolce cuore innamorato riposò in una speranza:

"Che dirà donna Luis? Chiamerà ancora comico da strapazzo Leto Kroon scritturato da una delle più importanti case americane?"

Con gioia lei ringraziò Pace. Né la sua gioia diminuì allorché l'uomo le disse:

«Nessuna risposta ancora per lei, Coralla. Nessuna risposta dall'Italia...»

Conciliante e ottimista, ella mormorò:

«Non importa, commendatore. Quando torneremo in Italia troverò modo di parlare io con Lauro Luis... E capirà molte cose...»

Di là dal filo, tranquilla e irridente, la voce di Pace le rimandò una frase:

«E se quel signore non dovesse capire cosa alcuna? Mi pare cocciuto...»

«Capirà... Capirà...» ripeté Coralla.

E come ebbe posato il microfono scese alla piscina dove Dick l'attendeva. E gli annunciò la scrittura di Leto. Vide passare sulle labbra del giovane un tenue sorriso. Lo interpretò a modo suo e domandò:

«Non credi che Leto possa riuscire molto bene?»

«Indubbiamente...» rispose il giovane. «Riuscirà. Solo mi spiace di non poter essere qui a dargli qualche consiglio. Non ti ha detto Pace che si partirà prestissimo?»

Lo guardò attonita. Ma ancora una volta non pensò che qualcuno dal sorriso torbido e dalle mani sicure dipanasse il suo destino. Pensò all'Italia. Null'altro. Perché l'Italia era Lauro Luis e tutto si completava in quel nome.

Giorni. Sfilare rapido di ore.

E poi un abito a grandi quadri bianchi e neri, un cappotto bianco foderato a quadri bianchi e neri. Un berrettino di antilope bianca adorno d'uno scarabeo di onice. Un aeroporto che pareva limitato solo dall'orizzonte. Dick Doricon elegante e felice. Pace esultante e in disparte. E un lampeggiare di fotografie. E ogni fotografia impressionava Dick e Coralla. La più bella coppia dello schermo americano. Un giornalista, salutandoli, gridò:

«Non sposatevi in Italia. Serbate a noi la gioia di fotografare Coralla Kroon in abito nuziale.»

E Coralla, scontenta:

«Ma è una fissazione...»

Pace leggeva, il jumbo andava sicuro per l'infinita strada del cielo. Dick teneva nella sua una mano di Coralla e una hostess bionda si incantava a guardare l'attore del quale forse aveva, almeno per una notte, conservato l'imagine sotto il guanciale.

A Milano trovarono in un grande e moderno albergo due appartamenti pronti a riceverli. Pace alloggiò nella sua lussuosa casa. Invano Coralla tentò di restare nell'appartamento di Leto. Pace si oppose definendo ridicolo il suo desiderio. E subito, l'indomani del loro arrivo, una piccola folla si piazzò davanti all'albergo. Se Coralla Kroon destava curiosità, Dick Doricon destava scalpore. Noto, ammirato e amato, il bravo e bellissimo attore non poteva sfuggire all'interesse del pubblico. E Doricon, che non amava esibirsi, parve per la prima volta pronto a farsi ritrarre. Purché con lui fosse Coralla Kroon.

A Milano uscirono giornali e settimanali con la celebre coppia. E sempre Coralla era vicinissima a Dick e sempre o quasi Dick la serrava a sé, con quel suo atto affettuoso di cingerla alle spalle.

«A quando le nozze?» chiese il giornalista armato di matita e quadernetto.

«Ma non parlate di nozze!» scattò Coralla.

E subito Pace che le era alle spalle:

«Non parlate di nozze mentre siamo in piena lavorazione. Ora si lavora. Terminato questo primo film...»

Pace non aggiunse altra parola. Ma il giornalista scrisse:

"Terminato questo film Coralla Kroon e Dick Doricon si sposeranno. Se ora i due giovani formano la più bella coppia di fidanzati, indubbiamente il giorno delle nozze formeranno la più bella coppia di sposi..."

E poi la corsa verso Castelguelfo. Via Emilia. Stretto era il cuore di Coralla Kroon e serrate le sue labbra. Con Lauro Luis lei aveva percorso parte di quella via. E non importava nulla se giunta a Tabiano aveva dovuto patire per la cattiveria di Amelì e di sua madre. Non importava nulla. Restava in lei, dolce e profonda, la memoria di quella corsa a lato di Lauro. Restava in lei la memoria delle parole che egli le aveva detto e che per lei rappresentavano ancora, malgrado tutto, il sogno.

Ma la vettura non entrò per la strada di Salsomaggiore. Proseguì. Il sogno era alle spalle, oramai. E chi sa mai dove era Lauro Luis.

Disse a un tratto Pace:

«Ecco Castelguelfo...»

Massiccio e color rosso cupo, il gran castello si offriva di lato contrastando per colore con la ricchissima flora alta e antica.

«Bello» mormorò Dick Doricon. «Mi piace.»

I proprietari del castello avevano lasciato ampia facoltà di girare il film nei cortili, nei loggiati, negli angoli più romantici di quell'antica costruzione. Scartati gli interni che non offrivano spunti per inquadrature, Pace aveva pensato di attenersi al piccolo cortile con il pozzo antico e anche alla parte del podere di Casa Nova, dove c'era, e non stonava, un'aia vastissima e moderna.

Scesi dalla vettura, attesero alcun tempo le macchine con gli operai, i tecnici e il regista. Un piccolo mondo cinematografico che doveva giungere e che, al parere di Pace, tardava anche troppo.

Coralla Kroon era distratta. Dick nervoso. Fra i due, era palese, c'era un'ombra. E se Dick non sapeva dare un nome a quest'ombra ben lo sapeva, quel nome, il commendatore Pace.

«Non capisco l'enorme ritardo...» mormorò Pace.

Non era uso ad attendere e una irritazione palese si rivelava nel suo viso e nei chiarissimi occhi. Disse:

«Non si può restare qui, nella strada. Che ci sarà dove sorge quel gran cancello? Alla fine, là ci deve essere una comunicazione con il parco del castello...»

Si avviò. Il cancello era spalancato. C'era un cortile rustico, un capannone in muratura. Il capannone aveva un portale spalancato e in una stanza erano sedute donne con grandi canestri posati davanti a loro. Le donne erano di ogni età e quasi tutte erano in tuta blu. Rapidamente e attentamente le donne sceglievano le verdure buttando i rifiuti in un gran mucchio, mettendo la verdura scelta nei canestri. Verso quelle donne Pace si avviò e giunto sulla soglia del capannone domandò:

«Non si può entrare nel parco? Noi abbiamo il permesso per girare alcune scene di un film, ma tutto è chiuso. Né so se le chiavi il proprietario le abbia consegnate a qualcuno che abiti qui o le abbia il nostro regista. Di chi è questo rustico?»

Tranquilla, una bella ragazzona rispose:

«Questo rustico è dei proprietari del castello, ma l'ha in affitto il signor Antelmi, il fattore.»

E il signor Antelmi, che faceva coltivare una immensa

distesa di terreno e aveva un poco l'aria di un commendatore bonario e nuovo di zecca, apparve. Mani nelle tasche, cappello in testa, domandò:

«Vogliono entrare nel parco? I proprietari mi hanno autorizzato a concedere l'accesso...»

E poi, sempre mani nelle tasche e sguardo tranquillo:

«Possiamo vedere come si fa?»

Pace, che già si preparava a una reazione per la leggera burbanza dell'uomo, si placò subito. Ficcò a sua volta le mani nelle tasche dei calzoni e rispose:

«Se le fa piacere... Purché stia lontano.»

Allora, a una a una le donne uscirono dal capannone. E con loro uscì odore di basilico, di sedano, di cipolle, di aglio, di tutte quelle verdure grate e ingrate all'olfatto che erano dentro il capanno. E le donne dichiararono:

«Veniamo anche noi...»

«Ma c'è tempo» esclamò Pace. «Prima che siano giunti gli operatori e si abbia preparato ogni cosa...»

Ma le donne erano là, curiose. E gli occhi di tutte erano fissi a Dick Doricon.

Tranquillo, alto, elegante, egli s'era seduto su un panchetto: e fumava guardando Coralla che accosciata osservava i pulcini chiusi in un recinto rustico. Coralla aveva un abito americano: tela verde, qualche striscia bianca buttata a caso nella stoffa e sul petto, pure stampate nella stoffa, chiare margherite dal cuore d'oro. Un mazzolino che di lontano poteva davvero sembrare appuntato e invece vi era tessuto. E Dick Doricon portava calzoni blu, una camicia bianca a righe blu, una cravatta di piccato bianco a minutissime strisce blu.

«Vorrebbero becchime» osservò Coralla volgendosi a Dick e indicando i pulcini d'oro che stavano tutti con il becco presso la rete metallica.

«Fattene dare» ribatté subito Dick. «Se questo ti diverte non so perché non debba concederti il divertimento.»

E subito, alzandosi e avvicinandosi ad Antelmi:

«Mi faccia dare qualche cosa per i pulcini.»

«Hanno già mangiato...» osservò l'uomo.

«Ma non importa» scattò Dick. «La signorina vuole vederli mangiare e non si può negarle questa cortesia.»

«Potranno fare indigestione e morire» mormorò Antelmi in verità poco convinto.

«Mi spiace per i pulcini» disse ancora il giovane «ma lei avrà il risarcimento di ogni danno. Sono pronto a pagare molto bene ogni pulcino che morirà.»

«Ma non morirà neppur un pulcino» assicurò Pace.

E ad Antelmi:

«Faccia portare qualche cosa per quelle bestiole.»

Portarono un pastoncino che doveva già essere pronto. E Coralla, con un'asticella, introdusse nella rete, a piccole dosi, quell'impasto, lieta di vedere i pulcini soffici accorrere e pigliarsi il cibo. Furono presto satolli. E si allontanarono dalla rete ammucchiandosi l'uno su l'altro, componendo un gran piumino da cipria.

La povera esistenza di Coralla Kroon non aveva mai avuto modo di trascorrere nella campagna. Noti erano alla fanciulla gli odori delle vecchie tavole del palcoscenico, noto a lei illimitato orizzonte di scenari malamente dipinti. La vita della campagna le era totalmente nuova e perciò le appariva colma di fascino. A lei, che s'era levata e pareva in attesa di qualche cosa, Antelmi domandò:

«Ha mai veduto una coltivazione di fragole?»

«Oh, no!» ella rispose.

«Venga. Io coltivo fragole di ogni specie. Qui lei troverà le piccolissime e profumate fragole di bosco e le enormi fragole da bella vista. Ne ho alcune grosse come mele: ma, dico, mele grosse... Venga.»

In disparte, in fila, raggruppate tuttavia, le ragazze pispigliavano tra loro. E se a tratti i loro sguardi andavano a Coralla, quasi costantemente le pupille incantate erano su Doricon. Coralla Kroon non le sorprendeva. Era giovanissima, con il volto pulito, con un abito semplice, con i capelli liberi e di colore per nulla eccezionale. Coralla era come loro o quasi. Non le affascinava, non le interessava, quasi non le attirava. Ma Dick...

Mormorò la più giovane delle ragazze:

«Se mi firmasse una fotografia... Io l'ho, una fotografia. L'ho ritagliata da una rivista... E di notte, lo sogno, io, quell'uomo.... E va a finire che il mio ragazzo mi regalerà quattro schiaffi. Già me li ha promessi...»

Ma Dick Doricon s'era avvicinato a Coralla: le aveva passato un braccio attorno alle spalle, chiedendo:

«Che fai? Dove ti avvii?»

«A vedere la coltivazione delle fragole...»

Niente. Una folata di vento, repentina, brutale, fredda, sconvolse il piccolo mondo odoroso di basilico e di erbe sane.

«Temporale!» gridò Antelmi. «Lo sapevo... Ragazze, a raccogliere fragole, più presto che si può e quanto si può...»

E lui, Antelmi, buttò la giacca dentro il capanno, si mise un sacco sulle spalle, si avviò alla testa del plotoncino in tuta.

Piano piano, senza avvedersene, Coralla Kroon li seguì. E dietro di lei, misurando il passo su quello di lei, si avviò Doricon. Giunsero così dove la campagna coltivata a fragole si perdeva in una lontananza limitata da l'orizzonte. Di tra le pianticelle basse si rivelavano i cuoricini rossi delle fragole piccine o le ridenti pomposità delle fragole enormi. Un profumo straordinariamente fresco e piacevole, misto a odore di terra bagnata, saliva alle narici. E quando le ragazze in tuta si curvarono per spiccare i frutti dalle pianticelle, s'udì in lontananza il rombo cupo del tuono. Istintivamente Coralla alzò il capo. C'era ancora sereno su l'immensa distesa coltivata. Ma come se avesse captato il suo pensiero Antelmi, da curvo come era, sentenziò:

«Mezz'ora... E vedrà che uragano... Svelte, donne!»

«Aiuto anch'io?» domandò Coralla Kroon.

«Sa fare?» domandò Antelmi. «Non c'è pericolo che strappi anche la pianta?»

«Spero di no. Mi insegni.»

Le insegnò, burbero e ridente a un tempo. Una ragazza passò a Coralla un paniere e la giovanissima attrice cominciò a spiccare fragole dalle piantine. Ma dopo alcuni minuti, rossa e un poco sudata dichiarò:

«Non ne posso più...»

Nel panierino aveva alcune fragole odorose e piccolissime asciutte così che lasciandole cadere l'una su l'altra pareva risonassero come nacchere minuscole.

«Quelle gliele regalo» disse Antelmi.

In quel momento, dal cielo che aveva ancora larghe zone di azzurro, cominciarono a cadere gocciole rade, grosse, fredde e rumorose.

Doricon domandò, preoccupato:

«Dove si può andare? La signorina non si deve bagnare.»

«Vadano nella mia casa. È alla sinistra del capannone, per chi arriva dalla strada.»

Dick Doricon afferrò la mano di Coralla e trascinò la fanciulla. Ben presto questa assecondò la corsa: e gioiosamente, offrendo alle grosse gocciole il viso, galoppò a lato del giovane.

Giunsero ansimanti e bagnati davanti alla casa di Antelmi. Dal pianterreno si entrava in uno stanzone con il piantito di pietra. E lo stanzone era colmo di panieri, canestri e ceste. In un angolo buio c'era una cassetta di legno: e di là giunse ai due giovani il bagliore di due occhi: quelli di una gatta che stava adagiata offrendo il ventre ai suoi micini. Si avvicinò subito, Coralla, alla cassetta, si accosciò, tese la mano per accarezzare la bestiola. Docile e affettuosa la gatta accettò la carezza. E Coralla, sollevando il capo e volgendosi a Dick che in piedi le stava alle spalle, disse piano:

«Belli, vero?»

«Belli, sì...»

Faceva le fusa la gatta, annaspavano sul suo ventre due micetti bianchi, neri e gialli.

«Quando avrò una casa» mormorò Coralla «mi terrò una gatta e dei micini.»

Coralla si alzò. Istintivamente appoggiò la spalla alla spalla del giovane; insieme guardarono la fiduciosa gatta e i suoi placidi micini.

Scrosciava la pioggia e lampeggiava. Il rimbombare dei tuoni era assai prossimo oramai e spennellate azzurre nel cielo non ve ne erano più. Su la bella e grassa campagna si spiattiva il cielo grigio, saturo di acqua, gonfio di nubi nere, carico di elettricità.

Con un sacco in testa apparve Pace. Che scaraventò a terra il sacco e trattenendo a fatica qualche imprecazione dichiarò:

«Non mi sono mai sentito l'animo dell'omicida, ma oggi capisco un gesto di furia. Se avessi sottomano tutta la carovana, la schianterei. Dove saranno finiti, quegli idioti?»

«Forse» osservò Coralla «forse il temporale prima di arrivare qui ha sorpreso tutti gli altri per la strada, allora bisogna aspettare, prima di diventare cattivi, commendatore.»

L'altro la guardò sbalordito e poi commentò con una risata:

«Ma che giudizioso donnino!»

E quasi a confermare il senno di Coralla, un grosso autocarro si fermò davanti al cancello: un giovanotto in tuta sfidò la pioggia, avanzò gridando:

«Sono qui tutti quelli del film?»

Si fece sulla soglia Pace, ebbe dal giovane un biglietto e alcune spiegazioni:

«Le macchine sono ferme, il rimorchio di un camion s'è rovesciato, ha urtato una delle vetture. Nessun ferito, qualche danno alla vettura del regista. Per di più la strada è ostruita...»

Pace diede una buona mancia al giovane. E come questi se ne fu andato domandò:

«Che cosa si fa?»

Antelmi, tranquillo sotto la pioggia, parlava con l'autista del grosso camion. Evidentemente voleva essere al corrente di quanto avveniva attorno a lui e in quello stranissimo mondo nel quale, un poco orgoglioso, un poco preoccupato, era venuto a trovarsi. E come l'autocarro se ne fu andato, Antelmi si avvicinò a Coralla, Dick e Pace e giunse proprio mentre quest'ultimo chiedeva:

«Che cosa si fa?»

«Si fa quello che dico io!» impose fieramente Antelmi. «Si sta qui, miei ospiti. E quando gli altri arrivano trovano posto anche loro. Le camere non sono belle ma pulite: c'è il telefono, perché io ho il mio commercio e quindi devo avere naturalmente il telefono. E questa sera si fa un pranzo all'emiliana e quando andate laggiù direte che Antelmi è stato felice di alloggiarvi.»

E intanto, a un ragazzotto, ordinò il lambrusco e il salame. Quello stanzone colmo di ceste, panieri e canestri immetteva in una grande cucina nel mezzo della quale c'era una stufa enorme sulla quale in un paniere di vetrici c'erano tante fragole.

«Sono quelle che non si possono spedire perché troppo mature» spiegò Antelmi. «Ma prima è meglio mangiare pane, salame e bere lambrusco.»

Una tavola di noce massiccio, lucida, portava tanti cerchi a testimoniare i bicchieri che vi erano stati posati. Il lambrusco si era portato via il lucido. Seggiole di Vienna e, da un lato, una scrivanietta tutta ricca di bronzi e stranamente contrastante con la casa e i mobili che in essa vi erano. Sulla scrivanietta il telefono. Un angolo moderno, d'un gusto assai discutibile, ma che rivelava in Antelmi un uomo d'affari e lieto di sbrigare gli affari. Sul telefono, mentre Pace sorseggiava appena appena il lambrusco, mentre Dick piluccava le fragole, Coralla puntò lo sguardo. E piano piano, lei inconsapevole, le salì dall'anima un desiderio immenso, inspiegabile, quasi folle. Parlare con qualcuno che fosse nella sua casa di Milano, o almeno vicino alla sua casa.

«Chi sa» ella mormorò «se Leto ha telegrafato...»

«Quando torneremo a Milano lo saprà, Coralla» osservò Pace.

«Ma io gli avevo detto di telegrafare a casa. Nella nostra casa.»

Pace e Dick la guardarono, sorpresi. E la ragazza, un poco affannata, un poco smarrita, rispose a quegli sguardi:

«Fino all'ultimo avevo sperato di poter alloggiare nella mia casa. E allora...»

Conciliante, Pace osservò:

«E allora, quando ne avrà voglia, telefonerà a Milano, alla custode della sua casa e domanderà se ci sono telegrammi per lei. Va bene?»

Coralla tacque. E Pace riprese:

«Ammesso che lei non possa attendere fino a questa sera o a domani.»

Intervenne Dick:

«Sarebbe tanto semplice se Coralla telefonasse ora. Sarebbe un modo di far passare il tempo... Lo ricordi il numero telefonico, Coralla?»

Lei affermò. E compose il numero della custode.

Pace guardava Coralla e la vedeva assente e distaccata da tutto. Vedeva, soprattutto, le mani di lei, irrequiete.

«Ma che cosa c'è? Che cosa le sta accadendo?»

Gli uomini udirono Coralla che diceva:

«Sono Coralla Kroon, signora... Grazie, sì, mi farò vedere. Oh, importante! Lei è molto gentile... Parleremo, parleremo, sì... Ora mi dica: è arrivato un telegramma per me? Non ancora... Allora lo troverò all'albergo... Ah, come dice? Telegramma ne sono arrivati oggi, ma nessuno per me... Tutti per...»

Ascoltò, attenta. Pallidissima. Alla fine mormorò:

«Grazie.»

E cadde sulla seggiola che era prossima alla scrivania.

«Che c'è?» domandò Pace.

«Nulla» rispose. «Caldo. Questo temporale ha portato una grande afa.»

Senza dire parola alcuna si levò, andò verso lo stanzone magazzino, di là sulla soglia, verso l'orto. Appoggiò una spalla allo stipite di pietra. Sentì il braccio di Doricon attorno alle sue spalle:

«Ti spiace che Leto non abbia telegrafato?»

«Sì...»

Due lacrime le scesero, repentinamente, sulle guance.

«Cara! Possiamo, appena a Milano, telefonargli...»

Lei scosse il capo.

«Ma no! Io esagero tutto. Troppe cose attorno a me e forse la malinconica gioia di ritrovarmi tra cose note. Ma non bisogna badare a me. Si tratta di sciocchezze facilmente superabili.»

E con tanta dolcezza, con il tono di chi implora comprensione e perdono, ella mormorò appoggiando il capo alla spalla del giovane:

«Bisogna compatirmi...»

«Bisogna capirti» mormorò il giovane, serrandola con amore contro il fianco. «E io credo di capirti, Coralla... Ma spostati, cara. L'acqua è forte, giunge fino a noi.»

Rientrarono. C'era Pace che andava su e giù, preoccupato e non per l'incidente avvenuto alle macchine e alla carovana. E come i due apparvero nella grande cucina, Pace fissò immediatamente Coralla.

«Non è necessario mettere insieme una preoccupazione assurda, Coralla. Se Leto non ha telegrafato a casa avrà telegrafato all'albergo. E se anche là non sarà giunto nulla, significa che Leto, sapendola in ottime e oneste mani, si ritiene tranquillo... Su, andiamo a vedere i gattini. Lei, Dick, si metta presso il telefono: chi sa che quella masnada non telefoni qualche cosa... Qui bisogna che io faccia un poco da babbino a Coralla...»

La guidò decisamente verso lo stanzone magazzino. La spinse verso la cassetta dove era la gatta.

Ma subito, disse a Coralla:

«Bisogna essere sinceri, Coralla. Che succede?»

E la ragazza:

«Oggi Lauro Luis e Amelì Della Valle si fidanzano ufficialmente. C'è un grande festeggiamento questa sera nella casa dello sposo. Ci sarà un grande festeggiamento domani nella villa della sposa...»

E sottovoce, come se fosse la eco di se stessa, ripeté:

«Oggi Lauro Luis e Amelì Della Valle si scambiano l'anello di fidanzamento.»

«Dio sia lodato!» scattò Pace. «Dio sia in eterno lodato! Almeno si metterà il cuore in pace, almeno sarà certa che Lauro Luis non pensa a lei e non ha mai avuto altro sogno che quello di sposare Amelì... E in definitiva, Coralla, è quasi logico che un blasone si unisca a un blasone...»

«Ma Lauro aveva detto che se fossi diventata celebre, se mi fossi fatta un nome, mi avrebbe sposata...»

«Aveva detto!» irrise Pace. «E un conto è dire, cara. Un

conto è fare. Si dice che si sposerà l'artista celebre e invece si sposa la contessina per nulla celebre... Tante cose si dicono, cara! Il dire non costa nulla neppure a un giovane e bell'ufficiale di Marina che si chiama Lauro Luis.»

Tacque, sommesso riprese:

«La sua fortuna è con Dick. Tutto il mondo parlerà del suo matrimonio con lui. E la vita accanto a Doricon sarà bella. La sua celebrità non le avrebbe impedito di essere nella casa di Luis un pulcino nero. Mi creda, Coralla. A me che può importare, alla fine, che diventi moglie di Luis o di Doricon? Doverosamente io ho soltanto l'obbligo di farle intendere che la sua felicità non è qui. È laggiù. E se non sarà più attrice, sarà ugualmente contenta con Dick. Glielo dice il vecchio Pace. Che ha molta esperienza.»

Coralla Kroon guardava i gattini. Dormivano. E la madre, adagiata su un fianco, sonnecchiava pronta a riaprire le dorate pupille solo che un rumore insolito le giungesse.

«Piove sempre e forte» disse Pace ad alta voce.

Sulla soglia era apparso Dick.

«Sempre in contemplazione dei gattini, Coralla?»

«Bisognerà ottenere di portarne uno laggiù!» dichiarò Pace. «Evidentemente uno di questi micini è destinato alla celebrità.»

Non lampeggiava più, s'era taciuto oramai il rombare del tuono. Ma la pioggia era sempre a scroscio e ogni cosa s'appiattiva sotto quello schiaffeggiare liquido, insistente, brutale.

«Giornata perduta» mormorò Pace. «E oramai non ci resta che attendere il bel tempo e andarcene. Torneremo domani o quantomeno allorché il tempo si sarà fatto migliore. Troveremo il resto della compagnia cammin facendo.»

Coralla Kroon si sentì morire. Le pareva, di dover trovare Milano in festa per il fidanzamento di Lauro Luis con Amelì Della Valle. Le pareva che, giungendo nella grande città lombarda, dovesse andare incontro a lei la eco festosa della cerimonia che avveniva nella casa di Lauro. E vagamente, anche se assurdamente, lei sentiva che là, nella rustica casa affacciata su una distesa di fragole, il dolore dovesse colpirla meno. Tra la gioia di Lauro e Amelì e il grande dolore che lei aveva nel cuore, c'era pur sempre tutta quella strada, c'erano le distese di prati, le occhieggianti fragole. E c'era quel massiccio Castelguelfo, che pareva un baluardo insuperabile posto a difendere la gente e i dolori della gente.

Disse a Pace:

«Io resto qui. Se non disturbo vorrei non spostarmi.»

Capì subito, Pace, troppo esperto e troppo navigato per non acciuffare a volo anche il significato delle mezze parole. E andò a parlare con Antelmi che mise a disposizione di Coralla una camera.

Dick apparve sconvolto per l'idea di Coralla, ma Pace lo tranquillizzò dicendogli molte cose e fra queste che la fanciulla era stanca e anche emozionata per quel ritorno in patria e anche preoccupata per girare, in patria, scene importanti. E forse anche affascinata da quel luogo per lei totalmente nuovo.

«Ma non ha osservato, Dick, come era incantata davanti alla cassetta con la gatta e i gattini? Coralla vede oggi con i suoi occhi di donna ciò che i suoi occhi di bambina non hanno mai potuto vedere. La lasci qui. Una notte fra tante cose umili e buone le farà bene.»

Dick se ne andò scontento. Coralla Kroon fu sola nella casa del fattore. E poco lontano vegliava su di lei la massiccia mole d'un grosso castello.

Quasi improvvisamente la pioggia finì. Coralla infilò il soprabito verde a risvolti di camoscio bianco che aveva portato dall'America e rappresentava una eleganza stupenda ma anche sbrigativa, e uscì all'aperto. Capelli all'omero, mani nelle tasche, passo sicuro su la ghiaia ancora bagnata, ella se ne andò. Di lontano, scaraventando una cesta sulle altre, qualcuno le gridò:

«A sinistra c'è il laghetto.»

A sinistra. Alberi. Un torrente gonfio anche se torrente in miniatura. Un salice piangente su un ponticello che scavalcava il torrente. E poi un viale un poco disordinato e alberi, alberi, alberi. E ancora il torrente che riappariva: e un salice piangente che si inchinava a salutare il passaggio dell'acqua lieta. E un vialetto e alberi maestosi e alberi piccolini posti a rinnovare i vecchi che se ne erano andati. E alla fine l'apparire del lago, piccolo, volubile alle sponde, chiarissimo, quasi argenteo. L'erba era bagnata, intrisa. Dalle fronde cadevano senza posa le ultime lacrime del cielo. Le rondini volavano basse, e tutto sarebbe stato nel più fondo silenzio se quel costante cadere di gocce dai rami non avesse sincopato d'un picchiettare preciso e chiaro la pace di quell'ora sopraggiunta dopo la tempesta.

Coralla Kroon si fermò in un punto dove la sua figura si rifletteva, tremula, nell'acqua. E subito, da quello specchio silente, salì a lei una tremenda sensazione di solitudine. Immenso le pareva lo specchio d'acqua; e lei sola in quella immensità. Sola. Alberi gocciolanti alle spalle. E una figuretta disegnata su l'acqua e niente più.

Quasi a rendere più pesante la sua ora, ecco la visione di casa Luis. Sorrisi, voci, forse danze indubbiamente brindisi. Ed eleganza e gioielli e gioia. E Amelì felice accanto al suo amore e Lauro contento, un poco curvo a fissare Amelì che splendeva. E poi una piccola folla attorno alla coppia. Voci, parole, musica, tintinnire di bicchieri.

E la figuretta appena appena tremula era là sola su lo specchio dell'acqua pallida. Nessuno attorno ché forse tutti avevano avuto ordine di lasciare tranquilla la giovane artista. Basse le rondini, ostinato il picchiettare delle gocciolone che cadevano al suolo. Una visione di eleganza e bellezza nella casa di Lauro Luis. Uno squallore colmo di malinconia su quel lago dove si rifletteva una ragazza sola.

Si distolse da quella riva. Tornò verso la casa del fattore, vi si rifugiò, andò nella cucina dove c'era una pretenziosa scrivania, dove c'era l'apparecchio telefonico. E non pensò, non meditò, non esitò. Chiamò casa Luis. Quando ebbe formato il numero, puntò i gomiti sulla piccola scrivania. Che cosa avrebbe detto? Chi sarebbe accorso al telefono? Non volle pensare. Ma si sentì diventare madida quando udì distintamente una voce maschile ripetere il numero di casa Luis e poi aggiungere:

«Chi desidera?»

Ferma era la voce di Coralla quando lei rispose:

«Vorrei parlare con il marchese Lauro Luis. Sono la sorella d'un suo collega e a nome di mio fratello voglio fargli le congratulazioni...»

«Attenda...»

Attese e percepì, ovattato, un suono di orchestra. C'era indubbiamente una piccola orchestra nei salotti di casa Luis e tutto ciò in onore di Amelì che si preparava a diventare la moglie di Lauro. Un'orchestra. Dolcissima. Socchiuse gli occhi. Sentì, sotto le palpebre, il bruciore delle lacrime. E poi udì la voce di Lauro che domandava:

«Chi parla?»

Nessuna esitazione, nella ragazza. Soltanto dolore. Soltanto una voce che pareva morente e diceva:

«Sono Coralla... E vorrei dirti di essere felice, se non mi sentissi morire augurandoti la felicità con un'altra.»

Silenzio: e poi, affannata, la voce di Lauro:

«Coralla! Ma dove sei? Parla, parla! Sono nello studio di mio padre, nessuno può udirci, nessuno pensa che io possa in questo momento parlare con te... Dove sei?»

«A Castelguelfo. In una casa di contadini. La casa posta a lato del castello... Ho saputo, Lauro. E allora era inutile dirmi di diventare celebre ché, forse, la celebrità mi avrebbe aperto le porte di casa tua... Era inutile dirmi tante cose se non dovevi darmi il tempo di fare un passo verso di te, se non dovevi concedermi neppure il breve tempo che si concede ai condannati perché possano guadagnarsi un poco di perdono e tentare le porte del Paradiso...»

«Ma tu... Ma tu mi hai preceduto. Tu hai fatto la tua strada, immediatamente. Non avevi ancora toccato il suolo americano e già tutto era superato. Non avevi ancora...»

Tacque. E il cuore di Coralla Kroon per un istante si fermò come se quel silenzio fosse per lei presagio di sventura.

Invece, con voce rapida, decisa, dura, Lauro Luis domandò:

«Sei a Castelguelfo, hai detto. Attendimi. Sarò da te. Non so a quale ora: ma verrò. Conosco i proprietari del castello: potrò passare a qualunque ora.»

Silenzio. Ma il cuore di Coralla Kroon non si fermava più.

Batteva con violenza ed era una gioia sentirlo battere così. Tutto attorno a lei vibrava gioiosamente: come se da ogni cosa nascesse una musica, come se tutto si stesse mutando in musica.

«Non so a quale ora: ma verrò...»

Dopo i primi istanti di gioia cominciò a pensare di aver frainteso, di aver sognato, di aver prestato ascolto a qualcuno che di lei si burlava. Forse a Lauro Luis stesso che di lei si voleva prendere gioco.

Una donna entrò, le sorrise, le disse che avrebbe preparato un pollo giovane, insalata fresca, fragole con la panna. Parlando, la donna guardava la ragazza e parlava sommessa come se temesse di essere udita. E alla fine dichiarò:

«Ci sono ordini tanto severi. Non si deve disturbare lei. Quel commendatore piccolotto è stato tanto generoso con noi ma ci ha raccomandato di non parlare con lei e di lasciarla tranquilla. Ma se lei mi facesse una firma su questa cartolina e mi ottenesse un autografo da Doricon... Lei diventerà importante, signorina, ma lui, lui è per noi ragazze il più bello di tutti, il più bravo e corriamo fino a Parma pur di vederlo. L'ultima volta c'era neve e nebbia: e si andò ugualmente, pigiate tutte in un camioncino. Ci aiuti a essere contente. Non abbiamo molto, noi, qui. Verdura e verdura, d'estate. D'inverno, neve e nebbia. Dick Doricon aiuta noi ragazze a sognare. Mi capisce, signorina?»

Domandò, con dolcezza, Coralla:

«È fidanzata, lei?»

«Sì. Con un contadino. Buono, che mi ama e che amo. Grande e grosso, con due manone che fanno paura. Ha un bel pezzo di terra e io lo aiuterò a coltivarla. Ha due mucche e io l'aiuterò a mungerle. Poi verranno i figli e io dovrò accudire anche a loro. Per ammirare Dick Doricon tempo non ce ne sarà più. Ma se può mi dia la fotografia con la firma di lui...»

«Le farò dare la fotografia» disse Coralla.

E la donna, passando sotto la chiavetta dell'acqua un tegame che andava forbendo:

«Le deve volere molto bene... Lui a lei.»

Coralla tacque. E la ciarliera donna:

«Lei non pare innamorata...»

Coralla non parlò. La ragazza continuò le sue faccende ma d'un tratto, volgendosi a guardare la fanciulla, disse piano:

«Scusi...»

Coralla Kroon si levò. Sorrise, uscì. La terra s'andava asciugando e l'aia era deserta. Piano piano la giovane andò verso il cancello spalancato sulla strada.

Sapeva bene che se anche fosse partito subito dopo la telefonata, Lauro Luis non sarebbe giunto a Castelguelfo che dopo un'ora e mezzo circa e non limitando la velocità. Sapeva che doveva prepararsi a una lunga attesa, ma a lei piaceva guardare la strada verso Milano: e pregustare l'attimo in cui, apparendo alla curva, una macchina le avrebbe portato il cuore in gola e annunciato che Lauro stava per raggiungerla.

Nel capannone tornavano le ragazze che erano andate a rimediare ai danni del temporale. Tutte avevano gli orli dei calzoni fradici. Tutte avevano un attimo di sosta vedendo lei, ferma sul cancello. Ma indubbiamente ognuna ubbidiva a un ordine ché dopo l'esitazione ognuna delle ragazze tornava alle sue occupazioni dimenticando o fingendo di dimenticare la presenza di Coralla Kroon.

Poi le ragazze se ne andarono. E passandole a lato per uscire sulla strada, sorrisero. Con la dolcezza che era in lei e pareva traboccare anche dai suoi occhi, Coralla salutò tutte le giovani lavoratrici. Ma come vide che Antelmi accostava i battenti del gran portale del capannone, ebbe un sospiro di sollievo. Le sarebbe spiaciuto avere troppi sguardi fissi a lei allorché fosse giunto Lauro. Ma non si chiedeva che cosa avrebbero pensato quelli della famiglia Antelmi vedendola parlare con un tale che fino a quel momento non avevano veduto. E dove ricevere Lauro?

Sorrise pensando alla vettura che l'aveva accolta allora, quando Coralla Kroon era una allieva scacciata dal collegio, quando il cinematografo non era nemmeno un sogno.

Ferma sul cancello lei era in attesa. E il tempo passava.

Allorché un figlio di Antelmi gridò che era chiamata al telefono da Milano, si disse, con una calma che la sbalordì:

«Lauro non viene più. Sono stata pazza a credere che egli potesse lasciare la sua casa in un giorno simile per venire da me...»

Ma chi la chiamava era Dick. Un Dick triste, sconsolato con la voce stanca e avvilita, che le diceva di odiare Milano, l'albergo, il cinematografo. Che le diceva di odiare Pace perché questi aveva insistito per lasciare lei sola...

Tranquillizzò il giovane. Gli disse che già tutto andava meglio. Posò il microfono. E subito il telefono squillò. E ancora Coralla ebbe la stessa paura e ancora pensò che Lauro non sarebbe arrivato. Ma era Pace. Ed egli le disse:

«L'ho veduta sconvolta e ho preferito che Dick non subisse le conseguenze del suo malumore. Sia saggia, Coralla. Non sciupi la fortuna che le si è presentata. Non so più come tenere Dick. Ma preferisco essere qui a lottare con questa giovane belva piuttosto di sapere lei qui a contatto immediato con il telefono di casa Luis. Non ha perduto troppo, Coralla, se per sole ciance e fotografie pubblicitarie egli ha potuto accelerare i tempi e arrivare prima del previsto al fidanzamento ufficiale.»

Coralla Kroon sentiva il sorriso sulle proprie labbra. E le rideva il cuore. E sorriso e risata rimasero quando Pace le disse ancora:

«Se l'avesse veramente amata avrebbe atteso la sua celebrità. Io penso che abbia accelerato i tempi per timore di vederla diventare celebre e di dover mantenere le sue promesse a lei... A rivederci, Coralla! Lei ha perduto un principe blu. Ma ha trovato un ragazzo d'oro. Vale di più l'oro del panno blu...»

Con rabbia lei posò il microfono. Le ultime parole di Pace erano offensive per Lauro Luis uomo e soldato. Ma la serafica voce della ragazza che stava al fornello la distrasse:

«Sente che buon odore di pollo? Le piacerà così dorato o lo vuole dorato ancor più?»

«Per me va tutto bene» rispose, convinta.

Avevano steso per lei una immensa tovaglia di cotone su

quella tavola lunghissima. La donna aveva posto in tavola il pollo e l'insalata e una bottiglia di lambrusco. Di lato c'era un cestello di fragole. E pesche, susine, albicocche, pere erano in un canestro dentro il quale un gran tovagliolo di candido lino evitava il contatto tra vetrice e frutta.

Sola a quella lunghissima tavola, sola in quella immensa cucina dalla quale la donna era sparita, Coralla Kroon ebbe ancora, per un istante, la sensazione provata dianzi presso il lago.

Sola. Fra cose a lei ignote, in un mondo dal quale ella guardava stupefatta, oppressa unicamente da una spiacevole sensazione di solitudine.

Mangiò. Si prese una pesca tra le mani, uscì all'aperto. Nella pesca gialla, succosa e tuttavia dura, ella affondò i denti belli: un poco di sugo le colò a lato della bocca. La donna che era stata nella cucina la vide e rise dicendo:

«Mangia anche lei come noi!»

E poi:

«Se si vuole lavare le mani, vada su. C'è tutto pronto.»

Dalla sua valigia Coralla trasse quanto poteva servirle per riordinarsi. Si pettinò, lavò mani, volto e denti, ridiscese. E apparivano le prime ombre quando davanti al cancello del rustico si fermò l'automobile di Lauro Luis. Se lo vide davanti quando meno se l'attendeva, quando s'era girata per guardare un coniglio che a balzi, ma senza timore, tornava al suo recinto. Era un coniglio bianco, maculato di nero sul dorso. Aveva l'aspetto d'un animale sicuro del rispetto altrui e andava così, fiero e indifferente, dopo una libera passeggiata tra campi e prati.

Le scivolò a lato la vettura di Lauro Luis. La vettura si fermò ed ella non poté muoversi. Udì che egli diceva:

«Buona sera, Coralla...»

E allora restò là, immota, trasognata, come se tentasse di ritrovare un mondo dal quale si era allontanata e riteneva perduto.

Egli scese, aprì la portiera, sospinse la ragazza. E Coralla si trovò accanto al giovane mentre già la vettura era in piena corsa. Poi la macchina si fermò. E lei udì, come se venisse di lontano, la voce dell'uomo. E la voce diceva ancora:

«Perché, Coralla?»

Dalle ombre che cadevano sulla terra giungeva a lei un'angoscia fonda. Tutto si faceva tenebre anche dentro lei stessa mentre Lauro Luis proseguiva:

«T'avevo pregata di aver pazienza, di attendere, di saper aspettare. Ti avevo pregata di innalzarti senza sciuparti. Lo sapevi che ti amavo, che ero pronto ad attendere io pure, la mia ora. Ma tu hai accettato tutto quanto la vita ti offriva. Ingannevole e facile la gioia veniva incontro a te, insieme alla celebrità. E allora hai creduto di farti apprezzare di più mandando quelle riviste dove eri riprodotta in mille modi tutti troppo significativi. Tu e Doricon, Doricon e Coralla Kroon. E le riviste giunsero a casa mia e mia madre si affrettò a farmele avere e poi ci furono i giornali italiani che ne riprodussero una grande parte e fui ossessionato dal tuo volto fotografato accanto a quello di Doricon. E mi sentii escluso, misero e stupido. E ti domandai perché, perché agivi così. Ma neppure una tua risposta io ebbi. E ora sono qui a domandarti ancora una volta:

"Perché?"»

La serrò agli omeri, la costrinse a guardarlo in viso.

«Lo sai che hai rovinato tutto, Coralla? Lo sai che io continuo ad amarti e sono oramai prossimo a sposare Amelì? Lo sai...»

Disse piano la fanciulla:

«E a me non è concesso di chiederti *perché?* Io ho risposto. Io non ho mandato le riviste. Ma qualcuno ha trattenuto la mia lettera e qualcuno ha mandato le riviste. Non è stato generoso da parte tua affrettare i tempi e giocare di puntiglio. Non è stato generoso neppure nei riguardi di Amelì. Se tu mi ami, come puoi sposare Amelì?»

«E se tu mi ami, come puoi accettare Doricon?»

«Io non lo accetto. Perlomeno non lo accetto nel modo che intendi tu. Doricon per me è un trampolino. Null'altro...»

Con un tono beffardo, che la fanciulla non avrebbe mai supposto nel giovane, egli domandò:

«Ed è perché ti serve da trampolino che alloggi nella sua casa?»

Ficcò una mano nella tasca della giubba; ne trasse una lettera. Veniva dall'America, conteneva un semplice ritaglio di stampa che diceva:

«La giovane fidanzata di Dick Doricon s'è stabilita nella villa del nostro grande artista in attesa dei preparativi nuziali. Le tre sorelle di Doricon, dame di antico stampo, dichiarano che con l'arrivo di Coralla Kroon la loro casa è diventata più viva, più luminosa, più felice... Infatti, la fresca e ingenua bellezza di questa rivelazione , deve portare...»

«Vigliacchi!» mormorò la ragazza. «Vigliacchi...»

«È vero o non è vero che alloggi nella casa di Doricon?»

«È vero.»

«E allora perché ci siamo nuovamente incontrati, Coralla? Lascia che io vada per la mia strada e segua la mia sorte. Amelì non sarà la creatura del mio sogno, ma non sarà neppure la mia sofferenza. Tu...»

L'antica Coralla Kroon, quella delle battagliere ore di collegio, emergeva a poco a poco. Tutte le menzogne che sentiva attorno a lei avevano il potere di renderla più forte e più pronta alla reazione.

«Ascoltami, Lauro. Io sono la stessa Coralla che tu lasciasti a Milano. Nulla in me è cambiato. Se allora ero degna di te, ancor più ne sono oggi. Dick Doricon serve alla mia ascesa e nulla egli è per me. Sono partita sicura o quasi di vincere la mia battaglia e sono andata coraggiosamente incontro a un mondo nuovo al solo scopo di fare qualche cosa che mi portasse verso di te. Ma tu hai accettato tutto quanto era contro di me, quasi contento di buttarti tutto alle spalle, quasi felice di poter dire che non valeva la pena di avere obblighi con Coralla. Doricon non è nulla per me, ma Amelì che cosa è oramai per te? La fidanzata ufficiale è qualche cosa di molto importante. Io potrò sempre liberarmi di Doricon. Ma tu come potrai liberarti oramai di Amelì? Perché non hai voluto interrogare me prima di... La mia lettera che non è giunta... Quelle riviste mandate da chi aveva tutto da guadagnare facendomi apparire ciò che non ero, sono a mio svantaggio, ti hanno autorizzato a stringere i tempi. Ma ora tu sai che ti amo sempre, che nulla è mutato, che sono sulla strada della più fulgida celebrità. E pur sapendo tutto ciò dovrai lasciarmi.»

Ed egli taceva.

«Parlami. Dimmi qualche cosa...» implorò la ragazza.

«Non mi chiedere nulla, Coralla. Nel gran buio nel quale mi avevi lasciato cadere, comincia ad apparire una piccola luce. Forse non è tutto perduto...»

«E come, come, dimmi!» scattò la ragazza. «Come se tu sei oramai prossimo a sposare Amelì?»

Egli calcò la faccia tra le mani. Mormorò:

«La "Vespucci"...»

Attonita, Coralla domandò sottovoce:

«Che cosa?»

«Mi hanno chiesto se avrei accettato di andare a bordo della nave scuola "Vespucci" che farà una lunghissima crociera. Non ci si sposa per partire subito per un giro attorno al mondo. Forse questo imbarco...»

Tacque, per riprendere:

«E tutto è così meschino, vile, sciocco! Mi innamoro di te e soffoco il mio amore per ribellione, gelosia e ira. Mi fidanzo con Amelì, più per puntiglio che per amore, ed eccomi pronto a buttar all'aria il fidanzamento... Non mi riconosco più. Non ho più controllo di me stesso, non sono più un uomo.. Sono diventato uno stupido alla mercé di piccoli fatti, di pettegolezzi, di ripicchi...»

Di scatto si prese Coralla tra le braccia. La strinse freneticamente, la baciò come non l'aveva baciata mai. E tra bacio e bacio, mentre la sua bocca si soffermava ardente e tuttavia dolcissima, or su gli occhi or su la bocca or su le gote, egli disse:

«Non ti legare e non mi legherò. Cammina onestamente e siimi fedele. Io non crederò che a te. Io vivrò per attendere te. Non distruggo il mio fidanzamento. Lascerò che tutto muoia di sua morte. Partirò. Di lontano a poco a poco farò in modo che ogni cosa si dissolva. La "Vespucci" parte per l'America del Sud e toccherà anche la California. So che in questo momento non vedi in me il tenente di vascello Lauro Luis, ma un burattino qualunque. Non importa. Amo te. Saprò dimostrarti nell'avvenire di non essere un burattino e di aver agito come un pazzo prima e come un vile poi unicamente per poterti avere mia per tutta la vita. Coralla, ti amo! Coralla, sei nella mia vita come lo è il mio stesso sangue. Tutto inizia e finisce con te...»

Delirava. E da quelle sue deliranti parole veniva a galla la sofferenza che egli aveva provato vedendo quelle fotografie. Quella sua ripresa, quel suo immediato ritorno alla fanciulla altro non erano che amore, così come altro non era stato se non ribellione quel suo voler accettare il fidanzamento ufficiale con Amelì. Non gli era bastato di esserne il fidanzato. Aveva sentito la necessità di comunicarlo al mondo solo perché il mondo aveva annunciato il fidanzamento di Coralla Kroon con Dick Doricon.

Riemerse a fatica dal dolce delirio. Con malinconia disse:

«Bisogna tornare indietro.»

«E come giustificherai la tua assenza a Milano?»

«La cerimonia era finita, Coralla. Perché io devo essere domani a La Spezia e non si poteva quindi andare alla villa di Amelì.»

Vicini, stretti in un abbraccio dove il dolore aveva il sopravvento su l'amore, non parlarono più. A tratti, un rosignolo metteva gorgheggi nell'aria e quando si taceva giungeva, impreciso, il canto d'un torrente non prossimo. Quieta la notte e una falce di luna per il cielo.

In quella mirabile pace la vettura riprese la strada. E come apparve la massiccia sagoma di Castelguelfo, subito scorse davanti al cancello un'automobile. Istintivamente Luis rallentò. Ma Coralla Kroon, decisa, disse forte:

«Corri, voglio vedere chi è venuto a controllare i miei atti...»

Non faticò a riconoscere una delle superbe vetture che erano giunte dall'America. Non faticò a capire che al volante sedeva Dick Doricon. Istintivamente allungò una mano, la posò sulla mano di Lauro che guidava, dolcemente disse a lui.

«Non ti inquietare... A bordo della vettura c'è Dick Doricon.»

Per un istante ebbe paura che Lauro lanciasse la sua macchina contro quella dell'artista. A poco più di un metro la vettura dell'ufficiale si fermò: cofano contro cofano. E subito Lauro balzò a terra e subito si diresse verso la macchina che splendeva sotto il mite chiarore di quella falce lunare.

Allora la portiera della grande macchina americana si aprì. E Dick Doricon fu a terra, di fronte a Lauro Luis. Alti e diritti, disegnarono sull'asfalto due sagome scure, cupe, sottili e lunghe.

Fu Doricon che attaccò nel suo italiano impuro e tuttavia assai comprensibile:

«Tenente Luis, vero? Dick Doricon. Io sono venuto per vedere di notte i luoghi dove girerò uno dei films più importanti della mia vita. Mi annoiavo a Milano. È una simpatica città, Milano. Ma io sono abituato, la notte, a dormire nella mia placida villa. E, lei può ridere, i rumori notturni mi disturbano. O forse sono anche preoccupato per la mia parte. Impegnativa... Parte che girerò in una località per me totalmente nuova...»

Volse la faccia ridente verso la ragazza che stava immota e un poco ansante:

«Coralla! Perché non andiamo fino al lago? Ho la chiave del cancello e ho la possibilità di entrare nel parco quando lo si voglia. Venga, tenente...»

Rigido, come fosse nella posizione di attenti, Lauro Luis disse forte e chiaro:

«No, grazie. Me ne torno a Milano. Buona notte!»

Si avvicinò a Coralla, le afferrò le mani. Al contatto delle calde, asciutte e dolci mani di lei, egli parve afflosciarsi. Gelosia, ribellione, ira, dolore si quietarono repentinamente: e la sua voce fu così suadente e morbida e insolita da sembrare prossima a un gran pianto.

«Coralla... Pensa di me ciò che vuoi. Fammi vile, fammi stupido, fammi geloso e diffidente. Non ne posso più, Coralla! Ma non dimenticare, non dimenticare che sei nella mia vita...»

Si staccò da lei, andò rapido alla sua vettura, sfrenò, partì.

Coralla sollevò il viso, guardò Doricon che le stava davanti:

«Perché» lei domandò. «Perché sei venuto?»

«Perché ti voglio bene, Coralla. E mi fai tanta pena. Questo uomo che annuncia il suo fidanzamento ufficiale, che infila un anello nella piccola mano d'una giovanetta e poi se ne parte e viene a cercare te e inganna anche te, via, Coralla, questo uomo vale poco! Non ti ribellare, Coralla... Non è Dick innamorato che parla. Non è l'uomo pronto a sposarti che ti apre gli occhi... Sono un amico; un qualunque amico. E ti voglio salvare da questo tormento! È fuggito come fugge chi non vuole dare spiegazioni... C'è un pezzetto di luna, c'è l'aria profumata. Non ti invito in macchina. Ti invito a un poco di pace. Attendi...»

Andò alla vettura, prese una di quelle coperte da viaggio che ogni buon turista si porta nella sua vettura. La piegò su un braccio, disse con dolcezza:

«Andiamo... Sotto la luna, vicino al lago, studieremo la nostra parte. Di dormire non c'è possibilità, oramai. Andiamo là, dove l'acqua è più tranquilla e pensiamo a noi... Vieni...»

Si lasciò trascinare. Non si sorprese vedendo che il giovane traeva una chiave e apriva il cancello del parco. Sotto gli alberi, fra i quali filtrava il mite chiarore lunare, percorsero il tratto che li separava dal lago. E d'un tratto, il laghetto apparve. Chiaro, quieto, a fior di terra, pareva un immenso specchio adagiato tra le verzure. Fresca era l'aria e odorosa. E un profumo dolciastro, di ippocastani o di mimose, diventava tangibile fermandosi sulle labbra, rendendole dolci, morbide, impregnate di quel profumo.

«Qui?» mormorò il giovane.

«Come vuoi...»

Egli distese la soffice e ampia coperta. Coralla vi sedette: il giovane le si mise a lato. Ginocchia sollevate, braccia attorno alle ginocchia, egli disse:

«Adagiati, Coralla, e non pensare...»

«Com'è possibile non pensare?» lei bisbigliò, dolente.

«Bisogna, Coralla. Perché tu ami un uomo che non ti ama...»

Ella tacque. Dick Doricon allungò un braccio, annaspò tra l'erba, trovò un sasso, lo lanciò. Il tonfare del sasso nell'acqua fu cupo. Come se la pietra fosse caduta in acqua densa, melmosa, insidiosa.

«Che brutta acqua!» osservò il giovane. «Non mi tufferei davvero, qui...»

E subito, volgendosi su un fianco, per allungarsi di lato a Coralla, supina:

«È più bella la nostra piscina di laggiù, non è vero? Limpida, pulita, vasta... Non c'è tutto questo parco attorno, ma c'è tanta luce, tanta tranquillità. E alla nostra casa tu pensi, Coralla? Ti piace?»

«Che cosa?» lei domandò.

«Chiedevo, Coralla, se ti piace la nostra casa di laggiù...»

«È bella...»

Rise Dick Doricon dicendo:

«Stravaganza del nostro regista che ci ha portati qui! Un Castelguelfo si poteva costruire anche in America...»

«Ma non sarebbe stato Castelguelfo» dichiarò Coralla.

Disteso su un fianco, il giovane si fece ancora più vicino alla fanciulla. Lei, che aveva le palpebre chiuse, le aprì, fissò quel viso di uomo. Erano dorati i capelli di Doricon: erano o parevano scuri gli occhi che durante il giorno contrastavano con il cielo sereno. E dal corpo di lui nasceva un buon odore di cose giovani, pulite, raffinate.

"Dick, Doricon..." pensò "l'idolo della folla, delle donne... È qui. Mi ama... E Lauro, che io amo..."

Sentì la mano del giovane passarle, con estrema dolcezza, su i capelli. Con un atto rapido ella fermò quella mano, con voce un poco affannata, domandò:

«Sei certo che mi inganno credendo in Lauro Luis?»

«Ah, Coralla! Io non posso dirti nulla di affermativo, perché tu potresti sempre pensare che parlo al solo scopo di allontanarti da lui... Ciò di cui sono certo, Coralla, è che nessuno di coloro che stanno attorno a Luis ti rispetta.»

Tacque e soggiunse sommesso:

«Questa sera, all'albergo, c'erano grandi e potenti industriali con Pace e me. E tutti parlavano di ciò che va dicendo, sul tuo conto, l'alta aristocrazia milanese... Si dice, nell'ambiente di Lauro Luis, si dice che tu volevi a viva forza entrare a far parte dell'alta società. E per ottenere questo scopo non ti facevi scrupolo di passare su l'affetto di una ex-compagna di scuola, la sola che ti avesse difesa quando...»

«Non è vero!» proruppe ansando Coralla. «Non è vero!»

Si eresse, si mise a sedere come lo era dianzi Dick Doricon: ginocchia alzate, braccia attorno alle ginocchia. Ma Coralla abbassò anche il capo, così da mettere la fronte su le ginocchia. E in quell'atteggiamento dolente e pensoso, ella proseguì:

«Cattiveria e inganno attorno a me! Quando conobbi Lauro io non sapevo che egli fosse fidanzato e tantomeno che lo fosse a una mia ex-compagna di collegio. Mi innamorai di lui perché è facile per una povera ragazza che si affaccia alla vita innamorarsi di un bell'ufficiale che ti sorride da un balcone fiorito. Tu lo sai che cosa era stata la mia vita. E forse tu sai pure che ci si può innamorare anche se da noi è ben lontano ogni pensiero d'amore...»

Parlava con la fronte sulle ginocchia. E le sue parole erano gonfie di lacrime:

«Da un collegio all'altro, beffata e ignorata da tutti. E dall'ultimo collegio ero uscita con qualche cosa nel cuore: una cosa piccola, sai, che si chiamava Amelì. Amelì, la fidanzata di Lauro, che era stata buona con me. E mai, mai avrei voluto essere sul cammino di Amelì. Mai. Ma non sapevo che Lauro era suo quando io mi innamorai di lui.»

«Ma la contessina Amelì va dicendo esattamente il contrario. Dice di averti lei presentato il fidanzato, generosamente e cordialmente, certa di darti così una prova di amicizia. E, secondo la contessina, tu hai ricambiato la sua bontà cercando di portarle via il fidanzato per prendere un alto posto tra l'aristocrazia milanese...»

«Non è vero, non è vero!» proruppe ancora la fanciulla. «È tutto falso...»

«Lo credo, Coralla. Ma se il tenente Luis non si dà la pena di smentire, le malignità attorno a te si faranno sempre più acri.»

Si accorse che la ragazza piangeva. Quasi con rabbia disse:

«Da quando tu conosci quell'uomo, devi aver ricevuto anche troppe umiliazioni... Credo di non sbagliare, Coralla, dicendo che la tua fierezza ha avuto molte trafitte per colpa del tenente Luis... Dimmi se sbaglio...»

«Non sbagli...»

Le passò un braccio attorno alle spalle.

«Coralla... Lo so di non essere generoso. Un uomo non deve mai demolire un assente che non può difendersi. Ma a condanna di Lauro Luis c'è il suo fidanzamento ufficiale. Ah, non credere, non credere che egli si sia fidanzato ufficialmente per ripagarti del tuo supposto fidanzamento con me! Non credere! S'è fidanzato perché gli piaceva di fare così. E perché non credeva che tu tornassi tanto presto in Italia. Se tu avessi tardato di qualche settimana, l'avresti trovato già sposo. E un uomo che ama Coralla non sposa un'altra donna per vendicarsi di Coralla. Un uomo che ama Coralla attende Coralla, qualunque cosa avvenga, qualunque cosa debba affrontare...»

Tacque. Ebbe una risata tra compassionevole e ironica:

«E se ti amasse davvero non ti avrebbe lasciata a me, dianzi. Ma sarebbe rimasto qui o ti avrebbe portata via. Io non ti abbandonerei ad alcuno, Coralla, perché io ti amo davvero! Ed è perché ti amo che ti ho voluta nella mia casa laggiù; ed è perché ti amo che sono corso qui questa sera... Ed è perché ti amo che ti voglio sposare.»

Ancora rise soggiungendo:

«Non ho corona nobiliare, io. Ma sono qualcuno. E io non cavillo su Coralla Kroon. E se mi dicono che Coralla è stata cacciata dai collegi mi diverto e rido e penso che Coralla deve essere stata una adorabile discola. E se mi dicono che Coralla è un poco civetta e scherzava con un tenente di Marina un poco mi adombro, perché amo, ma non penso male, ma non dileggio, ma non deduco... Ogni donna che sia bella potrà essere civetta. Ma la civetteria non implica la disonestà... Oh, Coralla! È ben strano il modo di amare di quel Lauro Luis! Eccoti con me. Davanti a noi non c'è che la pace d'un lago immoto. Attorno a noi alberi, prati, tronchi, rami, verzure. Tutto tace. Non c'è sospiro di vento. Non c'è fiato di creatura. Solo tu e io, Coralla. Come ti ha lasciata l'uomo che dice di amarti e di volerti sposare...»

Coralla piangeva, la fronte su le ginocchia.

«Non piangere... Non vale la pena di piangere... Solleva il tuo bel viso, Coralla, e guarda questa notte... Lucente è l'acqua e tace il mondo. C'è un profumo dolciastro che ti si ferma sulla bocca. Se con la lingua umetto le mie labbra mi pare di aver baciato il miele, i fiori, qualche cosa di straordinariamente saporoso e profumato... Coralla, bella Coralla mia! Non piangere! Gireremo il film. Torneremo laggiù. Ti attende una folla che già ti ama e tra la quale non c'è una viperina contessa che ti insulta. Ti attende una folla che è pronta ad adorarti e tra la quale non c'è un tenente di vascello che gioca malamente con il tuo cuore. E ti attende una casa bella, e ti attendono tre miti e oneste donne pronte a fare di te la loro bambina... La loro figliola, la loro bambola, il loro idolo... Che te ne fai di questi affetti falsi che qui ti circondano? Ah, dimentica e cammina, Coralla! E lancia il tuo nome nel mondo... La gloria è pesante, Coralla, ma è bella! E questa gente che non ti capisce e ti calpesta deve vedere il tuo nome risplendere. Alto. Più alto di ogni altro...»

La serrò contro il suo fianco mettendosi a sedere accanto a lei, vicinissimo a lei:

«Ti do il mio nome, la mia ricchezza, il mio amore. Ti do anche la mia arte, Coralla, perché serva da gradino alla tua gloria... Tienimi con te, perché io ti amo, ti amo, ti amo davvero...»

Se la sentì sul petto. E si accorse che Coralla non piangeva più. Si scostò da lei, la guardò, vide che gli occhi, spalancati, lo fissavano. Poi vide che le labbra giovani si dischiudevano. Un luccicare di denti candidi, un sorriso, un invito...

«Un bacio» lei disse. «Per togliere gli altri baci... Per cancellare ciò che non era sincero...»

«No» egli mormorò, tremando d'amore. «Per dimostrarti come è un bacio sincero...»

Coralla chiuse gli occhi. Sentì sulla sua bocca la bocca di Doricon. Le ricordava stranamente, paurosamente e deliziosamente la bocca di Lauro Luis. E sotto il bacio del giovane riemerse, d'un tratto, la Coralla collegiale, la Coralla che sapeva reagire, irridere e difendersi.

La bocca di lui sulla sua bocca. E qualche cosa che dentro cantava, sardonico e demoniaco:

"Un bacio vale l'altro... Un amore vale l'altro... Mi prendo questo che non mi fa patire... Mi tengo questo che mi porta in alto e mi fa dimenticare..."

Non si difese quando sentì la stretta diventare troppo appassionata, quando sentì sotto la nuca l'asprezza del terreno, quando sentì, sotto le sue mani che volevano aggrapparsi, la morbidezza della coperta da viaggio. Poté pensare:

"E come piuma... Vi affondano le mani e io non posso aggrapparmi, sollevarmi e fuggire... Non posso fuggire..."

E poi, di fuggire non ebbe più voglia. Curvo su di lei, Dick Doricon le accarezzava il viso. E sì grande era la gioia dell'uomo, sì fonda la sua commozione, sì immensa la sua gratitudine che egli, a tratti, si smarriva e parlava nella sua lingua. E la sua lingua aveva una dolcezza nuova. Pareva che egli vezzeggiasse una bambina e non la fanciulla che da poco era la sua donna.

«Coralla... Che potrò fare per te?»

S'abbandonò, folle. Le parlò di quanto voleva donarle. Lontane, confuse, or incomprensibili, le parole sfiorarono l'orecchio della ragazza supina.

«La più bella collezione di rubini... Già da tempo mi hanno offerto questi gioielli meravigliosi... Che me ne facevo, Coralla? Non c'eri tu. Ma ora avrai tu i più bei gioielli d'America. Devono star bene, a te, i rubini... Sono vividi come te... Mia Coralla! Oh, si finisca presto questo film... E poi ce ne andremo. E domani annunceremo il nostro fidanzamento... Domani, Coralla...»

Il cuore di lei batté forte, di gioia, di orgoglio, di vittoria.

«Domani» ella affermò.

Domani. E tutti i giornali ne avrebbero parlato. E Lauro che s'era fidanzato ad Amelì avrebbe sofferto, forse, come aveva sofferto lei...

Vide risplendere il malioso sorriso di Doricon. Disse e non sapeva di essere crudele:

«Il più bel sorriso d'America. Il più pagato sorriso. Quello che i registi si contendono, quello che le donne sognano. Mio. È mio...»

Disparve il sorriso del giovane. Non ci fu che la dolcezza innamorata del suo viso. Capelli biondi scomposti, occhi grandi, che la luna rischiarava.

«Dimmi qualche cosa, Coralla. Qualche cosa che non riguardi il mio sorriso.»

Ed ella, seria e lontana:

«Ogni uomo che ama sa delirare...»

«Che dici?»

Sorrise, la ragazza. Mormorò:

«Nulla...»

Ma nel cuore le cantava il delirio di Lauro Luis, le sue parole d'amore, le sue frasi belle... E come da eco assai prossima tornavano a lei le parole più gravi, quelle che dicevano:

"... non ne posso più, Coralla! Ma non dimenticare, non dimenticare che sei nella mia vita..."

E lei sapeva oramai di essere uscita, di sua spontanea volontà, dalla vita di Lauro Luis. Non si poteva restare in due nella vita di Lauro Luis. Non poteva restare Coralla Kroon, là dove c'era la contessina Amelì Della Valle.

«Era una piccola cosa gracile, piccina...» ella disse piano.

Trepido, addolorato, sicuro che ella andava al passato, egli lasciò che la ragazza parlasse:

«Era la sola ragazza che mi dimostrasse un poco di bene. Fu la sola che mi abbracciò... Amelì Della Valle.»

«Nessun bene» disse il giovane, quietamente, senza rancore. «Nessun bene da parte sua, Coralla. Pietà, forse. E tu non hai bisogno della pietà di alcuno.»

Colpiva giusto un'altra volta. Batteva là, facendo bersaglio pieno, dove più forte del cuore palpitava l'orgoglio. E la vide risplendere: la vide dischiudere la bocca bella a un grande e lucido sorriso:

«Non ho bisogno della pietà di alcuno, io. Io sono la fidanzata di Doricon. Ogni donna mi invidierà. Mi invidierà anche quella piccola cosa scialba che si porta a passeggio una corona comitale...»

«E tu avrai corone di gemme. Le più belle e le più ricche. E tu sarai la più grande tra le giovani attrici. Avrai gloria e ricchezza. E tutto il mio amore. E tutto il rispetto del tuo Dick.»

D'impeto si serrò a lui. Poi la sua mano, alzandosi, accarezzò la gota del giovane. Per quella carezza ella vide il virile e bellissimo volto animarsi. Per quella carezza ella vide l'uomo chinarsi su di lei, inebriato e udì che egli mormorava:

«Grazie...»

E subito, l'orgoglio appagato, suggerì alla giovane:

"Ecco! Lauro si celava per darmi un bacio. E Dick Doricon, l'uomo più affascinante del mondo, per una carezza lieve mi ringrazia... Ah, che non c'era amore in Lauro! Ah, che tutto doveva malamente finire e tutto è finito... Tra poche settimane egli sposerà Amelì. E forse insieme, di Coralla Kroon che voleva salire per raggiungere il tenente Luis, forse insieme, abbracciati, rideranno."

D'improvviso lei chiuse le palpebre come se fosse stata presa da una vertigine. Ma le sue labbra dolenti sorrisero mentre ella diceva:

«Sta per finire la notte...»

«E noi avremo vissuto la nostra più bella notte d'amore, Coralla. Quella che mi avrà legato a te per tutta la vita...»

E poi:

«La falce di luna non c'è più. L'aria è fredda. Tra poco sarà l'alba. E tu sei stanca. Ti vuoi coricare, dimmi?»

Gli occhi di Coralla cercavano qualche cosa, nel cielo. Non c'era che l'incerto colore che scaturisce fra la notte prossima a morire e il giorno che sta per nascere. Non era buio e non era chiarore di alba. Ma su l'acqua del quieto lago, già scendeva una luce tra livida e argentea.

«Ti aiuto a sollevarti, Coralla?»

L'aiutò, ella fu in piedi, nelle braccia di lui, i piedi su la coperta che pareva di piuma.

«Ascolta, Coralla. La fidanzata di Doricon può fare anche dei capricci. E tu devi farne uno colossale. Devi dire che domani, anzi, oggi, non lavorerai. Nessuno si spaventerà. Prepareranno tutto quanto non hanno potuto preparare ieri per il maltempo. E tu riposerai. All'indomani della sua notte nuziale nessuna fanciulla lavora. All'indomani della sua prima notte d'amore ogni piccola sposa si adagia nel sonno, nei sogni... Andiamo a Milano, Coralla. Nell'albergo. Si daranno ordini perché tu debba riposare tranquilla e riposerai...»

«Ma che dirà questa gente? Neppure ho toccato il letto, neppure ho lasciato traccia...»

«Non pensare... Avvertirò io... Andiamo, Coralla...»

Quando vollero sollevare la coperta, si accorsero che era immersa nel fango. Il peso dei loro corpi aveva acciaccato l'erba. Il terreno era molle di pioggia, aveva ceduto e la coperta era tutta infangata nella parte che era stata a contatto con il terreno.

«Ah, non la voglio, Coralla! Ma altri non deve averla...»

Si chinò, incurante del fango nel quale andava immergendo le sue leggere, eleganti scarpe. Fece della coperta un fagotto: annodò le cocche, scaraventò nel lago il fardello. Con stupore vide che esso spariva senza che se ne vedesse la discesa. Storse la bocca, mormorò:

«È un'acqua torbida e limacciosa. Ma noi la ricorderemo come se fosse limpida, pura e instabile... Vieni, Coralla...»

La tenne per mano, la trascinò con dolcezza. Aprì la portiera della vettura, fece salire la ragazza, andò verso la casa del fattore. Di dove era, Coralla vide che il giovane traeva un biglietto e, camminando, sul biglietto scriveva qualche cosa. Poi lo vide riapparire, agile, biondo, alto, elegante e bello. Notò le scarpe di lui, infangate, i calzoni un poco gualciti.

Se lo trovò accanto, ridente e felice. Vide splendere il meraviglioso sorriso, vide dilatarsi nella gioia le pupille chiare e per quel candido sorriso, per quelle pupille chiare, più abbronzato e ancor più bello parve il viso di lui.

Ridendo egli esclamò:

«Già levati tutti, Coralla! E tutti che camminavano sulle punte dei piedi per non svegliare te... Avevo preparato un biglietto per avvertire che eri tornata a Milano. Ho strappato il biglietto e ho lasciato...»

Si interruppe. La ragazza lo guardò, chiese:

«Che cosa hai lasciato?»

«Un dono» rispose un poco a disagio. «Un dono in danaro a nome tuo. Perché si comprassero qualche cosa di bello le donne e gli uomini... nel tuo nome, Coralla, e nel nome di questa nostra notte a Castelguelfo...»

«Grazie» ella mormorò, commossa.

Piegò il capo, lo appoggiò alla spalla di lui. E il giovane lanciò la vettura per la bella strada che doveva riportarli a Milano.

Scendeva dal cielo il primo chiarore del nuovo giorno. Coralla taceva, stanca e stordita. A tratti le sue palpebre si chiudevano: con sforzo riusciva a riaprirle, ma subito i cigli tornavano a mettere mezzelune tremule alla sommità delle gote.

«Un piccolo lago che non avevo ancora veduto» disse il giovane d'un tratto «e che avevo immaginato tutto diverso allorché il regista, ieri, me l'aveva descritto. Un piccolo lago che m'era indifferente allorché ne parlavano. E che invece resterà nella mia memoria per tutto il tempo che vivrò.»

Ma Coralla s'era addormentata e ciondolava a seconda dell'andatura della vettura. Commosso, palpitante, felice, il giovane se la sentiva pesare addosso, la sua creatura. E una gioia folle, a poco a poco, lo invadeva. Coralla era sua. Nessuno avrebbe potuto portargliela via mai più. E il volto contratto, disperato e innamorato di Lauro Luis, quel volto che egli aveva potuto vedere sotto il mite chiarore d'un pezzetto di luna, non gli faceva più paura. Vinto, sopraffatto, superato, Lauro Luis non sarebbe tornato mai più nel cuore di Coralla Kroon.

La vettura andava e il sole cominciava a dorare le foglie. La città si avvicinava e Dick Doricon ebbe paura delle sue scarpe infangate, di Coralla assonnita, di tutto quello che poteva accadere se li avessero visti arrivare così scompigliati, in disordine, stanchi.

Vide l'insegna d'un telefono pubblico, fermò. Con dolcezza accarezzò la fanciulla. Questa aprì le palpebre e le richiuse.

«Coralla... Bisogna che io telefoni. Tu puoi reggerti da sola per un istante? Mi senti, Coralla?»

Prese le mani di lei, le congiunse nelle sue:

«Tutta fredda, sei... Ah, Dio mio, che non ti venga male...»

Ella sorrise, riemergendo. Disse trattenendo un piccolo sbadiglio:

«Si tratta unicamente di sonno, Dick...»

La baciò, rapido, sulla bocca, proprio nel momento in cui sulla porta di quel negozio che aveva un telefono pubblico apparivano due donne con bottiglie colme di latte.

Una donna disse:

«Questi forestieri! Fanno i loro comodi fin dall'alba...»

L'altra rise, strinse al petto due bottiglie, se ne andò. Allora Dick Doricon scese, chiuse la portiera, entrò nel negozio. Diede il numero telefonico di Pace, chiese di essere aiutato per telefonare a Milano, non conoscendo, lui americano, il prefisso milanese. Nell'attesa si fece sulla soglia, guardò Coralla.

Completamente sveglia, eretta e pallida, ella guardava il sole. All'apparire di Doricon volse a lui gli occhi larghi, ridenti, lucidi. Rabbrividì, sollevò il bavero del suo cappotto. Tenne le mani sotto il mento, serrate. I bei capelli le si gonfiavano attorno al viso: una grande ciocca ricadeva dalla fronte, compiva una voluta, andava ad accarezzare la guancia. E tutto in lei era così fresco, giovane e limpido che ancora una volta il giovane sentì la più vivida gioia invadergli le vene.

Lo chiamarono ché Milano rispondeva. Disse a Pace:

«Può annunciare il mio fidanzamento ufficiale con Coralla Kroon. E deve mandare all'albergo ad avvisare che vogliamo entrare per la porta di servizio. Abbiamo passato la notte presso quel brutto, meraviglioso lago di Castelguelfo. Non siamo due famosi artisti del firmamento americano. Siamo due tali che non si sono ancora lavata la faccia. Non desideriamo essere visti. Pensi all'alloggio per Coralla, la prego, ché nessuno la disturbi...»

E dopo una esitazione ecco la voce di Pace:

«Ma che cosa avete combinato, voi due?»

«Ci siamo fidanzati!» rise Doricon. E tolse la comunicazione.

Coralla sorrise contenta allorché egli le si rimise a lato. Poi guardò la strada. Avanzava Milano. E a Milano c'era forse ancora Lauro Luis. Divisa blu, visiera inclinata, occhi fieri e dolci nell'ombra della visiera, egli era nell'anima della fanciulla che oramai non poteva più essere sua. Risentì, con spasimo, le mani di lui che serravano le sue mani. Riudì le ultime parole, rivide quel gran pallore che rendeva ancora più virile il caro volto...

La consapevolezza di quanto era avvenuto l'afferrò nel senso più tragico. E con quella consapevolezza una tristezza fonda si impadronì della fanciulla facendo di attimo in attimo più lucido e più inquietante il ricordo della notte trascorsa. Un'onda confusa, fatta di orrore e disperazione, andava colmando il suo cuore. E l'onda traboccava. E il cuore doleva.

Discesero all'albergo. Sgombro era l'ingresso di servizio. Ma come entrarono, incontrarono Pace.

I chiari, vivaci, scrutatori occhi dell'uomo si fissarono in quelli di Coralla. E subitamente la ragazza arrossì, chinò le grandi palpebre. Ma si sentì sorretta. La cingeva il braccio amoroso e forte di Doricon. La rincuorava la voce calda e affettuosa di lui:

«A dormire, Coralla... Subito... Spogliati e mettiti fra i lenzuoli. Alla toletta penserai quando ti sveglierai.»

Nella camera, senza guardarsi attorno, Coralla si spogliò, si buttò fra i lenzuoli. Quando fu coricata, quando tutto fu buio, si fece il segno della Santa Croce. E poi disse forte:

«Mamma, perdonami. Gli vorrò bene e rimedierò... Credimi, mamma...»

Le sue stesse parole le aleggiarono attorno. Le riudì, come se alcuno le ripetesse:

"Mamma, perdonami. Gli vorrò bene e rimedierò... Credimi..."

Si addormentò.

E non sapeva che ora fosse quando si destò. La città viveva la sua vita: un barlume di sole passava tra le persiane calate. E biancheggiava nella penombra, il piccolo telefono posato sulla tavola da notte. Un telefono. Piccolo, bianco, a portata di mano. E un nome che le folgorò nell'anima:

«Lauro...»

E un pensiero che le bruciò il cuore:

«Sarà ancora a Milano? Sarà partito?»

Ma fu come una mazzata. S'era levata, aveva teso la mano all'apparecchio telefonico. Ma la mano era ricaduta.

S'era repentinamente ricordata di non poter più telefonare a Lauro Luis. Allora affondò la bocca nel guanciale. E il suo non fu un pianto: fu il lamento di chi sta per morire, di chi sente che il sangue gli sfugge da una ferita orrenda e non sa chi invocare per fermare quel sangue, per evitare la morte.

Lauro... Bello e serio nella sua divisa blu. Lauro... Il primo bacio e la prima parola d'amore. Il primo sorriso dolce e sincero incontrato nella sua esistenza di povera ragazza disprezzata e incompresa. Il primo bacio, il primo sorriso d'amore. Il sogno più caro, perduto per sempre.

Si lamentava, perdutamente, la faccia nel guanciale. Si lamentava e pensava a ciò che aveva perduto e neppure le sfiorava la mente il pensiero di ciò che oramai poteva considerare suo: Dick Doricon. Ma quando il pensiero di lui l'afferrò, ella dovette dirsi, disperata e avvilita:

"Non l'amo... Ero nata per Lauro. Non ho saputo attendere..."

Si levò. Preparò il bagno. Si tuffò, rimase nell'acqua lungo tempo, senza accorgersi che i minuti passavano. Quando riemerse sentì squillare il campanello del telefono. Ammantata nell'asciugatoio di spugna andò a sollevare il microfono. Seduta sul letto, in parte celata in parte rivelata da quella specie di manto che l'avvolgeva, lei udì la voce di Doricon:

«Hai dormito, Coralla? Stai bene? Si potrebbe partire fra un'ora? Tu sola devi decidere, Coralla...»

Rispose che fra un'ora sarebbe stata pronta. E rapidamente posò il microfono timorosa che il giovane rievocasse la notte trascorsa. Poterla dimenticare, quella notte. Poter tornare indietro nel tempo e cancellare quella notte.

D'improvviso un'ira sorda e violenta l'afferrò. Per colpa di chi era caduta? Chi l'aveva buttata fra le braccia di Doricon? Per quale ribellione ella s'era affidata al giovane che le parlava e la difendeva dagli attacchi viperini di Amelì Della Valle?

Riaffiorò istantaneamente la Coralla Kroon collegiale. Quella che agiva prima di pensare e meditava dopo aver agito. Fu là in quella camera, la ragazza impulsiva dei tempi andati ma non remoti: e con la ragazza furono tutti gli impeti, le ribellioni, i rancori, i risentimenti. Con mano tremante di furore ella sollevò il microfono e chiamò la casa di Amelì Della Valle. E poco dopo, a una voce indifferente e impersonale che le chiedeva chi fosse lei rispose:

«Sono Coralla Kroon e voglio parlare con la signorina Amelì.»

Attese, mentre il furore aumentava in lei, mentre le parole roventi che avrebbe detto se le avessero annunciato che la contessina non c'era prendevano quasi potenza tangibile in lei. Sentì il cuore batterle forte nel petto allorché una piccola voce quieta domandò:

«Coralla: sei tu?»

Amelì. Con la sua voce piccola e quieta, una voce un poco scialba, che le somigliava. E al silenzio di Coralla attonita, Amelì ripeté:

«Hanno capito bene? Parla Coralla Kroon?»

«Sì, Amelì, sono Coralla.»

Furore, ira, risentimenti, tutto era crollato. Nella voce che giungeva a Coralla c'era troppa stanchezza perché la vibrante fanciulla potesse conservare i suoi impeti e soprattutto i suoi furori. Era disarmante quella piccola voce stanca. E fu per essa che la giovane Kroon mormorò:

«Volevo congratularmi con te. So che ti sei fidanzata ufficialmente. E poiché io sarò lontana quando avverrà il tuo matrimonio, volevo fin da ora dirti che ti auguro ogni felicità.»

«Grazie... Grazie soprattutto per aver dimenticato quella giornata di Tabiano...»

«Figurati» esclamò ironica Coralla, già pronta a pentirsi di essere stata dolce... «Figurati! Ho altro da fare ora che serbare ricordi e rancori... Ho la mia strada. E desidero che tu abbia il più presto possibile la tua. A quando le nozze?»

Un silenzio breve. E poi la piccola voce stanca e accorata rispose:

«Tutto è stato rimandato, Coralla. Perché d'improvviso il mio fidanzato ha accettato di partire con una nave scuola che si reca nell'America prima, nell'Oriente poi... Un anno circa di assenza. E Dio soltanto può sapere quante cose in un anno mutano... Ti ringrazio quindi per i tuoi auguri, Coralla. Ma penso che farai in tempo a rinnovarmeli o...»

Tacque, Amelì: ma subito riprese:

«... O a confortarmi se tutto sarà sfumato. Sii felice tu, Coralla.»

«Grazie...» mormorò Coralla Kroon posando il microfono.

E forse quel suo ringraziamento neppure giunse a colei che era al di là del filo.

Posò il microfono, Coralla. E restò immota, madida, gli occhi spalancati. Fissava lo specchio e non si vedeva. Confuse immagini erano attorno a lei, ed ella era dominata da una stanchezza che le fermava ogni gesto, che le portava un terribile bisogno di dormire. A fatica si mosse, scosse il capo, quasi a fugare la nebbia che la serrava e la stanchezza che la dominava. Per tutto il suo corpo ella sentiva uno strano senso di vacuità. Impossibile era pensare e tuttavia un pensiero si faceva strada in lei e la faceva dolorare come se quel pensiero si incidesse con ferro rovente nella sua carne. "Lauro Luis parte con la nave scuola. Lauro non si sposerà subito, Lauro ha mantenuto la sua promessa. Ha preso tempo, ha chiesto tempo, ha voluto rimandare le nozze. Lauro ha saputo attendere: io no."

Si buttò nuovamente sul letto, incapace di reggersi. E subitamente pensò:

"Potessi non alzarmi più! Potessi morire! Potessi non rivedere più Lauro..."

La partenza di Lauro le dava la certezza di doverlo, inevitabilmente, rivedere un giorno. La partenza del giovane con la nave scuola le dimostrava che Lauro l'amava. E verso quell'amore, che era stato il suo sogno, la sua gioia e l'unica dolcezza della sua vita, Coralla Kroon non voleva né poteva più andare.

Il trillare del telefono le diede una sferzata. Le comunicavano che il commendatore Pace desiderava parlarle. Ed ella si preparò a ricevere quell'uomo senza darsi un contegno, senza mettersi maschere, senza celare i propri sentimenti.

E Pace capì che qualche cosa di molto grave era accaduto. Chiese:

«Che è avvenuto, Coralla?»

«Lauro Luis non si sposerà fra poche settimane. Parte con una nave scuola, resterà assente un anno, forse anche più. E quando tornerà può anche darsi che Amelì si sia allontanata da lui o che lui non voglia più sposare la contessina Amelì.»

In una poltrona, accavallata una gamba, una mano serrata attorno alla caviglia della gamba accavallata, Pace domandò, tranquillo:

«E tutto questo che valore può avere per Coralla Kroon fidanzata a Dick Doricon?»

«Lei dimentica che io amo Lauro... Che Lauro è...»

«Parole! Quelle che dice ogni ragazza della sua età» interruppe Pace. «E stupisco che una ragazza intelligente come lei continui a battere sullo stesso chiodo. Non è neppure corretto che, fidanzata a Doricon, lei conservi un ricordo così costante per un tale al quale non deve nulla e che mai la sposerà.»

Calma e triste, Coralla Kroon rispose:

«Forse questa sua partenza significa qualche cosa, commendatore Pace. Forse questo suo imbarco significa che egli voleva prendere tempo... Dare cioè tempo ad Amelì di rinunciare a lui... E svanito questo matrimonio, Lauro Luis sarebbe venuto a me...»

Era seduta, le mani su i braccioli della poltrona, abbandonata e stanca nell'atteggiamento. Pace la guardò, aggrottò la fronte. Non aveva mai veduto Coralla così bella. Ma neppure l'aveva mai veduta così sbocciata. Gli era piaciuta, quella ragazza, per la sua fresca esuberanza. Non aveva scrutato troppo la bellezza di lei, forse neppure se ne era curato. Di lei l'aveva attratto l'estrema giovinezza e soprattutto quella limpidezza che nella fanciulla appariva con prepotenza viva. Ma in quel mattino, la fresca Coralla Kroon era scomparsa. E nella poltrona c'era una splendida donna, una donna giovanissima e che tuttavia non somigliava più alla ragazza ingenua e un poco selvaggia conosciuta alcun tempo prima.

«Che diavolo succede, Coralla?» domandò preoccupato. «Non è permesso di cambiare in modo così radicale mentre si lavora a un film...»

Ella sollevò le palpebre e fissò l'uomo:

«Non capisco.»

«Ma lei non è più quella di ieri! Ieri lei era pronta a mordere, a giocare, a ridere. Ieri lei era un'adolescente colma di slanci e anche di bricconate. Oggi è una giovane donna pronta soltanto a piangere. Si direbbe che da ieri a oggi i suoi occhi siano diventati languidi. Brillavano ieri. Talvolta erano fieri e duri. Ma andavano bene nel viso di quella deliziosa ragazzina caparbia e maleducata che lei era. Oggi... Il volto s'è affinato: gli occhi sono tanto tristi da far pena. E il corpo ha un languore insopportabile in una bambina! Se l'ha ridotta così la notizia della partenza di lui e la speranza di veder andare all'aria un matrimonio, le consiglio di mettersi in carreggiata. Io non posso aver iniziato un film dando un volto di angiolo briccone alla mia protagonista e presentare poi in un quadro successivo il mio angiolo mutato in una Mater Dolorosa... Si riprenda, cara, perché qui accadono pasticci. E io, per i pasticci stupidi, non ho mai buttato via milioni e tantomeno compromesso il mio nome. C'è davvero qualche cosa che non capisco...»

«E neppure io capisco chi sia stato quel mascalzone che spedì a Lauro Luis le riviste con le fotografie che mi riproducevano al mio arrivo a Hollywood e tra le braccia di

Doricon. Così come non so dirmi esattamente chi sia stato il farabutto che non spedì una certa lettera che a me stava a cuore...»

E nel dire, s'era levata. E guardava Pace. Ma Pace stava seduto indifferente. La sua attitudine era quella di prima. Una gamba accavallata, una mano serrata attorno alla caviglia. E se in quell'atteggiamento non rivelava deferenza verso la sua ospite, rivelava tuttavia una completa sicurezza di se stesso.

«Vuole spiegarsi meglio, Coralla?»

Ella sorrise. Un povero sorriso che stirò le labbra e parve una smorfia. Si lasciò ricadere sulla poltrona, puntò un gomito, sulla palma appoggiò la fronte. Mormorò, scotendo appena appena il capo:

«Non serve. Che mi spieghi non serve davvero. Oramai...»

Sollevò la fronte: fu eretta nella poltrona. Puntò le palme su i braccioli, disse forte:

«Tutto è arrivato troppo tardi.»

«Non so a che allude, Coralla. Ma io ho bisogno che non torni troppo tardi il suo viso di fanciulla. Da ieri a oggi lei è cambiata.»

«Perché da ieri a oggi la mia vita è cambiata.»

«E vorrebbe portarmi quella faccia davanti alla macchina da presa?»

«Dovrò portare la faccia che ho...»

L'altro serrò le mascelle e i pugni. Ma si contenne. Trascinò la poltrona accanto a quella di Coralla, tese una mano, l'appoggiò sulla mano di Coralla:

«Posso conoscere qualche cosa di ciò che da ieri è avvenuto?»

Lei chinò le palpebre. Rispose:

«Lo chieda a Dick Doricon.»

«Ah!» esclamò Pace con un tono che tremava un poco di contentezza. «Ah... Dick Doricon c'entra, dunque? Vuole forse dirmi che è così mutata perché ha accettato di fidanzarsi con Dick?»

«Le ho detto di chiedere a lui... Gli dica che l'autorizzo a parlare...»

Pace si alzò. Andò a giocherellare con una scatola d'oro posata presso la borsetta di Coralla, su una tavola.

«È accaduto qualche cosa di grave tra voi due? Grave nel senso morale, intendo dire... Grave nel senso impegnativo nei riguardi di Doricon. In definitiva, è accaduto qualche cosa che legherà per sempre Doricon a lei?»

Silenzio. Egli si volse a guardare la ragazza: chiusi gli occhi, il capo arrovesciato, Coralla Kroon taceva. Ma le sue labbra pallide, il suo volto bianco, la sua tristezza erano eloquenti più d'ogni parola.

E Pace, tra cinico e paterno:

«Non mi pare valga la pena di drammatizzare dal momento che Dick altro non chiede che di sposarla presto. Il matrimonio regolarizza ogni anticipo che un uomo può essersi preso su la data di nozze. Non deve quindi prepararmi una faccia da vittima per essersi sposata ieri, non so dove, invece che il giorno x in America. Le nozze in America le farete poi e con gran fracasso. E nessuno verrà a domandarle se quella sarà la data esatta del vostro matrimonio.»

Disse Coralla Kroon e la sua voce tremava:

«Ma io volevo sposare Lauro Luis... E forse l'avrei sposato se...»

«Se!» interruppe rabbiosamente Pace. «Se! E lo lasci a lui, al grande Luis, questo condizionale! Gliene ha buttati in faccia tanti di "se" quell'uomo che non so spiegarmi come possa ancora sopportarlo... Pensi...»

E trillò il campanello del telefono. Istintivamente Pace allungò la mano. Con un balzo Coralla fu presso l'apparecchio, afferrò il microfono. E Pace vide la ragazza sbiancare ancor più. Le si avvicinò, si piegò su di lei, tenero, preoccupato. Socchiusi gli occhi, dischiusa la bocca, ferme due lacrime sull'incavo dell'orbita, ella ascoltò. E Pace, che le era accanto, udì una calma e chiara voce maschile che diceva:

«Mi imbarco su la nave scuola, Coralla. E tu sai che cosa vuol dire questo mio imbarco. Starò un anno, forse più, lontano. Ma tu sai che durante questo anno io troverò modo di svincolarmi da ogni impegno. Amo te, Coralla. E se sposassi Amelì tradirei lei, che non lo merita e tradirei me stesso. Sappi attendere, Coralla. Perdonami se ieri me ne sono andato via come uno stupido e un vigliacco. Ma ero disperato, Coralla. Perdonami, ricorda che sei la mia vita, attendimi... Ti scriverò. E fra un anno, Coralla, forse potrai venirmi incontro. Tu sola, incontro a me. Dove, Coralla? A Castelguelfo, vuoi? Là ci siamo lasciati. Là ci ritroveremo... A rivederci, sogno!»

La voce si tacque. Ma Coralla restò là, immota, il microfono premuto contro l'orecchio. Lacrime lunghe le rigavano le guance. Dolcemente Pace le tolse di mano il microfono, lo posò. Poi, delicatamente, prese la ragazza alle spalle, la costrinse a stargli di fronte.

«Niente a rivederci, Coralla. Bisogna dire addio... Perché anche lei, ora, deve mettersi in testa di non tradire. E non può tradire Lauro Luis e non può tradire Dick Doricon.»

Coralla allungò la mano: la passò lievemente sul microfono e guardando l'inanimato oggetto bianco, mormorò:

«Addio, Lauro...»

Sentì attorno alle spalle il braccio di Pace. Provò sì vivo disgusto che con una spallata se lo scrollò via, quel braccio. Poi, con impeto, disse chiaro:

«E il film della ragazzina ingenua che s'innamora del maestro di tennis, io non lo farò più. Trovi modo di cambiare la trama, trovi modo di togliere di mezzo la stupida ragazzina che gioca, ride, scherza. Faccia di me una donna che soffre e che del suo dolore muore...»

Gli si piantò davanti:

«Lo vede ora il mio viso? Ebbene, adoperi questo viso per il suo film. L'altro volto non c'è più. L'altro, quello ingenuo e puro, è nel cuore di Lauro. Lo conservi così lui, chiuso nel cuore. La Coralla che fu... Questa non vale nulla!»

Non gli diede il tempo di ribattere. Domandò:

«Quando si parte? Quando si torna là?»

«Là dove?»

«A...»

E non poté pronunciare il nome di Castelguelfo. Dovette indovinare Pace che domandò:

«Allude a Castelguelfo?»

«Esattamente.»

«Si partirà appena possibile. Intanto bisogna che io parli con il soggettista. Non si può certo dare il finale che s'era stabilito al film. Bisogna darle modo di rivelare questo suo nuovo viso.»

La guardò, sommesso, e aggiunse:

«Un viso che nessuno dimenticherà mai, Coralla...»

E uscì, sconvolto.

Coralla restò seduta su un bracciolo. Braccia serrate al petto, fronte carica di pensieri, labbra chiuse, ella stava immota. Non piangeva più. E gli occhi le bruciavano e sentiva che quel gran bruciore si sarebbe calmato se avesse potuto continuare a piangere. Ma dentro di lei s'era essiccata la fonte del pianto e tutto pareva fosse morto con l'inaridirsi di quella fonte.

Non aveva saputo attendere. E della sua caduta non poteva incolpare che se stessa perché lei sapeva bene che Dick Doricon non aveva forzato la sua volontà né s'era comportato da mascalzone. Dick Doricon, giovane, ardente, innamorato, s'era comportato come ogni uomo che si trova adagiato accanto a una donna consenziente. Conosceva bene la vita, Coralla Kroon, e sapeva che un galantuomo non acciuffa una ragazza se questa lo respinge. E lei, Coralla, sapeva di non aver compiuto il minimo gesto per respingere Dick. Ella aveva accettato perché le era parso che accettando si vendicava dell'offesa fattale da Lauro. Ella aveva accettato perché solo così poteva ripagare il torto che le avevano fatto. Ella aveva accettato perché uno stupido, insano, folle orgoglio la dominava: e come tutti coloro che si lasciano guidare unicamente da spirito di vendetta e da orgoglio, anche lei pagava. E pagava amaramente e pagava con tremendi interessi e la scadenza segnava la perdita di Lauro Luis proprio nell'istante in cui Lauro giungeva a porgerle una mano.

Finito. Irrimediabilmente. Perché lei sapeva che mai avrebbe avuto il coraggio di confessare a Lauro il suo peccato. Come ogni peccatrice conscia del male commesso avrebbe accettato la giusta pena. E Coralla Kroon sapeva che anche Dick Doricon sarebbe stato per lei una pena.

Quando bussarono alla porta, disse forte:

«Avanti.»

E attese di vedere Dick Doricon. Era invece un inserviente dell'albergo che reggeva su un vassoio una orchidea candida chiusa in una scatola di carta diafana. La scatola era legata con un cordoncino d'oro e il cordoncino portava un minuscolo sigillo là dove si congiungeva. Coralla guardò l'orchidea adagiata: le parve il cadavere di qualche cosa che era stato, in vita, tanto bello, tanto prezioso e tanto felice. Le parve, soprattutto, che quella orchidea candida, così racchiusa, così sola e fredda, altro non fosse che il tramonto di un sogno. Stretto di angoscia il cuore, ella tagliò il cordoncino d'oro. Sollevò l'orchidea, vide un astuccio bianco, di pelle incisa d'oro. Non osò aprire subito. Per un istante l'anima sua andò al sogno. Dal sogno l'anima si ritrasse timorosa. E Coralla Kroon capì che dentro quell'astuccio non avrebbe trovato il nome caro, il nome che era nel suo cuore, che era nella sua vita. Fece pressione sulla minuscola molla: scattò il coperchio di pelle. Un anello apparve. Un cerchietto sottile di platino: uno splendente brillante legato a giorno. Un biglietto ripiegato. E semplicemente, su quel biglietto, un nome e una data: Dick. E la data della notte a Castelguelfo. Dick. E *quella* data. La fine del più puro amore, l'inizio di una vita dove forse per lei non sarebbe nato mai l'amore.

Guardò l'anello. Non ne aveva mai avuti, non poteva comprendere l'immenso valore di quello che le riluceva nella palma. Lo teneva così, sulla mano aperta. E non osava infilarselo al dito.

Ma d'un tratto, con gli occhi dell'anima, lei vide Amelì. E davanti ad Amelì ecco apparire Lauro Luis. E Lauro infilava sulla manina sottile di Amelì un anello... Perché, perché Lauro era giunto fino a quel punto? Perché non aveva saputo attendere?

"Neppure io ho saputo attendere..." si disse. "E più di te io ho sbagliato e più di te io mi sono smarrita... Tutto sbagliato, Lauro... Tutto sbagliato. E se dal tuo errore puoi riprenderti, mai più potrò io riprendermi dal mio. Finito, Lauro..."

Per un istante richiamò alla memoria gli ultimi baci di lui. Quei baci appassionati che egli le aveva dato la sera innanzi... "Gli ultimi baci, Lauro..."

Piano piano, come se temesse di farsi male, infilò l'anello su l'anulare sinistro. E poi si guardò la mano. Allora pensò che anche Amelì aveva un anello forse somigliante al suo su la mano sinistra. Pensò che quell'anello lo aveva infilato al dito Lauro Luis. Disse forte:

«Tutto sbagliato...»

E decisamente andò al telefono, si fece mettere in comunicazione con la camera di Doricon. Come fosse in attesa di una sua chiamata, subito il giovane rispose. Ed ella disse:

«Grazie... L'ho già infilato all'anulare, Dick. All'anulare della mano sinistra... Vuoi venire? Vieni, Dick...»

Lo attese, tranquilla. Ma pronta a difendersi se egli avesse tentato una carezza. Non ebbe bisogno di difendersi. Dick Doricon era come nei giorni precedenti all'errore. Dick era il ragazzo di sempre e pareva che per lui la notte a Castelguelfo non fosse giunta mai.

Lei si tolse l'anello, lo porse al giovane, disse con voce buona:

«Mettilo tu al mio dito. Tocca a te, Dick...»

Tremava un poco la bella mano dell'uomo. E come egli ebbe infilato l'anello all'anulare sinistro della fanciulla, restò immoto a guardare quella mano: come se il brillare di quella pietra preziosa lo affascinasse o avesse per lui un linguaggio arcano.

«Sei contenta?» egli domandò esitante.

Si sentì morire allorché la giovanetta sollevò le palpebre e lo fissò. C'era negli occhi di lei tutta la malinconia del mondo. Ed egli la vide quella malinconia, la sentì e ne fu dolorosamente ferito.

«Non sei contenta?» mormorò, disperato.

«No» ella rispose. «Perché non sono la tua fidanzata, io .. Ma la tua amante. E non avrei mai voluto essere la tua amante. Nata fra gente che non poteva vivere senza relazioni irregolari, io mi ero ripromessa di vivere sempre da persona onesta. E invece... E invece sono entrata anch'io nella categoria che tanto disprezzavo...»

«Ma noi possiamo sposarci subito, Coralla!» egli proruppe. «Tu puoi dimenticare l'episodio di Castelguelfo, puoi annullarlo, pensare che nulla sia avvenuto e affrettare le nozze. Tutto è facile da risolvere per noi due, Coralla.»

E la ragazza guardando la mano ingemmata:

«Non ho avuto neppure il tempo di chiedermi se in me c'era amore per te. E neppure ora so dirmelo. Mi piace stare con te, Dick. Sento il tuo affetto, la tua bontà, la tua generosità. Sento che in te c'è molto per me. Ma in me, Dick, in me che cosa c'è per te?»

«Non ti chiedo che di lasciarti amare, Coralla. Anche perché sono presuntuoso e credo fermamente che la mia devozione ti porterà ad amarmi. Non ho fretta. Posso attendere. Ti chiedo di lasciarti amare...»

«Come a Castelguelfo?» lei balbettò.

«No» egli ribatté, quasi avesse atteso quella domanda. «No, Coralla. Io sono pronto ad amarti come ti amavo laggiù. Ti pregherò soltanto di affrettare le nozze e di...»

Tacque. Fu Coralla che domandò, sommessa:

«Che cosa?»

«E di toglierti dal cuore Lauro Luis. Non ti ama, Coralla.»

Ella volse repentinamente le spalle, ebbe un imprevedibile slancio verso la porta, quasi volesse tentare una fuga. Ma subitamente si fermò colpita lei stessa da quel suo atto inutile e assurdo. Alle sue spalle, premendole leggermente gli omeri, parlandole nel profumo dei capelli, Dick Doricon mormorò:

«Tu lo ami, e io lo so. Ma vincerò io, Coralla. Perché io ti amo e non ho altro al mondo che te. Troppi legami ha Lauro Luis, troppi impegni, troppi pregiudizi. Una fidanzata, una madre che cavilla, un padre che esige, una carriera che lo domina... Mille padroni.»

Con gli occhi dell'anima Coralla Kroon vide una grande nave. Ne lesse anche il nominativo: quello della nave scuola. E la nave se ne andava oltre l'oceano, portandosi via il tenente Lauro Luis e mettendolo nelle condizioni di non aver più padroni. Con una nave carica di giovinezza, salpava anche Lauro Luis: e salpando egli distruggeva tutto ciò che lo legava alla vita che amava e a Coralla Kroon.

«Io posso attendere, Coralla. E posso attendere considerandoti la più casta, la più dolce, la più innocente delle fidanzate. Io ho dimenticato la notte a Castelguelfo. Dimenticala anche tu.»

Quieta, calma, seria, lei rispose:

«Va bene. La notte di Castelguelfo non è avvenuta. Tutto è come laggiù. Tu sei il mio fidanzato.»

«Come vuoi tu, Coralla. E felice di comportarmi come vuoi tu.»

E quasi a dimostrarle la serietà dei suoi sentimenti e delle sue decisioni rapidamente baciò le mani di lei e se ne andò.

Ma un'ora dopo, seduto accanto a lei, guidava la vettura che doveva portarli a Castelguelfo. Dietro di loro, ma a buona distanza seguivano l'elegante e moderno carro-automobile con i riflettori e gli attrezzi necessari alla ripresa. E subito nella loro scia correva la vettura che portava Pace accompagnato dal regista.

Come si delineò la rossastra e massiccia sagoma del castello, Dick Doricon disse alla fanciulla che gli stava a lato:

«Dobbiamo, ambedue, aver sognato, Coralla. Accade qualche volta che due persone sognino la stessa cosa. Noi abbiamo nel sogno veduto noi stessi accanto al piccolo lago, seduti su quella riva, avvolti in quei vapori umidi, rischiarati da quel pezzetto di luna... Ma nulla è vero, Coralla. Tu sei la fanciulla dei tempi andati. Io sono un uomo che di te conosce soltanto la dolcezza d'una guancia e la soavità di un tuo sorriso. Null'altro, Coralla...»

Lei posò la mano sulla mano che l'uomo aveva attorno al volante. Non disse parola alcuna ma quel suo gesto, compiuto con slancio, rivelò al giovane la gratitudine di lei.

Nella casa del fattore, in quella camera che Coralla non aveva abitato, ella salì quel giorno. Il truccatore la raggiunse, la raggiunse Pace.

Ed era palese che Pace e il regista avevano già stabilito qualche cosa di nuovo ché ambedue non si soffermarono a discutere, come avevano fatto nei tempi andati, sulla leggerezza del trucco. Laggiù, in America, Pace e il regista raccomandavano trucco leggero che non sciupasse l'ingenuità del viso. Là, in quel giorno, si permise al truccatore di puntare su la carnosità delle labbra, su la profondità di quello sguardo di donna.

Quando Coralla fu pronta discese. E restò un poco disorientata notando che una massa di contadini stava in attesa. Poté sorridere a tutti. Ma volse a Pace uno sguardo implorante. E Pace, sicuro di sé come sempre, la sospinse verso il viale che partendosi dal rustico guidava oltre il cancello e di là alla parte padronale del castello. Il cancello venne chiuso a chiave, i curiosi rimasero nel rustico, macchine, vetture, artisti e personale furono isolati dal mondo vero. Già era nato per i vialetti, sotto le piante, lungo la proda del torrentello, un piccolo mondo artificiale. Riflettori potenti centuplicavano la potenza del chiarore del giorno. Con un abito bianco a pieghe, ravvivato da un grosso nodo turchino serrato sotto la gola, con un cappellone appeso al braccio per un elastico, Coralla si addentrò nel vialetto che a un dato punto si restringeva per diventare ponticello. E sul ponticello pioveva la malinconia di un salice piangente. Là Coralla si doveva fermare, posare il cappello, sedersi a terra, restare assorta a guardare l'acqua che se ne andava leggera. Là Coralla doveva essere raggiunta dall'uomo che l'amava.

E Dick Doricon, elegante, snello, bellissimo e straordinariamente biondo e abbronzato sotto i riflettori, era già pronto.

Coralla giunse al ponticello, sedette, si mise a lato il gran cappello. Sotto di lei, per gioco di luci, l'acqua scintillò: cupo si fece il gran salice. Chiari divennero i capelli della fanciulla. E tutta la poesia del mondo fu attorno a quella figura muliebre, un poco accasciata, un poco pensosa, indubbiamente affascinante.

Tutto si svolse senza intoppi. Dick Doricon fu alle spalle

di Coralla, pian piano le sedette a lato. L'ingenua e dolce scena d'amore ebbe inizio: Coralla vi prese parte nel modo stabilito. Poi con Dick si avviò. E la scena cinematografica doveva portarli presso il lago. E presso il lago, secondo gli ultimi accordi, doveva svolgersi la scena passionale che Pace aveva ritenuto opportuno immettere nel film.

Intelligente, docile, attenta, Coralla Kroon non aveva mai deluso i suoi dirigenti.

Camminava a lato di Doricon: egli le cingeva le spalle con un braccio e alto com'era si curvava un poco a parlarle. Lei procedeva con passo morbido e sicuro, sollevando a tratti il viso. Appeso all'indice le ciondolava il cappellone. Liberi, i capelli che i riflettori tenevano a costante luminosità, volavano nella brezza leggera. Sorrideva, Coralla. E la scena era deliziosa, spontanea, naturale. Ma d'un tratto, diradandosi un folto di verzure, apparve il lago. E allora Coralla Kroon si fermò.

Fosco, torbido, ostile, il lago si adagiava a fior di terreno. Una gran conca senza vita, un enorme specchio appannato e sporco, buttato là da natura, tra il verde ridente, tra gli alberi possenti.

Coralla Kroon si fermò, inaspettatamente: e subito, a un cenno del regista, tutto si fermò, le luci si spensero.

«Non posso andare avanti» mormorò Coralla.

Dick Doricon s'era scostato da lei e un poco curvo ne spiava il volto.

Disse Pace, già annoiato per quel capriccio:

«Non facciamo scene inutili, Coralla. Bisogna andare avanti.»

Si guardò attorno, smarrita. Incontrò lo sguardo devoto di Doricon. Udì che egli sommessamente le diceva:

«Tu sei quella di laggiù, Coralla. Io non ho mai veduto questo lago. Voglio vederlo con te, oggi, per la prima volta...»

Allora ella prese il giovane per mano. Lo guidò. Ma per guidarlo avanzò lei di un passo e l'uomo la seguiva e un poco stava dietro a lei. La scena era muta, ma dentro il cuore di Coralla a cento a cento sussurravano le parole:

"Ecco, Lauro, il lago della mia sventura. Qui è morta la

tua Coralla. Non ho atteso, non ho avuto pazienza, non mi sono difesa. Non tornare a Castelguelfo. Non mi troveresti più..."

Si buttò alla finzione scenica. Fu come non era stata mai. Donna d'amore e di dolore, recitò la sua parte di ingenua con una passionalità sorprendente. Il volto di angiolo ebbe istanti colmi d'espressioni nuove. Ella fu la ragazza che, innocente, andando incontro all'amore, già dell'amore pativa, già per amore soffriva.

Ma quando Dick Doricon volle baciarla sulla bocca come il copione voleva, lei si svincolò, retrocesse, tentò di fuggire. Rapido il giovane la trattenne. Troppo esperto di lavoro aveva intuito che la fanciulla non recitava più, viveva. La macchina da presa non si fermò. E sulla pellicola si incise l'imagine disperata di Coralla Kroon che inconsapevole d'amore tentava all'amore di sfuggire ma ne era trattenuta, avvinta, soggiogata.

Pace e il regista si guardarono, soddisfatti. Là, presso il laghetto quieto, Dick Doricon tratteneva Coralla e tentava di baciarla. Ma ella sottraeva il volto al bacio scostandosi, buttandosi indietro, sorretta dalle braccia robuste del giovane che la cingeva alla vita. Arrovesciata, piegata all'indietro, la ragazza sarebbe caduta se quelle braccia non l'avessero sorretta. Nitida e pura era la scena: e gli occhi di Coralla, dilatati, immensi, guardavano il lago. La macchina riprese quella scena. In quei pochi quadri muti c'era tutto l'amore di un uomo per una creatura pura che si voleva difendere anche se riteneva inutile la sua difesa.

Si spensero le luci. Il regista accese una sigaretta, gl'inservienti e i tecnici si guardarono attorno. Qualcuno sedette sull'erba, qualche altro si occupò del lavoro. Dick Doricon sostenne alcun poco la ragazza, poi disse piano:

«Riposa, Coralla.»

Parve ridestarsi. Guardò il giovane, sorrise. E con dolcezza puntò la fronte su l'omero di lui. Sentì il cuore di lui battere con violenza. Udì che sommessamente egli diceva:

«Ti voglio tanto bene...»

Istintivamente lei si mosse, si avviò. Furono lontani dal

lago, presso un basso e lungo cancello di legno che divideva il parco dalla grande aia e dalla moderna costruzione dove alloggiavano i contadini addetti alla tenuta coltivata a grano, a vigne. Tutto era silenzio. I contadini erano al lavoro e presso l'aia andavano, rullando, placide oche candide. Il sole batteva in pieno su il bianco dell'aia e il bruno del terreno. Piegate le braccia sul cancello basso, simile un poco a una staccionata mobile, Coralla e Dick guardarono il grande spazio deserto e silenzioso. E poi il giovane mormorò:

«Non soffrire, Coralla. Il successo ti compenserà di questa tua amarezza e il mio amore, spero, sostituirà l'altro amore.»

Si accorse che la ragazza tratteneva a fatica il pianto. Ebbe una stretta al cuore, domandò:

«Vuoi restare sola, Coralla? Qualche volta le malinconie e i rimpianti hanno sfogo benefico se si è soli a sopportarli.»

Si distolse da lei, si avviò, trovò subito, poco distante, Pace. Passeggiava, evidentemente sorvegliandoli.

Allo sguardo del grande produttore Dick Doricon rispose, senza esitare:

«Bisogna partire, sa. Il più presto possibile. Faccia rapidamente tutte le riprese che le occorrono. E torniamo laggiù.»

Pace sorrise un poco sarcastico:

«E se l'altro ci raggiunge con la sua nave? Non è meglio restare qui fino a che egli sarà lontano dall'Italia?»

Dick Doricon scosse il capo negando:

«No. Troppi ricordi qui. È troppo rischio per me che involontariamente avrò sciupato i ricordi. Laggiù non è poi troppo facile avvicinare una diva!»

Pace, stringendo la mano di Doricon:

«Non è troppo facile? Direi che può diventare impossibile quando si mettano a vigilare la diva persone che... che troveremo noi: non è così, Doricon?»

Vide il giovane farsi pensoso. Negli onesti occhi azzurri di lui ci fu un'esitazione. Fulmineamente Pace capì, rapidamente dichiarò:

«Scrupoli no Dick! Prima di tutto perché oramai lei deve sposare Coralla. E poi perché l'altro non avrebbe scrupoli verso di lei. Potendo prendersi Coralla per sempre, il tenente Luis se la prenderebbe senza pensare alla sua sofferenza. Agisca come agirebbe lui.»

Rise, amaro e viperino aggiungendo:

«Non vale davvero la pena di avere rimorsi, Dick! I rimorsi altro non sono che riguardi verso la nostra coscienza. E merita riguardi questa coscienza che non risparmia rimbrotti alle persone buone? Là, faccia tacere la coscienza e pensi a lei. Anche perché sono certo che il binomio Kroon-Doricon segnerà un successo strepitoso, forse mai raggiunto finora da altre coppie cinematografiche. La scena del bacio negato è sorprendente, Dick... Gli occhi di Coralla non li dimenticherà più alcuno... Guardavano chi sa dove e dicevano tante cose...»

Dick Doricon non parlò. Ma d'un tratto, fissando Pace disse piano e dolente:

«Gli occhi di Coralla guardavano a ciò che ella ha lasciato. È l'amore per l'altro che le mette quella luce negli occhi.»

«E a lei che importa, Dick? Bisogna lottare per il bene del suo cuore, per il suo nome. Sarebbe molto umiliante per lei lasciarsi portare via Coralla. Oramai il pubblico la sa fidanzato a questa ragazza. Sarebbe una pubblicità controproducente lasciarsi battere in amore. Lei è il sogno di ogni donna, Dick. E le donne non sopportano sconfitte per i loro idoli.»

Fu certo di aver dato una stoccata a segno. Conosceva bene Dick Doricon. Lo sapeva generoso e buono, ma sapeva pure che il giovane non tollerava offese al proprio orgoglio. Tranquillizzato e soddisfatto, Pace si preparò ad assecondare il grande artista in ogni suo desiderio. Si dichiarò pronto a partire o a restare, a lavorare o a rimanere inoperoso. Ma accorgendosi che Dick non decideva, suggerì:

«Tutto verrà come deve venire, Dick. Intanto, poiché qui noi dobbiamo fare riprese senza di lei e senza Coralla, se ne vada. La porti a Milano, le faccia vedere alcuni negozi, le comperi tutto ciò su cui la ragazza poserà lo sguardo. Lo sa bene, Dick, che noi uomini il più delle volte sappiamo guarire delle nostre delusioni viaggiando, ma che le donne, per contro, il più delle volte guariscono stando ferme davanti a una tavola sulla quale avranno sciorinato tante cose belle.

Una mia lontana amichetta che voleva uccidersi quando le annunciai che mi sposavo cambiò parere davanti a una pelliccia di visone. Difficilmente una donnina si ammazza quando sa di lasciare sulla terrazza una magnifica pelliccia appena appena uscita dalla pellicceria. Mi farà notare che la nostra Coralla non è della categoria cui io alludo: lo so! Ma è pur sempre donna... Vada, Dick. Spenda un capitale per Coralla.»

S'interruppe. Parve pensare a qualche cosa di diabolico ché sulla sua fronte si delinearono fonde rughe verticali.

«Perché non domanda a Coralla di farle vedere l'appartamento che ella ha in prossimità di via dei Giardini? Non sarebbe poi antipatico visitare quell'alloggio. È grazioso... E può anche darsi che mentre lei entra in quella casa dall'appartamento attiguo ne esca la illustre madre di Lauro Luis... Ci pensi. Non sarebbe antipatico davvero... Fossi in lei, con il suo amore, la sua giovinezza e i suoi slanci, io acquisterei qualche cosa adatto all'appartamento. Un quadro, un grande vaso di cristallo, qualche cosa di bello. E direi a Coralla che vorrebbe portarlo là, nella casa che l'ha accolta collegiale. Non è una cattiva idea, Dick...»

«È un'idea diabolica» disse il giovane, comprendendo il piano dell'uomo.

«Crede?» domandò l'altro indifferente.

Ma si accorse che Doricon pensava. E fu lieto quando l'artista gli strinse la mano e andò verso Coralla.

«Vuoi prepararti, Coralla? Non abbiamo più nulla da fare qui. Andiamo a Milano. Ho bisogno di alcune cose. Mi sarai di guida.»

La vide contenta. Insieme andarono a togliersi gli abiti di scena e il trucco. Si ritrovarono davanti al capannone di Antelmi. Pareva che tutti fossero partiti per chi sa dove. Non c'erano contadini, non c'erano persone della compagnia capeggiata da Pace.

Contenti per non dover salutare e poter evitare le solite frasi di congedo, salirono nella macchina e Dick la lanciò subito verso Milano.

E guidando egli disse:

«Devo acquistare dei doni per le mie vecchiette. Qualche cosa per me e per la casa di laggiù. Che cosa si può comperare per la casa di laggiù, Coralla?»

«Ah, non lo so davvero! Mi pare abbia tutto, quella casa...»

E il giovane, pronto:

«E la tua?»

«Come?» domandò un poco meravigliata.

«La tua casa di Milano ha tutto?»

«Oh, no!» lei sorrise. «Leto ha fatto molto, ma ancora molte cose mancano. Non ha, per esempio, un centro tavola. E mi piacerebbe se ci fosse, se Leto lo trovasse ritornando.»

«Di che si tratta?» domandò il giovane.

«Non so esattamente, ché non capisco troppo di addobbo. Ma penso che nella sala da pranzo di Leto ci starebbe bene uno di quei "cosi" d'argento che si mettono appunto sulle tavole moderne.»

«Posso offrire io alla tua casa questo oggetto? Dicono che sappia scegliere bene io tutto ciò che serve per una casa elegante e moderna. Tu mi indichi la via dove ci sono i gioiellieri più importanti, io scelgo e ho così la gioia di offrire qualche cosa alla tua casetta.»

Una macchina guidata da una ragazza bruna e carica di fanciulle ridenti venne raggiunta, superata. Ma nell'istante in cui doppiavano la vettura italiana, Coralla Kroon poté scorgere l'ammirato stupore delle giovani donne. Si accorse subito che la guidatrice accelerava nel tentativo di raggiungere la vettura americana. E come Dick non andava più a folle corsa come dianzi, ben presto l'auto fu a lato della grande vettura straniera. Si partì dalla macchina italiana un gridìo festoso sovrastato da una voce che urlava:

«Dick! Dick! Si fermi! Ci dia un autografo! È da ieri che le si dà la caccia...»

Doricon si volse a Coralla e domandò, tra annoiato e meravigliato:

«Che vogliono?»

«Ti hanno riconosciuto e vogliono un autografo.»

«Accelero, Coralla? E scappiamo?»

«No. Costringeresti la guidatrice ad accelerare. Fermati.»

Si fermò. Passerotte festose, balzarono a terra le ragazze, furono attorno alla vettura che si era fermata davanti all'altra. Braccia, mani, volti si protesero.

«Dick! Un autografo! Dick, la ammiriamo molto...»

Erano indubbiamente ragazze per bene, modernissime e disinvolte. Una di loro guardò Coralla, si fece un poco pensosa, domandò:

«Lei è Coralla Kroon?»

Con il capo Coralla assentì.

E la ragazza che l'aveva interrogata sospirò, sincera:

«Quanto la invidiamo, signorina Kroon! Fidanzata a Dick! Al nostro Dick... Oh, lei fortunata!»

Fu allora che Doricon compì un atto commovente: cinse Coralla alle spalle, l'attirò, la baciò in fronte. E con quel suo atto devoto e gentile parve voler dire che la fortuna era sua perché sua era quella dolce e fiera Coralla Kroon che gli stava a lato.

Poi mise la mano in una delle grandi tasche della sua vettura. Trasse un pacchetto di fotografie già firmate, le distribuì. Le ragazze non si accorsero che la firma era fotografata: furono gioiose. Serrarono le mani a Dick, si protesero, una gridò:

«Un bacio! Tanto non ci vedremo mai più.»

Il volto ridente e fresco era presso il suo. Ma Dick si ritrasse. E con voce dolce e buona disse:

«Non posso. La mia bocca sa baciare soltanto Coralla Kroon: e il mio volto sa accettare baci solo da Coralla Kroon...»

La ragazza scivolò a terra. Non rise. Fissò Coralla e disse forte:

«Lei è la più fortunata donna del mondo. Addio!»

Dick e Coralla ripartirono. L'auto restò immota con quel passeraio raggruppato a guardare lo splendido e splendente sorriso di Doricon. E Coralla mormorò:

«Tutto il mondo ti ama e ammira e tu sciupi il tuo bene per me che valgo assai poco.»

«Tu vali per me quanto io t'amo» egli ribatté pronto e sincero. «E io ti amo assai, Coralla.»

Gli posò la tempia sulla spalla. Pago di quell'atto gentile

e affettuoso, egli ancora una volta sentì che piano piano ogni ostacolo sarebbe stato superato e ogni battaglia vinta.

Quando entrarono in Milano egli aveva il cuore leggero. Coralla non teneva più il capo sulla sua spalla ma aveva nel viso una luce buona di angiolo rassegnato o quantomeno placato. Era la Coralla di sempre.

Quella che ancora non aveva conosciuto la notte di Castelguelfo, quella che egli aveva amato subito, d'immenso amore.

«Dove si va, Coralla?»

«Per via Montenapoleone. E chi sa quanta gente ti guarderà, Dick...»

Come scesero, la gente non si limitò a guardare: ma si fermò. Tuttavia il giovane camminava così spedito con Coralla a braccetto che nessuno osò sbarrargli il passo.

Coralla indossava una giacca bianca, una gonna bianca a righe azzurre. Calzava scarpine senza tacco e azzurre. E sul risvolto della giacca portava, appuntato a sinistra un mazzolino di fiori composto di turchesi che avevano la funzione di rappresentare gli ingenui miosotidi dei campi. Nei capelli e appena appena rivelantesi, un altro mazzolino di miosotidi pure di turchesi metteva una lieve spennellata d'azzurro. Sobriamente elegante, diritta, giovanissima e tutta luminosa, Coralla Kroon sarebbe apparsa veramente l'ingenua dei films se i suoi occhi non avessero avuto, a tratti, lampi di dolore e languori di malinconia. Grandi, bene aperti, totalmente privi di trucco quegli occhi erano eloquenti in modo sorprendente. E bastavano essi soli a far pensare alla gente: "Quanto è bella."

Senza essere consigliato dalla fanciulla il giovane si fermò davanti a un'elegantissima gioielleria. Sospinse la ragazza, entrò dietro di lei. Venne subito riconosciuto, ossequiato e assecondato. Si guardò attorno, vide un bracciale di zaffiri. Lo volle per Coralla, glielo mise al polso, chiese:

«Un centro per tavola. Che non sia stupido, che raffiguri qualche cosa di veramente originale...»

Gli misero davanti un gruppo d'avorio, cavalli con criniere al vento, gambe eleganti, atteggiamento elastico. La coppia posava su un piano d'argento brunito che aveva somiglianza con il terreno della pista da corsa. I cavalli non avevano fantino, ma avevano la sella. E le staffe pendenti facevano pensare che nella gran corsa i cavalli si fossero liberati da coloro che volevano domare e dominare il loro andare.

«Via, nel vento, in piena libertà» commentò il gioielliere.

E Dick Doricon, firmando un assegno, commentò:

«Ciò che conta è sapersi liberare a tempo di chi ci dà noia.»

Ossequente il gioielliere affermò.

Poi chiese l'indirizzo dove mandare il gruppo. E Dick si volse alla ragazza domandando:

«Non è forse inutile far inviare questo oggetto all'albergo? Non pensi convenga portarlo direttamente noi a destinazione?»

Ma come furono usciti Coralla ricordò di non avere le chiavi della casa. Sapeva tuttavia che anche l'avvocato aveva le chiavi: perciò disse al giovane:

«Bisogna andare a prendere là, dall'avvocato, le chiavi.»

Gli indicò la via, con Dick salì alla casa del legale. Un'anziana dattilografa arrossì e si smarrì vedendo Dick. Una petulante fanciulla in grembiale nero chiese un autografo. L'avvocato s'inchinò tra dignitoso e fiero. E poi a Coralla domandò:

«Ma è vero che vi sposerete?»

Con quel suo atto che gli era tanto facile e tanto caro, Dick cinse la ragazza alle spalle e l'attirò contro il suo fianco. L'atto, eloquente, disse più d'ogni parola. E il legale serrò le mani dei giovani augurando ogni felicità e dando, con quel suo atto, un ancor più importante valore a quel fidanzamento.

Poco dopo la grande vettura americana si fermava davanti alla casa dove Leto aveva acquistato il suo appartamento. La custode vide Coralla e si lanciò verso di lei. Ma come scorse Dick Doricon che s'era attardato per prendere il gruppo d'avorio, si fermò. E bisbigliò, commossa e sbalordita:

«Ma dunque è vero! Che fortuna, che fortuna, signorina Kroon! Chi l'avrebbe detto quando le portavo il latte, lo spezzatino e il pane...»

Andò avanti lei, per aprire, per arieggiare la casa. E quando vide apparire sulla soglia Dick Doricon avvampò forse pensando di aver sognato anche lei, povera e buona portinaia, quell'attore così bello che portava nei suoi films i sogni di ogni donna.

La custode se ne andò. Dick Doricon si guardò attorno. La casa era in ordine anche se la polvere velava un poco i mobili nuovi. Coralla spalancò una finestra. Si affacciò Dick. E insieme guardarono un terrazzo in fiore. Su quel terrazzo un cagnolino fox-terrier balzava nel tentativo di afferrare una farfalla cittadina, piccola e svogliata, agile tuttavia nello sfuggire all'ira del cane.

«Quello è Toi...» mormorò Coralla. «Il cane di Lauro Luis. E io vidi Lauro Luis su quel terrazzo allorché venni qui scacciata dal collegio...»

Dick Doricon prese una mano di Coralla e la portò alle labbra. Poi si tenne quella mano fra le sue. C'era silenzio. Le persiane degli appartamenti erano quasi tutte calate. E calata a metà era quella che immetteva sul terrazzo dove era Toi.

"Forse non c'è alcuno" la ragazza pensò. "Forse tutti sono a consolare Amelì..."

Toi balzava qua e là senza abbaiare, uggiolando solo a, tratti. La farfalla si prendeva gioco del cane e forse mirava a un fiore.

A fatica la giovanetta si distolse da quella finestra. Disse a Doricon:

«Vuoi collocare tu il bel dono che hai voluto offrire alla casa di Leto?»

Egli collocò il gruppo che apparve in tutta la sua moderna e raffinata bellezza. Poi, tenendosi per mano Coralla, mormorò:

«Voglio vedere dove dormivi, dove riposavi, dove sognavi.»

Lo guidò alla sua cameretta. Piccola, ingenua, senza lusso, senza eleganza eccessiva. Una semplice camera per una semplice fanciulla. E Dick, d'un tratto, mormorò:

«Più entro nella tua vita passata, più mi aggrappo a te, Coralla. Mi pare di non poterti amare di più, cara. Ma se tu vuoi prove maggiori del mio bene chiedile. Sono pronto a tutto, Coralla!»

Guardò il lettino, la radio, le semplici cose odorose di nuovo e di pulito. Sentì nella sua la mano di Coralla. Ebbe un impeto d'amore e di passione. Serrò forte a sé la ragazza. Ella si svincolò, già pronta a difendersi. E l'uomo mormorò:

«Perdona... Qualche volta dimentico di essere un fidanzato. Qualche volta credo di essere già tuo marito... Andiamo, Coralla.»

Nel passare da una stanza all'altra vide nuovamente il terrazzo fiorito. Toi non c'era più e la farfalla cittadina era scomparsa. Al vedere quel terrazzo e la casa tanto prossima a quella di Coralla, Dick sentì fonda e cattiva la gelosia. Pensò a Pace, pensò all'uomo diabolico e alle parole di lui. Domandò a Coralla, con impeto:

«Dobbiamo andare, Coralla? Vorrei fare altri acquisti prima che sia buio...»

Ella chiuse le persiane e i vetri. Si accertò che ogni cosa fosse a posto. E allorché si avvicinò alla finestra dove dianzi s'erano affacciati, sostò a guardare il terrazzo. Poi, decisamente, fece calare la persiana e si avviò all'uscita. Sul ballatoio Dick chiese a voce alta:

«Vuoi che chiuda io, Coralla?»

E la porta di casa Luis si aprì. E sulla soglia fu la madre di Lauro. Sobriamente elegante, aristocratica come un vecchio figurino scappato dall'almanacco di Gotha, ella era là, rigida, con un sorriso beffardo sulla bocca. Dick la guardò. Sorrise. Il suo bel sorriso ammaliatore venne tutto rivelato alla dama. Ma gli occhi di lei tornarono subito a fissare Coralla. E la ragazza, attonita e smarrita, restò a guardare quegli occhi ostili, quel volto cattivo, quella bocca crudele.

«Vieni, Coralla» disse il giovane. «Tu non vedi che l'ascensore già attende? Vieni, cara...»

Come furono nell'ascensore, Dick guardò la ragazza. Coralla Kroon sorrideva. Un sorriso straziante che le sciupava il viso come una ferita, che serrava il cuore di chi lo guardava e chiaramente diceva tutte le parole che piangevano nel giovane cuore della fanciulla:

"Tutto sbagliato... Ogni mio atto è un errore, ogni errore pare nasca per distogliermi da te, Lauro... Tutto sbagliato, una sequenza di errori, un susseguirsi di casi che mi portano lontana da te... Oh, Lauro, Lauro..."

Stupì, Coralla, di non sentire furore, rancore per Dick. Se lo vide accanto nell'automobile, lo sentì parlare, si accorse che egli guidava la vettura, la dirigeva all'albergo. Notò tutto, freddamente, quasi tranquillamente. Ma quando Dick fu nella camera dell'albergo, pronto a congedarsi, ella gli disse, piano, quasi con dolcezza:

«Quella signora ferma sulla soglia era la mamma di Lauro. La stessa che commentò la visita di Pace. La stessa che trovò sempre cattive parole per me. E alle cattive parole di allora quante ancora ne aggiungerà ora che m'ha veduta con te?»

«E che valore ha per te, Coralla, il giudizio di quella signora? Qualunque cosa lei dica al figlio, qualunque cosa pensi di te, non deve avere per te valore alcuno. Non devi sposare il tenente Luis, tu: non devi affrontare le offese della signora Luis, tu. Tu devi sposare me e andare gioiosamente incontro alla deferenza e all'amore delle mie buone sorelle... Io esco, Coralla. Vuoi qualche cosa?»

Ella guardò il bracciale. Le scintillava al polso. Sorrise.

«Tu fai troppo per me.»

«Sarei felice se tu esprimessi un desiderio.»

Disse a lui, con voce buona:

«Torna presto. Mi vestirò con molta cura e andremo a cena fuori, insieme.»

Egli non parlò. Capì che Coralla si buttava tutto alle spalle; si rese conto che lei già immaginava le conseguenze di quell'incontro con la madre di Lauro. Gioì e patì a un tempo. Fece un cenno di saluto, se ne andò.

E come fu nella sua camera gli annunciarono il commendatore Pace. Se lo vide davanti, festoso, roseo, perfettamente riposato e a suo agio. Faceva pensare a un uomo che tornava dall'aver compiuto una magnifica azione generosa e buona. Fu quasi irritato pensando alla sofferenza di Coralla e disse:

«Lo so che tutto viene fatto per me. E del male che fa,

Pace, le sono immensamente grato. Ma conviene che noi stiamo compiendo azioni sudice...»

«Sudice?» l'altro ripeté abbandonandosi in una poltrona. «Che parole enormi, Dick! Noi stiamo semplificando le cose... Che fa un uomo di senso quando vede un sasso davanti ai suoi piedi? Se il sasso è piccolo, con la punta della scarpa lo manda lontano. Ma se il sasso è grosso gli gira attorno. Tutto sta nel rendere facile la strada. E io sto appunto manovrando per ottenere ciò. Non so perché dovrebbe toccare a Luis la bella Coralla. Lei l'ama almeno quanto lui.»

«Ma Coralla non è innamorata di me. È innamorata di lui...»

«Ah, Dick! Le fa male l'aria d'Italia! Mi diventa un sentimentale tutto irto di scrupoli. Non la si può toccare. Ci si punge sempre contro l'aculeo d'uno scrupolo nuovo. Convenga che lei è assurdo... Vada avanti. E pensi alla celebrità di Coralla accanto a lei e anche ai milioni che incasserà. O ha imparato a disprezzare il danaro? In nessuna parte del mondo si sente ripetere come si ripete in Italia che il danaro è l'ultima cosa... Lei sa bene che il danaro è la prima cosa! E per l'amore di Dio, Doricon, ci pensi al danaro! Le è sempre piaciuto guadagnare. Con la nostra Coralla ne guadagnerà ancor più. Butti tutte le fisime e gli scrupoli, dunque...»

Rise:

«Gli scrupoli! Ci si diverte a non averne! Dianzi, quando telefonavo alla madre di Luis per insinuarle che la temuta Coralla si sarebbe recata nella casa e in ottima compagnia, quando facevo questa telefonata mi divertivo... Per far arrivare al telefono la signora m'ero spacciato per il sarto di suo figlio... Un sarto lo avrà pure questo Luis! La madre venne al telefono e io con una voce che piaceva anche a me diedi l'annuncio, con molta cortesia: e tutto spifferai e anche domandai perché Lauro aveva accettato l'imbarco sulla nave scuola. Aggiunsi, naturalmente, che le intenzioni di Lauro non erano sante, ma che prendendo tempo egli intendeva forse disincagliarsi da Amelì per poter sposare Coralla. Quella Coralla Kroon amica di Doricon e in procinto di recarsi appunto con Doricon nell'appartamento che la fanciulla possiede a lato di quello dei Luis...»

«Ma questa è delazione vile, Pace!» proruppe Dick.

«Ma no, caro! Questa è verità. Dovrei offendermi per le sue parole. Le dimentico. Ma la prego di non insolentirmi se sono un uomo schietto. Coralla è la sua amante, è vero? Lo è da ieri notte. È giusto quindi che donna Luis lo sappia e difenda il figlio da eventuali errori. Povero Lauro Luis, così fiero e corretto! Perché dovrebbe sposare la sua amante? Ammetta, Dick, di essere ingeneroso e sleale...»

«Lei è perfido, Pace!»

«Là! Se pensa che manovro per la sua felicità deve convenire che il vocabolo perfido deve essere rivisto e scartato. E al suo posto bisogna metterci un altro vocabolo: buono.»

Disse il giovane, pensoso:

«Dovrei ringraziarla, dunque...»

«Non mi ringrazi! Mi dica piuttosto che fa Coralla.»

«È nella sua camera. E io volevo uscire per...»

«Ecco. Esca e faccia in modo di non arrestare la circolazione. Da Coralla vado io.»

Si levò, andò a bussare alla porta della camera di Coralla. Si attendeva di vederla in lacrime. La trovò calma e quieta alla tavola, intenta a scrivere.

«Disturbo, Coralla?»

«No.»

«Scrive al suo fratellone?»

«No...»

E dopo un silenzio pesante aggiunse:

«Scrivo a Lauro Luis.»

«Ah... Che ha di nuovo da comunicargli?»

«Devo comunicargli che sua madre mi ha veduta con Dick mentre insieme si usciva dalla mia casa. Devo comunicarglielo io prima che glielo comunichi sua madre. Perché mi pare onesto far sapere questo a Lauro. Così che egli possa giudicare le mie azioni e rendersi conto che non vale la pena di far soffrire Amelì per una ragazza come me...»

Pace girò la situazione abilmente ribattendo:

«Io penso che non valga la pena di far soffrire Dick Doricon per un Lauro Luis senza decisioni.»

«Lei sa che le decisioni ci sono e profonde e leali. Ma sono io che non posso più accettare le decisioni di Lauro. Quindi devo dirgli anche questa faccenda...»

Ebbe una risatella soggiungendo ancora:

«Indubbiamente il demonio è dalla sua parte, commendatore. Tutto il male mi viene suggerito a suo vantaggio. Tutto sbagliato. E con qualcuno che al momento buono controlla e rifischia il mio errore.»

«Ma di quali errori va parlando?» proruppe l'uomo. «Tutto scivola come doveva scivolare. E se mai si è illusa che fra un anno il suo Lauro possa sposarla, si disilluda. Non si piglia un anno di tempo chi è innamorato e può sposarsi. Storie! Un uomo innamorato anche se legato a una fidanzata che non ama sa svincolarsi dalla fidanzata e andare verso il suo amore. Non ha quindici anni Lauro Luis: potrebbe fare ciò che vuole. Soltanto, vuole avere il tempo di valutare i pro e i contro di ogni suo atto... Lei può amarlo, Coralla. Può farne lo scopo della sua vita. Io resterò sempre dalla parte di Doricon. E se le piacerà fare confronti dedurrà che alla fine Lauro Luis si comporta male anche con la contessina Amelì. Oh, non è un esemplare di onestà il suo Lauro... Gli tolgo anche il titolo di principe blu. Non è nemmeno nobile, quel Luis. Ché non ha alcuna nobiltà di sentimento. E per favore, Coralla, non faccia pesare sul lavoro i suoi patemi d'animo. Anche perché io vorrei tornare laggiù presto. Lei è pronta?»

Lei rispose subito:

«Prontissima.»

«E non farà tragedie, laggiù?»

«No.»

«E sposerà Dick Doricon subito?»

Lei non rispose. Forse negli occhi dell'anima passò la visione d'una bella nave. Forse ella vide su quella nave l'uomo del suo sogno. Chiuse le palpebre, restò pensosa e pallida, parve interrogarsi. Ma alla fine rispose, calma e sincera:

«Sposerò subito Dick Doricon.»

Pace scattò in avanti; le afferrò le mani, esclamò con slancio:

«Le farò un regalo, Coralla, che la sbalordirà... E se vorrà sarò testimone alle sue nozze. Contenta?»

«Sì...»

E poi, con voce cortese ma con il volto chiuso e ostile:

«Ora vorrei scrivere.»

Pace ritenne opportuno andarsene subito. E Coralla cominciò a scrivere:

"Lauro, da quando sono entrata a far parte degli artisti cinematografici, non ho più avuto un istante di gioia. Io ho sbagliato tutto, ma a farmi sbagliare sono stati gli altri. Meglio era se fossi rimasta nella casa di mio fratello a fare la piccola massaia, a bearmi nel veder apparire te. Invece ho voluto andarmene. Invece ho accettato di partire sospinta anche dalla speranza di salire, di diventare qualcuno, di farmi un nome e di poter così essere degna di te... E invece tutto mi ha portato a non essere più degna di te... Perché io, Lauro..."

E la mano si fermò e una lacrima cadde sul foglio. Coralla Kroon buttò la penna, piegò un braccio sulla tavola, sul braccio piegato poggiò la fronte. Non poteva scrivere a Lauro quella lettera. Non poteva dargli quel dolore e non poteva fargli quella confessione. Sapeva bene che scrivendo quella lettera metteva la parola fine ai suoi sogni. Sapeva bene che confessando la sua colpa toglieva dal suo cammino, irreparabilmente, Lauro Luis. E non poteva. E non voleva. Pur consapevole di non poter più essere la donna di Lauro Luis, ella voleva conservarsi il sogno. Capì di essere vile e puerile, dicendosi:

"Tacerò ancora. Fino a quando io sia laggiù. Starò zitta, fino a che io mi sia abituata a questo tremendo pensiero. Terrò per me il mio brutto segreto, fino a che la gloria o il lavoro o il matrimonio con Doricon mi portino a quel grado di stordimento che m'impedirà di patire troppo. Questo mio silenzio deve essere come la droga per il malato, come il narcotico per il sofferente, come il liquore per il disperato... Dopo... Dopo parlerò. Quando avrò qualche cosa cui aggrapparmi, quando il dolore di aver perduto Lauro sarà compensato da qualche altra cosa che mi terrà a galla..."

Prendere tempo. Non pensava ad altro. Era come chi dovendo affrontare un pericolo pensa alla notte quieta che gli sta davanti e in quel pensiero il pericolo che il giorno nuovo gli porterà gli pare meno grave, meno temibile, meno possibile.

E ancora, la nave scuola si profilò: silenziosa nell'oceano. La prua già alla statua della Libertà.

"Chi sa... Forse mi sarà dato vederlo ancora una volta. Chi sa! Forse la nave arriverà fin laggiù. Lauro chiederà di me, io accorrerò, lo vedrò, lo bacerò ancora una volta... E dopo, dopo gli dirò che la sua strada non è la mia, che non ho saputo aspettare, che non ho saputo essere onesta... Tutto sbagliato, Lauro. Anche la mia carriera. Meglio era se fossi stata accanto a Leto. Ho tradito il palcoscenico per gli stabilimenti cinematografici. Se dovevo essere attrice, dovevo andare là, dove sono stati mamma e babbo, dove c'è Leto... Tutto sbagliato..."

Lentamente strappò il foglio sul quale aveva scritto le parole che dovevano andare a Lauro. E le parve di non essere ancora totalmente divisa da lui. Lauro non sapeva che la sua Coralla aveva tradito lui e se stessa. E l'inconsapevolezza di Lauro rappresentava per Coralla Kroon un filo che ancora l'univa all'uomo amato.

Poco dopo le portarono una grande scatola. Un abito da sera.

Per strati multipli in tutta la gamma dell'azzurro si formava la gonna ampia e lunga fino a terra. Su lo strato superiore una cascata di lustrini essi pure nella totale gamma dell'azzurro faceva pensare che su quella veste fosse caduta la rugiada d'un mattino felice. Sandaletti composti con poche strisce di strass e quasi privi di tacco davano al piede di Coralla una linea di eleganza ardita e a un tempo di grazia infantile.

L'abito non aveva spalline, il corsetto aderente era di tulle picchiettato qua e là di lustrini... Quando ebbe la veste tra le braccia Coralla Kroon scoprì una scatola lunga e stretta, di antilope bianca. Era inequivocabilmente una scatolina da gioielleria e Coralla, abbandonato l'abito, fece scattare la molla della scatola. Vi era distesa una collana di brillanti: brillanti piccoli, quadrati, tutti uguali, montati con estrema semplicità. Collana lussuosa, preziosa, splendente, per una piccola regina, per una creaturetta che si affacciava al mondo con il suo primo abito importante, con il suo primo gioiello di grande valore.

Coralla Kroon mise l'abito sulla poltrona: con tocchi leggeri fece aderire la veste alla sagoma della poltrona. E l'abito gonfio e ampio fu là, seduto. Non aveva testa quella donnina in poltrona, ma Coralla sentì di essere come quell'abito. Vuota, senza vita, senza volontà. Un bell'abito e nulla più. Un bell'abito che l'avrebbe resa bellissima. Ma per chi?

Quasi a darle risposta, trillò il campanello del telefono e Dick Doricon le disse, contento:

«Ho scelto un abito che m'è piaciuto, un gioiello che è adatto alla tua età. Sarai bellissima con quel vestito. E lo sarai per me. Non è così, Coralla?»

Lei chiuse gli occhi, guardò la lettera strappata che era sulla tavola, rispose:

«È così...»

E accettò i giorni che ancora giunsero e sfilarono sotto quel cielo che un giorno le era sembrato suo, parte della sua vita, parte della sua esistenza.

Poi, senza rimpianti si preparò alla partenza. Non andò a rivedere la sua casa, non tornò a Castelguelfo, non volle salutare le strade milanesi.

Si guardò attorno quando l'automobile si avviò all'aeroporto.

Tutto il materiale giunto dall'America era già stato imbarcato a Genova, l'automobile che li portava all'aeroporto apparteneva a una di quelle che Pace teneva a Milano. Era un poco come allora: quando piccola e ignota Coralla Kroon era partita la prima volta. Ma allora a salutarla c'era all'aeroporto un bel tenente di vascello. E le ricantò nell'anima quell'inno d'amore che Lauro Luis aveva creato per lei, quel giorno:

"Non ti posso baciare. Ma tu sai, Coralla, che tutti i miei baci sono per te. Lavora serenamente... e non soffrire, mio dolce amore..."

All'aeroporto c'erano fotografi e giornalisti. E la piccola folla, mentre i lampi si susseguivano, chiamava Dick Doricon e qualche volta anche la giovanissima sua compagna. Quanto cammino da allora, per Coralla Kroon! Ma quanto ogni cosa era più bella allora...

L'apparecchio decollò. Per qualche istante lei vide ancora il campo. Laggiù lei aveva lasciato tutto il giorno in cui se ne era andata dopo che Lauro Luis le aveva detto:

"Lavora serenamente... e non soffrire, mio dolce amore..."

Aveva lavorato senza essere mai serena, aveva sofferto continuamente e per Lauro Luis lei non era più il dolce amore né mai più poteva diventarlo. Tutto sbagliato, tutto finito, tutto rimasto là: dove un giorno un bel tenente di vascello l'aveva salutata portando la mano al berretto, guardandola con gli occhi eloquenti che l'ombra della visiera rendeva più grandi, più tristi, più scuri.

E via per il cielo, con quel gran peso nell'anima. E soste e acqua e sole e stelle. E alla fine la casa di Doricon e le tre quiete, miti, sorridenti sorelle. Le abbracciò quasi con furore. Le sbalordì con il suo improvviso scoppio di pianto. Le incantò con quell'abbandono che ella ebbe cadendo prima nelle braccia dell'una, poi dell'altra ancora.

Ognuna delle tre pensò che fosse la felicità di tornare. La gioia di rivederle. E le tre donnine, che già l'amavano, l'amarono ancor più. Né pensarono mai che quello slancio altro non era se non bisogno di piangere su ciò che non sarebbe tornato più.

La trovarono tutti più bella, più donna, più affascinante. E allorché Leto Kroon rivide la sorella fu incantato.

Ancora poche giornate di lavorazione attendevano Coralla e Doricon. Poi il film sarebbe stato pronto.

Nella casa di Doricon la fanciulla si sentì immediatamente circondata dall'immenso rispetto del giovane. Egli evitava di restare solo con lei, non andava mai a salutarla nell'appartamento che ella occupava, pareva sempre pronto ad assecondarla nel desiderio di farle dimenticare la notte di Castelguelfo. Pace voleva che la lavorazione del film proseguisse di galoppo. E Coralla cercava, nel lavoro, la quiete. Lavorava ore e ore, con uno slancio che mai aveva avuto nei primi tempi e mai, soprattutto, in Italia. Tutti credevano che la ragazza fosse incitata dal desiderio di constatare quale successo il pubblico le avrebbe decretato: ma Pace capiva che la giovane altro non cercava che di evadere dalle sue memorie e dai suoi dolori.

E finalmente il film ebbe la parola *fine*.

Quel giorno Coralla Kroon ebbe regali dai dirigenti, dalle sorelle di Doricon, da Doricon. Tutti attorno a lei come se ella fosse la sola meritevole di quel film.

Quando tutto fu pronto per la visione privata allo studio ella desiderò, per un attimo, che la sua prima fatica fosse un fallimento. Fallita, avrebbe pensato che era inutile sperare di appartenere a Lauro. Una piccola sconosciuta, scacciata di collegio, sorella di un comico di rivista, non sarebbe mai entrata nella casa Luis. E fallita, Coralla Kroon avrebbe detto a se stessa:

"Vattene per la tua strada. Egli non potrà mai sposare una sconosciuta come te, una mancata nella vita e nell'arte, una ragazza venuta dai più miseri teatri, cresciuta in ambienti dove l'onore è talvolta maltrattato..."

Nella sala di proiezione dello stabilimento l'atmosfera era tranquilla. Sicuro e sorridente era Pace, sicuri gli altri. Un poco smarrito Dick Doricon. Ma non per sé. Egli sapeva oramai quanto valeva e sapeva soprattutto che giunto al punto suo un artista può sempre trovare condiscendenza nel pubblico che l'ama. Dick Doricon tremava per Coralla. Seduti vicini, guardarono il telone. Il titolo... Il nome dei protagonisti. Fu in quel momento che Dick Doricon prese nelle sue una mano di Coralla. Fu in quel momento che apparve il bel nome di lei: Coralla Kroon.

Ella si piegò un poco in avanti, protendendo il viso. Quasi a volersi accertare di aver letto bene. Ma il nome era già scomparso. Per dar posto a quello di Dick Doricon.

E poi...

E poi lei si vide e si guardò incantata. Così dunque lei era? Non s'era mai creduta tanto graziosa. E come aveva potuto imparare tanta scioltezza di modi? E chi, chi le aveva insegnato a sorridere tanto bene?

Un mormorio. Un accenno di applauso. Un tocco sulla spalla. E Coralla Kroon sentì nei capelli un fiato che odorava di ottime sigarette: poi una voce, quella di Pace:

«Contenta? Un incanto... Meravigliosa...»

Meravigliosa. Lo dicevano tutti e pur erano tutti competenti. E poi... Italia. Si adagia una strada, si apre un gran cancello, si profila la sagoma massiccia d'un castello. Quadri, quadretti, scorci...

Le mani di Doricon lasciarono la mano di Coralla. Cautamente egli si spostò, si allontanò un poco dalla ragazza che fino a quel momento aveva sfiorato il suo fianco.

Ed ecco avanzare una fanciulla bella, un poco diversa da quella delle prime scene, ma più piccante e più interessante. Un viale che diventa a un tratto ponticello: un salice piangente che si incurva su un torrente chiaro e modesto. Ha un cappellone la ragazza e se lo mette di lato allorché ella siede sotto il salice piangente...

E Dick Doricon. Bello, con il viso un poco tormentato. E Doricon e la fanciulla che se ne vanno verso un lago... Si vede appena appena il lago: ma d'improvviso totalmente appare. E allora il giovane cinge la fanciulla, la serra, vorrebbe baciarla sulla bocca.

Il quadro mirabile, vivido e tormentoso, fu davanti allo sguardo degli spettatori. Non ancora sincronizzato, il film pareva già colmo di voci e di pianto.

Ed ecco la giovanetta che si distoglie al bacio: si butta all'indietro, la sorregge il giovane con ambedue le braccia con le quali cinge alla vita la donna. Tutta arrovesciata, Coralla Kroon: con gli occhi al lago...

Disse una voce dolcissima e femminile:

«Che scena meravigliosa! Come si vede che la Kroon non vuole essere baciata! Questa non è finzione, questa è realtà... Ché non vuole quel bacio... Come fa pensare che ella voglia il bacio di un altro... Non c'è diniego cattivo in lei. C'è solo dolore... Bello! Basta questo quadro a rendere popolare un'attrice. Dov'è la piccola Kroon? Voglio venga vicino a me...»

Qualcuno sussurrò alle spalle di Coralla:

«È Betty Gayor... Che fu grande ed ora è grande azionista... Venga...»

Si trovò seduta accanto a Betty Gayor. Non era più giovane Betty, era ingrassata, non ricordava più la donna che era stata. Ma la sua mano, asciutta e calda, era una mano sincera allorché si strinse attorno a quella tremante e madida di Coralla Kroon.

«Da questo momento tu sei celebre, Coralla Kroon. Te lo dice Betty Gayor che se ne intende... Brava bambina! C'era bisogno d'un'artista come te. Ho detto artista. Non attrice.»

Venne la luce. Coralla guardò Betty. Questa le prese la testa fra le mani, attirò la fronte di Coralla, su quella fronte pura e liscia posò le labbra.

«Non importa se t'ho lasciato un poco di rossetto. È un bacio della vecchia Betty. Consideralo il lasciapassare per tutti i films che vorrai girare...»

Si volse a Dick. Domandò:

«Quando la sposi?»

Dick guardò Coralla. Ma non poté rispondere. Lo avevano afferrato, trascinato, complimentato. E Coralla aveva subito la stessa sorte. Quando poté liberarsi, Dick andò a cercare la fanciulla. Sul petto largo di Betty, Coralla piangeva. E Betty, un poco smarrita, un poco commossa, un poco sdegnata, ciangottava:

«Non riesco a capire... Emozione? No, non è pianto di emozione. Distensione di nervi? Non direi. Certo è che questa bambina non è contenta di essere celebre. Forse già sente quanti dolori la celebrità può portare... Ma ti assicuro, bimba, che sono più tristi i dolori che vengono dalla mancata celebrità... Su, su! Non hai più il diritto di piangere. Tu sei del pubblico, oramai. E non ti illudere di poter appartenere a uno solo... Neppure del tuo Dick sarai... Prima di lui ci sarà la folla. Tutto alle spalle, bambina...»

Abbassò la voce, le disse all'orecchio:

«Anche tutto ciò che tu hai lasciato in qualche parte del

mondo. Forse nella tua Italia, forse quel laghetto... Alla fine deve essere, nella realtà, un brutto laghetto... Guarda all'ampio lago e al vasto mare. Nell'uno e nell'altro l'onda è più facile e forte. Porta via tutto. Su, su!»

La spinse nelle braccia di Doricon. E tutti applaudirono.

Nel nome di Coralla Kroon, Pace pregò di non voler festeggiare quella prima visione assoluta. La ragazza era pallida e stanca e Pace consigliò Doricon di riaccompagnarla a casa.

Le tre sorelle Doricon le furono attorno. Nel letto, circondata dalle tre miti creature, Coralla chiuse gli occhi.

«Vorrei dormire...» mormorò.

Persiane calate, silenzio.

«Per favore, lasciatemi sola.»

E solitudine.

E la disperazione per la battaglia vinta. Vinta inutilmente. A Lauro Luis, Coralla non poteva più offrire la sua bella vittoria.

Persiane calate, silenzio e solitudine. E un desiderio immenso di dormire e non svegliarsi più.

***

Si svegliò. Le portarono subito, come lei sollevò le persiane, una grande cesta dai bordi bassi. Era colma di pacchetti. Di giornali.

Ricordò le parole di Betty Gayor. Tutto alle spalle. Dimenticare il piccolo lago. Lago ampio. Vastità di mare. L'onda più facile che portava via tutto...

Bisognava lasciare che l'onda facile portasse via tutto. Infilò il costume di bagno, si preparò a scendere nella piscina. Si affacciò per vedere se mai Dick già fosse ad attenderla. La piscina era vuota d'acqua e deserte erano le sue leggere sponde. Allora sentì un brivido. Si guardò attorno, spaventata. Che avveniva di insolito? Chiamò con il telefono Dick. Gioioso egli le rispose. E la ragazza a lui:

«Ma perché la piscina è vuota d'acqua e tu non sei nel giardino?»

«È tanto piovuto, Coralla, questa notte. L'aria è fredda.

Ne ho approfittato per far revisionare l'impianto d'acqua calda. Ho pensato che presto avremo le giornate fresche e... Ma volevi fare un tuffo, Coralla?»

«No... Oh, no!» ella mormorò. «Scenderò tra poco...»

Sfilò il costume, fece toletta, si vestì. E il freddo era in lei. E il pensiero dei giorni che erano andati l'opprimeva. Finivano anche le giornate di sole. Tutto finiva.

Ma cominciarono per lei quelle faticose giornate che la sua celebrità le imponeva. Bella e brava, nitida e semplice, fidanzata di Doricon, ella poteva aspirare a tutti gli elogi e concedersi tutti i capricci. Non chiese elogi, oppressa anche troppo da quelli che giungevano schietti e spontanei. Non fu mai capricciosa. Un grande giornale disse di lei:

"Bella d'una bellezza d'angiolo, si porta attorno un sorriso che a tratti serra il cuore. Questa creatura felice pare che talvolta rivada nel tempo in cui, forse, ella felice non era..."

E come Coralla Kroon ebbe tra le mani quel giornale irrise al cronista e pensò:

«Stupido! Sbaglia i tempi. Doveva dire: "Questa ragazza infelice pare rivada nel tempo in cui era felice..."»

Festeggiamenti, tolette, gioielli. E malgrado le tolette e i gioielli e la ricchezza che avanzava, ella era semplice, mai eccentrica nelle vesti, mai eccessiva negli adornamenti. Ella era sempre Coralla Kroon: la giovanetta che era giunta in America sconosciuta e per quel suo viso d'angiolo aveva tutti incantato. Parlava poco, sorrideva con dolcezza. Era quieta.

Una sera le presentarono, durante un grande ricevimento, un italiano. Era figlio d'un potente industriale italiano, girava il mondo per conoscere come esso era fatto e per apprendere dove c'era la possibilità di apprendere. Era milanese. Ed ella gli parlò di Milano. E gli disse di avere una casa, in quella bella via prossima alla strada dei Giardini...

«Ah!» esclamò il giovane. «Abita, nella casa dove ha anche lei un appartamento, un mio amico, il tenente Luis. Tra pochi giorni egli arriverà qui con la sua bella nave...»

Coralla Kroon quietamente mormorò:

«Io conosco il tenente Lauro Luis. Ci siamo conosciuti a

Milano, casualmente. Egli era sul suo terrazzo, io sul mio e poiché abbiamo gli appartamenti allo stesso piano non fu difficile scambiarci qualche parola... Ma scusi... C'è il commendatore Pace che con sguardi eloquenti mi fa capire che vuoi farmi conoscere qualcuno...»

Gli tese la mano, se ne andò. Indossava l'abito azzurro comperato in Italia. Le stava molto bene quell'abito, ed ella era straordinariamente bella. Ma Coralla Kroon aveva la sensazione di essere vuota e inutilmente bella: come lo era appunto l'abito che quella sera aveva posato su una poltrona.

«Stanca?» le domandò Pace.

«Molto...»

«Andiamocene...» confermò Pace. «Deve riposare un paio di settimane per essere pronta poi a riprendere la sua attività che oramai avrà ben poche interruzioni...»

Ma non fu possibile per Coralla Kroon e Dick Doricon riposare totalmente. Quasi ogni sera erano invitati in ritrovi eleganti e famosi. E una sera Coralla sentì il bisogno di essere bella, bella come non mai, elegante come non mai. Le avevano portato un abito bianco, di tulle arricchito da un'enorme fusciacca di velluto rosso cupo e della quale i capi scendevano fino a terra, come la gonna. Nel corsetto, che aveva una scollatura casta, era appuntato a sinistra un grosso papavero di rubini. Null'altro.

Nei capelli Coralla Kroon aveva, a tenere rialzata una ciocca ondosa, un minuscolo papavero di rubini. Nude le braccia, senza ornamenti le mani, libero il collo. Ed era bella. Ed era così diversa da tutte le altre donne che Doricon, vedendola, mormorò:

«Sei fatta per la gioia degli occhi e la felicità del cuore...»

Le tre sorelle la guardavano beate. Ed erano un poco scontente che ogni sera o quasi Pace volesse Coralla e Dick con lui e con i soliti affaristi come lui.

«Dove andrete questa sera?» chiesero le sorelle.

«Ancora non si sa» rispose Doricon. «Pace ci ha pregati di esibirci, ma non sappiamo ancora dove faremo bella mostra di noi.»

Avrebbe preferito restare in casa, con la sua bella, giovane fidanzata. Avrebbe preferito cianciare con lei del futuro o anche progettare films o rivelare a lei le proprie speranze e le proprie ambizioni.

Quando annunciarono Pace, mise sulle spalle di Coralla il gran mantello bianco foderato di velluto rosso e sospirò:

«E andiamo a sorridere...»

Nell'automobile Pace disse il nome del locale dove erano attesi. Un nome di locale lussuoso e importante dove tuttavia Coralla Kroon era già stata altre volte.

E fu la festosa storia di sempre e che sempre lasciava Coralla indifferente. Ma lei era indifferente dentro di sé; ché al pubblico, da perfetta artista, riusciva a dimostrare contento, soddisfazione, anche riconoscenza. Era assurta oramai al posto di altre divine, con la sua giovanissima età era la nuova stella-fanciulla-bambina. A confermare quel suo ruolo stava il suo viso. Il quale, se si adombrava, faceva subito pensare al volto d'una bimba rimproverata a torto. E allorché si illuminava ricordava ancora l'espressione miracolosa e deliziosa dei bimbi che si vedono offrire un balocco inatteso.

Ballava poco, Coralla Kroon, tuttavia aveva imparato a muoversi docilmente ed elegantemente tra le braccia di un cavaliere. E ballava appunto con un anziano miliardario che le sussurrava cifre "canaglia" per invogliarla a lasciare la casa dove era e a passare in quella che egli finanziava, allorché si fermò. E con lei si fermò, naturalmente, il suo cavaliere. Egli la guardò, quella bella fanciulla, sorrise, esclamò:

«Oh! Che mai ha visto?»

Con dolcezza, senza distogliere lo sguardo di dove l'aveva fermato, ella si svincolò dall'uomo. E piano, con tono di preghiera, mormorò:

«Non le spiaccia se vado a salutare un amico italiano...»

Fecero ala tutti al passare di Coralla. Ma lei non vide alcuno. In piedi, prossimo a una delle porte d'ingresso alla sala, c'era il giovane figlio di grande industriale che Coralla aveva conosciuto qualche sera innanzi. E a suo lato il giovane aveva il tenente Lauro Luis, in divisa. Verso Lauro Luis che immoto e pallido scrutava tra il pubblico, Coralla Kroon andò. E gli fu davanti, d'improvviso.

«Coralla...»

Tese le mani a lei, le serrò, se le tenne. E così profondo era il pallore su quella faccia virile che il salino, il sole e il vento di mare avevano abbronzato e brunito, che d'un tratto egli parve livido. L'amico suo ebbe uno sguardo di smarrimento. Fissò Coralla, fissò il giovane ufficiale. Fulmineamente intuì che fra i due doveva esserci qualche cosa, rapidamente si diede dello stupido pensando:

"E io che ho invitato qui Lauro promettendogli una bella sorpresa... Pensavo di fargli rivedere una vicina di casa, ma temo di aver combinato un pasticcio..."

«Coralla... Credevo impossibile di poterti vedere questa sera... E tu sei qui...»

Ed ella gli lasciava le mani, e sollevato il fiero e serio viso guardava al giovane. Ma se le labbra non sorridevano se nessun tratto del volto rivelava emozione, gioia o smarrimento, tutto dicevano i grandi occhi belli. Fissi nel volto maschio, lucidi, luminosissimi, tutto dicevano quegli occhi eloquenti e sinceri.

Fu come una staffilata la voce di Pace:

«Coralla... Non dimenticherà il fidanzato e gli ospiti, credo! Oh, tenente Luis! Benvenuto... Rivedrà poi la signorina Kroon: ora ella ha impegni gravi e con il suo fidanzato che sta cercandola e con gli ospiti che l'attendono.»

«Un momento» interruppe Coralla. «Trattenga Dick. E dica agli ospiti che ho trovato un concittadino, un amico, un vicino di casa. Dica ciò che vuole. Io devo stare con il tenente qualche minuto...»

«Ma lei non può, Coralla, non è ammesso che...»

Coralla aveva infilato il suo braccio in quello di Lauro Luis. Lo incitava ad avviarsi. Ed egli, decisamente, seguì l'invito della fanciulla. Attraversarono una sala affollata: un corridoio affollato. Sorrisi, cordialità, parole di ammirazione al passaggio di Coralla Kroon. Un poco di stupore su qualche volto al vederla al braccio dell'ufficiale. Ma notando la divisa della Marina italiana, gli ospiti, abituati a guardare il mondo con larghezza di sentimenti e bontà di vedute, ammettevano senz'altro che la giovane Coralla doveva aver incontrato un amico giunto dall'Italia.

Commentò Betty Gayor, tranquillamente:

«Potrebbe essere un temibile rivale per Dick quel magnifico ufficiale della Marina italiana. Potrebbe esserlo se la giovane Coralla non fosse tanto intelligente da rendersi conto che per fare carriera lei ha bisogno di un Doricon e non di un ufficiale di Marina...»

Ma non c'era quiete in nessun angolo. E d'un tratto si udì, inviperita, la voce di Pace che urlava:

«Non voglio si fotografi la Kroon con l'ufficiale di Marina! Do querela a quel fotografo che...»

Una porta si aprì davanti a Coralla Kroon. Spingeva il battente una mano bianca, grassoccia, carica di stupendi gioielli. Era la mano della scaltra e compiacente Gayor. Che disse sogguardando e Luis e Coralla:

«Entrate qui se volete essere in pace...»

E nel suo bellissimo italiano aggiunse:

«Ma fate che Pace con la P maiuscola non vada in furia...»

I due furono in un salottino dove il proprietario del locale teneva canestri di fiori e dove una donna, reggendo un annaffiatoio d'argento piccolissimo, bagnava piano piano gardenie, orchidee e rose.

Alla fioraia Gayor disse poche parole che Coralla non poté capire perché pronunciate in un americano stretto e rapido. Comunque la donna posò il suo annaffiatoio e sparì.

Il terreno era bagnato. L'aria profumata e fresca. E una vasca bassa a livello del suolo e bordata di marmo verde e grigio offriva ninfee bianco-rosa. Non c'erano che due seggioline di legno. Non c'erano mobili. Una lunga tavola di metallo, a fori, reggeva i canestri fioriti.

Coralla guardò Lauro. Gli posò la fronte sul petto. Egli era tanto più alto di lei che di tutto il capo la sovrastava.

«Lauro...»

Ed egli, tenendole attorno agli omeri le palme, chinò il viso e con la bocca nei capelli di lei mormorò sognando:

«Sei dunque tu la sorpresa! L'amico mio mi aveva detto di seguirlo che avrei avuto una sorpresa simpatica... Lo seguii, pensando di trovarmi con amici italiani che sono qui da qualche tempo... E venni qui scontento, irritato d'essere tra la folla, pronto ad andarmene per prepararmi all'incontro con te.... Un incontro che volevo definitivo, Coralla... Perché io ti portavo qualche cosa di grande. Qualche cosa che a me pareva veramente grande. La mia libertà. Amelì Della Valle non è più la mia fidanzata. Non ho potuto continuare la mia bassa menzogna: ho scritto alla sua famiglia dicendo che il mio cuore s'è votato a un'altra donna e che non posso ingannare la tenera e dolce innocenza di Amelì... E come seppi che eri qui mi parve di tornare a vita nuova: ma quell'uomo, quell'insopportabile uomo, mi ha pugnalato subito, come io gli apparvi...»

Strinse le mani su gli omeri di lei: un poco la scrollò:

«Dimmi! Che è questa sciocca storia del tuo fidanzamento con Doricon? È sempre pubblicità? O c'è qualche cosa di più serio tra voi due?»

Tolse le mani dalle spalle di lei, lasciò ricadere le braccia, fece un passo indietro:

«Non è necessario che tu menta, Coralla. Se ami Doricon o se vuoi sposarlo, puoi essere sincera. Significherà che avrò sbagliato io affidandomi a te, sfidando il mondo per venire a te, dando un grande dolore a una piccola innamorata per dedicarmi a te. Non mentire, non mentire, Coralla. Io sono qui e ti amo. Non mi far male...»

Coralla Kroon aveva, ella pure, le braccia lungo il corpo.

E guardava su a lui emergendo da quel suo abito candido che dalla parte del cuore aveva un vivido palpitare di rubini. Guardava a lui e taceva, Come se le parole dell'uomo la incantassero e da quell'incanto ella fosse soggiogata così da non poter proferire parola alcuna.

Davanti a lei, pallido, diritto e bello, con un'ombra fosca sotto gli occhi, con le mascelle contratte, egli attendeva. Era là, diritto, rigido, quasi in posizione di attenti. Ma pareva a Coralla che quella figura alta e slanciata oscillasse un poco. Come se il giovane faticasse a tenersi ritto, come se egli fosse pronto a crollare.

Fu allora che la fanciulla capì di dover tacere. Capì che Lauro Luis l'amava più di quanto ella avesse supposto mai, che per lei, tacitamente, lentamente, tenacemente, aveva distrutto tutto quel mondo nel quale viveva, s'era scavato la via per l'evasione, era padrone della propria libertà e quella libertà a lei offriva. Coralla Kroon sapeva che se avesse detto la verità Lauro Luis, l'uomo che lei amava più d'ogni cosa al mondo, sarebbe crollato sul pavimento bagnato o contro la fiorita di gardenie, orchidee e rose.

Si avvicinò all'uomo: ancora posò la fronte contro la spalla di lui. E stando così, a lui disse:

«Amo te solo, Lauro. E lo sai. Ma almeno per qualche tempo devo farmi credere la fidanzata di Doricon. Bisogna che io mi affermi totalmente... poi...»

Sollevò il viso pallido dove gli occhi ben aperti, larghi, fieri e dolci avevano una bellezza sorprendente.

«Poi verrò a te, con la mia celebrità, con il mio bel nome. Basterà un altro film... Due films... E poi potremmo perdonarti di portare all'altare me invece della contessina Della Valle...»

Qualcuno bussò: un picchiettare rapido e leggero di colpi che parevano un avvertimento di pericolo. La porta si dischiuse, il volto di Betty Gayor apparve.

«Bisogna uscire» ella disse. «Vi cercano... E per essere il colloquio di due concittadini questo è durato anche troppo... Vieni con me, Coralla. Lei, tenente, resti: uscirà fra un minuto.»

«Ma perché?» scattò Lauro Luis.

«Ah...» rise Betty. «Non domandi tanti perché... Se ne rivolgono già troppi gli altri che non sanno dire perché Doricon giri come un pazzo e perché Pace sia rosso come un segnale di stop.»

Fece un cenno a Coralla, l'attirò per trascinarla fuori. E come l'ebbe fra le mani ciangottò:

«Bisogna essere o pazze o eccessivamente innamorate o stupide.»

Se la tenne vicina, un braccio attorno alla vita. Sorrise arguta, come se scherzasse con la ragazza e disse invece alla giovane:

«Pazza no. Sei una ragazza con un cervello che funziona.

Stupida no, sei molto intelligente. Eccessivamente innamorata, allora. Ma qui casca l'asino. Eccessivamente innamorate vuole dire essere un poco pazze e un poco stupide. Ora rimedia alla pazzia e alle sciocchezze che vai facendo rivelando a tutti che il tenente Lauro Luis doveva dirti molte cose che ti interessano... Per esempio doveva darti notizie di comuni amici e doveva anche portarti la notizia che una comune, vecchia e carissima amica è morta. Io sapevo piangere quando dovevo inventare la morte di un'amica. Tu? Provati... Piangi quel tanto che possa commuovere gli altri e non sciupare gli occhi a te...»

Si trovò fra le braccia di Pace che volgendosi irato a Coralla sibilò:

«Diamine! Che mi sta combinando? Avanti, venga... E inventi qualche cosa per Dick... Gli dica che non è stata sola con Luis. Gli dica che è stata con lui e amici italiani. E insieme avete parlato di tante cose, anche...»

«... anche di quella carissima e comune amica, morta, poveretta» irrise Coralla Kroon. «Morta di qual male, per favore?»

«È inutile ironizzare, cara ragazza. Anche perché, dopo la notte di Castelguelfo, mi pare assurdo puntare sempre su Lauro Luis. O pensa che la vorrà anche sapendo che è stata di Doricon? Via! Testa a posto, cara. E andiamo...»

Coralla Kroon s'era fermata, le braccia abbandonate, ma non aderenti al corpo. Ferma, immota, a capo chino ella teneva le braccia molto distaccate dall'ampia gonna: pareva meditasse un salto o un volo. E invece cadde in avanti, ancor prima che qualcuno potesse accorrere.

Rimase bocconi. Istanti di terrore; poi fu Betty che urlò:

«Sangue!»

Allora furono anche in troppi, attorno a Coralla Kroon. Poi, rudemente e decisamente, un medico allontanò tutti.

Vide subito che il sangue colava dal naso e dalla bocca. Il colpo ricevuto in pieno viso aveva provocato una lieve emorragia. Ma non c'erano ferite. Tuttavia Coralla Kroon restava svenuta.

Disperato, Pace s'era accasciato su una poltrona e stava

chino, i gomiti su i ginocchi, i pugni a sorreggere la testa. Nella piccola sala dove avevano portato Coralla c'era Betty con il medico. E questo disse all'artista:

«Provvedete perché non entri alcuno. Sono certo che la signorina è svenuta solo perché era stanca. È molto giovane. Forse a casa sua a quest'ora dormiva da gran tempo, quando non era celebre... Ma già si riprende... E questa infermiera?»

L'infermiera scivolò tra uscio e stipite e apparve reggendo la cassettina di soccorso. Coralla aveva già riaperto gli occhi quando cautamente e delicatamente le tolsero dal viso, dal petto e dalle braccia il sangue che qua e là la imbrattava. Accanto al papavero era caduta una grossa goccia di sangue: e pareva che un altro papavero fosse sbocciato un poco più in là, opaco accanto a quello fulgido.

«Come va?» domandò il medico a Coralla Kroon.

«Mi pare di aver battuto il capo...»

«L'ha battuto: anzi, ha battuto la fronte cadendo improvvisamente in avanti. Può dirmi se ha sentito ronzio, capogiro, nausea, dolore?»

Coralla Kroon era in una poltrona, stava abbandonata all'indietro, le mani posate su i braccioli. Sorrise con tanta amarezza. Tutte le parole di Pace le bruciavano il cervello, come dianzi. E oppressa da quelle parole roventi ella rispose al medico:

«Ho sentito male... Male dappertutto. Come se mi ammazzassero. E forse, dottore, mi hanno ammazzata.»

«Che cosa?» domandò l'uomo, preoccupato, piegandosi davanti alla ragazza, tentando di scrutarle gli occhi e il viso. «Che cosa dice?»

Coralla capì che il medico temeva un delirio. Scosse il capo e soggiunse:

«Lei capisce bene l'italiano, dottore. Si renda conto quindi che non deliro. Ciò che ho detto è la verità. Mi hanno ammazzata. Dentro. E non importa se lei non può capire.»

Una espressione di grande bontà era negli occhi del medico. Ed egli mormorò, lisciando i capelli di Coralla Kroon:

«Ho il diritto di chiedere che cosa le hanno fatto?»

Lei sorrise, amara:

«E quando sapesse? Avrebbe perso tempo ad ascoltare una brutta e lunga storia e non avrebbe risolto nulla. Conta andare avanti, ora. Tutto il resto è alle spalle.»

«Ma lei non potrà andare avanti subito... Ha bisogno di riposo. Come può una creatura che sia morta dentro, come lei dice, andare avanti? Essere morti dentro è peggio che essere distesi rigidi su un letto. Riposi. E se le pare che l'aria del suo paese possa farle bene lo dica: ordinerò a Pace di farla partire.»

«Sono giunta da troppo poco tempo perché si possano dare ordini di questo genere. Io devo rendere molto danaro.»

«Mi consideri a sua disposizione. Tenendo presente che io preferisco vedere lei sana e forte, piuttosto che ancora più ricco il commendatore Pace. Ogni medico che abbia coscienza deve pensare a salvare una giovinezza prima che ingrossare una ricchezza. E lei è così giovane... Così giovane e così...»

Sorrise. Soggiunse:

«Mi fa pensare a un cucciolino chiuso in un paniere e portato qua e là, per le mostre e le esposizioni in cerca di un acquirente che paghi bene...»

E la ragazza:

«Un panierino, lei dice? Forse ha ragione... La mia vita è cominciata così... Un panierino e Coralla in giro per il mondo...»

Il medico ebbe paura di veder scivolare la ragazza nel patetico. Allora ebbe una risata serena riprendendo:

«Se non le piace il paragone del panierino pensi a qualche altra cosa. Comunque si convinca che lei deve riposare e se possibile lontana da tutto questo...»

Con atto ampio indicò ciò che era attorno. E Coralla capì bene che quanto era attorno voleva dire: mondo, fragore, convenevoli, cinematografo, fatica, finzione... Allora, quietamente mormorò:

«Non è facile, dottore, rinunciare a tutto questo. Bisogna che lei mi rimetta in piedi...»

Qualche goccia di medicinale, e Coralla fu, come ella voleva, in piedi. E allora si avvicinò a una specchiera: si guardò, corresse l'onda dei capelli. Sorrise. Si volse al medico, quasi con aria di sfida. Disse scandendo le parole:

«E ora torno nelle sale...»

Sentì sul collo un alito odoroso di sigarette: l'inequivocabile alito di Pace. Senza volgersi, senza muovere quasi le labbra, Coralla Kroon dichiarò:

«Viva tranquillo. So bene che non posso andare incontro a Luis. Ma consenta che Luis venga a me, almeno per il tempo che resterà qui.»

«Impossibile...» ansimò l'uomo che faticava a trattenere la sua ira. «Non ammetto commenti. E non ammetto soprattutto che Dick Doricon diventi ridicolo...»

Ella si voltò di scatto. Era pallida. Aveva le narici rosse e palpitanti. Aveva un livido sulla fronte e un labbro era un poco tumido.

«E neppure può presentarsi così» scattò Pace. «Sono tutti incitrulliti? Anche il medico che la lascia uscire senza guardarla. Ma non l'ha veduta quell'uomo?»

«Sì. Ma non ha osservato il mio viso. Ha guardato dentro di me.»

«Per l'amore di Dio, Coralla! Non facciamo romanzi a fumetti! Sono per il cinematografo, io! La immobilità delle immagini mi esaspera quasi quanto il suo atteggiamento...»

Ma d'improvviso sorrise e andò incontro a qualcuno... Coralla lo seguì con lo sguardo e vide che Pace andava verso Doricon. Inutile fu il tentativo di trattenere l'artista, inutili furono i gesti e le parole di Pace. Doricon lo scansò, decisamente, e decisamente si diresse verso Coralla.

«Ma che cos'è accaduto? Si sussurra d'un tuo malessere... Che hai, Coralla?»

Cinse la ragazza, la guardò, dimentico della folla che si muoveva assai prossima. La scrutò, mormorò, sconsolato:

«Che è avvenuto?»

E la ragazza:

«Sono una stupida collegiale non ancora abituata agli abiti da sera... Non ridi di me, Dick, se ti dico che ho inciampato nella lunga gonna e che sono tonfata in avanti come un bimbo che correndo non veda un sasso e perciò caschi al suolo? Oh, non lo ripetere, Dick... La gente riderebbe di questa goffa Coralla Kroon...»

E l'uomo, commosso e felice:

«Tesoro! Sei caduta! Per colpa dell'abito...»

«Eh, no!» lei rise mettendosi una mano davanti alla bocca, premendola un poco su la bocca stessa. «Eh, no! L'abito non ha colpa! La colpa è di tutti voi che mi vestite come una donna importante...»

E Dick la ridisse quella fola. E Dick andò a narrare che la dolce bimba che era la sua fidanzata aveva preso un inciampone, che la ragazzina ancora non era abituata agli abiti importanti. E la folla, pronta a innalzare un idolo pur se questi commette una balordaggine, si entusiasmò. E Coralla venne ancor più amata perché, non usa a portare l'abito da società, aveva in esso inciampato.

La gente commentava, piacevolmente. E Betty a lato di Coralla sussurrava parole di elogio per la menzogna, irridendo alla credulità di quella folla ricca, un poco satura di alcool, un poco intontita dai profumi e dalle sigarette. Elogiava Coralla, irrideva il mondo, la vecchia artista. E d'un tratto, serrando un gomito alla ragazza, sussurrò:

«Il tuo ufficiale di Marina se ne è andato. A Dick non parlare di lui. Cadrebbe la tua commedia: quella dell'abito nel quale hai inciampato.»

Coralla, pronta, si volse all'attrice:

«Ma io devo pur dirgli che desidero avere un ultimo colloquio con il tenente Luis...»

«Non gli dire nulla! Racconta sempre il meno che puoi agli uomini. Soprattutto se sono innamorati. Quando l'amore sarà diminuito, ti rinfacceranno ciò che sarai stata capace di far accettare a loro allorché amavano profondamente. Ogni amore per quanto grande e sincero è destinato ad avere una parabola discendente. Guardati bene dal dire troppe cose di te allorché l'amore sarà nel suo culmine. Dopo, mentre l'amore scende, tutto ti rotolerebbe addosso. Perché ricorda, bimba, che gli uomini hanno buona memoria quando devono rinfacciarti qualche cosa di antipatico. Dimenticheranno se li avrai assistiti notte e giorno durante una loro malattia, ma ricorderanno che, a un dato momento della loro malattia, ti sarai addormentata per due minuti. Tutto quello che avrai fatto sarà cancellato: sarà ricordato solo quello che non avrai fatto in due minuti... Ed ecco che Dick torna... Chi l'aveva portato lontano? Pace probabilmente, per darmi tempo di metterti in guardia...»

Coralla vide lo sguardo di intesa che Pace scambiò con Betty Gayor. E udì che Dick brontolava scontento:

«Mi sono trovato lontano da te, Coralla... E non voglio che ci separino ancora. Andiamocene... Senza salutare alcuno...»

Senza salutare alcuno. Ma Betty fu alle loro spalle. E tranquilla, irridente, con la sua voce chiara e petulante, disse forte:

«Senti, bellissimo! Mi vuoi mandare Coralla, domani? Le insegnerò a camminare senza inciampare. Non mi dire che ci sono i maestri di scena. Lo so. Ed è forse per questo che ai miei primi films mi rimproverarono mancanza di spontaneità. Mi muovevo con le idee altrui, non con le mie! Mandami Coralla. Le insegnerò a portare gli abiti da sera. E per l'amore di Dio non accompagnarla. Non saprei che farmene d'uno spettatore solo. Sono abituata alla folla, io.»

A Coralla, che già era nella vettura, Betty disse ancora ridendo:

«Telefono io, ti mando a prendere io. Liberati da quest'uomo, per favore. Digli che rimanga nella sua villa ad attendere. Lo faremo attendere molto...»

La vettura si mosse. Coralla aveva male al capo, alla fronte, alle labbra. Si sentiva tutta un dolore e al dolore fisico si univa una stanchezza morale che la schiantava. Sapeva che Lauro Luis non era lontano. Intuiva che Betty avrebbe procurato con Lauro un colloquio. Ma sapeva che da quel colloquio ella sarebbe uscita irrimediabilmente sola.

A casa Dick narrò della caduta di Coralla. Una delle tre sorelle si esaltò narrando d'una bambina che nel giorno in cui aveva dovuto essere damigella a nozze e indossare una veste lunga lunga aveva fatto come Coralla: era caduta...

Coralla e la piccola ignota che aveva impigliato il suo piedino in un lungo abito vennero confuse: due angioli.

Le stelle erano poche e pallide quando Coralla Kroon poté finalmente coricarsi. Sentì le labbra dolenti. La fronte ardente. Un ginocchio dolorante. Riudì le parole crudeli di Pace. Tuffò il volto nel guanciale, mormorò, senza piangere:

«Lauro... Ti dirò tutto. Voglio che tu sappia perché sbagliai, voglio tu sappia che mi sarei salvata se non ci fosse stato l'anello ad Amelì... Il fidanzamento con Amelì...»

Male di capo.

E un'ambascia che le mozzava il respiro. E l'immaginazione che andava alla casa di Betty... Che cosa avrebbe fatto, Betty? Sperò, follemente, in Betty. Vide nella casa dell'attrice entrare Lauro Luis... E poi?

Il volto nel guanciale, la bocca contro il lino, lei disse piano:

«E poi non so. Dammi, Signore, la possibilità di baciarlo ancora una volta. Dammi la gioia di sentirmi fra le sue braccia... Per un minuto, o Signore... E poi tutto sarà finito...»

E il sonno la vinse. E non sognò. Fu un sonno pesante, fondo, privo di bellezza. Si destò e si sentì stanca. Scivolò dal letto, andò allo specchio. Trasse un gran sospiro di sollievo. C'era solo un piccolo livido sulla fronte. Tutto il resto era perfettamente a posto. Si tuffò nella vasca azzurra della sua azzurra e straordinaria stanza di bagno. Indossò un abito di tela grezza, calzò sandali uguali nella stoffa e nel colore all'abito. Cinse una cinturetta di vernice azzurra, infilò nel taschino dell'abito un enorme fazzoletto di trasparente lino azzurro. E fu pronta.

Quando discese le dissero che Betty Gayor aveva telefonato avvertendo che avrebbe mandato la sua vettura. Voleva Coralla a colazione. Voleva Coralla per tutto il giorno.

Con la sua veste grezza, i sandaletti di bambina e il suo enorme fazzoletto azzurro che mandava le cocche al vento, Coralla salì, gioiosa, nella vettura di Betty Gayor. Sul cancello Dick la salutò festosamente. E poi le sussurrò:

«Grande, la nostra Gayor... Ma non fece economia di mariti. Sposava i suoi amanti... Cinque mariti li ho conosciuti io... Gli altri no, ché non ero ancora dell'ambiente cinematografico. Perciò, Coralla, accetta i suoi consigli. Solo quelli che riguardano la scena, si intende. Ché se mai ti suggerisse una scollatura più audace o un atteggiamento più provocatore, consigliati con me prima di mettere in pratica i suoi consigli...»

«Sii tranquillo» Coralla rispose. «So che Betty mi insegnerà soltanto a camminare...»

E dentro di sé concluse:

"A camminare sul mio cuore, a distruggere il cuore di Lauro, ad accettare ciò che gli altri chiamano enorme fortuna e portare il tuo nome, Dick Doricon..."

La vettura, partì. Coralla si abbandonò. Neppure sapeva dove esattamente abitasse Betty Gayor. Ma immaginava una villa stravagante come la ex-attrice. Fu stupita vedendo una costruzione bassa e larga, color grigio perla, con lucide persiane pure grigio perla, con alberelli uguali posti a distanza uguale l'uno dall'altro, con stilizzate aiole a fiori azzurri e gialli, alterni. Con una piscina non grande, bordata di azzurro e giallo, adorna, qua e là, di seggiole e poltrone azzurre e gialle. Ordine, quiete, pace. E per il vano lasciato dal cancello largo e basso entrò la vettura che recava a quella pacifica villa Coralla Kroon.

Un cameriere in calzoni bianchi e casacca azzurra, una cameriera vestita di nero e con grembiale azzurro attendevano Coralla Kroon. Ma passando tra cameriera e cameriere apparve Betty Gayor: vestita di bianco, con una triplice collana azzurra, con un gran sorriso confortante e tranquillante.

«Benvenuta!» ella salutò. «Sembri scappata di collegio in questo momento... Bene! Siamo intonate: azzurro hai tu, azzurro ho io. E tra poco verrà il principe azzurro. Tutto combinato, bimba. E se viene a sapere qualche cosa Pace succede il finimondo. Ma che può interessare a me, Pace? Io non servo più a lui e lui non serve più a me. Ti piace la mia casa? Me la sono costruita con un solo film. Vieni.»

La spinse leggermente: ma poi le passò davanti. Corridoi chiari, pochi mobili e belli, dove il cristallo e l'ottone spazzolato e talvolta inciso dominavano. Pochi e magnifici tappeti. Niente fiori, ma piante verdi pregiate. E finalmente un salotto con poltrone di pelle azzurra, una bassa tavola di cristallo nero. Un enorme portacenere azzurro sul cristallo nero.

«Ti pare adatta questa stanza per un marinaio? Direi sì... Avrà l'illusione di navigare, fra tanto azzurro...»

Coralla Kroon s'era trovata in una poltrona assai comoda, anche troppo comoda per lei che vi si smarriva. E alle parole di Betty Gayor si sollevò, puntò le mani su i braccioli, chiese protendendosi:

«Verrà Lauro, qui? Ma come ha potuto, signora...»

«Ah, non mi rivolgere troppe domande ché cadrei in confusione. Ho ricordato che il mio terzo marito era qualche cosa nella Marina americana. Gli ho detto che avevo bisogno di parlare con un certo ufficiale della Marina italiana: s'è messo a mia disposizione. Figurati, alle tre del mattino mi diceva di non avermi mai dimenticata. Gentile, vero? Un uomo, svegliato alle tre dopo mezzanotte, di solito non è gentile neppure con la donna, direi, che ama in quel momento. Esserlo con una che dopo di lui s'era ripetutamente rimaritata significa appartenere a una classe extra. Quindi, per merito del mio terzo marito tu avrai qui, tra poco, il tuo primo amore. Ma dimmi, bimba. Che cosa è avvenuto tra lui e te? Qualche cosa di grave? Intendo dire, grave nel senso...»

«No... Nulla è avvenuto tra Lauro e me» rispose Coralla Kroon subito, senza esitare.

«Ma fra Dick e te sì... E allora?»

«E allora io devo dire a Lauro che mi dimentichi, che non attenda più Coralla. Ed è tremendo dire questo a Lauro perché egli ha lasciato Amelì per me... E io non sono degna di lui...»

Betty Gayor corrugò la fronte, premette la punta dell'indice su un labbro, disse piano:

«Un momento... C'è qualche cosa che non so e non capisco... Ti vuoi spiegare?»

E Coralla Kroon, piano piano, tutta abbandonata nella

poltrona, gli occhi chiusi, le mani su i braccioli, raccontò. Portò Betty Gayor nel collegio, la fece assistere alla partenza di Coralla dal collegio. La guidò con Coralla alla casa in prossimità di via dei Giardini. Le parlò di Lauro e di Amelì, delle cattive maniere della madre di Lauro. E alla fine le narrò del tormento patito nell'apprendere che Lauro s'era fidanzato ufficialmente. E ancora le disse che per quel fidanzamento lei era caduta là, presso il laghetto a Castelguelfo...

E Betty, pestando pugni su i braccioli della sua poltrona, scattò:

«La solita stupida anche tu! Per vendicarti di un uomo rovini te stessa! Tutte così le donne! Per far dispetto a un uomo che le ha abbandonate si deturpano la faccia: mettono là dove c'era un viso d'angiolo un mascherotto comune, volgare, indisponente... Diventano come tante, come troppe... Per far dispetto a lui! Stupida! E ora? Che dirai a Lauro?»

«La verità...»

Betty pensò. Poi ribatté, decisa:

«Tu starai zitta. Perché il tenente Luis è capace di andare a prendere per il collo Dick Doricon. Tu sei minorenne. Può nascere una brutta storia. Tu starai zitta... Perlomeno starai zitta fino a che sarai qui, sotto questo cielo. Un giorno, non so quando, ma sotto il tuo cielo, lontano da Dick e da tutto questo ambiente nostro, parlerai...»

«Ma perché? Perché devo tacere?»

E allora Betty mutò faccia: divenne ostile:

«Perché non devi sconvolgere il nostro mondo, tu! Ti abbiamo adorata come angiolo. Non devi far nascere uno scandalo rivelandoti niente angiolo. Tu starai zitta. Dirai a Lauro Luis che devi terminare un altro film, che fino a quando il film non sia finito dovrai lasciar dire che sei fidanzata a Doricon. E finito il film, ottenuta maggior gloria, partirai. Può darsi che Lauro Luis passi sul tuo incidente di Castelguelfo. Può darsi che non ci passi. Se sarà indulgente resterai accanto a lui. Se non lo sarà tornerai qui e sposerai Doricon. Ma qui, non farai nascere scandali. Li conosco i tipi come il tuo Luis. Capaci di schiaffeggiare un Doricon. E questo non lo vogliamo, bimba. Non perché io abbia tenerezze speciali per Doricon; ma perché non voglio noie... Zitta dunque, Coralla...»

Si volse alla porta. Si alzò. Ripeté:

«Zitta davvero, sai. Perché egli è qui...»

Il cameriere si fece di lato. E sulla soglia, alto e serio nella sua bella divisa, apparve Lauro Luis. Si inchinò davanti a Betty: le baciò la mano. E poi le disse:

«Grazie... Non so per quale ragione lei si sia adoperata tanto per noi, comunque, ripeto, le sono grato...»

Coralla Kroon s'era levata: aveva tentato un passo. Ma s'era fermata. Verso di lei andò, diritto e deciso, Lauro Luis. E Betty, sul ritmo del passo veloce di lui, lo seguì e gli fu a lato. Allora, guardandola, Coralla vide che ella era spaventata. Sorrise. Disse quietamente:

«Vuole restare, Betty, e volterà la faccia altrove quando Lauro mi bacerà... o se preferisce andarsene vada e sia tranquilla.»

Ma il giovane, che le era davanti, le afferrò ambedue le mani.

«Coralla!» implorò. «Coralla, dimmi che non sei fidanzata a Doricon! Spiega tutto ciò che avviene, perché io...»

Betty disse con dolcezza:

«Scusate, me ne vado... A che servo, io, qui?»

Lauro Luis le mandò un'occhiata riconoscente. E come furono soli, egli attirò sul cuore Coralla e la baciò. La baciò sulla bocca, teneramente, devotamente, perdutamente. E sotto quel bacio Coralla diceva a se stessa e al suo cuore:

"Dio ti ringrazio... Egli mi bacia ancora... Ancora un bacio, o Signore."

E poi il giovane si distolse da lei, la sospinse in una poltrona, le cadde davanti. E con un sorriso dolce, nuovo per Coralla, egli mormorò:

«Vedimi qui in un atteggiamento romantico e forse ridicolo. Ma assolvimi pensando che sono tutto mutato dal giorno in cui per la prima volta ti portai in macchina con me. Lo ricordi quel giorno, Coralla? Io andavo, vestito del mio cinismo. Ci seguiva una vettura con un personaggio ignoto. Quel personaggio rappresentava il tuo destino. Era destino, Coralla, che tu mi fossi portata via per poter capire quanto mi eri cara. Era destino che tu mi fossi presentata come fidanzata a Doricon per comprendere quanto ti amavo, era destino che tu mi portassi, per ribellione, ad accettare il fidanzamento ufficiale con Amelì, per comprendere che mai, mai sarei stato felice con Amelì. Ho dovuto patire molto per capire che voglio te. Ho dovuto passare per tutte le sfumature dell'amore e della gelosia, per comprendere che nella mia vita ci sei tu. Tu sola, Coralla. Neppure mi sono chiesto che cosa avverrà quando ti presenterò alla mia fidanzata quale mia moglie. Non lo so, non mi interessa, non lo immagino, non mi sforzo di immaginarlo. So che ti presenterò con orgoglio. Perché t'ho conosciuta bambina, discoletta buona cacciata di collegio. E bambina ti presenterò anche se ti hanno insegnato a portare abiti scollati e a sorridere agli attori che ti sono compagni sullo schermo. Nulla mi chiedo, nulla so. So che sei la mia cosa più pura, più casta, più santa... Sei quella bambina che inconsapevolmente ho amato, allorché, avvistata da Toi, mi apparisti su un terrazzo disadorno... Mia Coralla!»

Chinò la fronte, la premette su le ginocchia di lei. E attese una carezza. La sentì, quella carezza. Lieve alle prime. E poi le dita insinuandosi nei capelli dell'uomo diedero a questi un fremito. Ed ella lo sentì, quel fremito, ne ebbe paura. Si ritrasse sgomenta.

Subito egli sollevò la faccia, guardò la ragazza, mormorò:

«Non aver timore mai di me, Coralla. Ma temi ogni altro uomo. Vedi in ogni rappresentante del sesso virile qualcuno sempre pronto ad offenderti.»

La fissò, mormorò:

«Hai un piccolo livido sulla fronte, Coralla. Che è accaduto?»

«Ho calcolato male la lunghezza d'un abito e ho preso un inciampone... Ma tu dicevi esattamente, Lauro. Ogni uomo è pronto a farti male. Sia attentando al tuo onore, sia colpendo i tuoi ricordi, sia malignando sul tuo conto...»

E buttò, dimentica delle raccomandazioni di Betty:

«Anche quel commendatore Pace ha voluto insinuare

qualche cosa di spiacevole per la notte di Castelguelfo...»

Candidamente, tranquillamente, il giovane domandò:

«Quale notte, Coralla?»

«Quella che passai nella casa dei contadini, in attesa del mattino, e in attesa di riprendere la lavorazione del film. Tu ricordi che là m'aveva raggiunta Dick Doricon...»

«Ricordo che ti lasciai vilmente... Ed è un ricordo che mi fa tanto male... Ti lasciai con un uomo: io che ti adoro. Non seppi reagire, non seppi dominarmi, non seppi essere gentiluomo. Adorandoti, morendo di gelosia, ti abbandonai a un altro... È la mia pena immensa quel ricordo... Non potrò più passare per quella strada senza ricordarmi di essere stato, allora, indegno anche della mia divisa...»

E Coralla Kroon, con infinita dolcezza:

«Non pensare... Ci ritroveremo là, un giorno. Saremo vicini vicini. Felici.»

Egli, stando in ginocchio davanti a lei, l'afferrò agli omeri, un poco la scosse, assai l'attirò:

«Vuoi? Vuoi che ci si ritrovi là, Coralla? Finita la crociera avrò una lunga licenza... E durante questa licenza ci sposeremo. E inizieremo la nostra nuova vita proprio là dove io, in una notte folle che vorrò dimenticare, ti lasciai... Vuoi, Coralla?»

E a lei pareva che tutto fosse delirio. Ma un delirio dolce, da febbre leggera, senza incubi e senza smanie. Se avesse potuto dare un colore a quel suo incanto lo avrebbe chiamato roseo. E Lauro Luis parlava:

«A tutto sono pronto, Coralla. Anche a lasciare la mia carriera se dovessi trovarmi di fronte a genitori decisi a togliermi ogni possibilità finanziaria...»

Delirio. Così dolce che a tratti pareva a Coralla Kroon di galleggiare pacificamente, voluttuosamente, su acqua limpida e amica. Sposare Lauro. Con lui per tutta la vita.

D'un tratto, sollevandosi un poco, egli le sfiorò le labbra.

«Cara! Caro amore mio bello! T'ho nell'anima in ogni istante. E talvolta ti rivedo com'eri il giorno in cui andasti a comperare le calze. Ricordi? Vestita come una bambina, con il cappello appeso all'elastico... Oh, come la gente ti guardava tra incredula e stupefatta! E come era bello respirare accanto a te che avevi addosso l'odore dell'innocenza! E come eri, malgrado tutto, fiera! E donna pronta a reagire e a difenderti...»

Tacque, prese le mani di lei, le capovolse, nelle palme calde della fanciulla tuffò il viso. E le parlò ancora stando così, con il volto nelle palme di lei:

«Quel giorno cominciò a crollare la piccola Amelì. Ciò che supinamente avevo accettato, mi parve violenza sulle mie idee e le mie intenzioni...»

E Coralla Kroon singhiozzò:

«E perché, perché ti fidanzasti poi ufficialmente? Perché farmi tanto male? Perché farmi morire, se già Amelì era uscita dalla tua esistenza?»

Egli si levò, alto, diritto e fiero, braccia serrate al petto. E guardò a lei che pareva piccola e lontana nella grande poltrona azzurra.

«E tu» egli domandò. «E tu non mi facevi morire a ogni voltar di pagine delle maledette riviste che m'inviavano e che mi portavano accanto al tuo dolce viso il bellissimo e celebre viso di Doricon? E tu? Per salire mi uccidevi...»

«Ma io dovevo salire per raggiungerti... Era nei nostri patti, Lauro. Non è così?»

«Ma non era nei nostri patti che tu fossi tra le braccia di Doricon per salire! Tu lo sapevi bene, Coralla, che io m'ero aggrappato a te per quel senso di pulito, di onesto e di casto che da te mi veniva...»

Le fu ancora davanti, in ginocchio. Le mani di lei tra le sue, il volto levato a lei, a guardarla bene negli occhi:

«Neppure Amelì mi aveva dato mai quel senso di casto che era in te! Forse perché capivo che per Amelì era, in definitiva, assai facile mantenersi onesta. E per te no. Per Amelì tutto era facile. Per te tutto difficile. E allora era per me una gioia folle pensare che io solo ti avevo baciato. Perché tu rappresentavi per me la ragazza che per giungere a me, pura e intatta, si era dovuta difendere... Oh, forse le idee degli uomini sono strane, ne convengo! C'è chi può tranquillamente superare un errore e amare ugualmente la donna che avrà sbagliato e c'è chi, e tra questi io sono, che esulta, combatte e tutto affronta, per avere la donna che ritiene pura tra le pure. Perciò patii ferocemente vedendoti accanto a Doricon. E anche quando capii che si trattava di pubblicità, e anche quando mi convinsi che per lanciare un nuovo viso gli americani tentavano anche l'assurdo, io non finii di soffrire. In definitiva quell'uomo ti serrava tra le braccia, ti baciava, ti contaminava... E ora devi finire questo lavoro presto, Coralla... Perché anche un bacio voluto dalla finzione scenica mi esaspera...»

Delirio. E non più soave delirio con febbre leggera. Ma violento, carico di incubi e non più roseo. Nero e fondo e abissale. Un baratro dal quale nessuno sarebbe emerso più.

Lentamente ella passò una mano nei capelli di Lauro Luis. Con voce straziante disse:

«Quanto bene, Lauro... Quanto bene ti voglio!»

La guardò. Sentì nelle poche e dolci parole uno strazio indicibile. Non capì perché lei tanto patisse. Non interrogò. Gli piacque pensare che Coralla voleva raggiungere presto il suo sogno e che soffriva per doverlo di poco rimandare nella sua realizzazione. Sorrise innamorato e beato dicendo:

«Sbriga tutto in fretta. Ho un desiderio pazzo di essere il marito di Coralla Kroon.»

E poi le serrò tra le palme il viso, avvicinò la bocca della fanciulla alla sua, la baciò a lungo, perdutamente, sentendo che quel bacio era la vita anche se la ineffabile dolcezza di esso poteva far accettare anche la morte.

Poi si alzò ancora: disse con voce un poco rauca:

«Bisogna che io me ne vada, Coralla...»

E tendendo le mani per aiutarla a levarsi:

«Quando? Quando a Castelguelfo?»

E la serrò forte al petto.

E lei rispose:

«Appena finito questo nuovo film...»

«Sbrigati, Coralla...»

Ella sorrise. L'uomo si sciolse da lei, mormorò:

«È stata molto gentile Betty Gayor. Che cosa potremo fare per lei? Invitarla a nozze? Le piacerà?»

«Chi sa, Lauro!»

Fu Coralla che andò alla porta, che la dischiuse, che scivolò tra stipite e uscio. E poco dopo riapparve con Betty Gayor. Ed era un poco pallida, Betty, e pareva invecchiata. Accettò l'invito di Lauro, guardò commossa il bell'ufficiale, guardò Coralla: e come il giovane accennò ad accomiatarsi, piano piano, a capo chino, ella si affiancò a lui e lo guidò verso l'uscita. Una vettura della Marina americana attendeva. Sulla soglia del giardino, Lauro Luis baciò la mano di Betty, strinse la mano di Coralla. Poi egli si irrigidì per un perfetto saluto militare. Nell'ombra della visiera, gli occhi di lui accarezzarono ancora una volta il viso di Coralla. Poi agilmente egli salì nella vettura e la vettura partì. Allora Betty guardò un poco attonita il giardiniere che chiudeva il basso e ampio cancello. Poi guardò Coralla. Infilò nel braccio di lei il suo braccio e avviandosi sospirò:

«Peccato...»

E Coralla Kroon non parlò. Il suo volto era fermo e i tratti puri parevano scolpiti. C'era quel piccolo livido sulla fronte. Il bel volto pareva davvero quello di una statua. Una statua che fosse caduta in avanti e sulla fronte della quale fosse rimasta, appunto, una sbavatura di polvere.

«Che farai?» domandò Betty Gayor allorché furono sole in quella stanza di dove era appena uscito Luis.

«Non lo so, esattamente» mormorò la ragazza.

Era nella poltrona, come dianzi. Un gomito poggiato a un bracciolo, la palma a sostenere la fronte. L'altro braccio ciondolava nel vuoto, inerte .

«Non lo so» ella ripeté. «Ma è certo che Lauro non saprà mai del mio errore.»

«Non lo saprà mai, è certo, perché sposerai Doricon. Ma domandavo come farai a liberarti da questo simpatico e bellissimo giovane. Meno teatrale di Doricon. Ma forse più bello. Sei destinata a piacere ai belli, tu!»

Sospirò. Guardò la ragazza.

«Penso che la cosa migliore sia andare in Italia e parlare chiaramente a Luis. Dirgli cioè che non intendi lasciare il cinematografo... Tu hai pure sempre questa attenuante. Ti piace la vita dell'artista cinematografica, ti piace il lauto guadagno che dai tuoi films ti viene. Pensi che sposando Doricon avrai sempre maggiori successi e sempre maggior guadagno e perciò...»

Con un atto stanco Coralla Kroon fermò le parole della donna. Con un triste sorriso disse:

«Farò ogni cosa molto bene. Bisogna soltanto darmi tempo. Quando Lauro avrà terminato la sua crociera, lo raggiungerò. E tutto sarà finito.»

E l'altra, quasi timorosa di vederla partire, attaccò:

«Un marito come Lauro Luis è indubbiamente un tesoro. Ma i mariti finiscono presto di essere tesori. Tocca e ritocca l'idolo, ti rimane la polvere d'oro su i polpastrelli. Sempre così... Sapessi quanto oro m'è rimasto sulle dita! E non puoi immaginare quanto sia brutto un idoletto che mostra la sua vera materia... Così che, per non assistere a tanto disastro, si cambia marito. Qui. Ma nella tua terra? Là, che forse abbiamo molti vantaggi noi che possiamo liberarci da un uomo allorché egli cessa di essere idolo! E cesserebbe anche il tuo Lauro, sai, malgrado i numeri che egli ha! Sposa Dick. Sii felice con lui. Sfrutta la tua celebrità e la sua enorme ricchezza. E dopo, quando ti accorgerai che anche lui comincia a perdere oro, divorzia...»

Rise, cinica e crudele:

«E chi sa che quale divorziata il tuo Lauro non ti accetti...»

Vide la ragazza serrarsi le mani, poi portarsele al viso. Capì di essere andata oltre la resistenza della fanciulla. Mormorò:

«Su, andiamo a vedere se ci dànno una colazione. Tu non hai appetito, è certo. Ma ti consiglio di non castigare lo stomaco per colpa del cuore. Sono così vicini questi due pezzi anatomici, che si guastano a vicenda. Va male il cuore, languisce lo stomaco: e se questo non funziona bene, ecco il cuore diventare debole ed essere facile preda delle malattie d'amore. Ci fu tempo in cui io ebbi contemporaneamente malati cuore e stomaco. Un inferno. Rischiai di compromettere la mia fama d'artista e di veder andare all'aria la mia fortuna materiale. Ascolta, non ti rovinare...»

E la sospinse nella sala da pranzo che era una stanza vasta, color verde chiaro alle pareti, color giallo oro nei legni e verde pallido nel cuoio delle seggiole e nel gran piano di cristallo della tavola. Nel cristallo erano incise figurine divertenti e arcaiche.

Coralla Kroon accettò sugo di frutta. Ingollò un pezzo di carne di odore allettante e di confezione elegante. E Betty Gayor cianciava, pacatamente, per poter masticare senza compromettere la meraviglia che il suo dentista le aveva fabbricato nella bocca. E tra ciancia e ciancia affiorava sovente la donna che affogando nel cinismo alzava talvolta un braccio per tentare di salvare quel solo verso che ancora restava d'una poesia perduta.

Poi tornarono nel giardino. Presso la piscina. E un cameriere portò bibite ghiacciate e leccornie. E Betty Gayor disse, quietamente:

«E quando tutto tramonta, cioè bellezza, giovinezza, gloria, rimane poi questo... E questo, e anche più, te lo potrà dare Dick Doricon.»

Con gesto largo presentò le mirabili e ricche cose che le erano attorno.

«Ed è comodo, sai, riposare bene, non avere pensieri, permettersi anche qualche capriccetto... Non ascoltare troppo il cuore, Coralla!»

Piegò le labbra in giù. Inforcò gli occhiali scuri, guardò attorno. Stava abbandonata, pacifica, sazia e beata. I mariti erano alle spalle, davanti a lei, confusamente, forse si affacciava qualche fugace, indifferente amore di un giorno o di un'ora. Ma salda in pugno lei aveva la sua ricchezza. Ed era palese che di questa era paga.

Ma Coralla Kroon moriva, perché Coralla Kroon aveva diciassette anni. Diciassette anni maturati ad amare esperienze, raggiunti per cammino arduo, colmo di privazioni. Ma pur sempre diciassette anni: bocciolo dell'età. Età dei sogni, quella di Coralla. E sogni lei non ne poteva avere più ché tutto era affogato nel piccolo lago di Castelguelfo, tutto era precipitato in quelle acque dall'apparenza limacciosa, insieme a una coperta infangata...

Al ricordo di quella coperta, lei ebbe un brivido così palese che Betty Gayor se ne avvide.

«Che pensi?»

«Nulla...»

«Si pensa sempre a qualche cosa. Comunque, bimba, ascoltami. Lavora. Ti farai un grande nome. E all'avvenire non pensare. A che vale pensare a ciò che sarà domani quando può, fra un minuto, spaccarsi la terra e apparire Colui che ci annuncerà la fine del mondo?»

Un cameriere apparve reggendo un apparecchio telefonico verde come una foglia di platano. Innestò l'apparecchio, lo porse alla padrona. E Betty, beatamente allungata nella sua poltrona, sorrise:

«Dick! Bellissimo! È qui la tua futura sposa. Te la descrivo... Come? Come? Ti hanno telefonato non sai di dove dicendoti che c'è in questo angolo di terra il bel tenente Luis? E come può, Dick, navigare nella mia piscina una grossa nave scuola? Dick! Qualcuno si diverte, amore! Mio bellissimo Dick! Manda un bacio a Coralla... Eccotela. E non ascoltare le voci degli anonimi invidiosi... Si tratta di un attore bocciato, Dick. Ti vuole rendere geloso ché, si sa, la gelosia imbruttisce. Oh, tesoro bello! Ti vogliono far diventare brutto! Ecco, ecco la tua piccola sposa!»

Chiuse l'apparecchio, sibilò:

«Attenta a te! Mondo maledettamente piccino!»

Coralla prese il microfono. La sua mano tremava. Ma con voce ferma ella rispose:

«Oh, Dick! Che c'è? Sei affannato... Oh, neppure rispondo a queste parole, Dick! Vieni, vieni quando vuoi. Sono qui ad attenderti...»

Depose il microfono. Betty s'era tolta gli occhiali e, strette le labbra, afflosciato il viso, guardava lontano.

«Maligni, invidiosi e pettegoli qui come in ogni parte del mondo... Fortunatamente eravamo qui. Abbiamo subito risposto... Ma chi sa di dove telefonava, Dick... Se da casa sua ci vorrà tempo prima che arrivi. Se da un luogo vicino...»

E Dick Doricon era là, dietro le sbarre. E pareva una belva. Guardava attorno. Pareva fiutare. Betty sibilò:

«È là, al cancello. Non guardare dalla sua parte. Che ci veda qui, indifferenti, tranquille, sole... Ah, quanti pasticci per quel ragazzo italiano...»

Fece grandi gesti di stupore allorché il cameriere giunse ad annunciare Dick Doricon. E gli andò incontro festosa, subitamente ringiovanita e ilare. E dietro si tirava Coralla, intontita, stanca, vuota.

«Caro! Ma da dove piombi! È di due minuti or sono la tua telefonata. E nemmeno siamo arrivate a tempo a nascondere il tenente... come si chiama? Il tenente italiano, insomma! Spero che la mia servitù l'abbia celato per benino...»

Dick Doricon, pallido, continuava a guardare il giardino. E d'un tratto mormorò:

«Una telefonata infernale... Mi diceva che qui era giunto Lauro Luis...»

«Ma tesoro!» esclamò addolorata Betty. «Se fosse qui lo vedresti! E... e poi via, se io fossi stata disonesta da voler far incontrare i due ragazzi, ti pare che li avrei fatti venir qui? Oh, Dick, quanto sei sciocco!»

Dick guardava Coralla. E negli occhi di lui non c'era, oramai, che amore. Trovò modo di sbrigarsela con Betty: da parte sua Betty fu ben lieta di vederli andare. E come Dick fu nella sua vettura a lato di Coralla, disse:

«Indubbiamente deve esistere nel mondo una legge che vieta alle persone di esser totalmente felici. Io non posso lagnarmi della mia sorte. Sono grato a Dio per quanto mi ha offerto. Ancora più grato sono di questi tempi che Egli mi ha concesso di conoscere te, Coralla. Tuttavia, per sciupare la mia bella felicità ecco una telefonata vile che mi metteva in guardia e mi diceva che tu, nella casa di Betty Gayor, incontravi Lauro Luis.»

E Coralla, con un sorriso amaro:

«I mezzucci, le viltà, le meschinerie si svolgono sotto ogni cielo.»

E poi:

«Comunque, io dovrò incontrare ancora una volta Lauro Luis...»

Egli rallentò. Riprese subitamente a correre, rallentò ancora. Alla fine domandò:

«Che cosa hai detto, Coralla?»

«Ti pregherò, Dick, di procurarmi un incontro con Lauro Luis. Se rivolgo a te questa preghiera, significa che nessuna cattiva intenzione è in me. Se fosse diversamente, non parlerei a te di questo mio desiderio. Ma ti dicevo... Devo rivedere Luis. Devo spiegargli molte cose.»

«Molte cose?» egli domandò attonito.

Lei guardò avanti. E poi disse, chiaro:

«A casa ti dirò. Ora corri, per favore.»

Ed egli accelerò.

Era stata una giornata lucida. Moriva malamente: con nuvole e aria fredda che odorava di fumo, di catrame e di carta bruciata.

«Ma che cosa mi devi dire, Coralla?» egli domandò, smarrito.

«Nulla di straordinario. Ma ne parleremo a casa.»

A casa.

Fu Coralla Kroon che gli disse, calma all'apparenza, ma tutta morta dentro:

«Quando venni qui io vi giunsi con uno scopo preciso. Diventare celebre per poter imporre con la celebrità la mia persona alla famiglia di Lauro Luis. La sua famiglia voleva accettare quale sposa di Luis la contessina Amelì...»

«So. Di tutta la storia di Lauro Luis mi ha parlato Pace» interruppe il giovane.

Coralla serrò i pugni.

«Ti ha parlato anche di Amelì? Ma che cosa sa, quell'uomo?»

«Quell'uomo sa tutto, Coralla.»

Coralla Kroon socchiuse gli occhi: di tra i cigli brillò il suo sguardo freddo, duro, deciso. E la voce era come quello sguardo che appena appena s'intravedeva.

«Ma il commendatore Pace non sa che Lauro Luis ha mandato all'aria il suo matrimonio per me. Perché voleva sposare me. E io non lo posso più sposare, perché io...»

Si calcò le mani sulla faccia. I capelli morbidi e leggeri

come quelli dei bambini le piovvero in avanti e la raccolsero tutta in quel suo dolore.

«Coralla... Coralla cara!»

Le tolse via le mani. La guardò implorando:

«Parla, cara! Dimmi... Tu non puoi più sposare Lauro Luis perché sei stata mia, è vero? Ma tu pensi che quell'uomo ti avrebbe sposata?»

«Mi avrebbe sposata. Se gli avessi portato la mia purezza. Ma la mia purezza non c'è più e io devo dirglielo...»

Si passò una mano sulla fronte, desolatamente, a occhi chiusi, mormorò:

«E come sarà difficile dire...»

«Ma perché vuoi dire ciò che ti fa tanto male, Coralla? Basterà che tu gli faccia intendere di non amarlo più, di amare me, di voler restare con me per salire sempre più nella tua carriera... Oh, Coralla! Non ti avvilire, non ti far male! Io ti amo tanto, Coralla... E se posso chiederti perdono per quanto è avvenuto, non posso pentirmi di quanto è avvenuto perché tutto questo ti lega a me e io ho bisogno che tu sii con me, per sempre...»

L'aveva tra le braccia: e la baciava sugli occhi, sulla fronte, tra i capelli. Baci leggeri e casti, dove la sensualità e il desiderio erano esclusi, dove cantava il suo più puro inno l'amore, dove non c'era che un'immensa tenerezza.

«Tutto sbagliato, Dick... Tutto sbagliato... La mia vita nel panierino, qua e là per il mondo. Il mio balzo in questo vostro mondo strano, artificiale, troppo lucido, troppo sfolgorante. Tutto sbagliato...»

«Ma perché, perché, se io ti amo? È sbagliato sposare Dick Doricon che ti dà ciò che vuoi, Coralla? Perché tutto sbagliato, cara?»

Ella scosse il capo, ebbe un sorriso straziante, e ancora una volta, sconsolata, ripeté:

«Come sarà difficile dire a Lauro che non ho saputo attendere!»

Le braccia di Doricon non la trattennero più.

«Tu mi demolisci, Coralla. Non so più che pensare, comincio a credere di essere sopportato, di rappresentare soltanto colui che deve rimediare a un errore...»

«No, Dick. Tu sai che non è così! Soltanto io devo rompere tutti i ponti con Lauro. Devo sapere che non mi ama più, che non mi vuole più, che definitivamente tutto è concluso con lui. E perché io possa dirmi che non c'è più speranza, bisogna che egli sappia... Oh, nessuna colpa io darò a te, Dick! Dirò che sono caduta, perché dovevo dimenticare. Dirò che sono caduta, perché forse ero attratta dal tuo bel viso e dalla tua celebrità. Dirò che ti sono venuta fra le braccia perché anch'io, come ogni altra donna, mi sentivo lusingata cadendoti sul petto... Nessuna colpa per te, Dick...»

«Ma se tu vuoi, se tu credi, se può venirne la tua felicità, io sono pronto a dichiarare di avere tutte le colpe...»

Coralla scosse il capo. E mormorò:

«Lauro Luis non perdonerebbe ugualmente. Andiamo avanti così, Dick. Ma se un giorno ti chiederò di lasciarmi partire, lasciami partire. Significherà che quel giorno io avrò trovato il coraggio di parlare, di rompere quei ponti, di abbattere quella meravigliosa strada che mi potrebbe portare a Lauro... E come tutto sarà finito, tornerò a te, per sempre. E non dovrai pentirti mai, Dick, mai, di avermi voluto bene.»

Sicuro, sincero e pronto, egli rispose:

«Lo so. E tu sei libera di agire come vuoi, Coralla. Purché tu sii mia...»

Ella si guardò attorno. Luce, colore, lusso, bellezze. E gli occhi azzurri di Doricon. E la sua bella figura, e lo smagliante sorriso. E quel profumo che ricordava un poco quello di Lauro. E la bocca di lui, appena appena dischiusa, come era quella di Lauro allorché ella parlava ed egli ascoltava...

Disse chiudendo gli occhi e abbandonandosi:

«Io sono tua... Sei stato capace di farmi scordare tutto in quella notte a Castelguelfo... Fammi dimenticare ancora... Toglimi i sogni che vengono da lui e dammi i tuoi. Toglimi i pensieri che hanno il suo nome e dammi pensieri che portino solo il tuo nome, portami in alto con le tue braccia e fammi dimenticare le altre braccia... Io sono tua...»

***

... e se mai le tre sorelle si avvidero che qualche cosa era mutato, che troppo sovente Dick sostava insieme a Coralla, tacquero. Compiacenti, certe che solo così Dick era felice e Coralla irrimediabilmente legata a lui, tacquero. E se mai una di loro pensò che tanto valeva affrettare le nozze, per timore di far intendere che avevano capito, tacquero.

Coralla Kroon cercò di dimenticare, di ubriacarsi, di scacciare due occhi che la fissavano nell'ombra di una visiera. E tutto fu inutile. Perché Coralla sentiva che Lauro Luis l'attendeva. E sempre, sempre egli le cadeva ai piedi, com'era avvenuto nella villa di Betty Gayor. Ai suoi piedi, Lauro. Come un ragazzo che implora. E ai suoi piedi egli le chiedeva amore, le parlava di matrimonio, le offriva tutto ciò che era stato il sogno, la speranza, la bellezza... Ed ella non poteva accettare il sogno, accarezzare la speranza, vivere la bellezza. Nulla poteva più. Perché nulla lei poteva dare ormai a Lauro Luis.

«Fammi dimenticare...» chiedeva a Dick Doricon.

E andavano i giorni e sfilavano le notti. E un secondo film con il binomio Kroon-Doricon fece scalpore, innalzò ancora di più la limpida fanciulla.

Poi un giornale pettegolo domandò su tre colonne:

"Perché Coralla Kroon non sposa Dick Doricon?".

E un altro giornale maligno domandò, in un'intera pagina corredata di fotografie:

"Ha un altro amore, la giovanissima Coralla Kroon? Si sussurra che la giovanetta abbia in Italia il suo ideale... E Dick Doricon?".

Pettegolezzi. Rigagnoletti d'acqua che sfuggivano dalla polla, correvano sul pavimento, serpeggiavano, arrivavano qua e là, appunto come serpi. Pettegolezzi, malignità, insinuazioni. Ne soffriva Coralla, ne pativa Dick. E Dick pregò:

«Coralla... Bisogna uscirne. Dobbiamo sposarci, presto.»

Ella s'era fatta ancor più bella e il suo viso, per quel tormento che lei si racchiudeva, aveva acquistato una dolcezza ferma, plastica, straordinaria. Talvolta ella ricordava stranamente qualche statua mirabile, dove l'intensità dell'espressione non era menomata dalla materia fredda. Fioriva il bel corpo, restava innocente e fermo il viso di adolescente. Rutilavano attorno a lei gioielli stupendi, abiti favolosi. Ma dei gioielli, degli abiti lei s'adornava senza apparentemente averne contatto. Di lei si scorgeva solo la nitida e pura linea. E tutto ciò che era prezioso pareva distaccato da lei.

«Bisogna uscirne...»

«Va bene...»

Fu Betty Gayor che le disse un giorno:

«Fra una settimana la nave scuola sarà a Livorno.»

A Betty Gayor Coralla Kroon rispose come aveva risposto a Dick:

«Va bene...»

E scrisse a Lauro:

"Lauro caro, so che la tua nave sta per tornare in Italia. Penso che questa mia lettera ti trovi appunto in Italia. E io voglio raggiungerti subito. Come sarai libero, come avrai qualche giorno per te, avvisami. Io partirò. E ci vedremo a Castelguelfo, se tu vuoi ancora ciò che volevi qui: rivedermi là, dove una notte mi avevi lasciata... Scrivi, Lauro. Puoi indirizzare qui, presso la casa di produzione per la quale lavoro..."

La lettera partì. Dick Doricon disse a Pace:

«Coralla è finalmente decisa a togliere ogni speranza al tenente Luis. Gli dirà ciò che è avvenuto tra lei e me e...»

Rise Pace concludendo:

«E il bel tenente, sdegnoso e offeso, ripudierà l'infedele. Noi respireremo finalmente a pieni polmoni e Coralla darà, finalmente, quel film che il mondo attende. Quello che farà di lei la più potente e più grande artista dello schermo... C'è ancora qualche cosa che la trattiene.»

Ebbe ancora una risata:

«Non si abbandona mai come vorrei allorché lavora... Si direbbe che tema d'essere rimproverata dal grande Luis. Quando bacia, Coralla è sempre restia... Ma sono certo che conclusa la bambinata con Luis, si abbandonerà. E allora avremo quella creatura passionale, schietta e violenta che cova in lei e che deve pur prorompere...»

Ma poi domandò:

«Quando vedrà Luis?»

«Non lo so. Deciderà Coralla e per l'amore di Dio, Pace, non la fermi, non la ostacoli, non si intrometta... Coralla è mia. Non potrà appartenere a Luis. E questo ella andrà a dirglielo...»

«Andrà...» ripeté Pace, storcendo la bocca.

E non osò dire:

"È una storia che non mi piace..."

La nave scuola aveva la prua verso l'Italia. E la lettera di Coralla Kroon andava per via aerea verso l'Italia.

Fu in quei giorni che Leto Kroon si presentò alla villa di Doricon. Le tre sorelle gli furono attorno festose. Dick lo accolse come un amico. Coralla si sentì tremare. Leto aveva il viso dei giorni lontani. Il viso dei giorni in cui la vita era tanto difficile e dei tormenti che il giovane aveva nel cuore egli non voleva rendere partecipi gli altri. Elegante, giunto oramai a uno splendido posto nel campo dell'arte, Leto Kroon non poteva desiderare di più. Guadagnava bene, viveva bene, anche se tranquillamente. Coralla sapeva quindi che Leto non aveva affanni finanziari o tormenti banali. Trovò modo di uscire con lui nel giardino, trovò modo di sussurrargli:

«Che c'è?»

«Mi ha scritto Lauro Luis, e chiede la tua mano, Coralla. Che cosa gli rispondo?»

Erano presso la piscina di villa Doricon. L'acqua straordinariamente azzurra per il fondo di marmo azzurro aveva un tremolìo costante, uguale, simile a un brivido irrefrenabile. Tremule, assurde, imprecise, le figure di Coralla e Leto si riflettevano nell'acqua. Ed ella mosse una mano, l'infilò nel braccio del fratello. E disse, quieta:

«Tutto viene quando non si può dire di sì. Ho amato Lauro perdutamente. Ma ora c'è Dick Doricon. E non posso più sposare Lauro... Sono caduta come cadono tutte le donne. E pago, come pagano tante donne...»

S'interruppe. Sorrise a Dick che con la racchetta e l'allenatore si avviava al campo di tennis. Con voce tranquilla gridò:

«Non ti stancare troppo, Dick... Io resto a cianciare con Leto...»

Di lontano Dick salutò con la racchetta e poco dopo la sua snella figura metteva un'ombra svelta, instabile e guizzante, sul piantito rosso del campo.

Guardando a Dick, forse incapace di vederlo, fermo un sorriso sulle labbra, appoggiata al fratello, riflessa nell'acqua, Coralla riprese:

«Ma pago a sì caro prezzo, che ne sono tutta un dolore. Amo Lauro. Caddi con Dick a Castelguelfo allorché seppi che Lauro sposava Amelì Della Valle. Per ripicco, per stupida vendetta, per vergognoso bisogno di appartenere anch'io a qualcuno mi donai a Dick... E quando l'errore fu commesso, quando l'irreparabile fu avvenuto, quando fra me e Lauro c'era oramai la gran lastra rovente che ci doveva separare, ecco Lauro mandare all'aria il suo matrimonio e venire a me. E io non posso più sposarlo perché gli avevo promesso di saper attendere, perché mi aveva chiesto di conservarmi pura e non ho saputo attendere e non ho saputo conservarmi pura. A tutto egli ha rinunciato per me. All'accordo con la sua famiglia, allo splendido matrimonio con una fanciulla onesta e ricca e nobile. Si butta tutto alle spalle, mi offre tutto ciò che un uomo può offrire. E io, io che avevo una sola cosa da offrirgli, la mia purezza, non posso più donargliela. Avevo un gioiello. Uno solo. L'ho buttato via. Sta nel fondo melmoso di quel lago malinconico.»

Leto tremava un poco. Serrò contro di sé la mano di Coralla. Mormorò:

«Sii leale con Luis, Coralla. E cerca di rendere felice Dick. Ti adora.»

«Lo so. Ma ha distrutto il mio sogno... E il mio sogno aveva una bella divisa blu...»

Rise e nella risata c'erano urli, singhiozzi e memorie perdute:

«Il mio bel principe blu... Una vita quieta accanto a Lauro. Sotto il nostro cielo, sulla riva del mare. Vivere con Lauro...»

Tacque e riprese subito:

«Betty Gayor pensa che con Lauro non avrei avuto le

meravigliose cose che può darmi Doricon. Ma che importa se le mani di Lauro, con una carezza, potevano darmi tutta la felicità del mondo?»

«Ma con Dick Doricon sarai la più invidiata donna del mondo... È bello Dick. È buono. È favolosamente ricco. È ammiratissimo...»

Lei compì un gesto vago. E mormorò, come se non avesse udito le parole del fratello:

«Ma è stato Lauro a raccogliere Coralla che era scacciata dal collegio... Puoi capire, Leto, che cos'è stato Lauro per me?»

«Non so, Coralla. Io penso alla tua fortuna, io penso che tu sei stata scelta da Doricon...»

«Ma non pensi alla ragazzina che buttata fuori da un collegio si trova sola in una casa ignota e sente qualche cosa che le pesa nel cuore e le pare che il mondo crolli?... E poi si accorge che il mondo non crolla, che ci sono fiori e sole, che tutto è bello, perché qualcuno le sorride e questo qualcuno è un bel ragazzo che porta una divisa blu? Oh, Leto! Ero sola... Sedici anni e sola. E Lauro Luis mi fu vicino. E sentii che mi avrebbe amata. Ed ebbi caldo... Fu come allora, Leto. Quando dopo essere stata nel panierino veniva mamma e mi raccoglieva nelle braccia. E mi scaldava... Qualche volta pativo freddo nel panierino. Ma se c'erano le braccia di mamma e il suo petto sul quale rannicchiarmi, tutto cambiava... Fu così anche con Lauro... Sentii caldo. E tenerezza. E rispetto. Non un atto scortese, non un gesto scorretto, non una parola eccessiva. E si abitava a pochi passi. E avrebbe potuto fare di me, subito, la sua donna. Mi rispettò. Mi volle conservare per dare una data al nostro matrimonio... E io l'ho tradito.»

Tremava la voce di Leto Kroon quando egli disse:

«Oh, Coralla! Quanto sono colpevole anch'io...»

«Tu? Ma che cosa potevi fare di più di quello che hai fatto? Dovevi pur lavorare, Leto, per mandare avanti anche me... Nessuna colpa hai tu, Leto! Ogni colpa è mia. Volevo il principe blu: subito, senza doverlo contendere. E quando lo credetti perduto per me, mi vendicai. E lo sapevo pure che chi butta acqua in alto deve anche sapersi scansare o ricevere l'acqua sulla faccia... Non mi scansai. Ed ecco l'acqua addosso a me... Ne sono travolta...»

Leto mormorò:

«Dick ha finito... Che rispondo a Luis?»

«Nulla. Lo vedrò. Gli parlerò. Gli ho promesso un incontro a Castelguelfo. Là, invece di fissare la data delle nostre nozze, gli dirò addio.»

«Andrai tu, Coralla?»

«Andrò io.»

«E avrai il coraggio di parlare? Potrai dire che non sei più degna di lui?»

«Potrò. Perché dovrò.»

«Sarà difficile, Coralla...»

«Lo so» lei rispose piano. «Lo so...»

Strinse il braccio di Leto. Aggiunse:

«E mi riprenderò, Leto. E farò un gran cammino a fianco di Doricon.»

«Hai già fatto un gran cammino, cara... Ma quanto sarebbe stato più bello se tu fossi stata anche felice...»

Ella scrollò il capo, con un atto fanciullesco buttò indietro la gran chioma leggera. Soggiunse:

«Tutto non s'ha nella vita. E il molto è già troppo. Ecco Dick...»

Dick avanzava: camicia bianca, calzoni di lino azzurro, pallidissimo. Scomposti i bei capelli biondi, malioso il famoso sorriso. Con un gran fazzoletto di lino azzurro si asciugava la fronte. Guardò Coralla, guardò Leto, domandò:

«Lo sapete, voi due, di formare una coppia stupenda? Bisognerà che qualcuno scriva un soggetto dove potrà lavorare anche Leto. Un trio formidabile...»

E volubile, serrando alle spalle Coralla con quel suo atto di possesso, di protezione e d'amore:

«Giungono alla casa di produzione lettere a migliaia per Coralla. E il suo prossimo film sarà clamoroso. Poi Coralla riposerà, poi ci sposeremo, poi...»

Con grazia lei disse:

«Prima di ogni cosa, finito che sia il film, andrò in Italia. Ne esprimevo il desiderio a Leto.»

Domandò Dick Doricon a colui che già considerava cognato:

«Approvi?»

«Approvo.»

Doricon non parlò. Leto si trattenne ancora qualche tempo, cianciò con le tre sorelle, fu corretto, gentile, opportuno come sempre, se ne andò.

Ancora giorni e notti. Giorni che volavano travolti dal lavoro e da tutto ciò che circondava l'esistenza di due artisti famosi, ricercati, scrutati, seguiti. E notti silenziose, nelle quali Coralla cercava soltanto di mettere l'irreparabile, sempre più grave e greve, tra Lauro e lei. Voleva appesantire il suo peccato, rendere vergognoso il suo errore, sentirsi indegna, sempre più indegna dell'uomo che perdutamente amava e che, stoltamente, aveva creduto in lei.

Giorni febbrili, notti silenziose. Passione folle di Doricon. E gli occhi inquieti delle sorelle che trepidavano per Dick.

E poi la prima visione del nuovo film. E ancora un successo senza precedenti. E Betty Gayor che, durante il ricevimento fastoso offerto l'indomani di quella prima visione, trovò modo di sussurrare a Coralla:

«Ho una lettera per te...»

Infilò il braccio nel braccio della ragazza, la guidò tra la folla. E come ognuno sbarrava il passo, Betty Gayor a ognuno disse:

«Può respirare la bimba? O volete che morendo soffocata non sia più in grado di concedere films? Voglio darle ossigeno, ammesso che sul terrazzo ve ne sia ancora un poco. Per favore, lasciateci passare...»

In quel salone a vetri che chiamavano terrazzo, c'era tale quantità di fiori che l'aria notturna non riusciva a disperderne o a mitigarne il profumo. Nel vano d'una finestra, tra un cesto di gardenie e una cascata di rose scarlatte, si fermarono le due donne. Coralla Kroon aveva un abito di pizzo dorato. E come ella era sbocciata e s'era fatta più donna, le spalle nude emergevano da quell'oro rivelandosi stupende. Ampia era la scollatura, semplice la foggia del ricco vestito. Un bracciale di enormi topazi rettangolari adornava un polso della fanciulla. E nessun altro gioiello turbava l'armonia di quella toletta ricchissima nella materia, semplice nella foggia.

«Leggi e ridammela» ordinò Betty consegnandole furtiva una lettera.

Coralla Kroon vide subito sul retro della busta la sagoma azzurra d'una nave. Si accorse che Lauro Luis, educatamente non aveva chiuso la busta. Con dita tremanti trasse il foglio, lesse:

"Coralla mia, ti attendo. La nave scuola torna a Livorno, io tornerò a te. Davanti a me, ci sei tu sola. Non ostacoli, non complicazioni, non volti ostili. Tutto io ho già affrontato e tutto affronterò per averti, presto e per sempre. Guardo il mio mare, così in pace e così amico. Guardo i miei cadetti, così bruniti e così abbronzati. Guardo la mia nave, così salda e bella. E sono felice. Felice come non lo fui mai, Coralla. Perché ora so che sbarcati i cadetti, alla fonda questa mia nave, senza più la nostra scia sul mare, io non inizierò la solita vita opaca d'ogni licenza. Balzato che io sia a terra, troverò subito ad attendermi il mio sogno. Quello che porta il tuo nome, cara. E non farmi attendere troppo, amore. Mare e mare e vele e cadetti e scie or luminose or candide, sono una meravigliosa cosa, mia Coralla. Ma non sono tutto. E soltanto se ci sei tu il tutto si delinea. Ti amo con una passione che mi porta alla malinconia. Non sono un bambino e non sono l'uomo delle facili avventure. Ho vissuto gran parte della mia vita tra due azzurri, quello del cielo e quello del mare, che talvolta s'incupivano e diventavano due ostilità grige e paurose. Fosse azzurro, fosse piombo, poco importava a me. Tutto accettavo perché gli scopi della mia vita erano delimitati. Ora mi lancio. Verso di te, e non accetto supinamente ciò che mi appare. Voglio solo azzurro, perché l'azzurro me lo porti tu. C'è malinconia in questa mia passione né so dirmi perché. Forse perché io sono tanto mutato. Coralla, io ti attendo. Lascia alle tue spalle gloria, pensieri e grattacieli. Vieni a me, vestita del tuo abito da collegiale. La blusa, la gonna... Ma no. Avresti freddo. Sulla blusa, sulla gonnella a pieghe, metti un soprabito. La stagione è fredda già. Troveremo cielo grigio, nebbia, marciapiedi bagnati. Che fa, Coralla? Immenso è il mio amore e tu pure mi ami. Torna! Io vivo solo per attendere che tu ritorni. Lauro".

E come la fanciulla ebbe ripiegato il foglio, Betty Gayor disse, candida e sincera:

«Ho letto. Questa lettera era nella busta indirizzata a me e accompagnata da un biglietto gentile. Ho letto e ho pianto. Mi fa tanta pena, Lauro Luis... Ti ama. Peccato.»

Si strinse nelle spalle e riprese:

«Mi ha tanto commossa questa lettera che mi sono domandata se non varrebbe la pena di dare un calcio a tutto ciò che è qui. Tutto all'aria. Compreso Dick Doricon e il suo bel sorriso... Sorride tanto bene anche l'altro... Un calcio a tutto e la vita con il bel tenente...»

Incontrò gli occhi di Coralla Kroon. Sguardo disperato di chi ha tutto perduto.

«Già...» mormorò Betty Gayor. «Già... Bisognerebbe fargli superare il tuo errore. Potrà superarlo?»

Crollò le spalle indispettita:

«Badate a tante cose voi del vecchio mondo! La purezza...»

«La purezza era la sola cosa che Lauro mi chiedeva. Non posso fargli più questo dono. Ho tradito le sue speranze. Non mi vorrà mai più...»

Betty parve sollevata da una preoccupazione dicendo:

«E allora parti subito, parla, torna, dimentica e sposa Dick. Chiedi di partire ora, mentre tutti sono pronti a inchinarsi ai tuoi voleri. Dopo un successo simile neppure Dick oserà contrariarti. È un bellissimo e amabilissimo ragazzo, Dick. Ma è un grande artista. Felice come ora è, soddisfatto come ora è nel suo orgoglio, è nello stato di grazia che porta alla condiscendenza. Domanda di partire; sbriga questa faccenda. O di Lauro Luis mi innamoro io, lui mi rifiuta e io, alla mia età, ne esco con il cuore infranto. Da brava: sbrigati, chiedi, ottieni, parti, ritorna... E ora dammi la lettera.»

«Darle la lettera?»

«E vuoi correre il rischio di vederla tra le mani di Doricon? Non ti fidare mai degli uomini che sembrano ignorare i tuoi cassetti e le tue borsette. Dammi la lettera, Coralla...»

Gliela mise tra le mani, e l'atto di Coralla parve quello di una creatura che ad altra creatura affidi il proprio cuore.

«E non piangere. E andiamo.»

Coralla non pianse. E se ne andò a lato di Betty Gayor.

Due ore dopo, e albeggiava, lei chiedeva a Dick di poter partire.

Era fra le braccia di Doricon. Era un poco stordita da qualche whisky, dai molti profumi, da tutta quella festa che era stata in maggior parte dedicata a lei.

Sentiva accanto a sé l'ardente presenza di Doricon. La camera appariva un poco annebbiata ché Dick aveva molto fumato.

Si avvicinò a Dick: lo sentì subito vigile e appassionato.

«Senti...» gli disse piano. «Più presto io concludo, più presto ti sposo... E vorrò una cerimonia meravigliosa. E poi una luna di miele bellissima. E poi un figlio.»

Lo inebriava, lo seduceva, gli offriva ciò che egli voleva e ardentemente sperava. Lo avvinceva per potersi allontanare da lui. Poco più che adolescente aveva arti di donna compiuta e completa. Or ritrosa or consenziente, sapeva fare dell'uomo innamorato un bambino. Il bambino che sonnecchiava in Dick Doricon ancora esitò, s'imbronciò, tentennò. Ma la bella creatura gli era a lato, provocatrice e morbida. Il bambino si placò, disparve. E l'uomo alla donna che si abbandonava disse piano:

«Fai ciò che vuoi, Coralla. Chiedimi quello che vuoi. Comandi tu, io ti dico soltanto di tornare presto, presto, presto...»

Poi fu sola nella camera e allora si levò e andò a spalancare le finestre. Vide la nebbia che aveva l'odore di Doricon fuggire e andare verso la luce del mattino. Agitò le mani, quasi ad affrettare l'uscita di quel fumo leggero. Poi andò a guardarsi nel grande specchio. E a Coralla Kroon che la guardava disse piano ma chiaro:

«Si parte. Si va a dire a Lauro ciò che tu vali. Attenuanti, Coralla? Non ci sono attenuanti per chi non sa attendere...»

Partì due giorni dopo. Pace aveva detto a tutti che Coralla Kroon voleva, sola, rivedere luoghi dov'era stata bambina per ricavarne ispirazioni per un film. L'uomo astuto aveva anche fatto in modo di sviare la curiosità dei giornalisti e dei fotografi. Egli non approvava quella partenza, gli faceva paura, gli faceva intravedere mille e spiacevoli conseguenze. Arrivava a immaginare una disfatta. A prevedere che Coralla Kroon non tornasse più. Si limitò a dichiarare a chi l'interrogava che Coralla avrebbe sposato Doricon al suo ritorno. Fece fare gran chiasso attorno a quella notizia. Permise che i giornali la pubblicassero. Si ripromise di mandare tutti i giornali a Lauro Luis...

Con un abito a giacca biondo, con un grande cappotto biondo leggermente bordato di volpe tinta nello stesso colore della stoffa, Coralla Kroon si presentò all'aeroporto. Non aveva che una valigia. Nella valigia c'erano pochi indumenti. Ma tra un abito di gran classe e una vestaglia bianca tessuta a fiorellini d'oro, si adagiava la gonnellina a pieghe della collegiale. Con la sua blusa dei giorni lontani, con la gonna a pieghe delle ore più tristi e più liete, Coralla Kroon avrebbe atteso il suo caro amore. Così ella vestiva quando Lauro Luis le aveva dato il primo bacio, così ella si sarebbe vestita quando Lauro Luis le avrebbe detto addio senza baciarla.

Pochi fotografi ma molte fotografie a Coralla Kroon che camminava verso il velivolo ed esibiva la linea svelta ed estremamente giovane del suo corpo. Poi, per un istante Coralla fu sul portello del velivolo. Soprabito sul braccio, corpo serrato nell'abito a giacca: berrettino su i capelli straordinariamente vivi e mutevoli nel colore. Una mano levata nel saluto, l'altra aggrappata all'intelaiatura metallica. Non c'era il commendatore Pace. Non aveva voluto alcuno. Un saluto ai giornalisti. Poi la porta scivolò pesante e lenta nella sua guida. I giornalisti se ne andarono il velivolo cominciò a rullare. Poi decollò.

Nella quiete del cielo non si delinearono che pochi bioccoli di nuvole.

Coralla sapeva che Pace aveva tutto predisposto perché ogni cosa fosse appianata. Sapeva che avrebbe trovato una macchina all'aeroporto di Milano e che quella vettura sarebbe rimasta a sua disposizione per tutto il tempo in cui lei fosse stata a Milano. Tutto piano, liscio, facile per Coralla Kroon. Avrebbe trovato indubbiamente fiori, qualche telegramma, attenzioni, deferenza, curiosità. Tutto stabilito per la giovane stella Coralla Kroon. Ma per l'altra Coralla chi aveva pensato? Ella andava a uccidere il suo bel sogno, ella andava a morire di umiliazione e dolore: e a sorreggerla in questa immensa pena non ci sarebbe stato alcuno.

Respirò di sollievo allorché si accorse che all'aeroporto non c'erano fotografi. Ma c'era una lussuosa vettura che la portò direttamente alla sua casa. La casa era aperta, la custode indaffarata ma ligia a indubbi ordini ricevuti e perciò felice di avere un segreto da custodire. E fiori erano dappertutto nella casa di Coralla Kroon.

Parlava sommessa la custode, diceva:

«Ma che strada ha fatto, signorina! Ma chi avrebbe pensato... Cioè, io lo dicevo sempre. Bella com'è, chi sa che cosa diventerà questa ragazza... e le portavo il minestrone, ricorda?»

«E me lo porterà ancora, per questi due giorni che resterò qui. Perché non voglio andare in un albergo, perché non voglio si sappia che io sono qui...»

«Per me, viva tranquilla. È venuto un signore a darmi tante spiegazioni e a... Se sapesse che regalo, signorina! In un anno non guadagno quanto mi ha dato quel signore... E diceva che vorrebbe minestrone? Che...»

«Ora voglio riposare» sorrise Coralla. «Poi chiamerò...»

«Come vuole, come crede. Io sono a sua disposizione, giù ho messo mia sorella così lei può tenermi anche qui, se vuole...»

Coralla Kroon sfaceva la valigia. Disponeva ordinatamente i suoi abiti nell'armadio che aveva accolto un giorno le umili cose della collegiale. E alcune delle umili cose erano là sulle grucce. E pur se vuote quelle vesti conservavano un fremito di giovinezza. Non erano vesti stanche, immiserite, povere. Erano gli abiti di una ragazzina che li aveva colmati della sua giovinezza e poi li aveva appesi là, dicendo:

"Aspettatemi..."

E parevano attendere. Per nulla umiliati dagli indumenti

eleganti che Coralla Kroon vi aveva appeso accanto. Erano gli abiti dell'innocenza, dell'età felice, delle ore che non sarebbero tornate più. E gli altri erano gli abiti dell'attrice, della donna.

La custode seguì Coralla nella stanza di bagno. Fiori anche nella stanza di bagno e saponi, acqua di Colonia e borotalco e cipria. Tutto come nella casa di Doricon, nella fantastica, stanza di bagno che Coralla Kroon aveva a villa Doricon.

S'era tolto l'abito, la fanciulla, aveva indossato la vestaglia bianca a fiorellini d'oro. E asciugandosi le mani guardò al di là dei vetri il terrazzo di casa Luis. Toi non c'era. C'erano i soliti vasi, ma pochi fiori. Già si faceva fredda la stagione. Chiusi erano i vetri della stanza di bagno. E Coralla domandò, spiando tra il vetro opaco e quello trasparente della porta-finestra:

«Stanno tutti bene, là?»

«Tutti. Il signor tenente è tornato ieri sera...»

Coralla accostò, con un colpetto dell'indice, il vetro opaco a quello trasparente. E non vide più il terrazzo di casa Luis. Disse alla custode, con un sorriso:

«Scenda... Chiamerò. Ora mi corico. Molto prima di mezzogiorno le dirò ciò che mi deve preparare...»

E la donna, inquieta:

«Ma non ha ancora aperto i telegrammi? Li guardi. Se mai dovesse fare qualche commissione, se mai...»

«Non si preoccupi. Non c'è nulla d'importante.»

La portinaia apparteneva a quella specie umana che ancora si spaventa e si agita per un telegramma. Disapprovò l'abulìa di Coralla Kroon, ma ubbidì e se ne andò.

Coralla Kroon prese i telegrammi che erano sul vassoio, se li portò nella sua cameretta. Si allungò sul letto, strappò un primo telegramma. Era di Pace e le augurava felice sosta a Milano. Ne strappò un altro: era di Doricon e le ripeteva il suo grande amore. Un altro era di Betty e semplicemente la donna le diceva:

"Ho pensato molto è meglio tornare stop. Tutte le cose del cuore hanno fine stop. I films possono continuare per molti e molti anni e finiscono in bellezza come fu per la tua Betty".

Strappò i telegrammi. Si adagiò meglio. Poi si levò, di scatto, andò a spostare una tenda così da poter vedere l'esterno. Tornò sul letto, guardò al di là del vetro. Cielo grigio, basso, greve. Milano aveva la sua veste invernale e quel cielo poteva far pensare alla neve.

La casa era calda, il profumo dei fiori era nell'aria. E Coralla Kroon, sola, era sul lettino e si teneva ravvolto attorno al corpo il bianco indumento picchiettato di fiorellini d'oro.

Poi fu una stanchezza greve che l'afferrò. E con la stanchezza il sonno. E alla fine l'incubo. Vide apparire la massiccia mole di Castelguelfo, vide aprirsi il cancello che immetteva nel grande, vecchio e non ordinato parco. Vide affiorare l'acqua plumbea del lago. Là era morta Coralla Kroon, la giovanetta decisa ma pura che era da poco entrata nella vita. Là erano morti i sogni, le speranze, le illusioni...

Si svegliò, madida, al trillare di un campanello. Pensò rapidamente alla custode che forse le portava qualche cosa. Si accorse che era il telefono. E il telefono le annunciava una chiamata dall'America. Per la mezzanotte.

Una telefonata dall'America, per la mezzanotte: la chiamava da sì grande distanza Dick Doricon. E Lauro Luis, che era sì vicino, ancora non aveva chiamato.

"Forse egli non sa che già sono arrivata... Forse neppure si è accorto che le persiane sono aperte... Oppure egli è pentito... E s'è ancora una volta allontanato da me."

Fu esterrefatta accorgendosi di non soffrire. Fu quasi spaventata comprendendo che sarebbe stata contenta se Lauro Luis si fosse ancora una volta distaccato da lei. Ma fulmineamente capì che ella non soffriva perché preferiva essere abbandonata, piuttosto che confessare. Solo allora si rese conto di quanto le sarebbe stato difficile dire la verità. Solo allora valutò in tutta la sua gravità l'errore che lei aveva commesso. Non per l'errore in se stesso, ma per quanto Lauro Luis, ignorando quell'errore, aveva compiuto. Credendola fedele a lui, Lauro non aveva esitato a distruggere ciò che la sua famiglia aveva costruito. Era indubbiamente in pericolo la pace con i genitori, era indubbiamente in pericolo la sua fama di galantuomo, erano certamente già amaramente commentate le sue decisioni nei riguardi di Amelì.

E sarebbe stato, con disprezzo, commentato il suo colpo di timone verso Coralla Kroon. Tutto aveva distrutto, Lauro Luis, e tutto era stato distrutto metodicamente, duramente, decisamente, pur di raggiungere Coralla. E Coralla gli doveva dire:

"Hai distrutto quanto meritava d'essere innalzato come una face per giungere a me che non ho luce: sono come il piccolo lume fumoso che s'è spento e altro non dà se non fetore di gramo olio combusto e fumo nero e appiccicoso..."

Sobbalzò. Trillava ancora il campanello del telefono. Ed ella guardò il microfono. E non osò sollevarlo. Sapeva che una sola persona poteva telefonare oramai: e quella persona era Lauro Luis...

Insisteva nel suo trillare il campanello. Ed ella tese la mano, portò il microfono all'orecchio, mormorò:

«Parla Coralla...»

Dolce e chiara, calda e armoniosa come non mai, le giunse la voce di Lauro:

«Coralla! Sei giunta! Perché non avvertire? Sarei corso subito da te...»

«E dove potevo trovarti?»

«Ma qui... nella mia casa...»

Il cuore di lei tremò:

«Nella tua casa. E io avrei potuto telefonare costì? Avrei potuto chiamarti senza correre il rischio di essere maltrattata?»

«Nessuno ti avrebbe maltrattata. Perché oramai io vivo nella mia casa come un estraneo. Sono un ospite momentaneo e i Luis hanno rispetto per i loro ospiti. Poi me ne andrò. Quando sarà pronta la nostra casa, Coralla. Una piccola casa presso il mare... Mi puoi ricevere, Coralla?»

Si guardò nello specchio. Rispose:

«Ti posso ricevere.»

Era decisa. Avrebbe parlato, subito. Senza attendere di essere a Castelguelfo.

Andò in vestaglia ad aprire la porta e apparve a lui con quell'indumento bianco laminato di fiorellini d'oro ed estremamente elegante.

Si sentì chiudere nelle braccia. Si accorse che il giovane indossava l'abito civile. Si accorse che egli tremava un poco: furono uno di fronte all'altro, e vide Lauro con gli occhi colmi di gioia.

«Ma non ti spiace, dunque, abbandonare la tua famiglia, i tuoi affetti...»

Lo udì rispondere con il tono alto e chiaro di chi è ben sicuro di quanto afferma:

«Nulla mi spiace, nulla mi addolora, Coralla. Nella mia casa si predicò sempre il vocabolo onore. Sempre mi si disse che dovevo sposare una ragazza perbene. La ragazza perbene l'ho trovata e me la sposo e non mi importa se ella, invece di chiamarsi Amelì Della Valle, si chiama Coralla Kroon. È meno pomposo, più facile e più dolce il tuo nome, Coralla. Lo preferisco all'altro...»

«Ascolta, ascolta» lei interruppe. «Non è dunque valsa a nulla la mia celebrità? Il mio successo non ha un poco scosso l'ostilità dei tuoi genitori?»

«Il tuo successo ha ottenuto d'irritarli ancor più e lo hanno attribuito a protezioni non del tutto pulite.»

Rise male aggiungendo:

«Hanno perfino negato ciò che tutti affermano, cioè che sei molto brava, molto bella, molto intelligente. Neppure grande artista ti accettano...»

Lei chinò il capo e mormorò:

«Sono anche ricca, Lauro. Sono bastati due films per darmi quella che per l'Italia è una solida ricchezza...»

«Della tua ricchezza non voglio io che se ne parli. Il tuo danaro è tuo. Non mi riguarda. Ma comunque, sii certa, non riguarderebbe neppure i miei genitori: perlomeno, non li commuoverebbe. Lo considererebbero danaro mal guadagnato.»

La strinse al cuore: mormorò:

«Lascia che ti guardi in viso... Mio amore! Con me, per sempre. Il tenente di vascello Luis sposa la giovanissima attrice Coralla Kroon. E la divina stella del firmamento americano lascia per il suo tenente il gran firmamento... È un poco la fiaba di Cenerentola... Ma Cenerentola sono io... In calzoni, s'intende...»

Nel dire s'erano avviati al salotto che aveva molti fiori ma era un poco disadorno. Mancavano tutti gli oggetti che potevano rendere quella stanza intima: ma quei fiori colmavano l'aria di profumo. Seduti su lo stesso divano, vicini, i due giovani tacquero per alcun poco. E poi Lauro parlò, quasi a voler narrare il suo sogno:

«Non posso per ora avere tutta una villa per noi, Coralla. Avremo una villa in due. Al piano inferiore noi, al piano superiore c'è un mio collega da poco sposato pure lui. Il mio collega ha un terrazzo, noi avremo un piccolo giardino. Davanti a noi il golfo. Tu hai capito che andremo a La Spezia. Risorge, questa città, torna a essere la grande amica dei marinai. Non troverai il movimento di Milano, la baraonda della città del cinematografo, ma troverai ciò che forse non hai mai avuto. Quiete, sole, libero spazio...»

La fronte poggiata alla spalla del giovane, Coralla Kroon ascoltava. Aveva la netta sensazione di avere il cuore fermo. Sentiva il profumo leggero dell'acqua di Colonia di Lauro. Sentiva quello pure leggero lasciato dalle sigarette che egli fumava. E a ogni movimento del giovane ella percepiva il fruscìo serico dell'impeccabile giacca.

«Tutto s'è compiuto come era nel nostro appassionato desiderio, Coralla. Abbiamo sofferto ambedue e, quel che è peggio, abbiamo corso il rischio di dividerci. Io volevo allontanarmi da te perché credevo che davanti a me ci fosse Doricon. Tu avevi stabilito di mettere fra te e me l'irreparabile perché c'era stato il fidanzamento ufficiale con Amelì. Il nostro destino ha voluto ben diversamente per fortuna...»

Un poco di caldo nella sala. E un grande profumo di fiori. E tanti colori nei fiori.

La serrò un poco più vicina. La baciò sulla bocca. Un bacio devoto prima, che si fece a poco a poco ardente, vibrante, appassionato. Le mani nei capelli di lei così da poter sentire con i polpastrelli la piccola perfezione di quella testa femminile, curvo sul suo viso così da celarlo, le labbra unite, Lauro Luis s'abbandonò alla gioia di quella vicinanza certo oramai di baciare colei che gli apparteneva e che non temeva più di vedersi sfuggire. Quando si distolse da Coralla, vide che lei aveva gli occhi chiusi, il volto pallido, le labbra sbiancate.

«Un amore così, per noi, Coralla... Che non finirà mai. E se avrò imbarchi, non dovrai temere di cosa alcuna. Ogni ritorno sarà un rinnovare il nostro viaggio di nozze. Ma imbarchi che ci tengano a lungo separati non ve ne saranno tanto presto. È stata fortuna per me la crociera con la nave scuola. Oh, Coralla, se tu sapessi che cosa faceva il mio cuore, via via che la nave si avvicinava all'America... La mia Coralla! Il mio angiolo! La mia creatura sempre nuova, sempre bimba, sempre innocente.»

Ella taceva, ascoltava. Era una fiaba quella che narrava a lei Lauro Luis. Tutta una fiaba. La villetta prossima al mare, il golfo di La Spezia, l'amore che non sarebbe finito mai. Una fiaba. E nella fiaba rientrava anche Coralla innocente.

«Sei felice, dimmi?»

La fanciulla calcò la fronte contro l'omero di lui e non rispose. Fu l'uomo che le sollevò il viso, che la guardò, che vide la disperazione su quei tratti che somigliavano un poco a quelli di una malata.

«Perché non mi vuoi dire che sei felice, Coralla?»

E come ella taceva, immota e sbiancata, egli la scrollò quasi con furore chiedendo ancora:

«Ma hai finito di amarmi, tu? Sei venuta per dirmi che non mi ami più? Oppure ne ami un altro? Oppure è tutto vero ciò che s'è detto e tu sei destinata al bellissimo Doricon? Parla, parla e dimmi che mi sono ingannato, che ho buttato tutto all'aria per nulla, che mi sono inimicato il mio mondo per restare a piangere da solo... Non mi ami più, è vero? Sei stata travolta dalla gloria, dall'ambizione, dalla favolosa ricchezza di quell'uomo. Non mi ami più...»

«Lauro, Lauro!» lei gridò disperata. «Io ti adoro... Soltanto sono smarrita...»

Si piegò, restò con il viso tra le palme, come se pregasse:

«Lascia che mi ritrovi e che impari a credere nella mia felicità. Troppe volte ho avuto la sicurezza di non poterla mai raggiungere, questa felicità. Troppe volte ho avuto la sensazione che tu stesso non volessi fare cosa alcuna per il nostro amore...»

«È un rimprovero, Coralla?» egli chiese umilmente. «Se è così, te ne chiedo perdono. Io ho combattuto per il nostro amore, subito. Ho avuto qualche scoraggiamento, qualche ribellione...»

«E mi hai lasciata una notte sola a Castelguelfo...»

Liberò il viso, alzò il capo. Si sentì pronta. Continuava quella sensazione spiacevole che aveva al cuore: se batteva, quel suo cuore, ella non poteva sentirlo ché per lei era fermo. E tutta ferma si sentiva e rigida e fredda. Morta. Una morta che avrebbe narrato, tra poco, la sua avventura presso il lago di Castelguelfo:

"Che fatica, mio Dio..." ella pensò.

Seduta, un poco discosta da Lauro Luis. Le braccia rigide, i pugni puntati sul divano. E l'attitudine che aveva assunto le portava le spalle un poco in su, così che la testa pareva incassata in esse o anche pareva che lei fosse pronta a lanciarsi, a buttarsi, a balzare lontano.

«Ho fatto male, Coralla. Ma se tu esamini la mia situazione, finirai per l'assolvermi. Morivo di gelosia...»

«E io, Lauro? Io che sapevo del fidanzamento ufficiale...»

«Ma tu, più fortunata di me, sapevi che un fidanzamento ufficiale tra Amelì e me non poteva portare a nulla d'irreparabile. Il fidanzamento ufficiale mi legava moralmente ancor più e null'altro. Ma io, io avevo tanta paura della bellezza di quell'uomo, della sua fama, della sua gloria, e anche di quell'indiscutibile fascino che lui emana. E non ragionai più, Coralla. Fuggii per non essere villano con Doricon. Fuggii per non tradire la mia sofferenza che mi umiliava...»

«E non hai pensato che, cedendo io pure a ribellioni, avrei potuto rifugiarmi in Doricon e mettere invece tra te e me l'irreparabile?»

E come ebbe pronunciate queste parole serrò forte le palpebre, ancor più si rannicchiò in se stessa, ancor più s'incassò nelle spalle. E aspettò, nell'atteggiamento di chi sa di ricevere una scudisciata.

Sentì il braccio di Lauro passarle attorno alle reni. Sentì che egli le mormorava nei capelli:

«Quante paure ebbi in un solo istante, Coralla! E tutte svanirono a poco a poco, come svanisce l'incubo allorché ti svegli e riprendi l'esatta cognizione di quanto avviene e di dove sei. Quante paure ebbi e come tutte se ne andarono da sole! Perché, a base del mio amore, c'è la profonda stima che io ho di quella collegiale con la gonnella a pieghe che baciai un giorno. Perché la radice del mio amore alimenta l'albero della mia fiducia. Albero fronzuto, con foglie e fiori. E nessuna foglia è intaccata e nessun fiore è sciupato. Non sei di quelle che sbagliano, tu! Hai imparato troppo presto a difenderti. E non è presunzione, la mia, se dico che tu avrai un solo uomo nella tua vita. Il tuo primo uomo, il tuo Lauro.»

Rise, scrollò con gioia la fanciulla, disse forte:

«Il primo uomo...»

La baciò, rapido, sulla faccia, su gli occhi su le labbra aggiunse, beato e lieto:

«Il primo uomo e l'ultima donna! Eccoli qui! Perché io pure ho concluso. E l'avventura e l'avventuretta e tutto ciò che può essere stato nella vita di un uomo e soprattutto di un ufficiale, sono già lontane, lontane. Avrai la fedeltà più completa in cambio di quella purezza che tu mi porti.»

Ma ella non ascoltava più. Ella pensava che doveva parlare e che era terribilmente difficile parlare.

Ritentò:

«Quella notte, sola con Doricon...»

«Ancora, ancora l'eterno rimprovero? Ma che cosa dovrò fare per essere perdonato? E alla fine, Coralla, sii certa: se non avessi avuto ben radicata in me la fiducia nei tuoi riguardi, io sarei rimasto là. Chi mi aiutava a partire eri proprio tu: tu che mi facevi tranquillo, anche se io avevo tanta paura... Puoi capire? Ti puoi rendere conto che fiducia maggiore in una donna non si può avere?»

E la ragazza si diceva:

"Parla... Parla..."

Si sentì afferrare ancora una volta. Capì che i baci di

Lauro si facevano somiglianti a quelli di Doricon. Percepì di lui i battiti violenti del cuore, il tremito delle mani, l'ansimo del respiro.

Ma lo vide balzare in piedi.

«Così no, non si resiste. Vuoi uscire?»

E poi, chinandosi ancora su lei seduta, posandole con tenerezza le mani sulle spalle:

«Hai mangiato? Ti occorre qualche cosa? Vuoi che si faccia portare qui da un ristorante...»

Lo guardò, attonita. Capiva che egli s'era già staccato dalla famiglia, che poteva agire nel modo che più gli piaceva. Tutto era stato concluso da Lauro Luis. E lei non aveva ancora parlato.

Si buttò nella sua pena:

«Ascolta, Lauro. Io attendo per la mezzanotte una telefonata da laggiù. È indubbiamente Doricon che mi chiama...»

Lo vide retrocedere fino a mettersi con le spalle contro i vetri della finestra. Gli parve terribilmente lontano, prossimo a svanire. Si alzò, lentamente andò verso di lui, con tanta dolcezza gli si abbandonò sul petto. E l'uomo che già aveva posto conserte le proprie braccia, le sciolse quelle braccia per raccogliere meglio la fanciulla sul suo cuore.

«Pazienza» mormorò. «Sarà l'ultima telefonata. Salutalo e digli che ti sei fidanzata con il tenente Luis. E ora che fai, cara? Rimani qui? E a Castelguelfo quando andremo? Era nel nostro programma incontrarci là. Ti lasciai sola una notte presso quel castello, voglio ora nello stesso luogo tornare a te. Decidi, Coralla.»

«Telefonerò all'uomo che sorveglia il grande orto del castello e gli dirò se ci concederà di andare a vedere il laghetto... Domani. Vuoi?»

«Come vuoi tu. E ora me ne vado perché è un poco difficile, Coralla, restare accanto a te ed esser totalmente saggi...»

Lo accompagnò alla porta. Ed egli, sul pianerottolo, si fermò, tranquillo, per darle ancora un bacio. La porta di casa Luis non si aprì. Tutto era davvero concluso. Demoliti i ponti che univano Lauro alla sua famiglia, egli poteva oramai agire come voleva. E Coralla Kroon, chiudendo la porta allorché egli fu scomparso, pensò, accorata e disperata:

"Per me... Rancore, odio, ripicchi attorno a lui. Per me. Ha perduto per me l'onesto amore di Amelì. Ha perduto per me l'affetto dei suoi genitori... E io non ho ancora saputo né potuto parlare..."

Citofonò la custode, per chiederle di poter salire. E come la donna apparve, rise mostrando i pacchi che reggeva. Tutto agiva come se Pace e Doricon fossero stati là. E si provvedeva a tutto. A mandarle dolci, frutta meravigliosa, profumi.

«Pare che lei debba fermarsi qui chi sa quanto...» rise la custode. «E invece ripartirà, vero? Perché chi sa quanti films deve fare ancora...»

Coralla Kroon, pensosa, rispose:

«Ripartirò.»

Un grappolo d'uva, enorme, con i chicchi gonfi, nitidi, appena appena incipriati, s'adagiava nella sua cuna di cartone a striscioline di carta rosea. Coralla Kroon staccò un chicco, lo portò alla bocca.

Ma capì che neppure quella squisitezza poteva essere accettata dal suo stomaco. Tutto era chiuso come se un pugno enorme stringesse a un tempo cuore, viscere, vene.

Vigilava soltanto il cervello. E in esso si accavallavano i pensieri tenebrosi, tormentosi, lancinanti.

E c'era la paura della notte che avanzava. E la paura, insostenibile, del domani.

Ma la notte giunse e con essa il caro saluto notturno d'una voce amata. E poi, più tardi, quando già Coralla non attendeva più, l'altra voce lontana, quella che scavalcava l'oceano, superava miglia e miglia, giungeva in una strada di Milano, penetrava guidata da un filo nella casa di Coralla Kroon.

«Torna! Torna!» capì Coralla Kroon.

E poi altre parole, confuse, imprecise. E ancora:

«Torna... Quando sarai qui? Ti voglio tanto bene, Coralla... Non si può vivere senza di te...»

E nulla più. Un rumore confuso, che confuse la fanciulla, che fugacemente le fece pensare alle onde: poi più nulla. La voce di Dick non mandava più l'appello amoroso. Ma Coralla si ripeteva:

"Torna... Quando sarai qui?"

Quando?

Avrebbe dato tutto quanto possedeva per essere già tornata laggiù, per aver già superato il tormento della confessione, per aver già tutto definito con Lauro.

Si coricò e attese paziente il sonno. E d'un tratto sentì che la sua mano destra si muoveva, si levava, si avvicinava alla fronte. Con la punta delle dita ella toccò la fronte, senza sapere come, Coralla si sentì bisbigliare:

"Ave Maria..."

Tornava a lei il conforto della preghiera. Tornava a lei l'invocazione che le aveva con pazienza e dolcezza insegnato nei giorni lontani quella sua madre sempre affannata. E pienamente, quasi assaporando le parole di quella preghiera, Coralla in essa si abbandonò. Fu una carezza dolce al cuore: lenì, se non fugò, le pene. Quiete, le palpebre calarono su gli occhi. Fu il sonno.

E dal sonno senza sogni la distolse il richiamo del telefono.

«Buon giorno, Coralla! Io sono pronto. E tu? Ancora a letto? Sbrigati... Bisogna andare a Castelguelfo. Ho gran fretta di ripeterti che non ti lascerò mai più là dove una notte ti lasciai. Mi pare che compiuto questo atto tutto debba veramente andare bene per noi... Sbrigati, cara, e dimmi dove debbo attenderti... Non mi vuoi? Vuoi arrivare da sola? Ma pensavo che... È un capriccio di grande artista? Le stellissime usano far inquietare il futuro marito? Ebbene, come vuoi tu. Soltanto dimmi se debbo precederti o raggiungerti.»

Ed ella disse, calma:

«Ti precedo io. Ho una macchina a mia disposizione. Ho alcuni numeri telefonici datimi dal commendatore Pace. Basterà comporre un numero per avere quanto vorrò.»

«Sfogati, Coralla!» rise il giovane. «Perché la moglie del tenente Luis per avere la macchina dovrà rivolgersi unicamente al marito. E il marito sarà molto esigente, molto geloso, molto curioso... Vada anche questa per oggi: ché oggi devo io far atto di ammenda per il mio comportamento d'allora. Ma quando non avrò più torti da farmi perdonare, ah, povera Coralla, come ti terrò stretta nel pugno... O ti spiace?»

Il cuore gonfio. Gli occhi brucianti per il pianto trattenuto. E la voce sottile e incerta di lei che diceva:

«Tutto accetterò con gioia, Lauro...»

Ma poi soggiunse:

«Ti lascio. Voglio telefonare, voglio arrivare presto là e attenderti.»

Posò il microfono, lo risollevò subito per comporre un numero, per dire a chi le aveva risposto:

«La macchina alla signorina Kroon: subito.»

Indossò l'abitino di allora. Blusetta, gonnellina a pieghe. E sopra quella veste di collegio infilò un elegante cappotto a grandi scacchi bianchi e blu. Il cappotto era ampio, di gran classe: le scarpine erano blu, morbide, quasi prive di tacco. E la ragazza era straordinariamente giovane e bella anche se il suo volto appariva estremamente pallido e stanco.

Trovò la vettura ad attenderla. Salì, ordinò:

«A Castelguelfo... Si appoggiò allo schienale, infilò le mani nelle maniche, si chiuse in se stessa, abbassò le palpebre.

Le andava incontro la strada del suo dolore. Tutte le vicende più amare della sua vita erano abbinate a quella via. E non voleva vederla più, quella strada. Ma involontariamente aprì gli occhi: e allora vide l'autunno. Bruciate le foglie, malinconica la campagna: quiete le erbe che erano state sì vivide e festose, ferme le cime degli alberi, ostile il cielo.

Poco dopo cominciò a ticchettare la pioggia contro i cristalli. Ella ebbe freddo.

Chiuse ancora gli occhi. E tentò di non pensare al suo incontro con Lauro. Ma il cuore le fece male, allorché l'autista domandò, rispettosamente:

«Si deve entrare?»

Il cancello era spalancato. E il coltivatore del grande orto era là e pareva in attesa. Andò festosamente incontro alla vettura, si avvicinò alla portiera che l'autista aveva aperto, disse ad alta voce:

«Bentornata! Bentornata! Oh, quanto è bello il film che s'è

fatto qui... Si è accorta che a un dato momento si vede anche il gatto?»

Qualcuno, tra la gente che si era subito fatta avanti, suggerì:

«La gatta...»

E Antelmi corresse:

«La mia gatta...»

Coralla Kroon salutò tutti. E si sorprese a guardare i volti, a uno a uno, quasi a voler ritrovare le persone vedute allora. Ma non ritrovò che il volto di Antelmi e del figlio di lui, e anche quei due volti le parvero cambiati, mutevoli, distaccati dal tempo di allora. Ne fu consolata, ché le parve di aver ancora più suo e soltanto suo quel tremendo segreto.

La pioggia era leggera leggera e fredda. Fu Antelmi che propose:

«Entri... Entri... La casa oramai la conosce. E se mai volesse salire a togliersi il cappotto, faccia il comodo suo. Lei sa che per noi è orgoglio cederle la nostra camera. Anzi...»

Sorrise, benevolo e fiero:

«Anzi... L'altra volta lei non vi dormì. Rimanga ora almeno una notte.»

Rabbrividì la fanciulla. Dolcemente negò. Passò una mano su i capelli che s'andavano ingemmando per le goccioline di pioggia. Disse:

«Vorrei andare al laghetto. Voglio rivedere il luogo dove ho girato il mio primo film. Quello appunto che mi portò subitamente alla celebrità...»

Tacque. Lisciò ancora i bei capelli: poi, con atto di freddolosa, infilò le mani nelle maniche. E soggiunse, guardando lontano:

«Tra poco verrà il marchese Luis... Desidera vedere...»

La interruppe Antelmi: «Il marchese Luis! Lo so bene che deve venire. Ha telefonato lui e poi hanno telefonato i padroni raccomandando di metterci a sua disposizione. Sono amici, i marchesi Luis, dei nostri padroni... Si figuri se posso aver dimenticato che quel marchese deve arrivare! È ufficiale di Marina, vero? Che roba! Mare! Tutta una distesa così: e invece di essere terra è acqua...»

Con il braccio compì un gesto: parve buttare seme nella terra. Poi restò con gli occhi fissi a guardare quella sconfinata distesa: che in fondo in fondo, festonata d'alberi, si congiungeva con l'orizzonte.

Un raggio di sole scintillò di tra le ultime aste leggere d'acqua. Poi, d'un tratto, non piovve più. Ma il sole se ne andò e nelle pozzanghere si specchiarono, quiete, le cose terrene e qua e là, nei minuscoli laghi, parve adagiarsi un pezzetto di cielo.

«Vado...» mormorò Coralla.

E poi:

«Quando arriverà il tenente Luis lo indirizzino, per favore, al laghetto.»

Se ne andò. E la raggiunse cordiale e buona la voce di Antelmi:

«Vuole un ombrello? Non piove più dal cielo: ma piove dagli alberi.»

«Grazie, no. Non mi darà noia la pioggia degli alberi...»

S'era fermata per rispondere. Riprese a camminare. Il tratto di parco: e le scarpine che affondavano nel terreno. Il ponticello con il salice piangente dove si era svolta una patetica scena del suo primo film.

E il laghetto. Le apparve d'improvviso. Grigio come il cielo, immoto, ma all'apparenza in movimento per quel riflettersi nelle nubi che, poco alte, correvano.

Esitò incerta se seguire la sponda a destra o a sinistra. Questa ultima era la più vicina, già era prossima a lei. Fugacemente guardò l'altra sponda, quella che conosceva la sua notte d'amore con Dick Doricon. E si disse:

"Se mi fermo qui non potrò mai parlare. Bisogna che io vada là. Dove ho peccato. Là soltanto potrò rivelare il mio errore..."

Le mani nelle maniche, raccolta in sé, pallida, con un tremito irrefrenabile che le faceva battere i denti, ella avanzò. Il terreno era molle, le erbe flaccide. A tratti, avanzando, il suo piedino si inclinava: e allora lei percepiva qualche puntura, ché le accadeva di posare il piede su un riccio di castagna scaraventato là dal vento. Le pareva di avere anche il cuore freddo. Non poteva tenere serrate le labbra e l'aria umida le penetrava in bocca, le scendeva per la gola: e a lei pareva che fosse appunto quell'aria ostile che le raggiungeva il cuore. Freddo e tuttavia palpitante quel suo povero cuore.

D'un tratto, si fermò. Gli occhi erano fissi a terra. Poca erba e macerata: e ammaccata. Ed era ammaccata in un punto preciso e oltre quel punto la poca erba si ergeva. Rabbrividì. Sapeva bene che quell'erba era abbattuta per una più violenta pioggia caduta in quel punto o per un più forte cedimento del terreno melmoso. Sapeva bene che troppo tempo era passato perché in quel punto l'erba trattenesse ancora l'impronta data dal peso di due corpi. E tuttavia Coralla Kroon pensò, tremando:

"Eravamo qui..."

Il lago a fior di terra era a un metro da lei. Quieto e non più turbato dal riflettersi delle nuvole, il piccolo lago andava schiarendosi. Nel centro aveva un disco luminoso. Un punto fermo, di luce, su una pagina buia di malinconica storia. E Coralla Kroon pensò:

"Là torna il sole. Ma come è possibile arrivare fin là se per arrivarvi io devo camminare su questo grigio ostile? Dalla riva l'acqua si parte grigia e fredda. La gran luce non è facile da raggiungere."

Mormorio di fronde e picchiettare più distinto delle gocciole che abbandonavano le foglie e i rami. Lievi tonfi su la terra molle, secchi rumori delle gocce su corpi duri. E costante, fastidioso, quasi penoso il cadere di stille su qualche cosa di metallico e invisibile.

In piedi, le spalle un poco curve, istintivamente proteso il volto al punto di dove sarebbe apparso Lauro Luis. Coralla Kroon percepiva tutto mentre il suo cuore che pur batteva forte conservava una atroce sensazione di gelo.

Moriva a poco a poco il cuore di Coralla Kroon. Moriva perché lei stava per staccarsi dal suo grande amore.

"Muoio dentro" si disse. "Cade il mio cuore. E vivrò così, con questo gran freddo dentro... Che pena! Che male! Che tormento..."

Ma si sentì avvampare tutta, ardere e splendere allorché vide avanzare Lauro. Camminava sveltamente, e la bella persona si ergeva fiera nella divisa blu.

Fu contenta che egli fosse in divisa. Le parve che sarebbe stato un poco più facile confessare il peccato. Le parve che fosse ancor più necessario dire: ché lei non doveva tradire insieme all'uomo anche il soldato.

Avanzava rapido Lauro Luis. Alta la figura, agile la persona. Un poco inclinato il berretto: a metà nell'ombra il viso. Ma perché Lauro Luis non guardava verso di lei? Possibile che egli non la vedesse?

Possibile che chi giungeva dal ponticello non potesse scorgere quella minuscola insenatura? C'era un folto di rami alla sinistra di Coralla Kroon. Ed ella capì che Lauro si sarebbe avviato dalla parte opposta. Chiamò:

«Lauro!»

Lo vide proseguire.

Capì che egli non aveva udito. Allora si spostò, fece due passi verso il lago. Sentì che i piedi affondavano nel terreno molle. Fulmineamente ricordò... Quella notte, la coltre nuziale che Doricon aveva disteso s'era infangata appunto per essere stata su quel terreno melmoso. Al pensiero le parve di vedere attorno a lei ali nere. Istintivamente agitò le mani all'altezza del viso, quasi a voler scacciare quelle ombre ostili che le sfarfallavano attorno. Si sentì scivolare. E nello stesso tempo vide che Lauro era là, su l'altra sponda. Pensò che egli l'avrebbe veduta così, quasi, immersa fino alla caviglia. Non sarebbe stato poi edificante, per Lauro, dover pensare a una donna che confessava un peccato e rivelava caviglie infangate.

"Pazienza" si disse. "Comunque egli vorrà ricordarmi, elegante o disordinata, linda o sporca, sarà per sempre fango quello che gli parlerà di me..."

Ma egli l'aveva finalmente veduta. Tra loro due c'era il laghetto, schiarito oramai con quel tenue schiarirsi del cielo. L'acqua non era più grigia: qua e là si inazzurrava. Una distesa chiara tra Coralla e Lauro, oramai. E il giovane agitava festosamente le braccia gridando:

«Vengo io costì. Non ti muovere! Ti raggiungo.»

Lei non si mosse. Infilò le mani dentro le maniche. Attese. Vide Lauro correre lungo il laghetto, seguirne il contorno, sparire, riapparire... E come egli appariva ed era sempre più vicino, il cuore di lei si faceva pesante, staccato dalle sue viscere, parte inerte ed estranea a lei stessa.

"È la fine... È la fine, Coralla..." ella si diceva senza curarsi di quel pianto che le traboccava dagli occhi. "Ancora due minuti, forse tre... Forse cinque, ché laggiù, Lauro deve forzatamente rallentare, per l'intrico di piante... Cinque minuti, o Signore... Cinque minuti... Sono ancora sua. La sua fidanzata. Lauro è ancora mio, l'uomo che mi sposerà... Nulla ci ha ancora divisi. Ah, come corre bene! Come è agile... Ma perché corre tanto? Buon Dio, fallo rallentare... Ché la mia gioia: si prolunghi ancora un poco... Tutto sarà finito quando sarà qui."

Sentì repentinamente le caviglie fredde, inerti, strette fra qualche cosa. Chinò il capo. Esterrefatta si rese conto di essere affondata di molto. Non vedeva più i suoi piedi. Tentò di ridere, pensò che con uno strattone Lauro l'avrebbe tolta di là, che i suoi piedi sarebbero riemersi ricoperti di fango. "Che cosa buffa! Dovrò togliere appena sarò sul terreno solido le scarpe e le calze. Camminerò scalza... Ma no! Lauro mi terrà fra le sue braccia, mi stringerà, mi porterà via lui..."

Tese le braccia... Volle afferrarsi per emergere dal fango che sentiva scivolare sotto i suoi piedi. Urlò. Cadde in avanti.

E davanti a lei c'era il lago, non fondo ma torbido. E davanti a lei c'era l'acqua fresca: ferma e tuttavia gelida. E quando annaspò per riemergere strinse acqua nel pugno, e quando volle aprire la bocca per chiamare Lauro la bocca si riempì d'acqua, e quando cercò di nuotare le parve di essere sulla terra, tra melma e sassi, ché le sue braccia si afferravano a qualche cosa di solido che subito sfuggiva.

«Mamma!» chiamò o le parve di chiamare.

Vide un panierino. Una mamma povera che passava da un povero teatrino all'altro. Vide in quel panierino una bambina. Una povera bambina nata sotto cattiva stella... Rapida visione in divisa blu, una visiera inclinata su due occhi fedeli. Si sentì terribilmente stanca. Non tentò più d'afferrarsi a ciò che inesorabilmente le sfuggiva.

L'acqua era ancora più torbida né pareva volersi schiarire mai più. Forse perché già invadeva la piccola insenatura che si era scavata repentinamente là, dove Coralla Kroon era morta due volte.

E l'insenatura dalla quale erano sfuggite le poche zolle erbose e flaccide rivelava oramai il fango molle che si dissolveva nell'acqua, piano piano. Da quel fango che si scioglieva andavano spuntando, qua e là, radici puntute che si distendevano nell'acqua simili a viscidi rettili.

Allorché Lauro Luis frenò la sua corsa sbucando da un folto di verzure, tutto era tranquillo. Egli guardò là dove Coralla era dianzi, dove egli dall'altra sponda l'aveva veduta. Con lo sguardo, volgendo il capo a destra e a sinistra, tentò di vedere dove fosse andata la fanciulla.

«Coralla!» chiamò.

Silenzio.

Cauto, sentendo il terreno cedevole, Lauro Luis avanzò. Con un balzo agile scavalcò una zolla che intuì melmosa: andò un poco più a sinistra, ma anche là il terreno cedeva.

«Coralla!» urlò.

E d'un tratto lo sguardo fu a quell'insenatura che si sfaldava nell'acqua e tutta l'intorbidiva. Istintivamente Lauro Luis buttò lontano da sé il berretto. Non capì perché la sua mano salisse al primo bottone della giubba e lo sfilasse dall'asola. Si accorse di essere madido, serrate le mascelle, stretti i pugni e portati un poco indietro, nell'atto di chi prende uno slancio. Non si accorse di avere gli occhi spalancati, vitrei, fissi all'acqua torbida, a quella terra che visibilmente oramai si scioglieva e per quel suo sciogliersi rivelava una recente sfaldatura.

«No...» disse piano Lauro. «No...»

Era troppo abituato all'acqua per non conoscerla, per non saperne le caratteristiche e le insidie. E quel lago che in un punto preciso della riva s'infangava e diventava giallo scuro, gli diceva troppo chiaramente che la terra in quel punto era sfuggita da poco.

«Coralla...»

Ma le mascelle gli si serrarono. Non poté più pronunciare parola alcuna. Dopo quei balzi che gli avevano dato la sensazione d'averlo in gola, il cuore s'era fermato e al posto di esso gli pareva d'avere qualche cosa di troppo grande, troppo pesante, troppo invadente.

Si avvicinò al punto della piccola frana. Si avvicinò cauto, tastò il terreno con un piede. Si sentì scivolare inesorabilmente. Con sforzo e con agilità riuscì a distogliersi da quel punto.

Sentì che la sua mano tremava mentre sfilava l'altro bottone della giubba. Poi le mani non tremarono più. La giubba venne scaraventata lontano, qualche altro indumento cadde per terra. Un tuffo nell'acqua torbida. Due bracciate e poi giù, sul fondo.

Ne emerse quasi subito: livido. Alzò le braccia, urlò:

«Aiuto!»

E si buttò giù un'altra volta mentre per l'acqua smossa la riva si faceva sempre più fangosa e l'acqua sempre più impenetrabile allo sguardo.

Poi l'acqua ribollì, scrosciò, si agitò. E finalmente emerse qualche cosa di straordinariamente irreale: il profilo fermo d'una creatura addormentata, tutto rivelato, quel profilo, per i capelli che appesantiti dall'acqua parevano voler tirare all'indietro quel nitido profilo.

«Aiuto!» gridò ancora Lauro Luis.

Nulla.

Faticosamente, disperatamente, raggiunse la riva. Coralla Kroon gli si abbandonava tra le braccia con un'immensa fiducia. Stava quieta e immota e d'un tratto volse la faccia verso il petto dell'uomo.

Tremante di orrore e dolore, Lauro Luis s'inginocchiò reggendo la sua creatura: e la sua creatura adagiò dove qualche ciuffo d'erba molle ancora emergeva.

«Coralla!» chiamò perdutamente. «Coralla!»

Polso e cuore non avevano battiti. Le palpebre s'erano un

poco dischiuse e rivelavano il bianco azzurrognolo degli occhi.

«Aiuto! Aiuto!» gridò Luis.

E finalmente si udì un passo affrettato. Non badò neppure chi fosse colui che avanzava. Urlò:

«Un medico, subito... Vada, telefoni, chiami...»

Vide due scarpe vicino a sé: tirò disperato un pugno nello stinco di colui che aveva quelle scarpe:

«Via! Via! Un medico.»

Le scarpe disparvero. E Lauro Luis cominciò, con fredda scuola, a tentare la respirazione artificiale. Piano piano, tutti gl'insegnamenti gli tornarono alla memoria. Ritmo uguale, nessuna fretta, pazienza, mai fermarsi.

Ritmo uguale, nessuna fretta, pazienza, mai fermarsi! E le braccia di Coralla Kroon lasciavano fare. Si lasciavano portare avanti e indietro e in alto e si allargavano e tornavano sul seno e poi ancora in alto. E il volto restava in pace, mentre gli occhi parevano scrutare l'inutile fatica dell'uomo che lei aveva tanto amato.

Liste di sudore scendevano per il volto di Lauro Luis. La camicia appiccicata al corpo ne rivelava la potenza del torace, la saldezza delle spalle.

Ma d'un tratto qualcuno toccò la spalla di Luis. Egli sollevò la faccia, si accorse che attorno a lui c'era una piccola folla, scoprì quegli occhi intelligenti fissi su di lui. E chi aveva quegli occhi mormorò:

«Tralasci... Sono un medico...»

Allora il giovane balzò in piedi, colmo di speranza:

«Faccia qualche cosa lei, dottore...» implorò.

«Si copra. Si infili la giubba e vada a farsi dare una camicia. È freddo e lei ha sudato troppo. Bagnato com'è...»

Lauro Luis guardò stupefatto il medico. Forse confusamente pensò che non era il momento di occuparsi di lui. Bisognava occuparsi di Coralla.

«Vada, tenente...» pregò il medico. «Purtroppo...»

Purtroppo che cosa? Fissava il medico né s'accorgeva che qualcuno gli sfilava la camicia bagnata, ne esibiva il bel torace mondo e forte, gli metteva sul corpo nudo la giubba.

Non s'accorse che stendevano davanti a lui una coperta e che dietro quella coperta egli spariva, mentre mani rozze e maschili, decise e pietose a un tempo, andavano liberandolo da ciò che egli aveva di bagnato addosso. Parve riemergere da un'onda nera quando si avvide d'essere in divisa ma senza colletto, senza cravatta. Portò istintivamente la mano alla gola. Fugace, rabbioso, un pensiero pazzo:

"Devo essere degno di tre mesi di fortezza così ridotto..."

Era il soldato che per un istante s'era avvicinato all'uomo. Il dovere che s'era abbinato al dolore. Ma fu poi e soltanto la disperazione. Una disperazione quieta, che lo fece retrocedere mentre due uomini stavano curvi su Coralla Kroon.

Si trovò, Luis, seduto su qualche cosa di basso e duro. E di dove era guardava Coralla. Blusa e gonnellina. Come allora, quando per la prima volta egli l'aveva portata in macchina lungo l'autostrada. E dove era il cappello che la ragazza portava allora appeso per l'elastico a un dito?

Blusa e gonnellina. Una scarpina sì e una no. Un piedino rivelato dalla calza: l'altro ancora celato dalla scarpina infantile.

Lauro Luis taceva, seduto, quasi accosciato su quel sedile basso. Aveva le mani ciondoloni fra le ginocchia. Ma a tratti egli muoveva le mani, si toccava i capelli, un piede, una gamba, con gesti macchinali. Poi, d'un tratto, cercò un fazzoletto: lo trovò, lo guardò quasi con stupore. Lo portò al viso. Dai capelli scendevano rivoli d'acqua: e parvero a Luis caldi, brucianti come sangue. Tamponò quei rivoli, guardò il fazzoletto. Parve stupefatto di non vederlo macchiato.

Quando vide il medico ergersi, l'altro uomo che era presso di lui imitarlo e una donna avanzare sciorinando un lenzuolo ben stirato e candido, Luis si protese.

Due donne, una ai piedi di Coralla, l'altra al capo di lei, tennero disteso il lenzuolo: poi insieme le donne s'inchinarono. E il lenzuolo discese. E d'un tratto Lauro Luis non vide che un lenzuolo sollevato in parte da una forma rigida.

Allora l'uomo balzò in piedi, in uno scoppio irrefrenabile di dolore. Fu presso quella forma rigida, ne strappò il lenzuolo, cercò sul corpo sottile le mani, le afferrò, se le tenne fra le sue. Poi si abbatté sul cadavere.

Attorno, muti e immoti, i contadini guardavano. Il dolore del giovane li ammutoliva. Perché era un dolore quale non avevano mai veduto. Un dolore arginato e che tuttavia, per quegli argini voluti, era ancor più straziante. Un dolore che faceva pensare come fosse possibile mutare un'angoscia selvaggia in infinita tenerezza.

E fu tenerezza quella che portò la mano di Luis a comporre la gonnellina sulle ginocchia. E fu tenerezza quella che fece spostare la mano così da giungere a togliere anche l'altra scarpetta. E la scarpina il giovane capovolse lontano dal corpo inanimato e da essa cadde una grossa goccia d'acqua. La mano virile, bruna di sole, bella per la nobiltà che rivelava, parve farsi soave quando salì a toccare gli occhi, la bocca, la fronte alta e liscia della fanciulla.

Mano esitante, che pareva timorosa di togliere dal sonno colei che dormiva. Mano dolcissima che sostò sul labbro inferiore già violaceo.

«Signor tenente... Voglia perdonare...»

Carabinieri. Un graduato.

Lauro Luis si alzò, istintivamente portò la mano alla gola.

«Dica...» trovò la forza di pronunciare.

«Dobbiamo chiedere a lei... Per la rimozione del cadavere...»

Serrò le palpebre: mormorò:

«Mi lasci ritrovare la memoria.»

«Prego... Prego, signor tenente...»

Su le palpebre serrate Lauro Luis passò la mano, poi strinse le braccia al petto e guardando l'altra sponda mormorò:

«Ero là e di là vidi Coralla. Era la mia fidanzata. C'era stato qualche malinteso fra noi e qui si doveva festeggiare il nostro accordo completo e qui si doveva fissare la data delle nostre nozze. Di là, dove ero erroneamente andato, la vidi, assai prossima al laghetto. Mi attendeva e io cominciai a correre per raggiungerla presto. Ma quando arrivai qui, Coralla non c'era più. Pensai, per un istante, che per venirmi incontro avesse infilato un'altra stradicciola. Ma quel punto...»

Disciolse le braccia: indicò il punto dove l'acqua era fangosa. Tremò la mano che indicava, rapidamente Luis la riportò sul petto. Riprese:

«Ma quel punto attirò la mia attenzione. Avanzai, sentii che affondavo. Credo di non essere scivolato io pure per vero miracolo. Capii che Coralla doveva essere scivolata... Mi tuffai.»

Guardò il lenzuolo che si sollevava su una forma lunga e rigida. Le labbra gli tremarono. Mormorò:

«È tutto.»

«Grazie... E perdoni se...»

Ebbe un povero sorriso. Con ambedue le palme portò indietro i capelli. Li sentì freddi. Pensò:

"Quelli di Coralla saranno ancora più freddi..."

A poco a poco la piccola folla venne allontanata. Rimasero gli uomini della legge. Rimase il medico. Restò, in disparte, Lauro Luis.

«Lei ha qualche ordine, signor tenente? La signorina ha famiglia, ha...»

«Ha un fratello, negli Stati Uniti.»

«L'indirizzo?»

«Posso occuparmi io di tutto?» chiese Luis.

«Sì, signor tenente...»

Il medico ebbe un gesto rabbioso vedendo avvicinare di corsa due bambini. Andò incontro ai piccoli, fece, per scacciarli, il gesto che compie la massaia allorché vuole mandare lontani dal seminato i polli invadenti. Nella massa compatta di nubi s'aprì una falla. E di là il sole mandò sul mondo un vivido, potente raggio di luce. Istantaneamente, il lenzuolo che ricopriva Coralla assunse una bianchezza allucinante.

Allora, allucinante come quel candore, un pensiero fu nella mente di Luis. Come se leggesse, egli disse a se stesso:

"Dopo le constatazioni di legge il cadavere venne trasportato..."

Dove? Dove si poteva far riposare Coralla Kroon?

Al graduato che gli stava accanto domandò:

«Si potrà portarla nella sua casa a Milano?»

«Dopo tutte le formalità... Dopo averla racchiusa nella bara.»

Strano. Lauro Luis poteva accettare tutte quelle parole senza urlare. Poteva anche credere in quelle parole e ammettere che Coralla fosse chiusa in una bara.

«Naturalmente» mormorò al carabiniere. «E se mi si potesse aiutare...»

«Siamo a sua disposizione. Abbiamo telefonato al comandante, abbiamo l'ordine di facilitarle tutto...»

«Grazie. E ringrazi il comandante. Chi è?»

«Il capitano Ericoli.»

«Lo ricorderò.»

Sul volto di Coralla Kroon il lenzuolo aveva un rilievo così fiero che guardandolo Luis si sentì, per la prima volta, morire.

«... e il comandante Ericoli» continuò il graduato «dice che lei dovrebbe tornare a Milano. E attendere là...»

«Io desidero che la signorina venga portata là, in attesa che arrivi il fratello...»

«Come vuole... Ci dica...»

E poté dire tutto, come se Coralla fosse viva. Disse il nome della via, il numero, il piano. Disse che egli abitava nella stessa casa, precisò, spiegò, diede danaro.

«Lei non potrà guidare» avvertì un carabiniere. «Le diamo un nostro autista...»

E andava bene tutto. Pareva che ogni cosa fosse stata preparata dagli uomini. La morte, il lenzuolo, la bara, l'autista per lui che non poteva guidare. Pareva che gli uomini avessero tracciato un programma. E non arrivava ancora a dirsi che gli uomini non c'entravano. Tutto era venuto di lassù. Dove forse una madre che per tanto tempo s'era portata come un cucciolo la sua bambina aveva pregato perché fosse evitato al suo cucciolino un grande dolore.

Via. Per la strada soleggiata, dove rilucevano le foglie ben deterse dalla pioggia, dove l'erba delle prode era molle e inclinata, dove la malinconia autunnale non aveva languori ma soltanto lacrime.

La custode fissò sbalordita il tenente Lauro Luis allorché egli le chiese le chiavi dell'appartamento Kroon.

«Le ha la signorina» rispose confusa e smarrita.

«E allora mandi a chiamare un fabbro. Bisogna entrare. Bisogna preparare...»

«Che cosa?»

Non gli andò incontro Coralla Kroon allorché la porta venne aperta. La casa era quieta. Nel salotto c'era un leggero odore di sigaretta. Quella che lui, Lauro Luis, aveva fumato la sera innanzi.

Una sigaretta accanto a Coralla, le più dolci parole d'amore, il desiderio prepotente di lei, il dolce, felice e splendido sorriso di lei.

«Ho l'ordine di restare con lei, signor tenente» mormorò l'autista. «Sono un sottufficiale. Disponga di me...»

Guardò il giovanottone in borghese. Vide che aveva buoni e grandi occhi azzurri. Gli tese la mano:

«Grazie. Ma io non so davvero che cosa fare... Che cosa ordinarle...»

«Dovrebbe telegrafare al fratello della signorina, signor tenente.»

Telegrafare a Leto Kroon. Dirgli che Coralla aveva trovato la più impensata, la più tragica morte mentre attendeva Lauro Luis. Non era facile telegrafare a Leto Kroon.

«... o se laggiù» riprese il sottufficiale «c'è qualche amico del fratello della signorina, si potrebbe avvisare l'amico così che, con cautela, avverta il fratello.»

Amici? Ne aveva laggiù, Coralla Kroon? Aveva mai avuto nella sua vita un vero amico, la piccola che dormiva sotto un lenzuolo su terra fradicia, presso un lago ostile?

Betty Gayor... Il pensiero della vecchia attrice gli fu amaro. Betty Gayor. Vivace, astuta, doppia, subdola. Ma anche entusiasta. Entusiasta di tutto. Si sarebbe entusiasmata anche narrando della tragica fine di Coralla Kroon e forse un giorno, passato il tempo, avrebbe anche narrato di aver contribuito a riavvicinare Coralla al suo antico amore. E forse avrebbe anche riso e irriso, Betty Gayor, affermando d'averla fatta allegramente in barba al divo Doricon...

«Si potrebbe telegrafare a Betty Gayor. Una attrice famosa, amica di famiglia...»

«Potrebbe darmi l'indirizzo, signor tenente?»

Diede l'indirizzo. Poi domandò:

«Il testo?»

«Lo compilo io» rispose il giovane sottufficiale.

E aggiunse con sufficienza:

«Purtroppo siamo pratici. Si sa come si debbono fare questi telegrammi...»

Ancora una volta, sommesso, distante, sorretto soltanto da quel suo innato senso di dovere, Lauro Luis rispose:

«Grazie...»

Quando, e fuori era già buio, gli apparve sua madre, egli la guardò appena. Vide la faccia di lei, tra sdegnosa ed esterrefatta. Sorrise amaro. Disse piano:

«È bene che tu non rimanga qui. Lei sta per tornare. Volevo fartela conoscere viva. Ora lei ha gli occhi chiusi e non potresti leggere in quegli occhi ciò che fin da allora incantò me. Puoi andare, mamma. Buona notte. E non ti occupare di me.»

Saliva a lui un rancore fondo e insuperabile per chi aveva offeso Coralla. Nulla sapeva del segreto di Coralla, ma era certo che se accanto alla meravigliosa fanciulla ci fosse stato un cuore tenero, un poco di comprensione, un poco di bontà, la giovanetta non sarebbe mai partita. E per nessuna cosa al mondo ella sarebbe mai andata a vedere quel laghetto che si velava tra alberi e prati all'ombra d'un massiccio castello.

Ma da casa Luis gli arrivarono abiti e biancheria. E il cameriere di casa Luis si occupò di lui quasi avesse ricevuto ordini di rendere decoroso quel componente della famiglia. Biancheria linda, un abito scuro. Una cravatta scura.

Tutto stabilito, anche i colori. E poi lo stesso cameriere portò un fascio di rose bianche. Erano ancora avvolte nella carta diafana del fioraio. Erano il frutto di un'arida telefonata di donna Luis al solito fioraio. Soltanto che questa volta i fiori non andavano a una amica o a una persona importante da festeggiare. I fiori erano per una piccola ragazza che era morta, che s'era conosciuta appena, che s'era profondamente odiata. Rose bianche, fragili, su alto stelo. Tolta la carta diafana, il giovane collocò le rose sul lettino, a un lato del guanciale. E nel collocare quei fiori egli ebbe una materna grazia come se già su quel guanciale ci fosse il pallido viso di Coralla Kroon.

Notte buia e senza stelle. Odore di terra bagnata. Freddo. Troppe luci accese nella casa che doveva ricevere una morta. E troppa luce quando giunse, portata da uomini silenziosi, la bara.

Accompagnava Coralla Kroon il comandante Ericoli. E fu lui che sussurrò al giovane:

«Ho potuto ottenere di far riaprire la bara. È tutto ciò che ho potuto fare per te, Luis...»

Non s'erano mai visti. Ma si strinsero la mano, non più colleghi, già amici.

«Non si potrebbe adagiarla, ora... Così che riposi bene nel suo lettino.»

E tutto andava liscio per rendere finalmente serena Coralla.

Fu Ericoli che sospinse Lauro Luis nel salotto. Fu Ericoli che, fumando accanto a Luis, disse piano:

«I giornali parlano della morte di Coralla Kroon. Tutto un mondo un poco sconosciuto a noi piange per questa giovanissima creatura già amata e stimata da un enorme pubblico.»

Ma la sua voce non aveva dolore. Lo comprese Luis né poté avere risentimento. Solo chi aveva conosciuto Coralla Kroon poteva patire come egli pativa sapendola perduta per sempre. Bisognava conoscere Coralla per poterla amare. Per gli altri ella non era che una giovanissima e grande artista o una giovanissima e fiera ragazza.

Saliva il fumo dalla sigaretta di Ericoli. E Luis guardava quel fumo. C'era qualcuno che poteva svagarsi o ingannare il tempo così, fumando. Mentre nella sua cameretta Coralla stava inerte, per sempre.

«Vuoi vederla?» gli chiese l'ufficiale.

Vederla. Bisognava prepararsi.

Uomini uscirono dalla cameretta. Poi ne uscì la custode,

piangendo. E quando Luis entrò, Coralla era sola. Sulla tavolina da notte ardeva una candela. Velata era la lampada notturna posta sulla toletta. E qualcuno aveva spostato i fiori, li aveva divisi. Qualche rosa a coprire i piedini, qualche altra fra le mani, una di qua, una di là sul guanciale a incorniciare il viso. Le avevano infilato la vestaglia bianca a fiorellini d'oro.

Asciutti, gonfi, i bei capelli che pareva continuassero a vivere. Ma il volto era livido, le labbra gonfie. E livide erano le mani. E una guancia aveva un lungo graffio. E un piedino che traspariva sotto la calza aveva una ferita. S'adagiava un petalo su quel piede. In piedi, le braccia serrate al petto, di lato a Coralla, Lauro Luis era là, senza moto, senza voce, senza colore. Guardava alla sua morta. E tutto ciò che il destino aveva voluto gli tornava alla memoria e gli portava un peso enorme nel cuore. "Non mi avesse mai conosciuto..." si sorprese a pensare. "Non l'avessi mai amata..." Odiò se stesso. Biasimò il suo modo di vivere e decidere. Arrivò a dirsi che se lui non fosse mai apparso sul cammino di Coralla, quella tragedia non sarebbe avvenuta. Braccia serrate al petto, volto chino e pallido. Occhi fermi a guardare quel viso che la luce della candela rendeva colmo di ombre mobili. Un capello, lungo, ondoso, leggero, alitava sulla fronte della ragazza.

"Le darà noia" pensò Luis.

Tese la mano, tolse via quel capello, lo rimandò tra gli altri sulla fronte. Il freddo di quella fronte gli penetrò nelle vene, gli schiantò il cuore. Sentì la sua mano ardente assorbire quel gelo. La trattenne su la fronte di lei quasi a volersi prendere quel gran freddo, quasi a voler donare il suo calore.

«Cara...»

Dischiuse le labbra sul candore dei denti, Coralla era là. E non c'era sul suo viso che quella indifferenza estrema che dà al volto di certi morti una specie di fierezza, quasi dicessero a chi vive:

"Ecco, vedi? Abbiamo tutto concluso."

Non s'era mai accorto, Luis, di quanto fossero belli i tratti di Coralla Kroon. Tratti un poco forti e decisi: ma regolari, nitidi, puri. Non s'era mai accorto di quanto fosse grande l'orbita e lunghi i cigli.

«Bella...» mormorò.

E un vento leggero gli portò odore di sigaretta. Si volse, andò a chiudere la porta. E fu completamente solo.

Allora, quietamente, si inginocchiò. Tese le mani, le posò su quelle incrociate di Coralla Kroon. Non chinò il capo; non pianse, non pregò. Parlò:

«Tutto è finito anche per me, Coralla. Sarà troppo difficile dimenticare che sei morta mentre mi attendevi. Spero di poter piangere, Coralla. Ora, vedi, sono quieto. Quasi come te: Bella! Un panierino e via per il mondo, Coralla. Pochi anni sono passati dai tempi in cui giravi in un panierino. Come hai fatto in fretta a concludere, Coralla! Esce una bambola da un cestino, s'avvia, si batte, vince, torna indietro, si adagia e non si muove più.»

Silenzio. Una fiammella tremula. Pioggia al di là della persiana calata. E un profumo leggero che veniva da quelle poche rose fragili, alte sul loro stelo.

Ericoli entrò, sospinse una seggiola, disse a Luis:

«Mettiti qui...»

E poi Ericoli si fermò, guardò la morta.

«Bella» mormorò. «Giovane... Tanto giovane. Povera piccola!»

Silenzio. Ed Ericoli, ancora:

«Qualche volta mi domando perché accadono certe cose. Aveva tutto, questa creatura. Gloria, successo, amore, ricchezza...»

La fiammella della candela si inclinò, un'ombra sostò sulla bocca di Coralla. Per un istante parve che la bocca di lei si facesse irridente, amara, scontrosa. Per un istante parve che sulle ultime parole di Ericoli la giovane morta mettesse il suo ultimo e più ironico sorriso. Poi la stessa fiammella si piegò da un'altra parte, e Coralla Kroon riprese la sua espressione quieta e indifferente.

«Preferisci restare solo?» domandò Ericoli.

«Grazie, sì...»

Poté restare solo per poco. Ericoli aprì, gli tese un telegramma. Era di Leto Kroon che annunciava il suo arrivo. Poche parole dove lo smarrimento faceva pensare all'incredulità.

Lauro Luis vide l'alba raggiungere l'ultimo pezzetto di candela. E come se il chiarore del nuovo giorno avesse il potere di uccidere quell'avanzo di candela, il lucignolo si inclinò, affondò nella cera molle, si spense. Restò accesa la piccola e velata lampada notturna.

Non pioveva più, ma non c'era sole.

Sul volto di Coralla qualche cosa andava mutando. Spariva, piano piano, la bella, fiera espressione di indifferenza. Nasceva, a poco a poco, una espressione di paura. Moriva la bellezza del corpo, appariva l'ultima bellezza dello spirito. Quello che aveva conservato la tragicità dell'ultimo istante, quello che aveva fatto urlare alla bambina che affogava il nome santo:

«Mamma!»

Accanto alla sua morta, seduto come se stesse parlando a una convalescente, Lauro Luis assisteva, impietrito il cuore, al dissolversi di quel bellissimo viso. Ombre livide, labbra dischiuse, un solco sulla fronte. E tutto l'orrore di chi vede la morte tragica avvicinarsi.

«Cara... Come sei già lontana!»

Piegò la fronte, la premette sul guanciale. Salì a lui, tenue, il profumo che la vestaglia conservava. Ma non era più il nitido profumo di Coralla. C'era già qualche cosa di morto in quel profumo, come se la vestaglia fosse stata tolta da un cassetto o da un armadio dopo tanti e tanti anni.

Nasceva il giorno e con esso la vita della città.

Ericoli disse:

«Penso che tra poco il fratello sarà qui... E come sarà qui, dovrò andarmene. Comunque, disponi di me, basterà che mi telefoni...»

Lauro Luis vide sulla soglia Leto Kroon. Non l'aveva mai veduto da presso, ma si accorse subito che egli somigliava a Coralla. Per quella somiglianza, egli fu subitamente portato verso il giovane. E gli andò incontro, tesa la mano, offerto il cuore. Ma si fermò.

Nella sala attigua alla camera c'era un gruppo di gente. Betty Gayor, il commendatore Pace: e, discosto, Dick Doricon.

Allora Lauro Luis aprì le braccia. Le aprì in croce, così da puntare le mani su l'uno e l'altro stipite, così da barricare la porta. Alto, diritto, immoto, gli occhi fissi a Doricon, Lauro Luis parve pronto a lottare, parve dire con il tremendo e muto linguaggio dei suoi occhi:

"Tu non passi..."

Ma Dick Doricon avanzò. Curvo, stanco, tremante. Subitamente Betty Gayor gli si affiancò. E furono ambedue davanti a Luis che teneva sempre le braccia spalancate, le mani agli stipiti, aggrappate come se si reggesse.

«Trema così da quando siamo saliti a bordo dell'aeroplano» mormorò Betty Gayor.

E gli occhi di Doricon fissarono gli occhi di Luis. E il volto di Doricon fu presso il volto di Luis. E le labbra dell'artista si dischiusero e l'uomo balbettò:

«Le volevo tanto bene... anch'io...»

Caddero le braccia di Luis. Si fece di lato. Li lasciò passare.

Ma Betty tornò fuori, subito, piangendo.

Si buttò su una poltrona, singhiozzò, sincera:

«Non si può credere, non si può credere... Oh, Pace, la vada a salutare!»

E poi tornò a essere la solita: e al segretario di Pace che stava in disparte, ordinò fiori, fiori, fiori. E sconsolata riprese a piangere:

«Poche rose... Così poche rose. Oh, ne avrà a centinaia...»

Tacque d'improvviso, esterrefatta. Leto Kroon, sorretto da Luis e Doricon, veniva portato fuori dalla camera dove era svenuto.

Pace, il segretario, Betty si occuparono dell'infelice giovane.

Sul trambusto, su i piccoli gridi e gli alti singhiozzi di Betty Gayor, Lauro chiuse la porta.

E furono soli, Luis e Doricon, ai lati del letto della loro morta.

Immota nel corpo, tormentata nel viso, affondata la testa

nei capelli che s'erano incupiti, Coralla Kroon era per l'ultima volta fra i due uomini che l'avevano immensamente amata.

Muti, gli occhi fissi a colei che pareva dissolversi sempre più, perdere i precisi contorni, togliersi alla loro vista, i due giovani parevano ignorarsi a vicenda.

Coralla Kroon era là, li univa nel dolore, li divideva nell'amore. E per tutta la vita che ancora attendeva i due giovani, la storia malinconica sarebbe stata così: uniti e divisi.

Nel nome di Coralla Kroon, che era passata nella loro esistenza concedendosi a colui che non amava, ma portata a morire prima di rivelare il suo gran segreto a chi, sopra ogni cosa del mondo, lei aveva amato.

FINE

Liala

Amalia-Liana Cambiasi Negretti Odescalchi nasce il 31 marzo 1897 sul Lago di Como. Terminati gli studi liceali, conosce il marchese Pompeo Cambiasi, brillante ufficiale della Regia Marina, e lo sposa, benché vi siano fra i due diciotto anni di differenza. Vive a Varese, in una piccola proprietà del marito, e in quella piccola città conosce nel 1924 il marchese Vittorio Centurione Scotto, valoroso ufficiale della Regia Aeronautica. Di lui Liana si innamora perdutamente, sì da pensare a un eventuale divorzio. Ma il loro amore è breve: nel 1926, il giovane capitano pilota precipita nel Lago di Varese durante un allenamento per la Coppa Schneider per idrovolanti. Liana, disperata, vive giorni, mesi, anni malinconici e comincia a scrivere, per rivivere i giorni felici, un romanzo che parla di questo suo amore. Un amico di famiglia, un ammiraglio, presenta Liana all'editore Arnoldo Mondadori. Lei ha il coraggio di proporgli il suo libro. «L'ho scritto per non impazzire» dice all'editore che, incuriosito, accetta di pubblicare *Signorsì*. Venti giorni dopo la pubblicazione, Mondadori telegrafa, sbalordito: "Il romanzo è esaurito!" Liana diventa immediatamente celebre e D'Annunzio chiede di conoscere questa giovane scrittrice che parla con tanta competenza di aerei. Liana si reca al Vittoriale, dove il Poeta le dona una fotografia con dedica: "A Liala", perché, spiega, un'ala sta bene nel nome di una scrittrice che parla con tanto amore di aviazione. Liana diventa dunque Liala, la scrittrice più letta d'Italia. Liala ha scritto un'ottantina di titoli, fra romanzi, raccolte di novelle, racconti e ricordi della sua vita.

«Molte lettrici mi chiedono come faccio a mettere insieme i romanzi. Dissi già che non so proprio come si faccia: il romanzo viene, nasce, si porta con sé personaggi e storia... Così nasce un romanzo: bisogna che vi sia accordo fra chi scrive e i personaggi che descrive. Io sono d'accordo con tutti: forse ne amo uno più degli altri. Ma quello è partito: per un luogo lontano e felice che si chiama Paradiso.»

Liala, Diario vagabondo

Stampato da
Grafica Veneta S.p.A., Trebaseleghe (Padova)
per conto di Sonzogno di Marsilio Editori® in Venezia

Edizione									Anno				
10	9	8	7	6	5	4	3	2	2011	2012	2013	2014	2015